CW01209596

Copyright © 2019 A. S. Kelly

LAST CALL
*Love At Last
Libro 1
Un romanzo di
A. S. Kelly*

Tutti i libri della saga LOVE AT LAST sono singoli e possono essere letti in qualsiasi ordine.

*Proprietà letteraria e artistica riservata.
Tutti i diritti sono riservati.
Vietata la riproduzione.
Questo libro è un'opera di fantasia.
Nomi, personaggi, luoghi e avvenimenti sono frutto dell'immaginazione dell'autrice o sono usati in maniera fittizia.
Qualunque somiglianza con fatti, luoghi o persone, reali, viventi o defunte è puramente casuale.*

*Visita il sito e iscriviti alla Newsletter:
www.AUTHORASKELLY.com*

*Segui A. S. Kelly:
Instagram @authoraskelly
Facebook @ASKellyAuthor*

*Segui la saga LOVE AT LAST:
Instagram @loveatlastseries
Facebook @loveatlastseries*

last call

love at last 1

A. S. KELLY

1
Niall

"Potresti scendere dall'auto?"

Skylar incrocia le braccia sul petto e rivolge lo sguardo dalla parte opposta.

"Ci hanno sentiti, sanno che siamo qui."

"Secondo te me ne frega qualcosa?"

"Dagli almeno una possibilità."

"Mi avevi detto che era una città!" Alza la voce e mi guarda truce.

"Ed è vero, lo è."

"Siamo in mezzo al fottuto nulla!"

"Non dire quella parola."

"Siamo nel buco del..."

"Neanche quella, soprattutto quella. Non davanti ai nonni, ti prego."

Apre lo sportello dell'auto di scatto facendolo sbattere di proposito contro il mio ginocchio.

"Che cazzo!"

"Ah! Quella si può dire?" Richiude lo sportello con forza dietro di sé e mi sfida alzando il mento. "Buono a sapersi, vuol dire che diventerà la mia parola preferita d'ora in avanti."

"Stai mettendo a dura prova la mia pazienza e non abbiamo ancora messo piede in casa."

"Dovevi pensarci prima di portarmi qui!" Punta i piedi sulla ghiaia.

"E tu dovevi pensarci prima di farti buttare fuori!"

Li punto anche io perché al momento abbiamo più o meno la stessa età mentale.

"Siete qui!" La porta di casa si apre alle nostre spalle. "Non vi abbiamo sentiti arrivare."

"Come no!"

Skylar fa roteare gli occhi all'indietro e si avvia a passi pesanti verso l'entrata strisciando di proposito i suoi scarponi sulla ghiaia.

"Tesoro, sei... Sei..." Mia madre ci prova, ma sono sicuro che non riesca a trovare l'aggettivo adatto per descrivere la sua *una volta* adorabile nipote. "Colorata."

Wow. Non avrei saputo fare di meglio.

Mia madre la abbraccia con affetto, ma il suo gesto non viene ovviamente ricambiato. Skylar se ne sta impalata con le braccia lungo i fianchi e il viso rivolto di lato. Non ama le manifestazioni d'affetto in pubblico, a dire il vero neanche in privato, *soprattutto gli abbracci*, quelli sono proprio vietati.

"Il nonno è dentro, ti sta aspettando." La lascia andare e le sorride. "Lo trovi in salotto, ricordi ancora dov'è?"

"Sicuro!" Le risponde senza guardarla, poi la sorpassa lasciandola sola sulla soglia.

"Ci vuole tempo" dice poi, guardando me. Allarga le braccia e io mi avvicino. "Andrà tutto bene, vedrai. Siete a casa, adesso."

La mamma mi abbraccia e io mi lascio abbracciare, non ho lo stesso problema di Skylar, anzi, in questo periodo gli abbracci non sembrano mai abbastanza.

"Siamo felici di avervi qui." Mi rassicura ancora una volta, come se tutte quelle al telefono non fossero state sufficienti.

"Grazie, mamma." Mi stacco da lei a malincuore. "Solo qualche settimana, il tempo di trovare una soluzione a tutto questo casino."

"Tutto il tempo che vi serve."

"Non voglio approfittarne."

"Non dirlo neanche, questa è casa tua. Vostra."

"Non sapevo dove altro sbattere la testa. Sono completamente esausto."

"Coraggio, andiamo dentro, la cena è quasi pronta e a quest'ora tuo padre avrà già esaurito le battute da dire a un'adolescente."

La seguo all'interno e l'odore di legna bruciata s'infila subito nelle mie narici, catapultandomi in un attimo indietro nel tempo, quando questo odore me lo sentivo addosso ogni sera quando andavo a letto.

"Avete già acceso il fuoco?" Chiedo, rendendomi conto che l'autunno è appena iniziato e che in città non avevo ancora acceso i termosifoni.

"Hai dimenticato come scendono le temperature qui di notte?"

Mi precede in salotto dove troviamo solo la TV

accesa e la legna crepitante nel camino.

"Dove diavolo sono?"

Mia madre scrolla le spalle e poi si dirige verso la cucina, fa il giro dell'isola e si avvicina alla porta che dà sul giardino sul retro. Guarda attraverso i vetri e poi la apre di colpo facendola scorrere.

"Cosa credi di fare?" Urla uscendo in giardino.

La raggiungo veloce e mi fermo sulla soglia, solo per vedere mio padre e Skylar fumare sul portico.

"Ti ha dato di volta il cervello?" Mia madre se la prende con lui.

"Che ho fatto?" Chiede con aria innocente.

"Skylar, tesoro," mia madre cerca di cambiare tono ma resta tesa. "Non ti fa bene quella roba."

"Me l'ha data lui." Indica mio padre.

"Fionn." Mia madre lo interroga incrociando le braccia sul petto.

"Mi ha chiesto se avevo da fumare e io avevo solo i sigari" mio padre dice ingenuo.

"E ti sembra il caso di dare uno dei tuoi sigari a una ragazzina?"

Mio padre scrolla le spalle e io mi decido a intervenire prima che mia madre se la prenda con lui.

"Dammi quel coso" dico a Skylar.

"Non ho finito" protesta.

"Dammelo o giuro che te lo faccio mangiare."

"Ah sì?" Mi sfida. "E come, ancora acceso? O

prima hai intenzione di spegnerlo?"

"Non provocarmi" la avviso.

"E tu non rompere il c..."

"Va bene così!" Mia madre interviene. Prende il portacenere dal tavolino sul portico e lo mette sotto il naso di Skylar. Lei sbuffa ma poi vi spegne il sigaro lasciandolo lì e imprecando qualcosa tra i denti che tutti fingiamo di non sentire per non peggiorare la situazione.

"Anche tu." Mia madre muove il portacenere verso mio padre.

"Che c'entro io?"

"Ti fa male quella roba."

Mio padre sbuffa, proprio come Skylar, ma poi l'accontenta.

"E ora gradirei che andaste tutti a lavarvi le mani prima di cena."

"Fa sul serio?" Skylar chiede a me indicando lei.

"Meglio non discutere con tua nonna" mio padre le consiglia, passandole poi un braccio intorno alle spalle.

Skylar lo guarda quasi disgustata ma non dice nulla.

"Andiamo, vieni con me, ti mostro dov'è il bagno."

"Guarda che me lo ricordo, non sono rincoglionita" risponde facendomi esplodere qualcosa nello stomaco, forse un petardo o forse una bomba a mano considerando il bruciore che provoca.

Mio padre e Skylar rientrano in casa mentre io attendo paziente la sentenza di mia madre.

"Dovevi venire prima."

Non mi sta accusando, sembra più preoccupata che incazzata.

"La situazione è peggiore di quello che credevo."

E io non posso che abbassare la testa e convenire con lei.

* * *

La situazione a tavola sembra migliorare: papà mangia buttando un occhio alla TV che è rimasta accesa in salotto, la mamma parla senza essere ascoltata, Skylar sbuffa mentre mastica a bocca aperta e io mi godo l'atmosfera familiare in attesa del prossimo round.

"Quindi non sai ancora nulla della scuola?" Mia madre si rivolge a me, deve essersi accorta che papà ce lo siamo giocato all'inizio del secondo tempo della partita.

"Lunedì ho un appuntamento con il preside."

"E non ti ha detto se... Ehm..."

"Se l'hanno presa? Puoi dirlo ad alta voce, mamma."

"Sì, non abbiamo segreti noi, soprattutto quando si tratta di spifferare tutto sulla mia vita."

"Sono i tuoi nonni, è normale che sappiano di

te, di quello che fai."

"Ah sì? E dove sono stati negli ultimi anni?" Il suo tono accusatorio risveglia persino l'interesse di mio padre.

"Sempre qui, tesoro" mia madre risponde calma. "Pronti ad accogliervi in qualunque momento."

"Quindi mi stai dicendo che la colpa è sua?" Indica me, ovviamente.

"Tuo padre lavora..."

"Lavorava" Skylar precisa.

"Vivevate a Dublino, tu avevi la tua vita..."

"Che ora non ho più" conclude in tono grave. "Perché lui," riprende alzando la voce, "mi ha imballata come un pacco e mi ha caricata in macchina per portarmi qui, in un posto che non conosco, con delle persone che non conosco, senza amici, senza..." Si trattiene perché lei è una dura, non può mostrare cosa prova realmente. Scuote la testa per qualche secondo mentre noi restiamo in silenzio, con la speranza che sbotti, che dica qualcosa che possa aiutarla, che ci mandi anche al diavolo, che spacchi il servizio buono della mamma. Basta che pianga, che si disperi, che soffra.

Fa stridere la sedia e si alza poggiando i palmi sul tavolo.

"Non ho più fame" annuncia. "Vorrei andare a dormire."

"Certo, tesoro, la tua camera..."

"La troverò da sola." Taglia corto, sparendo in fretta su per le scale. Io attendo il solito rumore, quello di una porta che sbatte e poi lascio andare il respiro.

"Ce l'ha con me." Abbandono le posate nel piatto.

"È arrabbiata, ma non con te, in questo momento ce l'ha con il mondo intero."

"Probabile, ma io gioco un ruolo di punta nel suo mondo di merda."

Mia madre sorride e posa una mano sulla mia. "Dalle tempo e spazio, soprattutto spazio, non è abituata a te."

"Dovevo portarla qui più spesso."

"Questo è sicuro" mio padre sentenzia. "L'ultima volta che è stata qui tua madre non si tingeva ancora i capelli."

Mia madre lo guarda male e lui infila una generosa forchettata di purè in bocca.

"Aveva cinque anni." Poggio un gomito sul tavolo e massaggio la fronte con la mano. "O forse sei. Era Natale. Il primo che abbiamo passato insieme da soli e anche l'ultimo" dico sentendomi subito in colpa.

"Non farlo." Mia madre stringe il mio polso. "Non colpevolizzarti e non rivangare il passato. Ora hai modo e tempo di rimediare."

"Ha quindici anni, mamma, e mi odia."

"Tutti gli adolescenti odiano i genitori."

"Non mi ricordo di avervi mai odiato."

"Al giorno d'oggi" aggiunge.

"Spero solo di risolvere con la scuola."

"E con il lavoro?" Mio padre ritorna nella conversazione. "Come farai?"

"Mi arrangerò."

"Ma tu sai solo giocare."

"Troverò qualcosa di adatto, ci saranno delle palestre, dei corsi. Faranno dello sport in questa diavolo di città, no?"

"Puoi sempre dare una mano qui" mio padre dice. "Certo, ora abbiamo assunto del personale, ma sono sicuro di poterti trovare un posto."

"Non voglio che mi trovi un posto, papà. Ci penserò io a cercare un lavoro."

"Non ti ricordi più com'è lavorare in campagna?"

"Non proprio, ma non lo faccio per questo. Lo faccio per me e per Skylar. Voglio dimostrarle che possiamo farcela, che possiamo avere una vita insieme, che possiamo costruire qualcosa e che si può fidare di me."

"Non credo che lei pensi il contrario."

"Non lo so quello che pensa perché apre la bocca solo per insultarmi, mandarmi al diavolo o per chiedere soldi."

"Si troverà bene qui, vedrai. Si farà presto degli amici."

"Sempre che l'ammettano in quella cazzo di scuola. Altrimenti non mi resta che l'insegnamento a casa. E temo che non le sarebbe d'aiuto."

"Sai essere convincente se vuoi" mio padre commenta. "Troverai un modo."

Fino a ora non ci sono riuscito con nessuno ed erano tutte donne, figuriamoci se posso spuntarla con un uomo. A meno che non sia gay e arrivati a questo punto, non mi resterebbe altro da fare se non sacrificarmi per il bene di Skylar.

"Sono sicura che ce la farai anche senza usare le tue carte vincenti" mia madre dice allusiva.

"Avrai qualche altra dote." Mio padre fa roteare la forchetta in aria, poi la infila in bocca.

Ho qualche dubbio al riguardo, ma non sarebbe saggio seminare panico anche in loro, basta già il mio.

"Farò del mio meglio."

Bevo un sorso di birra per ingoiare la cazzata che ho appena detto e poi riprendo a mangiare, sempre per evitare di dire altre stronzate, ne ho raccontate già abbastanza a Skylar, anche se per la maggior parte del tempo lei non ha ascoltato perché aveva i suoi immancabili auricolari alle orecchie. Non so neanche se ascolti davvero quella roba assordante che proviene da quegli affari o se lo faccia solo per attutire il suono della mia voce o peggio ancora, se lo faccia solo per farmi incazzare.

Le ho detto che saremmo venuti a vivere in una bella città del Nord, sul mare, con una scuola piena di studenti con cui fare amicizia, con un centro commerciale a un tiro di schioppo e con tante possibilità. Forse non ho menzionato il fatto che per un po' avemmo dovuto vivere dai nonni perché io non so ancora dove sbattere la testa, perché non so se troverò mai un lavoro qui e perché ho un disperato bisogno d'aiuto, ma ehi, mi avrebbe ascoltato?

Si tratta di una situazione temporanea, ci siamo trasferiti in tutta fretta, metà della nostra roba è in un deposito a Dublino, ancora in attesa di essere spedita. Diciamo che non ho avuto modo di organizzare le cose per bene. Avevamo bisogno di aria nuova, lei ne aveva, e questo mi sembrava l'unico posto adatto a una ragazzina spezzata che ha solo bisogno di trovare un po' di pace e di capire che non è sola al mondo, ma che ci sono persone pronte ad accoglierla nella loro vita e ad amarla.

2
Niall

Mi siedo sullo sgabello intorno all'isola della cucina dei miei genitori mentre mio padre posa sotto i miei occhi un bicchiere di whiskey. Lo ringrazio con un cenno della testa e prendo il bicchiere fra le dita, facendo roteare il liquido all'interno. Mio padre si siede accanto a me mentre mia madre posa sul ripiano una torta di mele.

"Spero sia ancora la tua preferita."

"Sempre."

In realtà è l'unico dolce che mangio, non so se perché mi piace sul serio o se perché è uno dei tanti ricordi che mi porto addosso di questo posto, o forse solo perché fino a pochi mesi fa non mi era concessa questa dose di zuccheri in eccesso.

Mia madre taglia una generosa fetta e la posa in un piatto prima di spingerlo verso di me. In effetti è enorme ma ormai, che diavolo mi importa? Non ho più regole da seguire, diete, programmi, allenamenti e probabilmente, con una figlia adolescente incazzata nera a carico e con il fatto che alla mia età mi ritrovo a vivere a casa dei miei genitori, nessuna donna si lascerà più condurre tra le mie lenzuola, anche perché in teoria ora sono le lenzuola di mia madre.

"Non le avevi detto che saresti venuti qui,

vero?" Mia madre chiede sorseggiando il suo tè.

"Non proprio" ammetto titubante. "Diciamo che ho saltato la parte in cui la informavo che ci saremmo fermati qui in attesa di nuova collocazione."

"E pensi di trovarla molto presto?" Mio padre incalza, versandosi altre due dita di whiskey e prendendosi uno sguardo da *se ti addormenti un'altra volta sul divano ti lascio lì per una settimana* da parte di mia madre.

"Lo spero." Mando giù il mio bicchiere e la stronzata che ho appena detto.

"Non c'è fretta, lo sai. La casa è grande."

"Non possiamo vivere con voi."

"E perché?"

"Prima di tutto, perché ho trentotto anni e vivo da venti da solo e poi, che razza di esempio darei a mia figlia?"

"Che sei un tipo attaccato alla famiglia?"

Lo guardo sollevando un sopracciglio.

"È solo che è bello avervi qui" mia madre posa una mano sul mio avambraccio.

Le sorrido colpevole perché so di esserlo. Sono andato via tanti anni fa senza guardarmi indietro e senza tornare a casa a volte per un anno intero, eppure vivevo a poche ore da qui, non in un altro stato, anche se per molti abitanti del luogo vivere a Dublino equivale a vivere oltre oceano, ma questo è un altro paio di maniche.

"E come mai Rian non c'è, stasera?"

"Il venerdì lavora fino a tardi, ma verrà domani a cena."

A quanto pare mia sorella diciottenne se la passa meglio di me. Ha un lavoro, vive da sola e ha una vita sociale. E non gliene frega niente di venire a salutare suo fratello maggiore che è tornato con la coda tra le gambe a casa a trentotto anni e con una ragazzina al seguito.

Non posso biasimarla. Rian e io ci conosciamo appena, si può dire che siamo quasi due estranei e la colpa, ovviamente, è tutta del sottoscritto.

Infilo l'ultimo pezzo della torta in bocca guardando sconsolato il piatto vuoto: ho spazzolato la mia fetta senza neanche accorgermene e quando mia madre me ne offre una seconda, glielo porgo rassegnato a perdere anche i miei addominali conquistati con tanta fatica oltre a tutto il resto.

Mi sorride gentilmente piazzando un'altra fetta nel piatto mentre io la guardo grato, ma prima che questa nuova ondata di zuccheri saturi si tuffi nel mio stomaco e si depositi sul mio addome, qualcuno bussa alla porta.

"Chi può essere a quest'ora?" Mio padre si alza subito per andare a vedere.

"Lascia, faccio io." Mia madre lo blocca.

Entrambi la guardiamo con sospetto.

"Aspetti qualcuno?"

"Cosa? Io? No, perché, assolutamente." Si avvia verso il salotto veloce per poi scomparire ai nostri occhi.

"Tu non ne sai niente, vero?" Chiedo a mio padre.

"E vorrei continuare a non saperne niente" dice finendo il suo secondo bicchiere.

"Oh merda! Allora non era una cazzata!"

Mi volto di scatto verso quella voce fin troppo familiare.

"La nostra pecorella smarrita è tornata a casa!"

"Io direi piuttosto caprone, rende meglio l'idea" mio padre dice accanto a me guadagnandosi un'occhiataccia.

"Tu? Che diavolo ci fai qui?"

"Tua madre mi ha detto che saresti tornato."

"Ah sì? E quando?"

"Ieri a colazione da mia madre."

Mio padre la guarda curioso.

"Non devo dare spiegazioni a nessuno" lei si difende. "E comunque per caso gli ho detto che tu saresti arrivato oggi e così…"

"Mi ha detto è solo come un cane, non ha più nessuno e non sa dove sbattere la testa. Potresti venire a giocare con lui?"

Guardo mia madre incredulo.

"Non ho detto proprio così."

"Il succo è quello."

Tyler si avvicina con le mani sui fianchi e con l'espressione di uno che non vede l'ora di riprendersi tutte le sue rivincite.

"È una gioia vederti, Kerry."

"Vorrei dire lo stesso, davvero."

Tyler se la ride. "Sempre il solito stronzo" commenta, in casa dei miei genitori, e nessuno si preoccupa di smentirlo. "Vieni qui, andiamo." Allarga le braccia in attesa. "Ci sta una stretta come si deve."

"Se è proprio necessario." Mi alzo riluttante e mi lascio abbracciare. "E comunque non ho ancora capito perché lui è qui" dico a mia madre, non appena Tyler mi lascia andare.

"Ho pensato fosse carino rivedere i vecchi amici, riprendere i contatti."

"E con vecchi amici intende solo me." Tyler non perde tempo. "Gli altri, lo sai…"

Sbuffo. Diciamo che in città non ho molti fan, altro motivo per cui avrei potuto evitare di tornare con la coda fra le gambe ma ehi, ho una ragazzina da crescere e una vita da rimettere insieme, da qualche parte dovevo pur cominciare.

"Perché voi due non andate che so, a farvi una birra?" Mia madre propone.

"Perché dovremmo?"

"Ti farà bene prendere un po' d'aria."

"Non credo sia il caso, sai, il viaggio…"

"Tre ore d'auto?" Mio padre commenta.

"E poi Skylar…"

"Ci siamo noi con lei."

"Ti sembra davvero saggio che io lasci mia figlia da sola la prima sera qui per andare a bere?"

"Non vorrei essere *rude*, tesoro, ma tua figlia ti

ha mandato a quel paese."

"Be', non è andata proprio così."

"Ha mandato anche noi, implicitamente" mio padre precisa.

"Vai, coraggio."

Mia madre mi spinge verso il salotto, non capisco questa fretta di liberarsi di me, sono appena arrivato e poi, non era felice di avermi a casa?

"Skylar starà bene e con un po' di fortuna anche tu."

"Che faccio, quindi, vado?" Chiedo a mio padre che in questo momento mi sembra il più ragionevole.

"Qui non servi a nulla."

"Andiamo, Kerry, un salto al pub, un paio di pinte, una partita a freccette" Tyler mi incita. "Cosa può mai accadere?"

"Niente?" Chiedo titubante.

"Lo riporterò a casa prima di mezzanotte" dice ai miei, trascinandomi quasi di peso verso la porta e a me non resta che sperare che mantenga la parola appena data.

3
Niall

"Solo a me sembra strano tutto questo?" Chiedo a Tyler prima di salire sulla sua auto.

"Di che parli?"

"Tu, qui, a casa mia. Mia madre che ti invita. Noi due."

Scrolla le spalle indifferente.

"Andiamo, Tyler, non ci vediamo da... Quanto?"

"Non ne ho idea."

"Appunto!" Allargo le braccia spazientito.

"Che problema c'è, Kerry?"

"Non siamo neanche amici" dico sincero.

"Lo siamo stati."

"Sono passati dieci, forse quindici anni dall'ultima volta in cui abbiamo fatto qualcosa tu e io."

"E allora? Siamo cresciuti insieme, casa mia è laggiù." Indica la strada che porta verso la sua casa, opposta a quella che va verso la città. "Siamo stati compagni di banco e di squadra."

"Una vita fa!"

"E cosa cambia?"

"Tutto?"

Poggia le braccia sul tettuccio della sua auto e mi guarda. Il suo viso è cambiato poco, così come il suo modo di fare.

"Non so come funzioni nella grande città, Kerry, ma qui da noi le cose non cambiano. Quello che eravamo quindici o vent'anni fa, lo siamo ancora."

Non ne sono per niente convinto.

"Rilassati, okay? Sei a casa, ora, con la tua famiglia, con gli amici di sempre."

"Quali amici, Tyler" sospiro sconsolato.

"Be', inizia con me, poi magari il resto verrà."

"Sai benissimo che in città non godo di una grande reputazione."

"E allora, amico mio, andiamo a rimediare."

* * *

Quando mettiamo piede nel *Doms*, uno dei pub più longevi della città situato proprio sulla baia, capisco subito di aver commesso un grosso errore e anche se sono consapevole del fatto che non è vero che tutti gli occhi sono puntati su di me – come mi ha fatto notare più volte Tyler – non riesco a sentirmi meno a disagio. Non è come ha detto lui, non sono a casa, non sono con gli amici di sempre e se vogliamo dirla fino in fondo, non sono più io. Forse per loro che sono rimasti funziona così, per loro il tempo si è fermato, ma io sono andato avanti e ora non posso che sentirmi un estraneo in terra ostile.

Mi siedo a un tavolo non abbastanza nascosto e resto con lo sguardo basso e con il berretto sulla testa mentre Tyler si reca al bancone per prendere due pinte. Do un'occhiata veloce in giro senza sollevare troppo il capo, e mi rendo conto che in effetti tutti stanno pensando ai cazzi propri e che probabilmente, non sono neanche abbastanza lucidi arrivati a questo punto della serata per concentrare la loro attenzione sul sottoscritto.

"Rilassati." Tyler si siede facendo scivolare una pinta verso di me. La guardo e mi dico perché no, non sono a regime – proprio come per la torta – quindi la prendo e la sollevo portandomela alle labbra.

"Ai vecchi amici."

Tyler solleva la sua e beve un paio di sorsi. Io ne mando giù qualcuno in più, per poi appoggiare la schiena dietro di me e seguire il consiglio di Tyler, quello di rilassarmi.

"E quindi, hai davvero mollato tutto?"

"Chi te lo ha detto, mia madre?"

"No, tua madre ha detto alla mia che hai avuto un periodo di merda e che sei qui per riprenderti."

"Interessante..."

"Le voci in città dicono che ti hanno buttato fuori perché sei stato a letto con la figlia del presidente, tra l'altro minorenne."

Sputo la birra che stavo bevendo sul tavolo.

"Che cosa?"

"Ehi, non l'ho messa mica io in giro questa storia."

"E chi cazzo è stato?"

Scrolla le spalle. "Non ci hanno creduto tutti."

"E tu? Ci hai creduto?"

"Forse in un primo momento avrei anche potuto pensare che ci fosse un fondo di verità, ma poi, guardandoti..."

"Che vuoi dire?"

"Si vede che non te la stai passando tanto bene."

"Siamo intuitivi."

"C'è anche un'altra voce, quella che gira nell'ambiente."

"Che ambiente?"

"Sportivo."

"Ah sì? E che dice?"

"Dice che hai rinunciato a tutto per il bene di una ragazzina che ti è piovuta dal cielo."

Sorrido mio malgrado.

"Ed è la voce che mi piace di più."

"Come mai? Non sei un amante del gossip?"

"Te l'ho detto, ti conosco."

Alzo gli occhi al cielo e finalmente mi sfilo il berretto, sistemandomi poi i capelli con una mano.

"E sai cos'altro so?"

"Sentiamo..." Lo sfido.

Appoggia la schiena dietro di lui e beve un sorso della sua birra, poi indica con un dito dietro le mie spalle, al che mi volto lentamente curioso e quando dal solo modo in cui scosta i capelli dal viso per portarli dietro l'orecchio la riconosco, inizio a pensare che forse questo stronzo tutti i torti non ha, che forse in questo posto davvero il tempo si ferma e che forse, dopotutto, qualcosa di me è rimasto qui, anche se io sono andato via.

4
Jordan

"Quando ti ho proposto di andare in un locale carino non intendevo questo."

"Perché? Cos'ha di male il *Dom*?"

"Di per sé nulla, ma è a due passi da casa ed è frequentato solo da persone che conosci già, fatta eccezione per qualche turista di passaggio."

"E allora?"

"Non dovevamo festeggiare un evento importante?" Anya dice avvicinandosi a me, come se volesse parlarmi all'orecchio per tenere la cosa tra di noi, come se qualcuno potesse sentirci o preoccuparsi di ciò che stiamo dicendo o come se qualcuno, in questa dannata città e probabilmente in tutta la contea, non sia a conoscenza delle ultime vicende che mi riguardano.

"È quello che stiamo facendo" le ricordo, mostrandole il mio bicchiere quasi vuoto.

"Non era quello che avevo in mente."

Neanch'io, anche se la mia idea era molto distante dalla sua.

"Ma ormai siamo qui, possiamo guardarci intorno, magari ci dice bene. Coraggio, alza gli occhi dal tavolo e scandaglia tutti i papabili candidati."

"È proprio necessario?"

"Preferisci che lo faccia io al posto tuo?"

Vuoto il mio bicchiere e poi prendo un bel respiro, decisa a darle qualcosa o non mi mollerà mai. Sollevo lo sguardo e lo faccio vagare nella sala semi buia del locale. Al bancone i soliti avventori, non vedo volti nuovi e non vedo nessuno sotto i cinquanta. Scuoto la testa e mi volto dalla parte opposta, i tavoli sono quasi tutti occupati, è venerdì sera e la notte è ancora giovane, almeno per loro, per me inizia già a scemare, probabilmente a causa del mio pessimo umore o forse solo perché non ho abbastanza alcol in circolo che mi faccia dimenticare questa maledetta serata, gli ultimi dieci anni della mia vita e l'unico uomo che abbia mai amato che ora è impegnato ad amare qualcun'altra.

Quando sono sul punto di chiederle di darmi tregua e di tornare finalmente a casa, lei mi precede dandomi una gomitata.

"E quello lì?"

"Di chi parli?"

"Terzo tavolo da sinistra."

"Per favore" dico, guardando dove mi ha detto. "Tyler Hayes?"

"Non lui, per chi mi hai preso?" Risponde contrariata. "Dico l'altro."

Guardo ancora verso il tavolo nel momento in cui si toglie il berretto e si scompiglia i capelli. Poi Tyler gli dice qualcosa e gli fa un segno con la mano, come se stesse indicando verso di noi. Distolgo lo sguardo prima che lui si volti e che mi becchi a fissarlo, scostandomi con finta nonchalance i capelli dal viso e sistemandoli dietro l'orecchio.

"Lo conosciamo?" Anya chiede subito, lei non ha pensato di mostrare discrezione, lei sta continuando a fissarlo.

"Non lo so, non credo. Non ho fatto in tempo a vederlo bene in viso."

"Potresti farlo adesso."

"Non ci penso nemmeno."

"Non sta guardando più in questa direzione."

Mi fido e mi volto appena. Tyler sta guardando ancora verso di noi ma lo sconosciuto ci dà le spalle e da questa distanza non sono in grado di riconoscere una schiena.

"Non mi dice nulla."

"Be', meglio così, no?"

"Meglio per cosa?" Torno su Anya.

"Uno sconosciuto è quello che ti ci vuole."

"Pensi davvero che io possa farlo?"

"Non è il motivo per cui siamo uscite, stasera?"

"Non direi."

"Avevi promesso."

Sbuffo. "Non andrò a letto con uno sconosciuto."

"No, certo che no. Infatti ora vai da lui e ti presenti, chiacchierate per... Che so, dieci, quindici minuti, e poi non sarete più così sconosciuti e potrete passare alla fase successiva."

"Stai scherzando, vero?"

"Sono serissima." E anche il suo sguardo lo è. "Non ce ne andremo di qui insieme, sia chiaro. Tu uscirai da questo locale con una compagnia di sesso maschile."

"Anya..."

"Non tornerai a casa da sola."

Respiro profondamente.

"Non stasera" aggiunge un po' meno decisa, il suo tono ha perso sicurezza, ora sembra solo preoccupata e dispiaciuta per me.

Poggio le mani sul tavolo e mi alzo in piedi.

"Dove stai andando?"

"Ho bisogno di qualcosa di forte se devo andare fino in fondo a questa cosa."

"Davvero?" Il suo viso s'illumina e forse un po' anche il mio.

Annuisco.

"In questo caso..." Vuota il suo bicchiere e poi me lo mostra. "Ne voglio un altro anche io, ho bisogno di essere lucida e carica per sostenerti."

"Lucida?" Le chiedo divertita, prima di lasciarla al tavolo e avvicinarmi al bar.

Mi faccio largo tra un gruppetto di persone in attesa dei loro drink e mi appoggio appena su uno sgabello libero ad aspettare il mio turno. Non ci provo neanche a sedermi, il vestito è corto e decisamente troppo stretto, non riuscirei più a venire giù senza mostrare a tutti la mia biancheria.

"Che ti do?" Il barman mi chiede, tamburellando le dita sul bancone per mettermi fretta.

"Altri due di quei cosi rosa." Faccio uno strano gesto circolare con le dita che non vuol dire assolutamente nulla mentre lui mi guarda ancora in attesa.

"Quelli con i mirtilli." Cerco di spiegarmi meglio ma lui non sembra voler collaborare.

"Credo intenda il *Gordons*." Una voce alla mia destra dice.

Mi volto nella sua direzione.

"Quello rosa, ovviamente." Mi rivolge uno di quei sorrisi da *ti sto sfilando le mutandine e non te ne stai neanche accorgendo*.

Il barman prende una bottiglia alle sue spalle e la mostra a lui.

"Esattamente" dice compiaciuto. "E non dimenticare i mirtilli, giusto?" Mi fa l'occhiolino e io mi sento avvampare fino alla radice dei capelli.

Il barman si allontana per preparare i miei drink e lui si avvicina, mentre il sorriso da sciogli biancheria inizia a fare il suo malaugurato effetto, effetto che conosco bene e al quale sono stata immune per tutta l'adolescenza e per la prima parte della mia vita adulta, ma che a quanto pare alla donna disperata orfana di orgasmi che oggi sono, non resta per niente indifferente.

5
Niall

Non avevo intenzione di avvicinarla, ma trovarmela accanto al bar e vederla in difficoltà, ha risvegliato l'istinto di caccia che è in me e che dopo i recenti eventi si era rintanato in un letargo forzato.

Tyler aveva ragione: qui il tempo sembra essersi fermato, non so se per solleticare quel sottile senso di nostalgia che vive in chi decide di andare o se per punirti delle pessime decisioni che hai preso, come quella di non invitare Jordan Lane al ballo della scuola perché ero troppo stupido per ammettere che mi piaceva una nerd e vedercela invece andare con qualcun altro, ma questa è una vecchia storia che non va più di moda, esattamente come il sottoscritto.

Da come mi guarda ho paura che non mi abbia riconosciuto o peggio ancora, che non ricordi neanche chi sono e non ho idea di quale delle due ipotesi possa colpire più duramente il mio ego: in entrambi i casi ne esco di merda.

"Okay, forse non ti ricordi." Esordisco ora a disagio. "In effetti è passato un po' di tempo."

Sto anche sudando per caso?

Il barman poggia due bicchieri sul bancone rubando la sua attenzione.

"Scusa, devo..."

"Certo, ti prego, lascia, faccio io."

"Grazie." Sorride gentile e afferra i bicchieri. "Buona serata" dice prima di allontanarsi veloce verso la sala.

"Wow, amico!" Il barman si intromette nei miei pensieri. "Ci sai fare con le donne."

"Di che stai parlando?"

"Non stavi cercando di abbordarla?"

"Io?" Dico quasi offeso. "Non scherziamo." Mi siedo su uno sgabello e cerco di riconquistare il mio orgoglio. "Pensa a darmi due Guinness, piuttosto."

Alza le mani in modo plateale e si dirige verso la parte opposta del bancone, mentre io discretamente scruto tutta la sala prima di soffermarmi per qualche secondo sul tavolo a cui lei si è seduta. Non mi sta guardando, non si è voltata neanche una volta. Mi ha ignorato e sta continuando a farlo.

Non sono fiero di come ne sto uscendo.

"Ecco." Il barman posa le pinte sul bancone e io gli lascio più soldi del dovuto, sperando che non racconti a nessuno dei presenti la mia pessima figura, poi prendo i boccali e torno da Tyler.

"E quello cos'era?" Mi chiede non appena mi siedo.

"Mmm?"

"Così ti sei portato a letto tutte quelle donne?"

"Che donne? Che diavolo stai dicendo?"

"Non lo dico mica io, sono voci, news, gossip."

"Gossip? Su di me?"

"Be', per molto tempo sei stato l'attrazione del posto."

"Attrazione?" Chiedo quasi divertito.

"Diciamo che sei il personaggio di spicco."

"Siete messi male."

Tyler scrolla le spalle e beve un paio di sorsi. "Non c'è molto da fare qui e non ci sono tante persone che sono riuscite a uscire dal guscio."

"Non ho fatto nulla di importante."

"Forse per te, ma per me, per noi, sei un idolo."

"Solo perché sono andato via?"

"I successi, le interviste, le foto. C'è la tua faccia anche sulla vetrina di *Intersport*."

"Davvero?"

"Certo, sei il simbolo del *Dublin*."

"Ma se non gioco più."

"Questo non vuol dire che la gente ti abbia dimenticato. Per noi sei quello che ce l'ha fatta e sempre lo sarai."

"E allora perché mi odiano tutti?"

"Non è vero che ti odiano."

"Non godo di un'ottima reputazione qui in città."

"Questa è l'altra faccia del successo."

"Non starai esagerando?"

"Io dico quello che vedo e che so e qui, amico, sei quasi una celebrità."

Bevo un paio di sorsi mentre le parole di Tyler

iniziano a prendere una forma diversa nella mia testa. Poso il boccale sul tavolo e lo guardo.

"Non è possibile che non sappia chi sono."

"Come dici?"

"Al bar, ha finto."

"Sto cercando di seguirti ma tu dammi un indizio."

"Jordan Lane."

"Ahh... Ora ci sono."

"Si è comportata come se non sapesse chi sono."

"Mmm."

"Ma non è possibile, giusto?"

"Non so come rispondere a questa domanda, qualsiasi cosa io dica finirebbe col farti fare la figura del coglione e non so se la cosa ti piacerebbe."

"Perché fingere?" Chiedo più a me stesso che a Tyler.

"Non cercare una risposta, fidati."

Tyler ha ragione, non dovrei soffermarmi su questa cosa, non ce n'è motivo e sicuramente non ne ho bisogno, ma brucia, cazzo se brucia, più di averla vista baciare Steven Hill in mezzo alla pista da ballo.

"Niall?" Tyler mi chiama.

"Mmm?"

"Sta guardando da questa parte."

Mi volto senza neanche preoccuparmi di mascherare il mio interesse cogliendola sul fatto.

"Magari dovresti andare da lei. Provare a capire o magari, potresti darle qualcosa di cui non si dimenticherà tanto facilmente."

Guardo di nuovo il mio amico.

"Tu dici che è il caso?"

"Perché no?"

"Sono appena tornato, vivo dai miei, mia figlia mi odia. Ti basta?"

"Ma lei tutte queste cose non le sa e poi credo sul serio che tu abbia bisogno di una distrazione. Da quanto tempo non esci con una donna?"

"Non me lo ricordo più."

E questa è una cosa grave.

"E allora, cosa aspetti? Che hai da perdere?"

Cosa ho da perdere a parte la faccia? Tra l'altro è l'ultima cosa che mi è rimasta.

Bevo mezza pinta in un sorso e poi mi alzo.

"Credo proprio che andrò da lei."

"Così mi piaci!"

Tyler alza la sua pinta in aria in segno di approvazione. Io mi volto e guardo verso il suo tavolo, pregando che si alzi e se ne vada prima che io decida davvero di attraversare tutta la sala per andare da lei.

"Cosa stiamo aspettando?" Tyler chiede alle mie spalle.

Che ritrovi le mie palle da qualche parte.

"Niente."

"Allora vai."

"Sto andando."

"Devo per caso aspettarti?" Nel suo tono un velo di sarcasmo che non apprezzo.

"Non disturbarti, so come tornare a casa" gli dico, prima di prendere un bel respiro e di tuffarmi a piedi pari nel passato.

6
Jordan

"Oh mio dio." Metto giù il bicchiere prima di soffocarmi con il mio drink.

"Cosa c'è?"

"Sta venendo qui."

"Chi?" Anya si raddrizza e fa per voltarsi ma io la blocco.

"No, cavolo, non ti girare!"

"Cosa sta succedendo?"

Mi zittisco prima di poterle dare una risposta perché lui è già dietro le sue spalle.

"Non è stato carino."

Dio mio. Se il suo sorriso scioglie la biancheria la sua voce la disintegra.

Prende la sedia libera tra di noi e si accomoda.

"Non mi hai neanche salutato."

"Ho ringraziato per i drink, però" riesco a rispondergli miracolosamente a tono.

"Sarebbe stato gradito un *abbraccio*."

Bevo un sorso del mio drink rosa e decido di seguirlo in questa provocazione.

"E magari anche un bacio di bentornato."

Mi sorride a mezza bocca e io mi trovo costretta a serrare le gambe sotto al tavolo.

"Sarebbe stato il top."

"Lo immagino, ma vedi, certe cose bisogna guadagnarsele."

Anya sposta incredula lo sguardo da lui a me, non se lo aspettava un risvolto simile e a dire il vero, non me lo aspettavo neanche io.

Poso il bicchiere vuoto sul tavolino e lui lo osserva, poi solleva gli occhi su di me e *diavolo*, con quelli potrebbe anche masticarla e ingoiarla la mia biancheria.

"Cominciamo con un altro giro" dice prendendo il mio bicchiere. "Per te e la tua amica."

"La sua amica se ne sta andando." Anya scatta in piedi. "Si è fatto tardi, domani ho un impegno e poi diciamocelo, Kerry" si rivolge a lui. "Non mi va di fare da terzo incomodo e il tuo amico, lì," indica Tyler ancora seduto al tavolo dove prima erano entrambi. "Non è certo il mio tipo."

Niall sorride soddisfatto.

"Quindi buona serata e tu," guarda verso di me. "Non ti azzardare a tornare a casa da sola, intesi?" Si china per darmi un bacio e poi sparisce veloce tra la folla del locale lasciandoci soli.

"Saggia la tua amica."

"Ubriaca, come ogni venerdì sera."

"E tu, invece?"

"Io sono lucidissima."

"E allora come mai mi stai lasciando avvicinare?"

"Forse perché non ho niente di meglio da fare."

Annuisce lentamente. "In questo caso... Fammi fare qualcosa per accelerare il processo."

"Non verrai a casa con me, Niall Kerry. Non sono così disperata."

Si tocca il petto fingendosi offeso.

"Non fare tante storie, sono sicura che il tuo ego sta benissimo."

"Permettimi di offrirti un altro giro e poi ne riparliamo."

"Non cambierò idea."

"E io non farò niente per fartela cambiare. Promesso."

Si allontana verso il bar e io mi concedo la vista del suo fondoschiena che si muove in un paio di jeans scuri e attillati.

Perché gli uomini devono invecchiare così bene mentre io non riuscirei a evitare la gravità che incombe impietosa neanche se andassi a correre cinque volte alla settimana?

E poi, perché diavolo sto guardando il suo fondoschiena? E perché ho iniziato questo giochino? Mi ha dato per caso di volta il cervello? E perché ho permesso ad Anya di lasciarmi con lui?

Devo trovare un modo per uscire da questa situazione, questa non sono io, non mi lascio abbordare nei locali, non flirto con uomini che non potranno che darmi un paio di orgasmi e nulla più, non...

Aspetta.

Ho appena pensato a un orgasmo?

Prima che possa formulare altri pensieri che non mi appartengono, Niall torna al tavolo con un altro bicchiere di stupido liquido rosa per me e con una pinta per lui.

"Tutto okay?" Scruta il mio viso.

Ecco, questo è il momento di fare dietrofront, di dirgli che si è fatto tardi, che devo tornare a casa a dare da mangiare al mio gatto, che non sono fatta per queste cose, per una notte, per il sesso, per uomini come lui, ma poi lo guardo, gli occhi furbi e attenti, il sorriso sicuro, la barba che inizia a diventare grigia, i capelli lunghi e spettinati e l'aria di uno che ha voglia di stare qui con me, di provarci con me, e magari davvero di portarmi a letto. Qualcosa che non vedevo da anni e che avevo dimenticato quanto bene potesse fare.

"Assolutamente."

Prendo il bicchiere e faccio un paio di sorsi per scacciare via i pensieri negativi.

Non devo andare a casa, non devo correre a dare da mangiare a Caramel – e sì, un gatto ce l'ho davvero che è in grado di sopravvivere un altro paio d'ore senza di me – e non devo comportarmi da brava ragazza perché farlo per tutta la vita non mi ha portato a niente, se non a vivere da sola in un appartamento minuscolo sopra una pizzeria, in compagnia del mio gatto e dei rumori dei miei stessi pensieri. Senza contare il mio stupido cuore spezzato.

Posso lasciarmi sedurre dal cattivo ragazzo

ormai uomo poco raccomandabile e posso concedermi una sera, solo una, di completa follia. Me lo merito. Sono una donna libera e voglio avere qualcosa da ricordare.

"Non credevo fossi tu, al bancone, prima."

"Sono cambiato così tanto?" Chiede scompigliandosi i capelli.

"Sei invecchiato."

"Be', grazie."

"Ma il fatto è che non me lo aspettavo, ecco."

"Cosa? Di trovarmi qui?"

Annuisco.

"Sono appena tornato."

"Tornato a vivere in città?"

"Diciamo che ho delle questioni di famiglia da risolvere."

"Capisco."

Faccio un altro sorso per allentare la tensione, non sono mai stata brava a fare questi giochi e sono anche parecchio fuori allenamento.

"Tu non sei invecchiata per niente."

"Come dici?"

Fa scivolare lo sguardo su di me, lungo la mia scollatura, poi risale lentamente e inizia a fissare con insistenza la mia bocca. Schiudo d'istinto le labbra mentre i suoi occhi risalgono fissandosi nei miei.

"Sei sempre bellissima."

Sorrido.

"Forse anche di più."

"È così che hai conquistato tutte quelle donne?"

"Che donne?"

"I giornali, il web, sai..."

"Anche tu con questa storia? Credete a tutto quello che leggete quaggiù."

"Ci si annoia parecchio da queste parti."

"Conosco almeno due o tre modi con cui ammazzare la noia."

"Ah sì?"

Annuisce con sguardo furbo.

"Stai sfoderando tutte le tue doti per portarmi a letto?"

"Di solito le sfodero dopo. Quando ci sei già nel mio letto."

Le sue parole corrono veloci sulla mia pelle.

"Mi stai per caso promettendo una notte indimenticabile?"

Ormai ci sto troppo bene in questi panni e non voglio togliermeli ancora di dosso, a meno che non sia lui a farlo.

"La promessa di una notte selvaggia e libera, in cui tutto è permesso."

Lasciamo perdere sorriso, occhi e voce. Sono le sue parole il problema più grande, chissà se le prova davanti allo specchio o se gli vengono al momento. E il fatto è che ci credo ciecamente, non ho bisogno neanche di bere un altro bicchiere per farlo. Per convincermi ad andare via con lui sì, però, ho bisogno di un altro di questi cosi colorati.

"Ne vuoi un altro?" Indica il mio bicchiere vuoto intuendo probabilmente i miei pensieri.

"Perché no."

Brava, Jordan. Disinvolta e sicura di te.

"Torno subito."

Si alza portando via il mio e il suo bicchiere e io inclino la testa di lato per seguire di nuovo il movimento del suo fondoschiena.

Eppure non mi è mai piaciuto o meglio, non mi è mai interessato. Forse perché non ero certo il suo ideale di ragazza a scuola e non credo neanche di essere il suo tipo di donna, adesso, ma a chi importa?

Sono qui per una notte, niente di più e niente di meno. È questo quello che lui dà alle donne, no? Ed è questo quello che io voglio da lui.

7
Jordan

"È tutta la sera che mi chiedo se sotto un vestito così stretto sia possibile o no portare la biancheria." Torna verso l'alto, stavolta le sue dita sotto la stoffa, a sollevarla lentamente. *"Oh dio"* dice tra i denti. Si sposta sulle mie natiche, la sua bocca cattura il mio lobo mentre io inclino la testa di lato per dargli tutto l'accesso che vuole. *"E ora voglio solo sentire quanto sei bagnata."*

Apro gli occhi di colpo portandomi le mani sul petto per evitare che esploda, ma nel momento in cui lo faccio, il dolore martellante che sento nelle tempie mi costringe a cambiare soggetto e a scegliere di tutelare la mia testa dallo scoppio.

Mi volto lentamente per capire cosa diavolo sia successo e quando nella penombra della stanza mi rendo conto di essere per fortuna nel mio letto, le pulsazioni cominciano a rallentare. Faccio scivolare via le mani dalla testa e poggio i gomiti sul materasso cercando di tirarmi su e quando scruto la stanza in cerca di indizi su cosa mi abbia ridotto così, colgo una figura in piedi accanto alla porta.

Non urlo solo perché il respiro mi si blocca nel petto quando vedo il suo di petto, nudo.

"Buongiorno."

Il suo sorriso da mattino dopo è ancora più

pericoloso di quello da sciogli biancheria.

"Gli ho dato da mangiare." Avanza verso di me posando i suoi piedi scalzi sulla mia moquette e tenendo in braccio Caramel. "Si lamentava e così..." Le accarezza la testa con la sua mano enorme e... Un momento.

Mani. Dita. Biancheria. Fuoco.

Oh porco diavolo.

Mette giù il gatto che salta subito sul letto per venirmi a dare il suo buongiorno.

"È maschio o femmina?" Chiede indicandolo.

Femmina, ovviamente, o non si sarebbe strusciata su di te come una poco di buono per avere un po' di attenzione.

"F-femmina."

Sto balbettando.

E ho portato un uomo a casa mia.

E ci ho fatto sesso, credo.

A questo punto almeno lo spero.

"Stavo per fare il caffè." Indica la porta alle sue spalle.

"Mobile accanto al frigo."

"Okay. Ti do il tempo di... Sì, insomma..."

"Cosa?" Gli chiedo guardandomi e solo allora capisco di essere nuda.

"Oh diavolo!" Mi affretto ad afferrare il lenzuolo e a stringerlo intorno al seno mentre lui – lo stronzo – se la ride compiaciuto.

"Non dovresti coprirti. Non c'è niente da

coprire lì sotto, credimi."

La sua voce scende e il calore tra le gambe torna.

"Ti do un attimo" dice calmo, prima di voltarsi e di portare il suo sedere nei suoi jeans attillati verso il mio salotto.

Ah ecco.

Ora ricordo perfettamente come ci siamo finiti qui.

Mi alzo dal letto affacciandomi verso la porta e controllando che effettivamente sia andato in cucina e quando lo sento aprire le ante per cercare quello di cui ha bisogno, finalmente respiro. Mi dirigo veloce verso il bagno portando con me il lenzuolo e mi guardo allo specchio situato sopra il lavandino.

"Oh cazzo!" Urlo quando vedo la mia immagine riflessa.

"Tutto bene?" Chiede dall'altra stanza.

"Benissimo!" La mia voce è stridula ma andiamo! Mi ha vista in queste condizioni? Ho ancora il trucco di ieri intorno agli occhi, i capelli arruffati e improponibili e le occhiaie e... E che cavolo è questo? Guardo il mio collo dove un segno viola fa la sua comparsa.

"Cosa diavolo..." Scosto il lenzuolo e mi do un'occhiata veloce.

"Volevi una notte selvaggia." La sua voce dalla porta mi fa prendere un colpo.

"Di cosa stai parlando?"

"I segni" dice indicandomi, poi si guarda il torace e sorride, al che lo guardo anche io e devo dire che a parte quel pacco di addominali che ho paura di aver leccato e quella V che scompare sotto la cintura dei jeans – e a questo punto credo di aver leccato anche quella – ci sono un bel po' di segni anche su di lui.

"Ti prego, non dirmi che non ricordi niente."

Forse sarebbe meglio, ma no, le immagini della scorsa notte sono tutte stampate indelebilmente nella mia memoria.

"Sono solo un po' confusa. Non sono abituata a bere così tanto, ma ricordo, sì. Ricordo abbastanza bene."

"Magari il caffè aiuta."

"Magari sì."

"Ti aspetto di là."

Si allontana mentre io mi volto di nuovo verso lo specchio e cerco di darmi una ripulita, lavandomi il viso e i denti, per poi pettinare i capelli come posso e sollevarli. Torno in camera e apro il secondo cassetto, tiro fuori una maglietta e la infilo veloce, poi vado verso l'armadio per cercare una tuta, la indosso e prendo un bel respiro prima di raggiungerlo nella mia cucina, dove una tazza di caffè mi attende insieme al suo sorriso sfrontato che a quanto pare non riesce a evitare.

Mi siedo sullo sgabello accanto al ripiano più alto mentre lui resta in piedi accanto al frigorifero.

"Latte?" Chiede aprendo lo sportello.

Annuisco e lui lo prende per poi versarne nella mia tazza fino a che non gli dico che è abbastanza.

"Ne ho dato un po' anche a lei." Indica la traditrice che si sta strusciando contro le sue caviglie.

"Caramel" dico prima di bere un sorso. "Si chiama Caramel."

Bevo qualche sorso di caffè per evitare il silenzio imbarazzante del mattino dopo – anche questo qualcosa a cui non sono abituata – ma lui al contrario di me deve essere abituato a certe situazioni, perché non sembra per niente in imbarazzo anzi, sembra perfettamente a suo agio nel ruolo di uomo da una notte che non vede l'ora di fuggire al mattino.

"Ascolta." Il suo sorriso diventa meno affascinante e la sua espressione inizia a cambiare in qualcosa di serio e di stronzo che non mi piace.

"Non c'è bisogno che tu dica nulla."

Gli vado incontro – non per aiutarlo, sia chiaro, ma perché devo di più al mio orgoglio.

"È stata una notte."

Annuisce lentamente scrutandomi con attenzione.

"Non la cercavo neanche in realtà, volevo una serata diversa. Ed è quello che ho avuto."

E no, Niall Kerry. Non sarò un'altra tacca sulla tua parete, anche se andando a letto con lui tecnicamente la tacca l'ho disegnata da sola, ma non ti darò altro. Sono una donna adulta che non faceva sesso da un anno e che ha deciso di avere una notte con un uomo.

Fine della storia.

"Okay" sorride di nuovo ma non come prima.

"Non mi devi nulla, davvero. Non eri tenuto neanche a restare fino al mattino."

Sto esagerando? Non mi sarebbe piaciuto scoprire che se ne era andato nel cuore della notte, ma ormai sono completamente calata nella parte e devo mantenerla fino in fondo.

"Sono un gentiluomo."

Su questo ho seri dubbi, ma lascerò interpretare la sua parte anche a lui.

"Visto che non abbiamo altro da dirci..." Si volta e posa la tazza nel lavandino. "Direi che si è fatta ora di andare."

"Credo proprio di sì."

"Vado a recuperare le mie cose."

"Credo sia quasi tutto in camera, anche se ho intravisto qualcosa all'ingresso" dico disinvolta, ignorando il fatto che il mio viso e il mio collo stiano andando a fuoco.

Si allontana seguito da Caramel ma mi parla di nuovo prima di scomparire dalla cucina.

"La scorsa notte è stata..." Sospira mentre mi volto verso di lui. "Tu sei stata..." Sembra in difficoltà ora. "Mi dispiace per quelli." Indica i segni che mi ha lasciato.

D'istinto mi tocco il collo dove prima ho visto uno dei lividi.

"Dispiace anche a me." Indico con la testa il

suo torace pieno di graffi.

"Li considererò come ferite di guerra."

"Guerra?" Chiedo divertita. "Non starai esagerando?"

Lui sorride di nuovo, la sicurezza è tornata e anche qualche altra cosa.

"Sei proprio sicura di ricordare quello che è successo?"

"Certo" dico con nonchalance, voltandomi di nuovo per prendere la mia tazza.

"Se lo dici tu… *Cow girl*."

E per poco non mando la tazza sul pavimento.

"Voglio cavalcarti" gli dico all'orecchio. "Voglio domare il mio cavallo selvaggio."

Le sua mani si piantano sulle mie natiche.

"Sono tutto tuo, cow girl. Puoi anche frustarmi se la cosa ti eccita."

"Non tentarmi." L'adrenalina pompa con forza nelle mie vene.

"Puoi fare di me tutto ciò che vuoi."

La porta sbatte con forza facendomi trasalire e riportandomi al presente, a stamattina, nella mia cucina, restituendomi i pensieri e tutti i ricordi della notte appena trascorsa.

Ho davvero cavalcato Niall Kerry e credo di averlo anche frustato o qualcosa del genere. E ho paura che mi sia anche piaciuto.

Abbastanza. Abbastanza tanto.

E a questo punto credo che sia piaciuto anche a lui.

8
Niall

Scendo le scale e apro il portone che mi immette sulla strada. Una volta sul marciapiedi mi guardo intorno per capire come fare a tornare a casa ma non vedo neanche un taxi nei paraggi. D'altronde non siamo a Dublino, non ne trovi uno a ogni angolo qui e non trovi altri mezzi di trasporto, non di certo qualcosa che ti porti fuori dalla cittadina e verso la campagna, dove si trova casa dei miei.

Infilo le mani nelle tasche dei jeans e tiro fuori il biglietto con il mio numero che avevo intenzione di lasciarle, lo accartoccio e mi incammino verso il centro della cittadina, dove magari riuscirò a trovare un taxi per tornare a casa, e lo getto nel primo cestino della carta che trovo lungo il tragitto.

Non so perché volevo lasciarglielo, avevamo detto una notte, è vero, niente di più sano e giusto, soprattutto data la situazione familiare in cui mi trovo al momento, ma ci siamo divertiti, siamo stati bene e lei, lei è stata tutto ciò che non mi aspettavo e la cosa mi ha lasciato completamente sottosopra e non solo perché è stata l'unica a farmelo venire duro.

E sì. Il mio bastoncino di zucchero non si alzava, non dava segni di vita, neanche un impulso involontario.

Morto. Defunto. Inesistente.

Ed è stato così per circa nove mesi.

E invece mi è bastato sfiorarla, respirare sul suo collo, premere il suo culo contro il mio uccello per fare in modo che tornasse dal regno dei morti a ricordarmi che ne ho ancora uno.

Lei lo ha riportato in vita.

Sbuffo cercando di scacciare il pensiero di lei che si siede su di me e che si muove sinuosa sul mio cazzo e cerco di pensare invece a qualcosa da dire al mio rientro a casa.

Non pensavo di restare fuori tutta la notte né di volermi trattenere fino al mattino da lei, ma il suo corpo caldo contro il mio, i suoi capelli sul mio petto, il suo seno morbido premuto contro il mio torace... Be', non era mica facile lasciare tutto quello e sgattaiolare di notte per tornarmene nel mio letto singolo nella mia vecchia camera a casa dei miei genitori.

Sono uscito la prima sera e non sono rientrato, ho lasciato mia figlia sola con i nonni e mi sono comportato esattamente come mi sarei comportato in mille altre occasioni, ma ora no, cazzo, ora sono un padre single di un'adolescente problematica e incazzata che mi odia e devo darmi una regolata, devo imboccare una strada diversa, devo darle una vita sicura e tranquilla, una famiglia, e devo darle tutta la mia attenzione.

Attraverso la piazza principale e mi dirigo veloce verso un taxi parcheggiato all'angolo della strada, mi infilo all'interno e gli do il mio indirizzo, lui attiva il tassametro e poi si immette sulla strada diretto fuori dalla cittadina. Mi guarda un paio di volte attraverso lo specchietto retrovisore e poi si schiarisce la voce.

"Siamo tornati alle origini?" Chiede, nel suo tono una nota di sarcasmo che in questo momento mi annoia da morire.

"Non so di che parli, amico."

"Mmm... Stronzo come al solito" dice tra i denti, al che mi raddrizzo subito sul sedile.

"Come hai detto?"

"Freddo come al solito, dicevo..." Indica fuori dal finestrino. "Siamo solo a settembre e già sembra quasi Natale."

Scuoto la testa nervoso e fisso lo sguardo fuori dal finestrino.

"'Fanculo" gli sento dire ancora tra i denti, ma stavolta faccio finta di non sentirlo.

Non ho alcuna intenzione di litigare con un tassista di primo mattino, anche perché con molta probabilità, ha ragione ad avercela con me, qualunque sia il motivo.

In dieci minuti sono davanti casa dei miei. Gli allungo una banconota ed esco dalla vettura, lui fa inversione e se ne torna da dove siamo venuti, mentre io tiro fuori la chiave del cancello pedonale ed entro nella proprietà. Mi incammino lentamente e con la testa bassa verso la porta d'ingresso quando vedo mio padre spuntare dal retro e farmi un cenno con la mano. Lo raggiungo con l'andatura e sicuramente anche la faccia colpevole e mi fermo davanti a lui.

"Sei fortunato che Skylar non si sia ancora svegliata."

"Mi dispiace, papà, non era mia intenzione trattenermi fino a tardi."

"Non sei rientrato a dormire, Niall."

"Non succederà più."

"Sinceramente non me ne frega più di tanto, ma hai una ragazzina che ha solo te a questo mondo."

Incasso la testa nelle spalle e mi prendo la sua ramanzina.

"E siete appena arrivati, che diavolo!"

"Hai ragione."

"Tua madre è incazzata nera."

"Lo immagino."

Mio padre sospira prima di scuotere la testa. "Vai dentro a cambiarti, ho bisogno di una mano."

"Una mano? A fare cosa?"

"Il trattore non parte."

"E vorresti che lo aggiustassi io?"

"Mi serve solo qualcuno che mi passi gli attrezzi. Posso pensarci io al mio cavolo di trattore, come ho sempre fatto."

Sembra un'accusa poco velata che farò finta di non capire.

"Oggi è sabato, non viene nessuno a lavorare di sabato. Sono solo e ho bisogno di una mano."

"Certo, dammi due minuti."

"E attenzione a tua madre, è in giro da qualche parte."

"Ricevuto."

Gli faccio un segno di ringraziamento con la testa e mi avvio veloce verso la porta sul retro. La apro lentamente cercando di non far rumore e infilo la testa all'interno: della mamma non c'è traccia. La richiudo piano e a passi felpati mi addentro in cucina ma quando giro l'angolo trovo mia figlia seduta su uno sgabello accanto all'isola.

"Oh eccoti, sei qui" dico impacciato.

"Io sì e lo ero anche stanotte. Tu, piuttosto?"

"I-io? Ero qui anche io, che domande fai."

Skylar incrocia le braccia sul petto e mi guarda di traverso.

"Senti, Skylar, mi dispiace, okay? Non succederà più."

"Non m'importa di quello che fai." Volta il viso dall'altra parte pretendendo di ignorarmi.

"Non dovevo uscire la prima sera qui e non dovevo trattenermi fuori tutta la notte."

Scrolla le spalle con indifferenza.

"Siamo venuti qui per provarci, no?"

"Provare a fare cosa?"

"A essere una famiglia."

"Curioso che tu parli di famiglia, *Kerry*, visto che non so neanche dove sei stato negli ultimi dieci anni della mia vita."

"Ero qui. Non qui-qui, ma ero disponibile ed ero..."

"Assente."

Sospiro pesante.

"Io non ti conosco neanche."

"E siamo qui per rimediare."

"Intendi nella campagna di una contea sperduta?"

"Non è stato facile trovare un posto dato i tuoi trascorsi."

Alza gli occhi al cielo.

"Dagli una possibilità, va bene? E dalla anche ai tuoi nonni."

"Loro sono okay."

"Oh meno male. Questa è una buona notizia."

Si alza dal suo sgabello e solleva il mento in segno di sfida.

"Sei tu il problema. Sei tu che non sei okay per niente."

"Posso rimediare in qualche modo?" Provo ancora una volta ad avvicinarmi a lei.

"Sei in ritardo di quindici anni, Kerry."

Usa il mio cognome solo quando vuole sottolineare quanto mi odia, quindi in pratica ogni volta che mi rivolge la parola.

"Vado a vestirmi. La nonna mi aspetta per andare al mercato."

"Al mercato? Tu vai al mercato?"

"Meglio che infilarmi quei cosi" indica degli stivali di gomma davanti la porta a vetri che dà sull'esterno. "E andare in campagna a dare da mangiare alle vacche."

"Pecore, si tratta di pecore."

"Che posto di merda" dice tra i denti, prima di sparire verso il salotto e poi al piano di sopra.

"Ma complimenti." La voce della mamma mi fa trasalire non appena resto solo.

"Eri qui tutto il tempo, non è vero?" Mi volto verso di lei che se ne sta in piedi con le mani sui fianchi.

"Io sì, e tu?"

Altre domande, ma bene.

"Mi dispiace, non era mia intenzione passare la notte fuori il primo giorno qui."

Quante volte dovrò ripeterlo?

"Non mi interessano i tuoi movimenti e i tuoi incontri ma diavolo, Niall! Sei arrivato ieri."

"È capitato."

"E non voglio saperne nulla, sono tua madre, non dovrei mai saperle certe cose, anche se le tue gesta sono sui giornali da anni."

"Sei la terza persona a cui lo dico in poche ore, non tutto quello che scrivono su quelle riviste del cazzo è vero."

"Be', se sono arrivate fin qui, se le ho lette persino io..." Si guarda intorno e poi abbassa il tono. "Figurati cosa può aver letto lei." Indica con la testa il piano di sopra.

"Io non... Non ci ho mai pensato."

"È arrivato il momento di iniziare a pensare alle conseguenze delle tue azioni, Niall. Non sei più un ragazzino e non sei più da solo. Hai un'adolescente che conta su di te."

"Hai ragione, mamma. Mi dispiace, farò attenzione d'ora in poi."

La mamma sospira pesante.

"Mi impegnerò, promesso."

"Non devi promettermi niente, tesoro" il suo tono si addolcisce. "Non a me."

Si avvicina e mi posa un bacio sulla guancia, prima di sparire anche lei dalla cucina e di lasciarmi solo con i miei dubbi, i miei sbagli e le pessime scelte che ho fatto e che a quanto pare continuo a fare.

9
Niall

"Così te ne sei andato e basta."

"Che cosa avrei dovuto fare?"

"Fare colazione insieme, parlare, chiederle di uscire?"

Tyler mette giù la pompa e va a chiudere l'acqua.

L'ho raggiunto alla stazione dei vigili del fuoco dove lavora, a pochi chilometri dal centro della cittadina, perché non sapevo che altro fare per allontanarmi da casa e non avevo nessuno da chiamare. Per fortuna è una giornata tranquilla e l'ho trovato intento a lavare il camion nello spiazzale esterno.

"Non è così che funziona."

"Forse nella grande città o tra voi famosi."

"Smettila con questa storia. Non sono un personaggio di spicco, a quanto pare lo sono solo qui e non ne capisco neanche il motivo."

"Quindi mi stai dicendo che questo è solo il tuo modo."

"Non mi pare di vedere una fede al tuo dito."

"Cosa c'entro io? Qui si parla di te."

"Si parla sempre di me. Questo è un rapporto in un unico senso."

"Perché la mia vita è semplice, Niall. E sai

perché?"

Gli faccio segno di andare avanti.

"Perché io non me la complico."

"Vuoi una medaglia?"

"Ti ricordo che sei stato tu a venire qui e sei stato tu a mettere in tavola l'argomento. Io sto solo cercando di darti una mano."

"Non mi sembrava" sbuffo frustrato. "E comunque lei è stata piuttosto chiara."

"Voleva solo una notte."

"Esatto."

"Be', ci può stare."

"E allora perché a me hai fatto tutto quel discorso?"

"Avevo l'impressione che ci fosse dell'altro da parte tua, altrimenti non saresti venuto qui a parlarne con me. Forse non era quello che cercavi."

"Io non cercavo nulla. Sei stato tu a trascinarmi in quel locale ed è stata mia madre a farti venire da noi per portarmi fuori a giocare. Non era in programma un risvolto del genere."

"Senza contare che non pensavi di trovartela di fronte."

"Che vuoi dire?"

"Andiamo, lo sappiamo benissimo entrambi che effetto ti fa."

"Mi faceva. Passato."

"Non così remoto, però."

"Sono quasi sicuro che fosse piuttosto brilla."

"Non tanto da non sapere cosa stesse accadendo, giusto?" Mi chiede preoccupato.

"Ah no, ti assicuro che lo sapeva benissimo."

"E allora, cosa?"

"Non lo so, non mi è mai capitato che una donna cercasse di sbarazzarsi di me così in fretta, di solito quello sono io."

"Ti brucia così tanto, non è vero? Non essere quello che detta le regole."

"Un po', forse."

"Lo hai detto tu come è andata. Aveva bevuto, era lì per divertirsi, distrarsi, tu le sei capitato davanti e ne ha solo approfittato."

"Mi sento usato."

"Difficile essere dall'altra parte, vero?"

"Quale altra parte..."

"Sei abituato a farle tu, certe cose. Quante volte ti sarà capitato?"

"Neanche così tante. Ti ho già detto di non leggere quei cazzo di giornali."

"I giornali c'entrano poco. Non era quello che facevi anche a scuola?"

"Ero giovane, amavo divertirmi. Cosa c'era di male?"

"Niente, come non c'è nulla di male nel fatto che lei non ti abbia neanche lasciato il suo numero."

"Immagino sia così."

"A meno che..."

"A meno che, cosa?"

"La serata non sia stata disastrosa."

Le sue unghie nelle mie spalle. Le sue gambe strette intorno ai miei fianchi. Le mie mani che premono sul suo culo. Il mio cazzo che affonda.

"Sono la tua cow girl."

"No." Scuoto la testa più volte. "Questo è impossibile."

"Sto solo cercando di aiutarti."

"Mettendo in dubbio le mie qualità."

"Non voglio saperne nulla delle tue qualità."

Sbuffo e mi alzo dal muretto di pietra su cui ero seduto.

"Non ti resta che archiviare la cosa e passare oltre, amico. A meno che…"

Lo guardo. "Cosa?"

"A meno che tu non abbia problemi ad archiviare."

"Che cazzo vuol dire?"

"Magari ci sei rimasto sotto."

"Non essere ridicolo, è stata solo una notte."

"E allora perché ne stiamo ancora parlando?"

"Perché non c'è un cazzo da fare qui."

"Non hai una figlia adolescente a cui badare?"

"Esatto. Adolescente. Il che vuol dire che mi odia e che non gradisce la mia presenza."

"E quindi l'hai lasciata sola con i tuoi?"

"Solo per un paio d'ore, il tempo di respirare fuori da quella casa."

"Non può essere così male."

"Per te, forse, che vivi ancora a casa con i tuoi."

"Non vivo a casa con loro, ho il mio appartamento."

"E da quando?"

"Da un po', ma non sono io il punto. E poi io non ci sto male qui, in questa città, in famiglia, con gli amici."

"Certo che no, tu non sei mai andato via. Non sai neanche cosa c'è oltre il confine."

"La differenza tra me e te, Kerry, è che io non ho mai sentito il bisogno di andare via, mentre tu sei corso lontano da tutto appena ti è stato possibile."

"Mi hanno offerto un ingaggio, cosa avrei dovuto fare?"

"Cosa avresti dovuto fare non lo so, ma so cosa hai fatto. Te ne sei andato e non sei più tornato."

"Ero impegnato."

"E lo eri anche per stare con tua figlia?"

"E questo che cazzo c'entra?"

"La verità è che tu hai problemi a prenderti un impegno."

"Non è vero e poi, che cosa ne sai tu?"

Tyler incrocia le braccia sul petto. "Quella ragazzina è cresciuta senza un padre."

"Sua madre e io non ci amavamo."

"Ma ci hai fatto una bambina con quella donna."

"Mi sono preso le mie responsabilità."

"Non porta il cognome di sua madre?"

"Ma quante cose sai, tu? Non dirmelo, i giornali."

Torna alla sua pompa e apre di nuovo l'acqua per passare a lavare la parte posteriore del camion.

"Non hai pensato che magari li hanno letti tutti qui, quei giornali?"

Faccio il giro del camion per evitare che urli e che attiri attenzione sulle mie imprese e sventure.

"Che li abbia letti anche lei?"

"Mmm."

"E che sapesse esattamente che tipo di uomo sei quando è venuta a letto con te?"

La sua idea inizia a prendere forma anche nella mia testa.

"E considerando anche i precedenti di gioventù..."

Il ragionamento non fa una piega, la cosa preoccupante è che sia venuto da Tyler.

"Cosa ti aspettavi esattamente tornando qui dopo tutti questi anni, Kerry?"

"A dire il vero niente."

"E allora perché ne stiamo parlando? E non dirmi perché non c'è altro da fare."

Ne stiamo parlando perché non riesco a togliermi dalla testa la notte passata, il suo corpo che si muove sul mio, i suoi capelli dappertutto, le sue mani che scivolano sulla mia schiena, la sua bocca, i suoi baci, i suoi respiri. Non riesco a togliermi dalla testa il modo in cui mi guardava e quello in cui godeva. E non riesco a togliermi dalla testa il fatto che io ci stia ancora pensando come se non mi fosse bastato e come se ne volessi ancora.

10
Jordan

"Hai bisogno di una mano?" Il suo fiato sul collo.

"Posso farcela, grazie." Provo a infilare la chiave nella serratura ma poi lui scosta i capelli di lato e le sue labbra calde si posano di nuovo sulla mia pelle.

"Non mi aiuti così."

Ride sulla mia spalla. "Scusa, non ce la faccio." Le sue mani stringono i miei fianchi facendomi aderire alla sua erezione. *"Se non apri subito questa porta giuro che ti scopo qui sul tuo pianerottolo."*

"Sono venuta a pranzo da sola oggi?" La voce di Anya mi riporta immediatamente dove sono adesso.

"Come dici?"

"Continui a distrarti e a non finire il tuo resoconto."

Anya ha preteso di andare a pranzo all'*Aroma Café* per poter avere un resoconto dettagliato della mia notte con Niall. Inizialmente volevo mentirle, dirle che la cosa era finita lì, al locale, e che ognuno se ne era tornato a casa propria da solo, ma credo che la mia faccia parli per me.

"Cosa vuoi sapere ancora? Ho fatto quello che mi avevi chiesto."

"Io non ti ho chiesto di andare a letto con qualcuno. Ti ho solo portato fuori per farti distrarre. Non credevo che lo avresti fatto sul serio. Ci speravo ma..."

"Ma cosa?"

"Non è la prima volta che mi prometti che ci proverai per poi tirarti indietro."

Sbuffo e appoggio la schiena contro la sedia.

"Non sarà stato così male, no?"

"Dio, quanto sei bella Jordan. Ho bisogno di sapere adesso se sei anche buona come immagino."

Chiudo le gambe d'istinto. "No, non è stato così male."

"Vedi, allora? Ti ha fatto bene."

Mi ha rovinato per l'eternità. Sono sopravvissuta a un anno senza orgasmi e ora non riesco a pensare ad altro.

"Sì, direi che è stata una piacevole distrazione."

Spero di essere diventata brava negli anni a mentire.

"E dimmi," si avvicina e mi fa segno di fare lo stesso. "È vero quello che dicono?"

"Di che parli?"

"Ho letto un sacco di storie su di lui."

"Tu e il tuo dannato gossip."

"Vuoi dire che non hai mai ceduto alla tentazione di leggere su di lui?"

"Perché avrei dovuto?" Dico spostando lo sguardo verso la vetrata.

Ovvio che abbia dato una sbirciatina come tutti qui in città.

"Non lo so... Curiosità?"

"Non ero io che sbavavo dietro a Niall Kerry da ragazza."

"Vero, tu lo definivi stupido, egocentrico e incapace di mostrare interesse per qualcosa che non fosse il culo di una ragazza."

"Questo culo..." Le sue mani stringono le mie natiche mentre mi aiuta a muovermi su di lui. *"È ancora più eccitante di come lo ricordavo."*

"E-esatto" dico, nascondendomi dietro la mia tazza.

A quanto pare la mania dei fondoschiena ce l'ha ancora.

"Ma almeno a letto?"

"Passabile" commento, mordendomi poi l'interno della guancia per non urlare, anche perché credo di averlo fatto abbastanza la scorsa notte.

"Non mi darai altro, vero?" Anya chiede contrariata.

"Sai che non amo parlare di certe cose."

Sbuffa e infila la forchetta nei suoi noodles. "Sei noiosa" dice con l'intento di scherzare e io mi sforzo di sorridere, davvero, ma non posso fare a meno di sentire quella voce nella testa che continua a dirmi che sono noiosa, prevedibile, che non mi lascio andare e che non ho idea di come fare per far eccitare un uomo. La stessa voce che ho sentito per anni e che d'ora in avanti, per fortuna, non sentirò più.

"Progetti per stasera?" Anya finalmente cambia discorso. "Potremmo andare fuori città, hanno aperto un nuovo locale."

Alzo una mano per fermarla. "Non posso uscire due sere di seguito."

"E perché mai? Io lo faccio sempre."

"Prima di tutto, tu sei più giovane."

"Solo di tre anni."

"Fidati, dopo i trentacinque anche i minuti contano. Goditi questi ultimi mesi prima dell'inizio del declino."

Alza gli occhi al cielo e infila un'altra forchettata in bocca.

"E poi, davvero, sono stanca."

"E quindi, cosa farai?"

Io. Caramel. Cena. Netflix. Vino, tanto vino per dimenticare le sue mani che si infilano sotto il mio vestito, la biancheria che scivola lungo le gambe e... E la devo proprio smettere o al vino dovrò attaccarmici subito e sono solo le due.

"Una serata tranquilla a casa."

"Vuoi che venga a tenerti compagnia?"

"No, starò bene da sola. Tu vai pure a divertirti. Possiamo sempre vederci domani."

"Meglio direttamente lunedì al lavoro. Non credo che domani sarò reperibile, non dopo la serata che ho in mente di passare."

"Vuol dire che lunedì mi toccherà un resoconto

completo?

"Porterò il caffè."

"Lo spero per te."

"E magari anche un muffin al cioccolato ripieno di crema al cioccolato."

"Come minimo." La minaccio con la mia forchetta prima di rimettermi a mangiare.

"Posso farti una domanda?"

Alzo gli occhi al cielo.

"L'ultima, te lo giuro."

"Spara."

"È davvero così enorme come immagino?"

"Di che stai parlando?"

"Del suo..."

"Oh per la miseria, Anya!"

"Cosa?"

"Ti sembra una domanda da fare?"

"Le dimensioni contano."

"Sei incredibile."

"Uff, non mi hai dato nulla su cui fantasticare."

"Forse perché non c'è molto su cui fantasticare."

"Non ci crederei neanche se fossi stata nella camera da letto con voi."

Sento il viso andare in fiamme.

"Oh cazzo. Non dirmelo."

Le sue mani sulle mie natiche, mi solleva e mi fa aderire contro la parete dell'ingresso mentre io allaccio le gambe ai suoi fianchi e mi aggrappo alle sue spalle. "Qui. Ti voglio qui."

Scuoto la testa e guardo altrove.

"Non ci siete neanche arrivati alla camera, non è così?"

"Puoi abbassare la voce, per favore?"

"Ti prego, dimmelo."

Sospiro nervosa prima di guardarmi intorno per assicurarmi che nessuno ci senta, poi mi avvicino a lei.

"Non la prima volta."

Anya spalanca la bocca.

"Non aggiungere altro."

"Dimmi solo quante."

Nego con la testa sentendo ormai il viso andare a fuoco.

"Due?"

Non le rispondo, non credo di poterla guardare più in faccia dopo questo.

"Tre?" Alza di nuovo la voce.

"Vuoi fare silenzio?"

"Dimmi che sono state tre."

Annuisco a disagio mentre lei lascia andare la schiena contro la sedia incredula.

"Non mi pare che con Steven..."

"Non parlare di lui, per favore."

"Hai ragione." Alza le mani. "Storia vecchia, passata, archiviata."

"Con lui non era così" mi trovo a dire anche se non vorrei e poi non mi sembra neanche carino paragonare le prestazioni sessuali degli uomini con cui sono stata, ma non credo che a Niall Kerry dispiacerebbe sapere che con lui è stata tutta un'altra storia.

"Non era così, come?"

"Selvaggio" dico in imbarazzo. "Istintivo, passionale."

Non so se siano gli aggettivi corretti da usare, so solo che sentivo nel modo in cui mi toccava che mi desiderava, riuscivo a percepire un'elettricità inspiegabile sotto i suoi polpastrelli, l'adrenalina pura e incontrollabile trasferirsi da lui a me.

Anya vorrebbe sorridere ma cerca di trattenersi.

"Non credevo che potesse essere diverso. Credevo di non esserne capace."

"E perché pensavi una cosa simile?"

Scrollo le spalle. "Non lo so, ho sempre avuto problemi a lasciarmi andare."

"Questo lo fai in ogni situazione."

"È il mio carattere e inevitabilmente la cosa ha avuto ripercussioni anche sul sesso."

"A volte noi donne ci mettiamo un po' a sbocciare" dice sorridendomi con affetto.

"Magari se fosse accaduto prima, con Steven non sarebbe andata come è andata."

"Steven è un coglione" sentenzia facendomi ridere. "Non ha mai capito un cazzo di te, non ha saputo apprezzarti come meriti."

"Non ne sono così sicura, ma ti ringrazio."

"E poi credo che le persone tirino fuori il

meglio di loro solo quando sono con quella giusta."

"Vuol dire che selvaggia e audace sarebbe il meglio di me?"

"Non lo so, per dirtelo dovrei vederti. Non in quella occasione, sia chiaro."

Rido e scuoto la testa.

"Ti ha fatto proprio bene, non è così?"

"Non lo so."

"Lo rivedrai?"

"No."

"Perché?"

"Perché anche se non leggo quelle riviste che a te piacciono tanto, conosco la sua reputazione." Il mio tono si abbassa e anche il mio umore appena ritrovato. "Niall Kerry è l'uomo ideale per una notte di follia, niente di più."

"Ne sei sicura?"

"Assolutamente."

"Magari le notti potrebbero anche essere due o tre, a seconda del bisogno."

"Meglio fermarsi prima di fare danni irreparabili."

"Pensi che lui ne provochi?"

"Penso di non volerlo scoprire. Ho già dato abbastanza in quel senso."

"Hai ragione." La sua mano sul tavolo in cerca della mia. "Non ne parleremo più."

Poso la mia sulla sua. "Te ne sarei davvero grata."

"A meno che non sia tu a tirare in ballo la questione."

"Questo non succederà."

Anya cambia finalmente argomento e io posso finalmente rilassarmi o quasi, sulla mia sedia. Provo a prestare attenzione a ciò che dice, a mostrarmi interessata, a sorridere per evitare che faccia altre domande su me, Niall e sulla nostra notte, anche se non riesco a pensare ad altro e ho paura che sarà così ancora per un bel pezzo.

11
Niall

Chiudo lo sportello del frigorifero e stappo la mia birra. "Ho invitato Tyler a cena" dico alla mamma accanto a me.

"Avete fatto presto a riallacciare i rapporti."

Scrollo le spalle.

"Ne sono felice, è un bravo ragazzo."

"Ha la mia età, mamma."

"Vuoi dire che sei vecchio?"

"Vecchio no, ma da qui a chiamarmi ragazzo..."

"Infatti l'ho detto di lui, non di te."

Lascio perdere questa inutile discussione e faccio un paio di sorsi della mia birra.

"Non è uscita dalla sua stanza." La mamma mi fa notare, come se non me ne fossi reso conto. "Credo sia stata tutto il giorno con quegli affari nelle orecchie."

Sospiro esausto.

"Devi fare qualcosa, Niall."

"Siamo appena arrivati, diamole il tempo di ambientarsi. E poi la prossima settimana, se tutto va bene, inizierà la scuola, incontrerà dei nuovi amici e avrà qualcun altro da odiare oltre me."

"Non ti sforzi neanche."

"Di fare cosa?"

"Di passare del tempo con lei."

"Non so cosa fare, come attirare la sua attenzione. Non so come..." La guardo, nei suoi occhi la preoccupazione. "Non so come si fa a fare il padre."

"Nessuno lo sa, si impara sul campo, ma se non scendi neanche in campo, Niall, la vedo complicata."

Abbasso la testa in segno di resa, la mamma ha ragione ma non so davvero da che parte iniziare.

"Rian è arrivata?" Mio padre ci raggiunge in cucina.

"Non ancora, aveva una classe sul tardi. Ci raggiungerà non appena finito."

"E Skylar?"

"Ancora nella sua stanza."

Mio padre annuisce lentamente, poi parla di nuovo. "Stavo pensando che potremmo fargliela rimettere a nuovo."

Lo guardo. "Che vuoi dire?"

"Be', quella è la vecchia stanza di Rian, piena di quella robaccia New Age e di poster che inneggiano alla pace e all'amore. Hai visto tua figlia di recente?"

Vorrei ridere ma mi trattengo.

"Potrebbe essere un'ottima idea" la mamma aggiunge. "La aiuterà a distrarsi e a costruirsi un posto tutto dove sentirsi a suo agio."

"Lo sai che non resteremo qui in eterno, vero, mamma?"

"Non ci avremmo fatto comunque nulla con quella stanza" mio padre dice. "E dubito che Rian un giorno decida di tornare a vivere con i suoi pesanti e vecchi genitori."

Lei no, certo. Quello sono io.

Però papà ha ragione, a Skylar serve una svolta e un posto da poter considerare suo.

"Il resto della nostra roba dovrebbe arrivare per la fine della settimana prossima, potrebbe aiutarla."

"Ma certo" la mamma sorride. "Vuoi darle tu la notizia?"

"Sicuro."

"Adesso."

"Oh intendevi subito, così?"

"È quasi ora di cena, avresti dovuto comunque chiamarla a breve."

"Io?" Chiedo mentre la mamma mi guarda preoccupata.

"Niall..."

"Lo so, ho capito." Poso la mia birra sul ripiano della cucina e prendo un profondo respiro. "Vado." Mi allontano verso le scale che portano al piano di sopra, salgo i gradini, raggiungo la sua stanza e busso alla porta. Attendo qualche secondo ma non sento nulla provenire dall'interno, avrà di sicuro la musica a palla nelle orecchie o magari mi starà solo ignorando, in entrambi i casi devo agire, quindi la apro e infilo la testa all'interno.

Skylar è seduta sul davanzale della finestra intenta a guardare fuori, alle orecchie le sue immancabili cuffie e nella stanza il sottofondo di quella merda martellante che sente ogni giorno.

Mi faccio coraggio e mi avvicino, le tocco una spalla e lei si volta di scatto verso di me, sfilandosi le cuffie.

"È ora di cena" le dico, sedendomi poi sul letto a pochi passi.

Lei annuisce e rivolge di nuovo lo sguardo fuori ma almeno non si rimette le cuffie, meglio di niente.

"Stavo parlando con i nonni di sotto" inizio, ma da parte sua ancora nessuna reazione. "Il nonno dice che puoi fare di questa stanza quello che vuoi."

Si volta verso di me con un'espressione indecifrabile, quindi continuo, al massimo mi manderà affanculo, cosa a cui mi sono recentemente abituato e anche molto in fretta.

"Era la stanza di tua zia Rian" mi guardo intorno, "decisamente non nel tuo stile."

"Che ne sai tu del mio stile?" Chiede con un sopracciglio alzato.

Mi sta sfidando e io non ho armi da usare né tantomeno difese.

"Per favore, hai visto questo posto?" Provo a essere disinvolto.

Lei dà un'occhiata alle pareti, poi torna su di me.

"E cosa posso farci, esattamente?"

"Tutto quello che vuoi."

Mi guarda poco convinta.

"Puoi ridipingere le pareti, cambiare arredamento, metterci quello che ti piace. La stanza è tua."

"Vuoi dire che resteremo qui?"

"È tua per il tempo che ci staremo e puoi decorarla come preferisci."

"Posso anche dipingere le pareti di nero?"

"Di nero."

Annuisce.

"Un blu profondo, no?"

Mi guarda di traverso e io sospiro.

"Puoi fare quello che vuoi."

"Okay."

"Okay? Solo okay?"

"Ti aspettavi che ti gettassi le braccia al collo?"

"No, sarebbe stato decisamente eccessivo. Un okay mi sta bene. La settimana prossima arriverà anche il resto della roba, così riavrai tutte le tue cose."

"Non so se le voglio qui."

"Che vuoi dire?"

"Sono ricordi."

"E tu vuoi cancellarli."

"Non lo so. Forse è più facile."

Sospiro sconsolato. "Non credo che lo sia, ma se vuoi possiamo tenere tutto in garage fino a che non avrai deciso. E possiamo prendere quello che ti serve qui. Possiamo andare in città o al centro commerciale di Letterkenny, forse lì hanno più scelta. È a una trentina di chilometri da qui. Potremmo passare anche tutta la giornata fuori."

Mi sono lanciato di testa.

"Questo non cambia il fatto che ti odio."

"Non l'ho neanche lontanamente pensato."

"E che odio questo posto."

"Fidati, siamo in due."

"E allora perché siamo qui?"

Sospiro e le dico la verità. "Perché non sapevo cos'altro fare."

Skylar fa una smorfia con la bocca ma non mi dà una delle sue risposte taglienti.

"E ora andiamo di sotto, la cena sarà in tavola."

Mi alzo mentre lei scende dal davanzale e posa le cuffie sul letto, le sfila dal suo cellulare prima di metterlo nella tasca dei suoi jeans.

Dovrei dirle qualcosa. Dirle che mi dispiace, che vorrei che non fosse mai accaduto, che vorrei poterla aiutare a superare questo momento, ma la verità è che non sono la persona adatta a fare tutto questo perché come ha detto Tyler oggi, non sono in grado di prendermi nessun impegno, figuriamoci prendermi cura di un'adolescente, anche se questa adolescente è sangue del mio sangue. Vorrei dirle che si sistemerà tutto, che un giorno il dolore diminuirà e che sarà di nuovo felice, ma non ne sono sicuro e non volendole dire altre bugie, me ne resto in silenzio, come un idiota, a vederla uscire dalla sua stanza e scendere le scale per raggiungere i nonni di sotto.

Non sono certo che le cose si sistemeranno come non sono per niente sicuro di essere la persona adatta a prendersi cura di lei, ma non posso voltarle le spalle, non posso rifiutare di prendermi questo impegno, non posso far finta che non sia una mia responsabilità e non posso abbandonarla.

Skylar ha bisogno di me. E io devo trovare il modo per capire come aiutarla e per farle capire che io sono qui per lei, anche se non mi vuole, e che ci sarò sempre, anche se non mi crede.

* * *

Quando scendo al piano di sotto Tyler è appena arrivato e sta porgendo dei fiori a mia madre.

"Tyler Hayes, sempre così galante."

"Li ho raccolti nel mio giardino."

"Li metto subito in un vaso."

La mamma si allontana mentre recupero la mia birra dal ripiano della cucina e apro il frigo per prenderne una per lui. Gliela stappo e gliela porgo, mi ringrazia con un cenno della testa e fa subito un paio di sorsi.

"Ehi!" Saluta Skylar che se ne sta appoggiata contro il ripiano, braccia incrociate sul petto e faccia di una che non ha voglia che le rompano le scatole.

"Io sono Tyler." Le tende la mano che lei guarda quasi disgustata. "Sono un vecchio amico di tuo padre." L'informazione non la smuove per niente.

"Loquace" dice rivolto a me.

"Non immagini quanto."

"Guardate che vi sento" Skylar si lamenta.

"Non era mia intenzione non farmi sentire" Tyler le risponde a tono.

Ora ci divertiamo.

"Ripetimi un po' il tuo nome..."

"Tyler" lui le dice sorridendo.

"Bene, Tyler, perché non te ne vai affan..."

"La cena è pronta." La voce provvidenziale della mamma arriva dalla sala da pranzo. "Tutti a tavola, coraggio!" Ci chiama ma nessuno le dà retta.

"Che bel caratterino" Tyler commenta divertito. "Mi ricorda qualcuno."

"Non mi somiglia per niente" mi difendo.

"Non parlavo di te."

"E di chi, allora?" Gli chiedo, Tyler non ha mai conosciuto la madre di Skylar.

"Ehilà, dov'è quel coglione che non serve a nulla?" La sua voce che arriva dall'ingresso rende tutto immediatamente più chiaro e più di merda. "Eccoti, sfigato." Rian se ne sta sulla porta della cucina, mani sui fianchi e sorriso della vittoria. "Tornato da mamma con la coda fra le gambe?"

"Sempre un piacere vederti, Rian."

"Lascia queste stronzate a chi ci crede."

"Ma tutta quella merda New Age non dovrebbe farti vivere in pace con il mondo?"

"Con me stessa, magari, ma non vuol dire che io debba tollerare i cazzoni inutili."

"Vedi?" Tyler si intromette e devo ammettere che sì, pare avere sempre ragione, non me lo ricordavo così sveglio e brillante. Avrà acquistato saggezza con l'età.

"Oh ma guarda chi c'è, come mai qui? Mammina era andata a ballare con papino, stasera, e non volevi restare da solo?"

Tyler se la ride, lui è uno che non se la prende mai.

"Sono venuto a giocare con Niall."

"Uh, e farete anche un pigiama party?"

"Non darle corda, per favore" mi lamento con Tyler.

"Impiccati con la tua corda del ca... E questa chi è?" Chiede non appena si accorge di Skylar. "Cos'è, uno scherzo?"

Skylar la guarda scrutandola con attenzione.

"Forse non dovrei infierire così su di te" dice rivolta a me. "Sei messo già abbastanza di merda per conto tuo."

"Grazie tante."

"Siete tutti qui." Mia madre torna in cucina dato che nessuno si è fatto vedere nella sala accanto.

"Oh Rian, sei arrivata. Allora possiamo sederci a tavola."

"Ciao, mamma." Rian si avvicina e le dà un bacio sulla guancia. "Cos'è questo profumo?"

"Chicken pot pie."

"La adoro" Tyler dice prendendosi un'occhiataccia da mia sorella che non lo tollera come non tollera me, non so cosa cazzo ci faccia con la sua roba New Age, con lo Yoga, la meditazione e tutte quelle cazzate che spara dato che non le servono a nulla, se non a odiare il prossimo senza motivo.

"Andiamo, cara" mia madre posa le mani sulle spalle di Skylar per invogliarla a seguirla mentre mia sorella si avvicina a me.

"Quella ragazzina non sta bene per niente" dice, con voce stranamente seria.

Credevo si fosse avvicinata per insultarmi.

"Tu credi?" Le dico infastidito.

Ci mancava solo mia sorella diciottenne su cui a quanto pare quella merda che pratica ha il suo effetto.

"Ha bisogno di aiuto. E non sono sicura che tu sia la persona giusta" aggiunge, prima di lasciarmi in cucina con la vaga sensazione che tutti sappiano benissimo chi sono e cosa non sarò invece mai in grado di essere.

"Io non credo che sia così" Tyler dice alle mie spalle. "Certo, non è una passeggiata, ma penso che tu possa farcela."

"Grazie, Tyler, ma non devi dirlo solo perché tutti dicono il contrario."

"Sei suo padre."

Mi volto verso di lui. "Questo non vuol dire niente."

"Ci vuole solo un po' di tempo e di pazienza, da parte di entrambi."

"Mi odia, Tyler."

"È ovvio, si odia sempre chi resta, anche se chi se ne è andato non lo ha fatto di sua spontanea volontà."

Terzo ragionamento che non fa una piega di fila. Che ne è stato del mio vecchio compagno di scuola Tyler Hayes?

"Deve prendersela con qualcuno e ha solo te."

"Non è una grande consolazione."

Mi sorride e mi posa una mano sulla spalla. "Se ti può essere d'aiuto io sono qui."

"Perché?"

"Perché siamo amici."

"Non ci siamo visti per quanto? Quindici anni?"

"E che importa? Un amico è per sempre."

Sorrido mio malgrado.

"Come la famiglia" aggiunge. "Sei nel posto giusto, Kerry. Sei a casa."

"Lo credi davvero?"

"Io sì e vedrai che presto ci crederai anche tu."

* * *

A tavola per fortuna Tyler non sta zitto un attimo, cosa con cui mia madre va decisamente a nozze. Non so se lo faccia per mantenere il morale alto o per coprire i silenzi altrui, ma io lo apprezzo, come apprezzo il fatto che abbia deciso di essermi ancora amico anche se non credo di meritarlo. Ma sono solo, sono spaventato e non so dove sbattere la testa, quindi me la prendo la sua amicizia e mi prendo la sua offerta di aiuto, come credo prenderò tutto quello che la mia famiglia mi offrirà.

Skylar è seduta accanto a mia sorella. Non si sono scambiate molte parole, mia sorella non la conosce così come i nostri genitori e il sottoscritto, ma dalla parte opposta c'è mio padre e con lui le cose sembrano andare meglio. Credo sia l'unica persona che non ha ancora insultato da quando siamo qui, dovrei puntare tutto su di lui.

"E i tuoi cosa facevano stasera?" Mia madre chiede a Tyler.

"Sono andati a ballare come quasi ogni sabato."

Mia sorella soffoca una risata e mi trovo a farlo anche io.

"Noi non ci andiamo da un po'" mia madre dice guardando mio padre. "Difficile quando il tuo ballerino crolla alle dieci di sera sul divano davanti a quei maledetti documentari."

Mio padre alza gli occhi al cielo.

Tyler ride. "Magari potresti andare con mia madre qualche volta. Non vanno sempre insieme, anche mio padre preferisce il divano."

"Credo proprio che lo farò" mia madre dice soddisfatta prima di bere un sorso del suo vino, poi si rivolge a Skylar che non ha quasi toccato cibo.

"Non ti piace, tesoro?"

Skylar alza solo gli occhi. "No, è okay. Credo."

Non ha mangiato molto neanche a pranzo.

"È che non ho molta fame."

"Va bene, mangia quello che vuoi, non forzarti."

Skylar annuisce prima di tornare a rovistare svogliata con la forchetta nel suo piatto.

"Domani devo andare a Letterkenny, al centro commerciale" Rian dice all'improvviso. "Ho bisogno di tappeti nuovi per la palestra e qui non c'è nessuno che vende attrezzatura sportiva. Potresti venire con me."

Skylar la guarda con poca convinzione.

"Potresti prendere qualcosa di nuovo per la tua stanza" mia madre suggerisce.

"La tua stanza?" Rian chiede.

"La tua vecchia camera" mia madre precisa.

"Vuoi fare delle modifiche?"

"Kerry dice che posso."

Mia sorella mi guarda con un'espressione indecifrabile, non so se stia per lanciarmi un coltello o tutta la tavola dietro.

"In questo caso" dice accomodante come non lo è mai. "Credo che dovresti proprio venire, lì ci sono tanti negozi e sono sicura che troverai qualcosa di tuo…" La guarda per bene e poi conclude. "Gusto."

Ci è andata bene.

"Okay."

"Okay?" Chiedo io di rimando stupito.

"Sì, credo che vada bene."

"Perfetto" Rian dice sorridendo. "Passo verso le nove."

Skylar annuisce e torna al suo piatto, infila la forchetta nel pollo e la porta alla bocca, masticando poi lentamente. Tutti restiamo in silenzio mentre io guardo mia sorella che guarda mia figlia preoccupata, prima di spostare la sua attenzione su di me.

"Grazie" mimo con le labbra.

"Non lo faccio per te" mima anche lei e io annuisco.

Non mi sarei aspettato niente di diverso da lei ma va bene, l'importante è che Skylar faccia qualcosa, che reagisca, che interagisca con le persone e che provi a riprendere in mano la sua vita, anche se le sono toccato io come padre.

12
Jordan

Arrivo nel mio ufficio pochi minuti prima del mio appuntamento. Trovo Anya alla sua scrivania nella hall con un caffè pronto per me che prendo al volo ringraziandola per essere la segretaria/amica migliore che possa esistere sulla faccia della terra. Poso la borsa sulla scrivania e mi sfilo la giacca che lascio sullo schienale della mia poltrona e mi affretto ad alzare le lamelle della finestra per far entrare un po' di luce e di sole. Accendo il mio computer e inserisco la password, poi attendo che si avvii per poter esaminare ancora una volta il file che mi è stato inviato sul caso. Mi siedo sulla poltrona e faccio qualche sorso di caffè prima che Anya si affacci nel mio ufficio.

"Sono già qui?" Le chiedo guardando l'orologio. "Be', almeno sono puntuali, buon segno."

"J-Jordan?" Anya richiama la mia attenzione e solo allora mi decido a guardarla.

"Cosa c'è? Stai male?" Mi alzo subito e mi dirigo alla porta. "Cos'è quella faccia?"

"Io non so come dirtelo."

"Dillo e basta, mi stai spaventando."

"I-l tuo appuntamento."

Resto in attesa che vada avanti.

"Forse meglio che..." Si scosta dalla porta e io

mi affaccio all'esterno verso la sala d'attesa.

"Oh merda." Mi rifugio subito all'interno trascinando lei con me e chiudendo la porta. "Non è vero, dimmi che non è vero."

Corro verso la scrivania e mi metto al computer, cliccando sul file e leggendo con attenzione le informazioni.

"Non è il suo nome."

"Lo so."

"Com'è possibile, allora?"

Anya scuote la testa mortificata. "Mi dispiace, devo farli passare, tra venti minuti suona la campana e..."

"Certo, certo."

"Ce la farai?"

Assolutamente no.

"Falli entrare."

"Sicura?"

"Non possiamo certo mandarli via."

"Okay. Sono qui fuori se hai bisogno."

Annuisco e mi sistemo la gonna – non so neanche perché – poi prendo un respiro profondo e mi siedo alla scrivania, fingendo di essere impegnata a fare qualsiasi cosa che non sia iperventilare o peggio ancora, vomitare.

Questa è la punizione che mi spetta per aver giocato alla cattiva ragazza per una sola sera nella mia vita.

"È permesso?" La sua voce alla porta.

Puoi farcela, Jordan.

"Credevo che non lo avresti mai fatto" dice mentre faccio scivolare i bottoni dall'asola per poi infilare la mano nei suoi jeans in cerca della sua erezione.

Anche io, ma non posso dirglielo.

Mi alzo di scatto dalla poltrona e mi volto verso di lui. La sua espressione è tutto ciò che mi serve per capire che non aveva idea di chi fossi.

"P-preside Hill?" Chiede lui quasi soffocandosi con le sue stesse parole.

Annuisco e mi rivolgo alla ragazza.

"Skylar Spencer?" Le tendo la mano che lei accetta e stringe. "E lei deve essere..." Non credo di poter evitare di vomitare sul pavimento del mio ufficio.

"Niall Kerry. Suo padre."

Deglutisco il conato che sale su per la gola e stringo la mano anche a lui.

"Prego, accomodatevi" dico miracolosamente senza svenire.

Faccio il giro della scrivania e mi siedo mentre loro prendono posto di fronte a me. Mi schiarisco la voce e inizio a esaminare il file: in nessuno di essi è menzionato il nome del padre.

"Grazie per averci ricevuto così presto" Niall dice a disagio. "E per averci dato questa possibilità."

"Contro il muro." Le mie gambe tremano ma lui mi sorregge prontamente con un braccio. *"Ti tengo io. Fidati di me."*

Accavallo le gambe sotto la scrivania nel disperato tentativo di fermare il calore che sale velocemente a dare fuoco alla mia biancheria.

"Nessun problema."

Mi decido a guardarlo perché non posso evitare ancora a lungo il contatto visivo, quindi abbandono il file e lascio che sia lui a raccontarmi la faccenda.

"Mia... Figlia" dice a stento, anche la ragazza si rende conto della fatica che sta facendo. "Ha passato un momento difficile."

"E come mai non ha il tuo cognome?"

Non tengo a freno la lingua.

Lui sbianca. "C-come?"

"Skylar Spencer" dico senza bisogno di riguardare il file.

"È il nome di sua madre."

"E siamo sicuri che sia tu il padre?" La voce viene fuori su di un paio di toni.

"Jordan, per favore, ascolta..."

"Perché dovrei? Non sono neanche affari miei!"

"Sei arrabbiata, per caso?"

"No, assolutamente no!"

"Perché mi sembra quasi che tu stia facendo una scenata."

Mi alzo in piedi di scatto.

"Ho qualche problema con i bugiardi."

Si alza anche lui.

"Io non ho detto nessuna bugia e se tu non

avessi avuto tutta quella fretta di liquidarmi, magari avrei avuto modo di dirti di me, di spiegare il motivo per cui sono qui."

"Scusate" la voce provvidenziale di Anya ci ferma prima che possiamo andare troppo avanti. "Ho pensato che potrei portare Skylar a vedere la scuola, cosa ne dite?"

Skylar si alza immediatamente.

"Per favore, portami fuori di qui."

Anya accompagna la figlia di Niall fuori dall'ufficio e quando scompaiono nei corridoi, lui si avvicina alla porta per richiuderla.

"Che problema hai?" Mi chiede subito.

"Io? Nessuno!"

"E allora perché stai urlando?"

"Stai urlando anche tu!"

"Perché tu lo stai facendo!"

Mi risiedo sulla mia poltrona e appoggio i gomiti sulla scrivania, massaggiandomi lentamente le tempie.

"Avrei voluto saperlo prima."

"Prima di cosa? Di venire a letto con me?"

Lo guardo. "Non è professionale, potrei passare dei guai per questo."

"Io non ne avevo idea, te lo giuro."

"Di cosa? Del fatto che fossi io la preside della scuola che tua figlia dovrà frequentare?"

"Il tuo cognome" dice all'improvviso. "Il tuo... Oh mio dio." Il suo viso fino a ora livido per la discussione sbianca di nuovo. "Hai sposato Steven

Hill."

A sentire il suo nome il conato di prima torna con prepotenza a minacciare il mio stomaco e la mia gola.

"Non stiamo più insieme" mi difendo.

"Da quanto?"

"Che importanza ha?"

I suoi occhi si spostano sulla mia mano. "C'è ancora il segno." La indica. "Della fede."

Mi tocco d'istinto l'anulare.

"Da quanto?"

"Non credo siano affari che ti riguardano."

"Sei venuta a letto con me."

"È stata solo una notte, Kerry, che mi porterà un mucchio di problemi."

Si siede di nuovo e si passa una mano tra i capelli.

"È l'ultima possibilità per Skylar" dice, il suo volto tirato e stanco, nessuna traccia del suo sorriso ammiccante.

"Lo so."

"Ti prego, non far pagare a lei i miei errori."

Mi ha appena chiamata errore.

Non è la prima volta che mi definiscono così ma in questo momento non riesco ad avercela con lui, non quando con gli occhi mi sta implorando di dare una possibilità a sua figlia.

"L'errore lo abbiamo fatto in due" dico amara. "E in due troveremo una soluzione."

13
Niall

Cerco di mettere da parte la mia delusione senza senso e la mia rabbia ingiustificata nell'apprendere che Jordan ha sposato davvero quell'inutile cazzone di Steven Hill e mi concentro sull'unica cosa di cui mi deve importare in questo momento: il futuro di mia figlia.

"L'hanno cacciata da tre diverse scuole" dico aprendomi con lei. "Non ha superato l'anno."

Jordan mi ascolta, il suo viso sinceramente dispiaciuto per la nostra situazione.

"Ho fatto domanda praticamente in ogni scuola della contea di Dublino. Nessuno ha voluto prenderla. Poi i miei genitori mi hanno detto che la mia vecchia scuola poteva essere una soluzione." La guardo ancora, nello stomaco una strana sensazione di nausea. "Che qui avrebbe avuto una chance."

Non batte ciglio, continua a fissarmi impassibile. "La sua situazione non è delle migliori, Kerry."

Sospiro frustrato. "Credi che non lo sappia? Ero ormai deciso a optare per l'insegnamento a casa."

"Non sapevo neanche che avessi una figlia."

Non riesco a interpretare il tono della sua affermazione, sembra quasi delusa dalla scoperta.

"Non li leggi i giornali?"

Mi guarda con condiscendenza.

"Chiedevo, da queste parti pare che tutti siano così presi dal gossip."

"Non sapevo nulla della tua vita... Privata. Conoscevo solo l'aspetto sportivo della cosa e solo perché la tua gigantografia è esposta nella vetrina di Intersport."

Dannati sponsor.

"E non immaginavo che ci saremmo rivisti dopo venerdì notte. Pensavo fossi solo di passaggio."

"Altrimenti non saresti venuta a letto con me."

Non conferma ma non smentisce neanche.

"Possiamo analizzare la situazione di Skylar e non pensare al resto, per favore?"

"Direi di sì."

Non mi aiuta pensare al suo culo che si muove sul mio...

"Quindi" interrompe per fortuna il mio pensiero distruttivo che stava avendo le prime ripercussioni altrove. "Sono la tua unica chance."

"Sì. E ho lasciato tutto per questo. Lavoro, casa, la mia vita intera."

"Stai per caso cercando di fare pressioni su di

me?"

"No." Metto le mani avanti, se la faccio incazzare è finita. "Non volevo. Stavo solo spiegando la situazione nella sua totalità."

Jordan appoggia la schiena contro la poltrona e si strofina la fronte con una mano.

"Devo essere sincera, Kerry. Non ero sicura di accettare la richiesta di iscrizione. Nonostante la storia di Skylar mi spezzi il cuore."

Annuisco rassegnato.

"E con il fatto che tu e io... Be', con quello che c'è stato, sarebbe davvero fuori luogo."

"Posso capirlo."

"Pensa se si sapesse che ho accettato tua figlia dopo che noi..."

"Non lo saprà mai nessuno, te lo giuro."

Mi guarda poco convinta.

"Puoi fidarti di me, non sono uno che va a raccontare in giro certe cose."

"Una volta non eri di questa opinione." Incrocia le braccia sul petto e mi scruta.

"Ero solo un ragazzo ed ero stupido."

"E grazie a te, Mary Hannigan ha dovuto cambiare città."

"Non è stato a causa mia."

"Hai detto a tutti che eravate stati insieme negli spogliatoi della scuola dopo le lezioni. E suo padre era il pastore della chiesa evangelica della cittadina."

Non apro più bocca, ho paura che ogni cosa possa solo peggiorare la situazione e che qualsiasi cosa dica non sarebbe mai abbastanza per scusarmi o per far capire a Jordan che non sono quello che lei crede. La mia reputazione purtroppo mi precede e come allora, lei crede a ogni singola storia che gira sul mio conto e come allora, crede che io sia solo un pezzo di deficiente che non merita neanche un suo sguardo.

Ecco perché non l'ho invitata al ballo della scuola.

Ecco perché ci è andata con Steven Hill.

Ecco perché lo ha sposato.

"Non posso fidarmi."

"Ti prego, farò qualsiasi cosa in mio potere." Allungo le mani sulla sua scrivania. "Non farlo per me, fallo solo per lei."

"Stai giocando sporco."

"Sei la mia ultima possibilità, Jordan. Non so dove altro sbattere la testa."

"Eccoci di ritorno!" Una voce alle mie spalle mi fa voltare di scatto. "Le ho mostrato le classi, i bagni, la mensa, la biblioteca."

Jordan si alza in piedi. "Grazie, Anya."

"Figurati" sorride a lei e poi lancia un'occhiataccia a me. "Io torno alla mia scrivania" lo dice come se mi stesse mettendo in guardia. "Da dove sento tutto."

"Vai pure, qui abbiamo finito."

Mi alzo anche io. "Di già?"

"Fra pochi minuti suonerà la campana." Guarda l'orologio al suo polso. "Esaminerò il caso e vi farò avere una risposta in un paio di giorni."

"Certo, capisco" dico sentendo già la mia ultima possibilità scemare. "Grazie per il tempo che ci hai dedicato."

"Grazie a voi per aver pensato al nostro istituto."

"Allora..." Raggiungo mia figlia che è rimasta sulla porta con Anya. "Noi andiamo."

"Vi auguro una buona giornata" ci liquida impassibile.

"Anche a te" dico, poggiando una mano sulla spalla di mia figlia per invitarla a seguirmi all'esterno. "Non ti disturbare" dico ad Anya pronta ad accompagnarci. "Conosco l'uscita."

Ci incamminiamo lungo il corridoio che porta all'entrata principale e usciamo all'esterno, dove una massa di ragazzi in divisa viola attende il suono della campana per iniziare un'altra settimana scolastica. Ci dirigiamo verso il parcheggio senza dire una parola, poi faccio scattare la serratura della mia auto con il telecomando ed entrambi ci accomodiamo all'interno.

Metto in moto ed esco dal posto riservato ai visitatori, quando mia figlia si decide a rivolgermi la parola.

"Che cosa hai combinato?"

"Come dici?"

"Con la preside."

"Io?" La guardo di sfuggita e lei annuisce. "Ti assicuro che non è colpa mia."

"A me non sembrava."

"E comunque non sono cose adatte a una ragazzina."

"Ci sei stato a letto, non è così?"

"Ti sembra il caso di parlarne?"

"Se non ti fossi giocato l'unica possibilità per me di frequentare una scuola..."

"Adesso ti preoccupi? Non ti importava, però, quando hai dato fuoco al laboratorio di scienze."

"Chimica. E non potresti mai capire" dice, voltando la testa verso il finestrino.

"Forse hai ragione, ma anche qui mi preme far presente che la colpa non è la mia. Sei tu che non mi parli, che non mi racconti come è andata, che non mi permetti di aiutarti."

"E lo faresti?" Si volta di nuovo verso di me mentre mi fermo a un semaforo. "Mi aiuteresti davvero o anche stavolta ti volteresti dalla parte opposta?"

"Che vuoi dire?"

"Non ci sei mai stato."

"Skylar..."

"Lei era sola. Gli ultimi mesi..." Il labbro le trema ma continua a fare la dura. "Non c'era nessuno con lei."

"Mi dispiace."

Scuote la testa e poi fissa lo sguardo di nuovo fuori dal finestrino chiudendomi fuori.

Io riparto, con un peso in più sul cuore ed esco dalla cittadina diretto verso casa dei miei genitori.

"Non voglio studiare a casa" dice tra i denti.

"È un modo indiretto per dirmi che vuoi il mio aiuto per essere ammessa a scuola?"

"Prendilo come ti pare."

Sbuffo e imbocco la strada sterrata.

"Se ti do una mano, se ti aiuto ad avere il posto a scuola, mi prometti che non combinerai altri casini? Che non darai fuoco a nulla, che non ruberai e non distruggerai niente e che non ti farai beccare con nessuno in nessuna situazione compromettente?"

"Sono un bel po' di cose, Kerry."

"Tu dici?" Parcheggio fuori casa dei miei e spengo il motore. "Non hai idea di cosa dovrò fare."

Si volta a guardarmi. "L'hai fatta davvero

grossa, non è così?"

Alzo gli occhi al cielo e apro lo sportello, Skylar mi imita e mi raggiunge accanto alla porta d'ingresso.

"Proprio con la preside della scuola dovevi andare a letto?" Dice ad alta voce mentre la porta si apre davanti a noi.

"Che cosa hai fatto?" Mia madre urla indignata.

"Non facciamone un dramma, okay? È stato un incidente."

Entro in casa seguito da mia figlia che a quanto pare sta godendo del mio disastro.

"Sei qui solo da tre giorni" mia madre mi fa notare.

"E poi chiamarlo incidente..." Mia figlia aggiunge.

"Ho tutto sotto controllo" le rassicuro.

Avevo promesso a Jordan che nessuno lo avrebbe mai saputo e siamo già a quota due, senza contare che ho già raccontato tutto a Tyler, e siamo a tre. E sicuramente anche Anya ne sarà al corrente, quindi siamo a quattro. Quattro persone in una cittadina in cui il gossip sembra l'unica attrazione del posto: in due giorni dovrò cambiare di nuovo contea e se mi va male, anche stato.

Ho promesso a Jordan che sarebbe rimasto tra noi e sono già venuto meno alla parola data, ma ho anche promesso a Skylar che avrei sistemato la cosa e questa promessa devo mantenerla a ogni costo o perderò mia figlia per sempre.

14
Jordan

All'ora di pranzo Anya e io ci siamo chiuse nel mio ufficio. Lei si è seduta sulla mia scrivania, in mano la sua ciotola con insalata di pollo, io sono seduta sulla mia poltrona, il mio riso intatto nel mio contenitore da asporto, la testa che non smette di martellare e i pensieri che non vogliono saperne di fermarsi per due minuti per lasciarmi respirare.

"Deve essermi sfuggito, come ha fatto a sfuggirmi il fatto che avesse una figlia? Eppure pensavo di sapere tutto di lui" Anya continua a ripetere.

"A quanto pare la teneva nascosta."

"E sua madre?"

La guardo e scuoto la testa.

"Povera ragazza."

Sospiro dolorosamente.

"Non puoi non aiutarla."

"Lo so, ma capisci che sarebbe strano, nonché pericoloso. Se qualcuno lo venisse a sapere…"

"Potete firmare un accordo, una sorta di contratto."

La guardo poco convinta.

"Qualcosa che gli vieti di farne parola."

"E credi basterebbe?"

Scrolla le spalle.

Non basterebbe a me per dimenticare il suo odore addosso.

"A meno che il problema non sia un altro."

A quanto pare i miei pensieri sono così rumorosi che adesso li sente anche lei.

"Sarebbe comunque inappropriato." Mi sollevo dalla poltrona. "L'ho visto nudo, Anya! Capisci?"

"E immagino sia qualcosa che non si possa dimenticare facilmente."

Non le rispondo perché ora ho davanti agli occhi l'immagine del suo corpo statuario e definito che si muove sul mio.

"Se pensi di non potercela fare, c'è solo una via d'uscita."

"Non posso voltare le spalle a quella ragazzina."

"A quanto pare, però, la ragazzina ha un bel curriculum che la precede."

"Tutta suo padre, immagino" dico sorridendo appena.

"Il frutto non cade mai lontano dall'albero" Anya commenta.

"Penserò a qualcosa."

"Sono sicura che troverai il modo di aiutarli."

Infilo la forchetta nel mio riso e ne prendo una piccola quantità. La fisso pensierosa e poi sollevo lo sguardo mentre la porto alla bocca e gli occhi mi cadono su uno dei poster appesi nella mia bacheca. Mastico lentamente, con gli occhi fissi sull'immagine e un'idea abbastanza pericolosa inizia a balenarmi in mente.

"Cosa?" Anya intuisce che sto fissando qualcosa alle sue spalle.

Si volta sulla mia scrivania e segue il mio sguardo, dopo pochi secondi torna su di me.

"Non accetterà mai."

"Non se gli offro in cambio qualcosa a cui non può dire di no."

"E non stai parlando del tuo corpo."

La guardo di traverso.

"Chiedevo..." Alza le mani e riprende a mangiare. "Una volta non eri così."

"Come?"

"Stronza?"

"Lo prendo per un complimento."

"E lo era. Una volta eri tutta integrità e serietà, eri così abbottonata e chiusa."

"Lo sono ancora."

Nega con la testa. "Qualcosa ti ha cambiato."

La vita. Le delusioni. I tradimenti. Il cuore infranto.

"E ne sono felice in un certo senso. Mi piace quando ti lasci andare di più, quando ti concedi una notte folle, quando escogiti questi piani per farti rispettare."

"Non ho ancora escogitato nulla e non sappiamo se funzionerà."

"Tu lo farai funzionare, ne sono sicura. E io sono qui per aiutare dove serve." Scende dalla mia scrivania portando con sé il suo contenitore. "La pausa è finita, torno alla mia postazione."

"Grazie."

Mi fa l'occhiolino ed esce dal mio ufficio mentre io mi alzo dalla poltrona e richiudo il mio contenitore quasi intatto. Ho lo stomaco chiuso e i nervi in allerta. Tutta questa situazione è fuori dalla mia portata, fuori controllo e non so come gestirla. Ecco cosa succede a lasciarsi andare per una sera, cosa succede se abbandoni la guardia per un attimo e ti porti un uomo a casa.

Ecco cosa succede quando vuoi essere ciò che non sei.

Mi avvicino alla finestra del mio ufficio che affaccia sulla zona riservata al pranzo all'aperto, dove alcuni ragazzi si affrettano a recuperare le loro cose e a rientrare nell'edificio, e poi penso a quella ragazza, così arrabbiata e sola, così bisognosa di aiuto, e poi penso a suo padre, alle sue parole, ai suoi occhi disperati, al suo di bisogno.

Sospiro stanca mentre mi volto a fissare di nuovo il poster appeso nella mia bacheca. Non posso lasciar stare, non posso abbandonarli a loro stessi, abbandonare lei, voglio dire. Ci mancherebbe. È l'interesse della ragazza che mi sta a cuore, non certo quello di Niall Kerry. Devo fare qualcosa, devo aiutarli, devo mettere da parte ciò che penso di lui e ciò che c'è stato tra noi, devo archiviare tutto e andare avanti, pensare a come aiutarli, pensare a come fare al meglio il mio lavoro e a come poter rendere tutta questa situazione più confortevole per tutti.

È questo il mio compito ed è quello che farò.

* * *

"C'è nessuno?" Infilo la testa all'interno solo per vederla comparire dietro uno stand pieno di sciarpe colorate.

"Vieni dentro, tesoro. Sto sistemando gli ultimi arrivi."

Entro nel negozio e la raggiungo, lei prende una delle sciarpe e me la mette al collo.

"Ho sempre detto che questo colore ti sta benissimo."

"Il rosso? Non credo proprio." Me la sfilo e la poso accanto alle altre su uno scaffale.

"Come mai da queste parti?"

"Volevo sapere se ti andava di cenare insieme, stasera."

"C'è qualcosa che non va?"

"No, perché?"

"Ceniamo insieme il giovedì e pranziamo la domenica."

"E allora?"

"Se sei venuta qui di lunedì c'è qualcosa che ti preoccupa."

"Non sono così schematica."

Solleva un sopracciglio.

"E va bene, sono un tipo organizzato, ma

questo non vuol dire nulla."

"Se ne sei così sicura..." Mi guarda facendo scendere appena gli occhiali sul naso. "Da me o da te?"

"Dove preferisci, pensavo comunque che avremmo potuto ordinare qualcosa."

"E perché mai? Posso pensarci io."

"Perché non voglio che ti metti a cucinare per me."

"E per chi dovrei farlo se non per te?"

Le sorrido mentre mi posa un bacio sulla guancia.

"Dammi solo cinque minuti e sarò pronta ad andare."

* * *

Iris ha insistito per cucinare, fettuccine con pollo e broccoli, uno dei suoi piatti forti. Ci siamo sedute al suo tavolo per due posizionato davanti alla finestra, tra la cucina e il salotto, con un bicchiere di vino rosso e una porzione sproporzionata di pasta sotto ai nostri nasi. A pranzo non ho quasi toccato cibo, quindi non perdo tempo, tuffo la forchetta nelle fettuccine e ne infilo una generosa quantità in bocca.

"Non hai mangiato, oggi?" Mi chiede guardandomi.

Mastico in fretta e mi pulisco la bocca con un tovagliolo.

"Non molto."

"Troppo lavoro?"

"Abbastanza lavoro."

"Qualcosa che ti dà pensieri?"

"Forse." Bevo un sorso di vino. "Qualcuno."

"Raccontami tutto, tanto lo so che sei qui per questo."

"Non sono qui solo per questo, ma forse mi farebbe comodo un consiglio."

"Sono tutta orecchi."

"C'è questa ragazzina, una che porta guai e con guai intendo belli grossi."

"Vai avanti."

"Si è trasferita qui con suo padre, ha fatto domanda per essere ammessa a scuola ma il suo curriculum è pessimo."

"Cosa ha fatto di così grave?"

"Incendio doloso, atti vandalici..."

"Però."

"E ha quindici anni e ne ha già perso uno."

"E tu non sai se darle una possibilità."

"Ha perso sua madre di recente."

"Oh povera ragazza."

"L'hanno buttata fuori da tre scuole lo scorso anno e la Abbey sembra essere la sua ultima spiaggia."

"Sta solo cercando di sfogare in qualche modo il suo dolore."

"Lo credo anche io." Bevo un altro sorso e

provo a tastare il terreno. "Conosco suo padre."

Iris alza un sopracciglio interessata.

"Eravamo compagni di scuola."

"Ma non mi dire..."

"Non fare quella faccia, non eravamo cosa pensi tu."

"Non ho detto nulla."

"Non eravamo neanche amici. La sua reputazione lo precedeva."

"Che tipo di reputazione?"

"Ragazzo cattivo, sportivo, playboy..."

"Conosco il genere."

"Esatto, il genere di ragazzo da cui bisogna stare alla larga."

"Se sei una brava ragazza come lo eri tu. Io no, non lo ero affatto, infatti era il genere di ragazzo che preferivo. Ma tu eri diversa. Matura anche a quindici anni, con la testa sulle spalle e con tanta fretta di fare l'adulta."

"Dovevo."

"No, non dovevi. Nessuno se lo aspettava. Io non mi aspettavo questo da te."

"E comunque tanta testa sulle spalle non la avevo, visto che sono finita con lo sposare Steven Hill."

"Che gran coglione."

"Iris!"

"Cosa devo dire?"

"Non mi stai aiutando."

"Hai ragione, torniamo al problema principale. Chi è suo padre?"

Prendo un bel respiro. "Niall Kerry."

Iris spalanca la bocca per qualche istante. "Non gioca nel Dublin?"

"Giocava. Ora è qui. Con una figlia adolescente, un mucchio di problemi e a quanto pare senza neanche un lavoro."

"Non sapevo avesse una figlia."

"Neanche io."

"Che sorpresa…" Commenta finendo il suo vino.

"Dovresti anche mangiare" le faccio notare.

"Dopo, dopo, questa storia mi sta appassionando."

"Non ne avevo alcun dubbio."

"Vai avanti, tesoro, non perderti in chiacchiere inutili."

"Insomma, Kerry mi ha chiesto di dare una possibilità a sua figlia."

"E tu ci stai pensando perché…"

Sospiro sconsolata. O le dico tutto o non ha senso chiedere consiglio a lei.

"Sono stata a letto con lui."

Per poco non rovescia la bottiglia mentre versa un altro bicchiere. "E quando diavolo sarebbe accaduto?"

"Venerdì scorso."

"Oh porca miseria."

"È stato un errore, una cosa impulsiva che ovviamente non si ripeterà mai più" metto subito in chiaro.

"Sono ancora sotto shock."

"Ho fatto una grande stupidaggine."

"Be', dipende... Una notte di sesso non ha mai fatto male a nessuno."

"Lo pensavo anche io prima di trovarmelo nel mio ufficio stamattina."

"Almeno è stata una notte... Piacevole?"

"Iris!"

"Era una domanda."

"Non mi aiuta rivangarla."

"Okay, okay, certo."

"Se dovessi ammettere sua figlia e poi qualcuno dovesse scoprirlo, potrei passare dei guai seri."

"Quindi stai pensando di rifiutare la sua domanda?"

"Non vorrei, ma non so se la cosa può funzionare."

"E sei qui per chiedere il mio parere?"

Annuisco.

"È un bel casino."

"Lo so."

"Sembra un conflitto di interessi."

"Anche se la cosa non dovesse ripetersi più?"

"Siete stati insieme, sua figlia attende una risposta..."

Lascio perdere il cibo e mi butto sul vino.

"D'altronde questa ragazzina ha bisogno di una mano."

"Se non accetto la sua candidatura non le resterà che l'insegnamento a casa."

"Che mi sembra una pessima idea."

La guardo speranzosa in attesa che da lei venga la soluzione al mio problema.

"Non puoi abbandonarla. Non è da te."

Sospiro lasciandomi ricadere contro lo schienale della sedia.

"Ha bisogno di aiuto, entrambi hanno bisogno del tuo aiuto."

"Ed è qui che ho avuto un'idea."

"Un'idea? Sentiamo."

"È un po', come dire... Al limite."

"Le mie preferite."

"Ho pensato a un modo per aiutare Skylar, questo è il suo nome, e per tutelare i miei interessi."

Iris mi guarda fiera. "La cosa sta prendendo una piega che mi piace."

"Un modo per comprare il suo silenzio."

Batte una mano sul tavolo facendo quasi rovesciare i bicchieri. "Ora riconosco la mia bambina!"

Rido mentre nei suoi occhi comincio a vederla di nuovo anche io e devo dire che negli ultimi anni mi è mancata da morire.

* * *

Aiuto Iris a portare i piatti in cucina riponendoli nel lavandino. Non ha mai voluto una lavastoviglie, primo perché dice, sarebbe uno spreco di energia e acqua; secondo, perché ormai è sola e non ha così tante stoviglie da lavare.

Il suo appartamento è molto piccolo, ha solo una camera da letto. Quando vivevo qui dormivo sul divano: il salotto era diventato un po' la mia stanza, c'era roba mia ovunque, i miei libri sempre sul tavolino, i miei vestiti appesi accanto al camino ad asciugare.

Iris ha sempre vissuto in questo appartamento situato sopra la sua attività, il *Forget Me Not*, un negozio che vende cianfrusaglie di ogni genere, souvenirs, cose fatte a mano che ricordano la nostra terra e un mucchio di altre cose inutili che i turisti amano acquistare e che la gente del posto ama regalare. Non so se lo facciano per aiutare l'artigianato locale o per aiutare Iris, che non ne vuole sapere di andare in pensione, sono tutti molto affettuosi con lei e di conseguenza, lo sono anche con me.

Amo questo appartamento che profuma di fiori, amo il suo piccolo tavolo davanti la finestra e amo la sua minuscola cucina dove mi ha insegnato a fare i biscotti.

E amo lei che è tutta la mia famiglia.

"Io lo trovo un ottimo compromesso" mi dice, porgendomi una tazza di tè.

"Non ti sembra un ricatto o qualcosa del

genere?"

"Dipende dai punti di vista."

Sorrido mentre mi porge un piatto con dei biscotti al cioccolato. Ne prendo uno, recupererò la prossima settimana o forse mai più, e lo addento chiudendo gli occhi e godendomi il suo sapore.

Nessuno sa fare i biscotti come Iris.

"Non credo che accetterà un accordo del genere."

"Non è la sua unica possibilità?"

"Così sembrerebbe, ma con Kerry non si sa mai."

"Non è un cattivo ragazzo."

La guardo di traverso.

"E va bene, gli piaceva divertirsi e non aveva alcun interesse a mettere la testa a posto, ma chi al posto suo lo avrebbe fatto? Con quella faccia da schiaffi e quel sorriso ammiccante avrebbe potuto fare qualsiasi cosa, se non gli fosse andata bene con lo sport sono sicura che sarebbe diventato un attore o qualcosa del genere."

"Non era così irresistibile."

"E ora lo è di più?"

"Mmm?"

"Se ci sei andata a letto..."

Non avrei mai dovuto dirglielo.

"È sempre lo stesso, solo più vecchio."

E più affascinante e più sexy.

E sono venuta tre volte.

Tre volte in una sola notte.

Non credevo neanche che fosse possibile.

"E poi te l'ho detto," mi dirigo verso il divano seguita da lei, mi siedo con le gambe sotto il sedere e appoggio il gomito sullo schienale, Iris imita la mia posizione sedendosi di fronte a me. "È stata una follia, un enorme sbaglio. Ero uscita con Anya dopo aver firmato quelle maledette carte e volevo solo dimenticare tutto per una sera. Lui era il candidato ideale. Tranne poi trovarlo nel mio ufficio con sua figlia a chiedere il mio aiuto. Tu lo avresti mai detto?"

"Da quando si è trasferito non ho saputo molto di lui. Incontro sua madre di tanto in tanto, le chiedo come va, ma non entro nei particolari."

"E non leggi le riviste di gossip."

"No di certo."

"Quella ragazzina" dico sospirando. "Ha l'aria di aver bisogno di aiuto."

"E sono sicura che tu glielo darai. Che lo darai a entrambi." Mi fa l'occhiolino.

"Non quel tipo di aiuto a cui stai pensando."

"Come fai a sapere che tipo di aiuto ho in mente? E poi, se hai deciso per questo piano, non credo sia previsto altro."

"Esatto" dico convinta.

"Allora di cosa stiamo parlando?"

Poso la tazza sul tavolino e mi alzo.

"Di niente, infatti abbiamo finito."

Mi infilo le scarpe che avevo lasciato sul

tappeto.

"Te ne vai di già?"

"È solo lunedì, domani devo alzarmi presto."

"Prendi dei biscotti. Puoi mangiarli a letto più tardi."

Sorrido mentre si dirige verso la cucina per mettere alcuni biscotti in un contenitore. Iris conosce le mie pessime abitudini.

"Ecco." Torna da me porgendomelo.

"Grazie per la serata."

"Quando vuoi, cara."

Le do un bacio sulla guancia e prendo la mia giacca posata sul divano, la infilo e mi avvio verso la porta. Iris la apre per me e io la oltrepasso, fermandomi sul pianerottolo.

"Sono sicura che troverai il modo giusto" mi dice per tranquillizzarmi, deve aver capito che non sono ancora sicura di tutta questa storia.

Le sorrido con affetto. "Buonanotte, Iris."

"Buonanotte, tesoro."

Scendo le scale che mi portano al piano terra, apro il portoncino ed esco in strada, attraverso veloce e mi dirigo verso la palazzina in cui abito, a circa cento metri di distanza da casa di Iris e dal suo negozio. Saluto i ragazzi che lavorano nella pizzeria al piano terra intenti a ritirare le insegne esterne e salgo le scale che mi separano dal mio piccolo e silenzioso appartamento. Non appena apro la porta, Caramel mi corre incontro, strusciandosi subito contro le mie caviglie. Mi chino per accarezzarla mentre si gode la mia grattatina sulla testa e poi mi muovo nel mio appartamento verso la cucina per prendere una scatoletta dal ripiano in basso.

"Lo so, scusa, sono in ritardo" le dico mentre continua a farmi le fusa. "Ecco" gliela metto nella ciotola e attendo che venga a mangiare. La guardo per alcuni secondi poi mi rialzo e mi sfilo la giacca mentre mi dirigo nella mia stanza. Mi tolgo le scarpe, la gonna e poi inizio a sbottonare la camicetta davanti allo specchio e i segni della notte di venerdì sono ancora lì, a marchiare la mia pelle, a ricordarmi cosa è successo e a farmi tremare di nuovo le gambe.

Mi sfioro il collo, la spalla e poi scendo fino al seno. Poi mi guardo mentre mi sciolgo i capelli e li muovo con la mano.

Il suo respiro sul mio collo, la sua mano che risale lentamente lungo il fianco.

"Lo senti?" Chiede spingendo la sua erezione contro le mie natiche. "Ce l'ho di nuovo duro."

Sollevo la testa per vedere Niall sopra di me, le sue mani accanto alle mie braccia, le sue labbra che disegnano la mia pelle.

"Sei tu" dice sensuale facendomi rabbrividire. "Solo tu che mi fai questo effetto."

Sulle ultime sue parole chiudo gli occhi, proprio come ho fatto quella notte, perché non voglio continuare a chiedermi se erano la verità o se invece erano solo una stupida bugia.

15
Niall

Busso contro il vetro della porta del suo ufficio e lei solleva subito la testa dalla scrivania. Mi fa cenno di entrare e si mette in piedi lisciandosi la gonna, le sue mani che scivolano lente lungo le sue curve.

"Grazie di essere venuto."

Mi sforzo di concentrarmi solo sul suo viso. Se continuo così non solo non aiuterò mia figlia, ma mi beccherò anche una denuncia.

"Grazie a te per avermi convocato, anche se il fatto che tu mi abbia chiesto di venire da solo non mi fa ben sperare."

"Ho pensato che fosse meglio così."

Indica la sedia dal lato opposto della sua scrivania.

Mi siedo e lei fa lo stesso, poi resto in attesa che mi dica di che morte devo morire, strofinando nervoso i palmi delle mie mani sui jeans. Si sfila gli occhiali – cazzo non l'avevo ancora vista con quelli e vorrei non averlo fatto a giudicare dalla reazione di qualcuno che non dovrebbe manifestarsi in questo momento – e mi guarda con i suoi occhi grandi e scuri.

"Ho esaminato la situazione di Skylar nei minimi dettagli" dice, incrociando le mani sulla scrivania.

Le guardo, perché non posso farne a meno, come non posso fare a meno di pensare a quando le ha fatte scivolare sensuali sul mio petto qualche notte fa.

"Sarò sincera, credo che nessuna scuola della contea la prenderebbe mai. E visto che vi hanno rifiutati anche a Dublino, immagino che neanche nelle altre ci sia un posto per lei."

Lascio andare il respiro prima di strozzarmici.

"Il vandalismo può anche passare ma..." Si infila di nuovo gli occhiali e io sono costretto a muovermi agitato sulla sedia. "Gli atti osceni..."

Ti prego, non andare oltre o un atto osceno potrebbe avere luogo qui sulla tua scrivania.

"Sono quasi tutte scuole cattoliche."

"Non l'hanno voluta neanche nelle multidenominali e ha già perso un anno. Ho paura che così non riuscirà mai a tornare alla vita normale."

Annuisce lentamente, le sue dita tamburellano nervose sul ripiano di legno.

"Ascolta, vorrei davvero aiutarvi."

"Ma sei costretta a dire di no."

"E ho una proposta."

"Una proposta?" Chiedo confuso.

"Un accordo."

Allungo le mani sulla scrivania in cerca delle sue. "Tutto quello che vuoi."

"Per prima cosa," le scosta gentilmente. "Bisogna evitare questo tipo di contatti."

"Assolutamente." Mi ritraggo subito. "Scusa, non accadrà più."

"Ogni tipo di contatto" dice in attesa della mia reazione. "Fuori da queste mura, ovviamente."

"Certo."

"Quello che è successo l'altra notte deve restare tra noi, Niall."

Credo che sia la prima volta che mi chiama per nome.

"Ti ho già detto che puoi fidarti della mia discrezione. E farò tutto quello che mi chiedi, lo prometto."

"Non hai ancora sentito cosa ho da proporti."

"Mi va bene qualsiasi cosa."

"Okay, in questo caso..." Mi allunga dei fogli.

"Che cos'è?"

"La mia proposta, o meglio, la proposta della scuola."

Do un'occhiata veloce al primo foglio. "Che diavolo è?"

"Una regolare proposta di lavoro."

Sollevo gli occhi su di lei. "Lavoro?"

"Preferirei che dessi uno sguardo."

"Preferirei che me lo dicessi tu."

Appoggia la schiena contro la sua poltrona. "Dobbiamo partecipare a un torneo."

"Che tipo di torneo?"

"GAA."

"Non ci credo."

"Il torneo è stato organizzato da Intersport e vi prenderanno parte le scuole della contea."

"Continuo a non capire."

"Ci serve un allenatore per la nostra squadra."

"Mi stai prendendo per il culo."

"Fino a ora se ne stava occupando il nostro insegnante di ginnastica, ma abbiamo bisogno di qualcuno esperto."

"Perché io?"

"Perché dobbiamo vincere. In palio ci sono cinquemila euro che andranno alla scuola vincitrice."

Scuoto la testa incredulo.

"Ne abbiamo bisogno. Ci servono le attrezzature per la palestra e una nuova aula di..."

"E tu mi stai ricattando."

"C-cosa?"

"Stai usando mia figlia per ottenere quello che vuoi."

"Che voglio io? Lo sto facendo per la mia scuola."

Mi alzo di scatto. "Scordatelo."

Si alza anche lei. "Non hai appena detto che avresti fatto qualsiasi cosa?"

"Non questo."

"Perché?"

"Forse non hai idea di chi sono, Jordan. Non posso finire a insegnare in una scuola di provincia."

"Ti ricordo che ci sei cresciuto qui. E che a questa scuola di provincia devi chi sei oggi."

"Io non devo niente a nessuno. Tutto viene solo da me, dal mio impegno, dal mio talento."

"E dal tuo ego smisurato."

"Avrei dovuto capirlo." Mi muovo nervoso nel suo ufficio. "Avrei dovuto saperlo."

"Cosa?"

"Che l'altra notte era solo una finzione."

"Di cosa stai parlando?"

"Sei sempre la solita snob saputella noiosa che eri vent'anni fa. Quella che crede di essere migliore di tutti, di essere migliore di me."

"E tu sei sempre il solito stronzo bastardo che non riesce neanche a passare i test finali e che deve portarsi a letto la sua compagna di laboratorio per poter copiare."

"E tu che cosa cazzo ne sai?"

"Ho tirato a indovinare, non era così difficile."

"Sai cosa? Puoi tenertelo il tuo lavoro di merda, come puoi tenerti il posto di merda in questa scuola di merda!" Alzo la voce e mi dirigo verso la porta. "Da te non me lo sarei mai aspettato. Credevo che…"

"Cosa?" Alza la voce anche lei.

"Che ti importasse davvero della nostra situazione, di mia figlia. E invece sei come tutti gli altri, vuoi solo qualcosa da me. Credevo fossi una persona diversa, Jordan, ma a quanto pare sbagliavo alla grande."

16
Niall

"Posso sapere perché sei così agitato?"

"Ma allora non mi hai sentito!"

"Ho sentito benissimo, ma non capisco perché la cosa ti abbia sconvolto così tanto."

"Ha provato a ricattarmi!"

"Ti ha fatto una proposta."

"Ma tu da che parte stai?"

"Da quella della ragione."

"Pensavo fossi mio amico."

"E lo sono, per questo sto cercando di dirti che devi calmarti."

Mi siedo sul tavolo da biliardo poggiando la fronte sulla mazza.

Tyler sbuffa prima di lasciare la sua e di venirsi a sedere accanto a me.

"Posso farti una domanda?"

Lo guardo.

"Perché la cosa ti ha dato tanto fastidio?"

"C'è davvero bisogno che te lo spieghi?"

"Sì."

"Sta usando mia figlia per ottenere quello che vuole."

"Cioè fondi per la scuola che lei manda avanti da anni?"

"Non è questo il punto."

"E poi, al massimo, sta usando te."

"La cosa dovrebbe farmi sentire meglio?"

"Vedila dal lato positivo. Skylar avrebbe il suo posto a scuola, potrebbe ricominciare ad avere contatti con i suoi coetanei, magari riuscire anche a diplomarsi e tu avresti un lavoro."

"Credi che voglia lavorare come coach di una squadra di adolescenti allo sbaraglio?"

"Ti ricordo che anche tu eri come quegli adolescenti un bel po' di anni fa."

"Io ero bravo."

"Cosa ne sai di come sono questi ragazzi? Magari potrebbero sorprenderti."

"Se fossero bravi credi che avrebbe chiesto a me?"

"Vedi che inizi ad arrivarci?"

"Di che cosa stai parlando?"

"Ha bisogno di te come tu hai bisogno di lei." Si alza e si mette di fronte a me. "Non è un ricatto, è quasi fortuna."

"Fortuna che io non abbia più un lavoro, che mia figlia si sia fatta buttare fuori da scuola, che viva di nuovo a casa con i miei genitori e che la prima donna con cui sono andato a letto dopo nove mesi pensi che io sia uno stupido bastardo egoista?"

"Nove mesi?"

"Ti sei fermato su quello?"

"È preoccupante considerato chi ho di fronte."

"Te lo ripeto per l'ultima volta: non leggere più quella merda!"

"Sul serio? Nove mesi?"

"Sai com'è, ero appena diventato padre."

"Tua figlia ha quindici anni, Niall. Sei diventato padre tanto tempo fa."

"Hai capito cosa intendo."

"Purtroppo sì."

"Sono stato sopraffatto dai pensieri, dai problemi e poi..."

"Poi, cosa?"

"Sapere che lei se n'è andata così."

È la prima volta che lascio venire fuori questo pensiero. Non ero innamorato di lei, non lo sono mai stato, eppure la sua scomparsa mi ha sconvolto nel profondo. Non è facile vedere una donna bellissima, giovane e piena di vita diventare l'ombra di se stessa, soffrire e spegnersi in pochi mesi in silenzio davanti agli occhi di sua figlia e non poter far niente per evitarlo.

Tyler posa una mano sulla mia spalla.

"Mi dispiace."

"Anche a me. Di non esserci stato per loro, di essere stato quello che sono sempre."

"E cosa sei?"

"Uno stupido bastardo egoista."

Tyler sorride e mio malgrado lo faccio anche io.

"Qual è il vero problema?"

"A questo punto non lo so più. Ero venuto qui per sfogarmi e magari fare chiarezza e mi ritrovo più confuso di prima."

"Mi dispiace di non esserti di aiuto."

"Cosa c'entri tu?"

"Sono il tuo unico amico."

"Vero. E mi hai teso un tranello."

"Ti ho già spiegato che non ho collegato le due cose."

"Come hai potuto non farlo?"

"Non mi hai detto che scuola avrebbe frequentato tua figlia."

"Questo è vero, ma..."

"Poteva essere una delle cittadine limitrofi, non hai mai parlato della Abbey."

Sbuffo. Ha ragione. E prendermela con lui non mi aiuta comunque, anche se ho il sentore che si sia divertito alle mie spalle e che stia continuando a farlo.

"E poi credo che potresti farti degli altri amici. Riprendere qualche vecchio contatto ora che sei qui."

"Non mi sembra una grande idea."

"È una piccola comunità ma unita e generosa, potrebbe stupirti. E se tu iniziassi a farne parte, magari aiuterebbe anche Skylar."

A questo non avevo pensato, devo ammetterlo.

"Come la aiuterebbe quel posto a scuola."

"Vuoi che io accetti, non è così?"

"Non si tratta di quello che voglio io, Niall, ma di quello che è giusto fare."

"Una squadra di ragazzini, andiamo."
Scrolla le spalle.
"Sono un campione."
"*Eri* un campione."
"Stai mettendo il dito nella piaga."
"Ascolta, non volevo arrivare a questo ma dato che ci siamo..."
"Di che stai parlando?"
"Hai trentotto anni."
Quasi trentanove ma non è il caso di farlo presente.
"So benissimo quanti anni ho."
"Per quanto tempo ancora avresti potuto giocare?"
"Sono nel pieno della forma."
Mi squadra per bene.
"Non mi alleno al momento ma posso recuperare."
"Sei vecchio."
Scuoto la testa contrariato.
"Avresti smesso... Quando? L'anno prossimo"
"Non posso saperlo."
"Cosa avresti fatto, poi?"
"Non ci avevo ancora pensato."
"Non sei più un ragazzo, ma ne hai una."
"Stai per caso dicendo in modo cordiale che sono un egoista?"
"Lo stai dicendo tu."
"Avrei potuto darle un futuro migliore a

Dublino."

"Non credo che tua figlia abbia bisogno di quel tipo di futuro che pensavi di darle. Ha bisogno di un padre, di una famiglia, di stabilità."

"Vuoi convincermi ad accettare."

"Voglio solo farti riflettere, la decisione spetta a te."

"Non posso tornare da lei, non dopo quello che le ho detto."

"Non voglio saperlo." Alza le mani e si allontana, si avvicina al frigorifero e tira fuori due bibite energetiche, me ne lancia una prima di aprire la sua e di fare alcuni sorsi.

"Sono stato uno stronzo."

"Sono sicuro che saprai come rimediare. Puoi usare le tue doti da seduttore. In fondo, hanno funzionato l'altra sera, no?"

"Ha fatto quasi tutto lei."

"Dio, sei proprio fuori forma, amico."

Lo guardo male.

"Troverai qualcosa, ne sono sicuro. Intanto se vuoi puoi venire a correre con me."

Mi guardo e poi torno su di lui. "Che cosa c'è che non va con la mia forma fisica?"

"Niente, ho solo pensato che potesse farti bene."

"Mmm... E a che ora vai a correre?"

"Alle sei."

"Forse potrei pensare di venire con te."

"Vedi che inizi a ragionare?"

"Lo faccio solo perché la cucina di mia madre mi trasformerà in un porco in poche settimane."

"Non importa perché lo fai, ma per chi lo fai."

"Non stiamo parlando di forma fisica, non è vero?"

Tyler sorride furbo.

"Potrebbe essere una filosofia da seguire."

"Potrebbe essere quella adatta a te."

17
Jordan

Quando apro la porta e me lo trovo davanti per poco non mi strozzo con l'involtino primavera che stavo masticando.

"Per te." Mi mette davanti un mazzo di tulipani rossi.

Ingoio velocemente il resto dell'involtino e mi pulisco la bocca unta con la mano.

"Il fatto che tu sappia dove vivo non implica che tu possa venire a casa mia come e quando vuoi."

Prende un bel respiro e mi guarda con gli occhi colpevoli.

"Sono venuto per scusarmi."

Incrocio le braccia sul petto e sposto nervosa il peso su un piede. Non mi piace che sia qui, che invada così la mia privacy e che si senta libero di farlo.

Non avrei mai dovuto portarlo da me.

"Mi sono comportato esattamente come hai detto perché io sono così come mi hai descritto."

Resto in ascolto anche se dovrei chiudergli la porta in faccia ma ho paura che la rovinerei e sarebbe davvero un peccato.

"Non puoi stare qui."

"Non mi ha visto entrare nessuno, te lo giuro."

"Non è solo questo."

"So che non sarei dovuto piombare a casa tua, ma non volevo venire a scuola e volevo chiederti scusa prima che fosse troppo tardi."

"Prima che rifiutassi la domanda di iscrizione di tua figlia?"

"Prima di diventare imperdonabile ai tuoi occhi."

"Magari lo sei già."

"Spero davvero di no. Abbiamo iniziato con il piede sbagliato, ma siamo sempre in tempo per recuperare."

"Perché?"

"Vorrei darti altri motivi, ma l'unico che conta è mia figlia."

Sospiro rassegnata e mi scosto dalla soglia per farlo entrare.

Mi porge i fiori e io li accetto.

"Ti sto facendo entrare solo perché vorrei evitare che qualcuno ti veda."

"Certo."

"Ti do solo cinque minuti. E poi devi promettermi che non ti presenterai più a casa mia."

"Te lo giuro."

Gli faccio segno di accomodarsi in salotto mentre prendo il telecomando dal tavolino e spengo la TV, sul ripiano i resti della mia cena cinese.

"Scusa il casino" dico in imbarazzo.

Nessuno viene mai a bussare alla mia porta a parte Anya e lei è abituata alle mie cene solitarie, ai miei capelli all'ultimo giorno possibile di shampoo secco e alle mie tute enormi che nascondono poco discretamente la mia propensione a mangiare per due da quando sono sola.

"Scusami tu, sono piombato qui senza avvisare e tu eri sicuramente impegnata."

Che fa, sfotte?

Mi siedo sul divano e lui mi imita.

"Non so da dove iniziare, quindi inizierò da ciò che ho capito."

Non promette nulla di buono un inizio così ma mi ritrovo ad annuire e a fargli cenno di andare avanti.

"Ho capito che devo fare qualsiasi cosa per Skylar, per darle un futuro e per recuperare il mio rapporto con lei."

"Mi sembra una buona idea."

"In questo momento della mia vita lei è l'unica cosa che conta."

Gli sorrido.

"E ho bisogno del tuo aiuto."

"Lo immaginavo."

"E mi dispiace di aver detto quelle cose su di te."

"Vuol dire che non le pensavi?"

"Assolutamente no. Penso centinaia di altre cose ma quelle davvero no."

"Okay."

"Ma tu non puoi dire lo stesso di me, non è vero?"

"Niall..."

"Va bene, lo capisco. È quello che pensano tutti in città."

Scrollo le spalle perché non posso mentire ma non voglio neanche infierire.

"Ma sono pronto a rimediare."

"Non devi giustificarti con me. Non devi dimostrarmi niente, non sono affari miei."

Annuisce lentamente facendo una smorfia con la bocca.

"E non so cosa ti aspetti da me. Accetto le tue scuse ma..."

"Ho bisogno di quel lavoro" mi interrompe.

"Oh."

"Se l'offerta è ancora valida."

"Lo stai facendo per lei?"

"Lo faccio perché è la cosa giusta da fare."

"E non pensi che sia un ricatto da parte mia?"

Nega con la testa. "Penso sia un'opportunità."

"Lo pensi davvero?" Chiedo dubbiosa.

"Assolutamente."

"L'offerta è ancora valida. Se lo vuoi il posto è tuo e tua figlia potrà frequentare la scuola e..."

Le sue braccia si stringono intorno al mio corpo e il suo viso affonda nel mio collo.

"Grazie, Jordan. Grazie."

Resto paralizzata con le mani lungo i fianchi mentre lo sento respirare sulla mia pelle.

"Sei buona, sei dolce..." Sussurra, prima di accarezzarmi con la lingua. *"Chissà che cos'altro hai di così dolce..."*

Mi lascia andare lentamente, le sue mani sulle mie braccia, i suoi occhi di nuovo limpidi e il suo sorriso che fa il suo dovere sciogliendo in un istante la mia biancheria.

"Dovremmo... Ehm..." Mi schiarisco la gola mentre lui si allontana quel tanto che basta per non sentire più il suo respiro su di me. "Accordarci su alcune cose."

"Certo, quando vuoi."

"Potresti venire nel mio ufficio domani."

"Ci sarò."

"E ci sarebbe anche da firmare un accordo tra di noi."

Mi guarda curioso.

"Di non divulgazione."

Apre la bocca per parlare ma credo di averlo sorpreso e che sia in realtà rimasto senza parole.

"Devo tutelare la mia posizione."

"Capisco."

"Spero non ti offenderai."

Resta in silenzio qualche istante, poi dice serio: "Non sono stato io a mettere in giro quella voce. Non siamo mai stati insieme negli spogliatoi".

"È successo tanto tempo fa." Cerco di minimizzare perché non voglio affrontare questo discorso adesso.

"Non sarei mai andato a vantarmi di una cosa del genere. Mi piaceva divertirmi, è vero, ma non volevo fare del male a nessuno."

"Non devi raccontarmi niente."

"Ma io voglio che tu mi creda."

"Perché?"

"Se ti dicessi che non lo so?"

Direi che non posso permettermi alcun tipo di *non lo so*.

"Direi che si è fatta ora che tu vada via."

Mi alzo dal divano e lui fa lo stesso.

"Jordan..."

"Devi andare, Niall."

Sospira e annuisce, poi si avvia verso la porta. Lo seguo e mi fermo dietro le sue spalle. Si volta di nuovo verso di me e mi sorride a mezza bocca.

"Sei più bella di come ricordavo" dice all'improvviso. "E non parlo di venerdì notte, parlo di adesso."

"Che c-cosa?"

"Dovevo dirtelo, volevo dirtelo l'altra mattina nella tua cucina, ma tu avevi fretta di sbarazzarti di me e io non volevo metterti a disagio."

"Io non..."

"Non dire nulla."

Fa un passo verso di me, la sua mano scivola dietro la mia nuca.

"Solo..." Si china sulla mia bocca e la sfiora.

"Questo." Preme le sue labbra contro le mie mentre io resto impalata con le braccia lungo i fianchi. Non prova ad andare oltre, si allontana lentamente e mi guarda negli occhi.

"Questo è per l'altra mattina."

La sua mano lascia la mia nuca portandosi via i miei capelli, li guarda passare tra le sue dita e poi li lascia cadere sulla mia spalla.

"Non mi piaceva l'idea di essermene andato via senza salutare. Non me ne vado mai senza salutare."

"N-non credo sia il modo giusto di far funzionare questa cosa" dico per miracolo ancora in piedi.

"Hai ragione, ma questo non conta, come non conta l'altra notte."

Una strana delusione mi attraversa il corpo e purtroppo non solo quello.

"Ripartiamo da zero. Da domani." Apre la porta. "Buonanotte, Jordan."

Mi dà le spalle e scompare veloce giù per le scale, mentre io la richiudo e vi poggio contro la fronte.

L'altra notte non conta. Ha ragione. Sono stata io la prima a dirlo. E allora perché mi sento come se fossi io a non contare, anche questa volta, e come se fosse solo colpa mia, anche questa maledetta volta.

18
Niall

La porta del suo ufficio è aperta e Jordan è in piedi di spalle accanto alla finestra.

"Buongiorno."

Si volta subito.

"Ho portato..." Le mostro un bicchiere di caffè.

"Buongiorno a te."

Il suo tono è distaccato e il suo viso teso. Credo di aver fatto una cazzata ieri sera quando l'ho baciata prima di andare via, dopo che si era raccomandata che cose del genere tra noi non accadessero più e dopo che ha offerto una possibilità a me e a mia figlia, ma non ho saputo resistere. C'era qualcosa in sospeso tra di noi e volevo chiarirla. Il fatto che ora sento che ce ne sono almeno altre cento di cose in sospeso è un'altra storia.

"Non dovevi disturbarti."

"Nessun disturbo."

Lo poso sulla sua scrivania perché ho come l'impressione che non intenda avvicinarsi neanche per prendere il bicchiere dalle mie mani.

"Grazie."

Si muove lentamente nella sua gonna aderente – e la guardo senza alcun rimorso – e si siede al suo posto. Mi fa segno di fare lo stesso e io mi siedo di fronte a lei. Fa scivolare sulla scrivania dei fogli ordinati e spillati.

"La mia proposta."

"Dove devo firmare?"

"Non vuoi neanche leggerla?"

"Mi fido di te."

I suoi occhi cambiano per un attimo forma, ma si riprende subito.

"Dovresti davvero leggere il contratto, Niall. Clausole comprese."

"Con clausole intendi quella che tra di noi non può esserci nient'altro?"

"È molto più complesso di così."

"Okay, allora…" Prendo i fogli e li volto velocemente.

"Dovresti…"

"Eccole."

Mi fermo sull'ultimo foglio prima di quello in cui apporre la firma, dove ci sono le clausole di cui parlava.

"Non leggi il resto?"

"Non mi interessa."

Sollevo solo gli occhi per scrutare la sua reazione. La vedo mordersi piano il labbro inferiore, ma per il resto non mostra segni di cedimento. Torno con gli occhi sui fogli e dopo pochi minuti in cui leggo attentamente cosa ha in serbo per me, alzo la testa e appoggio la schiena contro la sedia.

"*Wow*. Sul serio devo rivolgermi a te come la preside Hill?"

Annuisce seria.

"E non posso neanche rivolgerti la parola quando siamo fuori dall'ambiente scolastico?"

"Sarebbe preferibile di no, ma se ci tieni, posso aggiungere un saluto di cortesia."

"Perché?" Le chiedo quasi offeso. "Cosa stai cercando di fare? Evitare qualsiasi contatto con me?"

"Mi sembra abbastanza evidente."

"Di cosa hai paura? E non dirmi che si venga a sapere perché non me la bevo, non dopo questo." Prendo i fogli tra le dita e li sollevo.

"Non volevi iniziare con il piede giusto?"

"E ti sembra giusto, questo? Sensato?"

"È l'accordo, Niall."

"Cosa ti spaventa così tanto, Jordan? Che io possa provarci con te?"

"Pensi che io non sia capace di tenerti lontano da sola?"

"E allora?" Mi alzo in piedi e poi appoggio le mani sulla sua scrivania, protendendomi verso di lei. Jordan rimane immobile nella sua posizione, solleva solo gli occhi su di me e non sono più sicuri e duri come quelli di prima, sembrano quasi spaventati.

"Oh mio dio" dico più calmo. "Ora ho capito. Hai paura di te."

"Di che stai parlando?"

"Queste clausole non sono per me, ma per te."

"Non essere ridicolo" dice con poca convinzione, sostenendo a fatica il mio sguardo. "Io non ho alcun interesse in te, Kerry."

"Però c'è la tua firma su queste carte, proprio accanto a dove dovrei firmare io."

"Certo, è un accordo tra entrambe le parti."

"Io non le firmo queste clausole del cazzo."

"Fanno parte della proposta. O firmi tutto oppure..."

"Devi eliminarle."

"Non posso farlo."

"Io non ci sto."

"Be', il problema è tuo e a questo punto di tua figlia."

"Non mettere in mezzo Skylar."

"Se non firmi l'accordo, Kerry, non posso dare a Skylar quel posto."

Scuoto la testa incredulo e anche deluso, non credevo che arrivasse a questo punto.

"Bene" convengo risentito, prendendo una penna dalla sua scrivania. Metto la mia firma dove richiesto e poi lancio la penna sul ripiano.

"Se non c'è altro..."

"Skylar può iniziare anche domani. Farò in modo che tutti siano informati del suo arrivo e che per lei ci sia pronto un piano di studi volto a recuperare tutto ciò che ha perso."

"La scuola è appena iniziata."

"Intendo l'anno."

"Non capisco."

"Credo che con un po' di impegno da parte sua e di aiuto da parte degli insegnanti..."

"Stai dicendo che vuoi farle fare due anni in uno?"

"È un peccato perdere un anno così." Nella sua voce un sincero dispiacere. "Vorrei fare qualcosa per aiutarla a rimettersi in carreggiata e magari, sapere che non è tutto perduto... Non so, ho pensato che potesse essere un incentivo."

E ha pensato bene. Skylar odia il fatto di dover essere la più grande della sua classe o come dice lei, di dover stare in mezzo ai mocciosi, come se un anno facesse tutta questa differenza. Immagino che per un'adolescente incazzata la faccia.

"Non so cosa dire."

"Non devi dire altro." Si alza anche lei.

Annuisco lentamente, mi sento quasi in colpa per averle parlato duramente prima, ma davvero non riesco a capire perché questa non necessaria distanza tra di noi.

"Sei atteso domani per le sei."

"Cosa?"

"Per la tua prima volta ci sarò anche io."

"Di che stai parlando?"

"Avresti dovuto leggere tutto. Gli allenamenti sono il giovedì pomeriggio, almeno per adesso. Se poi ci dovesse essere bisogno di qualche ora in più, possiamo aggiungere il sabato mattina."

"Gli allenamenti, giusto."

"L'insegnante di educazione fisica potrebbe darti una mano, farti da secondo."

"Lavoro meglio da solo."

"Come vuoi."

"E non è necessario che ci sia anche tu."

Ora quella risentita sembra lei.

"Posso cavarmela benissimo."

"Allora non abbiamo altro da dirci, signor Kerry."

"Le auguro buona giornata, preside Hill." Esco dal suo ufficio con un peso in meno ma con una scavatrice che ha preso possesso del mio stomaco. No, non è il doverla chiamare preside che mi dà fastidio, anzi, per qualche assurdo motivo la rende ancora più sexy ai miei occhi −come se ce ne fosse bisogno. È un altro il problema, più sottile e più infimo, un problema che non credevo capace di portare con sé tutta questa amarezza e questo inspiegabile rimpianto.

19
Niall

"Ce l'abbiamo fatta!" Annuncio, appena chiudo la porta di casa.

Mia madre compare subito in salotto.

"Abbiamo il posto alla Abbey."

"Questa è un'ottima notizia."

Mia figlia scende dal piano di sopra in quel momento.

"Siamo dentro" le dico, finalmente soddisfatto di aver fatto la prima cosa buona da quando è con me. "La scuola."

"Siamo?" Chiede lei che ovviamente è molto più sveglia di me.

Mia madre mi guarda mentre mia figlia ci raggiunge.

"Ho una specie di lavoro."

"Ti prego, non dirmi che insegnerai a scuola." Mia figlia dice inorridita all'idea di condividere un altro spazio con me.

Nego. "Devo allenare una squadra di ragazzini."

"E cosa c'entra la scuola?"

"I ragazzini sono della scuola, ma la squadra è un'attività extra scolastica che si tiene al di fuori dell'orario delle lezioni."

"Non capisco, tesoro..."

"C'è questo torneo per le scuole della contea sponsorizzato da Intersport. Un torneo di GAA."

"Oh…" Mia madre esclama sorpresa.

"La Abbey parteciperà e siccome avevano bisogno di un allenatore e io sono qui…"

"Be', ma allora è una doppia buona notizia." Mia madre è sempre positiva.

"Ti ha ricattato, per caso?"

Perché si è fatta bocciare ancora non ho capito. Ah giusto, gli atti vandalici, quelli osceni e lasciamo perdere il resto.

"Non lo chiamerei in questo modo."

"Cosa vuoi dire?" Mia madre chiede confusa.

"Abbiamo fatto un accordo, tutto qui."

"Ti sei venduto per un posto per me?"

"Non mi sono venduto. Mi ha chiesto se mi interessava e io ho accettato."

"E non c'entra nulla il fatto che io fossi in attesa di un posto in quella scuola?"

"Pura coincidenza."

"Ma certo, sarà di sicuro una coincidenza" mia madre cerca di mettere a tacere la cosa. Si avvicina e mi dà un bacio sulla guancia. "Sono felice per entrambi." Si avvicina a Skylar e la abbraccia, lei resta come al solito impalata con le mani lungo i fianchi. La lascia andare azzardandosi ad accarezzarle anche il viso e poi se ne torna di là lasciandoci soli.

"Non mi sembrava un tipo così tosto."

"Come dici?"

"La preside."

Non so come rispondere alla sua affermazione e non so cos'altro stia per tirare fuori, nel dubbio taccio.

"Ti ha incastrato per bene."

"Non è andata così."

"Vuoi farmi credere che ti piace l'idea di allenare dei ragazzini di una scuola di merda in un posto di merda in una contea di..."

"C'è davvero bisogno di usare quella parola così tante volte?"

"Rafforza il concetto."

"Ti assicuro che è chiarissimo."

"Perché, Kerry?"

"Avevano bisogno di una persona."

"Voglio sapere il vero motivo."

Scrollo le spalle e poi infilo le mani nelle tasche a disagio.

"Per te. Ho accettato per te."

Skylar resta in silenzio per alcuni istanti, non so se stia per mandarmi al diavolo o se stia per rompermi in testa il vaso che mia madre tiene sulla mensola all'entrata o forse entrambe le cose cronologicamente.

"Mi fa schifo quella divisa."

Mi lascio scappare una risata che lei non prende bene.

"Non la metterò mai."

"Credo che per i primi giorni vada bene."

"Il viola è un colore di merda."

Credo sia diventata la sua parola preferita, meglio questa che *cazzo*.

"Sono sicuro che ti starà benissimo."

Incrocia le braccia e solleva un sopracciglio.

"Andrà bene, vedrai. Divisa di merda a parte."

"Parli di me o di te?"

Sospiro. "Parlo di entrambi." Non ha senso mentirle. "Troveremo un modo per andare avanti, Skylar. Te lo prometto."

"Anche lei aveva promesso."

"Cosa?"

"Che sarebbe andata bene."

"Skylar..."

"E io le ho creduto. E ora mi ritrovo con te."

"Mi dispiace che ti sia toccato io" le dico sincero.

"Anche a me."

E lei sembra ancora più sincera del sottoscritto.

* * *

Apro la porta a tre donne sulla sessantina che escono dalla sala e poi mi infilo all'interno dove la trovo intenta ad arrotolare un tappetino.

"Il fatto che tu sia tornato qui e che ora vivi a casa con mamma e papà e che per questo siamo costretti a vederci, non ti dà il diritto di presentarti sul mio posto di lavoro."

A quanto pare le donne di questa città hanno tutte la stessa reazione quando mi vedono. Parentela o non parentela. Tranne la mamma, per fortuna mi resta sempre lei.

"Perché? Il tuo capo non vuole?"

Mi guarda di traverso.

"Non c'è un vero capo qui, siamo tutti soci."

"Sono impressionato."

"E io sono già stufa della tua faccia."

"Posso sapere cosa ho fatto per farti incazzare in questo modo?"

"Abbiamo lo stesso sangue, credo basti."

Sbuffo e la seguo mentre si dirige verso un distributore per l'acqua. Prende un bicchiere e lo riempie fino all'orlo mentre io attendo che abbia finito di bere.

"Ho un'altra classe tra quaranta minuti, Niall. Dimmi cosa sei venuto a fare e poi sparisci."

Non so davvero perché sono qui ma ho ripensato alle parole di Tyler sul fatto di riallacciare i rapporti, rimediare, e quale migliore punto di partenza se non mia sorella?

Rian e io abbiamo vent'anni di differenza. Mica briciole. Vent'anni sono tanti, davvero troppi, ma i miei genitori dovevano sentirsi molto soli dopo la mia partenza e così... Ecco Rian. È nata quando io vivevo già a Dublino, quando avevo già la mia vita egoistica e solitaria, nel pieno della mia fase testa di cazzo, in pratica. Non l'ho vista crescere, non ci sono stato. Non la conosco e lei non conosce me e forse, non è così un male il fatto che non mi conosca affatto, vuol dire che posso farle conoscere questo disastro senza speranza che sono oggi e sperare che lei abbia pena per me.

Rian ha diciotto anni, ma certe volte ho paura che la maggiore tra i due sia lei. Io a diciotto anni giocavo e facevo il coglione, lei vive da sola, gestisce una palestra insieme ad altre persone, sembra matura, sembra sapere cosa vuole. Io vivo nella mia vecchia stanza e mi sono fatto incastrare dalla preside di mia figlia, nonché mia ex compagna di scuola, in un lavoro che non volevo assolutamente fare. E me la sono portata a letto o meglio, lei si è portata a letto me e ora non riesco a dimenticare l'odore che aveva addosso e la sensazione del suo corpo morbido premuto contro il mio.

Sono fottuto sotto ogni aspetto e non vedo molte vie d'uscita, l'unica cosa che posso fare è provare a rendere le cose migliori per Skylar e per questo sono qui.

"Siete quasi coetanee" dico a Rian. "Tu e Skylar."

Mi guarda di traverso.

"E lei non ha amici."

"Mi stai chiedendo di esserle amica?"

"Ti sto chiedendo solo un piccolo aiuto. So che mi odi anche se non ne conosco il motivo, ma ti pregherei di provare a non odiare lei perché non c'entra nulla con me o con quello che posso averti fatto."

"Io ti odio perché te lo meriti."

"E di questo ne sono assolutamente sicuro."

Rian ride e scuote la testa.

"Non provi neanche a difenderti."

"Sarebbe tempo sprecato."

"Quindi sai di essere uno stronzo, un egoista e uno che non merita il mio aiuto?"

"Sono d'accordo su ogni parola, ma per favore. Non far pagare a Skylar i miei errori."

Rian ci riflette qualche istante.

"Sembra sveglia."

"Lo è."

"Più matura della sua età."

Le sorrido. "Come te."

"Non provare ad adularmi."

"È solo la verità."

Sospira e poi mi guarda. "Mi piace Skylar."

"Sono sicuro che anche tu piaci a lei."

"Mi farebbe piacere passare del tempo insieme, conoscerla, dato che tu non hai mai pensato di portarla dalla sua famiglia."

"Grazie, Rian."

"Sei un disastro, Niall, lo sai?"

"Sì."

"E hai intenzione di fare qualcosa per provare a mettere ordine in questo disastro?"

"Ci sto provando."

Non so se mi fa piacere che mia sorella minore mi parli in questi termini, ma al momento mi pare più preparata di me su qualsiasi cosa e sinceramente interessata alla situazione di Skylar, quindi non mi lamenterò.

Ho bisogno di tutto l'aiuto possibile perché sono davvero un disastro come padre e come uomo e ho paura che da solo non riuscirò mai a uscirne.

20
Niall

Tyler è passato da casa a fine turno. I miei sono andati già a dormire mentre mia figlia si è chiusa in camera due ore fa con la scusa di essere stanca, ma sono sicuro che sia nervosa per domani e che non voglia darlo a vedere e che abbia preferito non condividere le sue paure con me.

Mi chiedo quanto spazio sia giusto darle, se sia la soluzione adatta, se non sarebbe meglio insistere, obbligarla ad aprirsi o continuare a vedere qualcuno che possa aiutarla.

"Prova a vedere come va con la scuola" Tyler suggerisce.

Siamo seduti su una panchina nel giardino sul retro dei miei. Intorno a noi solo il buio e i rumori della campagna circostante.

"A volte mi sento un codardo. Uno che non ha il coraggio di affrontare la realtà."

"Non è mica facile."

"Non è una scusa."

"Non devi dimostrare niente, Niall. A nessuno." Tyler va dritto al punto.

"Non ne sono così convinto."

"Datti una chance."

"Una chance" commento, prima di bere un sorso del mio whiskey. "Non sono neanche sicuro di meritarla."

"Cos'avrai fatto di tanto male?"

Ne ho fatte di cose nella vita di cui non vado fiero ma ora c'è un pensiero che mi preme.

"Tu ci credi? Alla storia di Mary Hannigan."

"A cosa dovrei credere?"

"Alla versione a cui tutti credono. Che io me la sia scopata negli spogliatoi e che poi lo abbia detto a tutta la scuola."

"Brutta storia quella, amico. Ha dovuto cambiare contea."

"Quindi ci credi."

"Credo a quello che mi dici."

"Non sono stato con lei."

"Okay."

"Dico sul serio. Ci siamo baciati negli spogliatoi, è vero. E le ho chiesto io di raggiungermi ed è vero anche questo, ma non abbiamo fatto sesso."

Tyler mi ascolta senza mostrare alcuna reazione.

"E non sono stato io a dirlo in giro."

"Perché lo stai dicendo a me?"

"Perché nessuno mi crede."

"Chi vuoi che ti creda?"

Scuoto la testa e resto in silenzio. Non so perché mi importi così tanto di una cosa accaduta vent'anni fa e perché voglio che lei mi creda. Non ha alcun senso. Eppure non mi è piaciuto quello che ho visto nei suoi occhi e mi è piaciuto ancora meno il modo in cui mi sono sentito a sapere che lei crede che io possa aver fatto una cosa del genere.

"Posso chiederti una cosa?"

"Certo."

"Perché non ti sei fatto avanti vent'anni fa?"

"Di cosa parli?"

"Andiamo..."

Lascio andare lentamente il fiato.

"Io non credevo che mi avrebbe fatto questo effetto" mi tocco lo stomaco. "Qui."

Tyler sorride a mezza bocca.

"Non ci pensavo neanche. Non ci ho mai pensato. Poi c'è stata la nostra notte ed è stata così diversa... E ora è diventata un pensiero fisso. Uno di quelli che si fa strada nella tua mente senza che tu gli dia il consenso."

"Capisco."

"E vedere che le cose non sono cambiate per lei, che sono sempre il solito stupido egoista... E ora mi ha fatto firmare quel maledetto accordo."

"E pensi di non avere modo di dimostrarle che sei cambiato."

"Io non lo so se sono cambiato davvero in realtà."

"E allora prima di fare qualsiasi cosa, dovresti capire se lo vuoi questo cambiamento."

Lo guardo stanco.

"Se vuoi davvero fare il padre, se vuoi essere presente per la tua famiglia, se vuoi che una donna ti veda per quello che sei ora e non per cosa hai fatto vent'anni fa."

"Intanto ho accettato questo stupido lavoro."

"Alla fine è quello che sai fare, no?"

"Io so giocare non allenare, ma ehi, cosa ci sarà di tanto difficile?"

"Se non lo sai tu, amico. Io non gioco da..." Sbuffa. "Vent'anni, anche di più. Da quando è terminata la scuola."

"Non eri tanto male e poi, sei in forma."

"Di sicuro più di te."

Sorrido. "Potresti provare a riprendere."

"Di che stai parlando?"

"Potresti farmi da secondo."

"Io?"

"Perché no?"

"Perché io un lavoro ce l'ho già."

"Potresti farlo per fare un favore a un amico."

"Quindi anche gratis."

"La gente del posto ti conosce, sei una figura rispettata e temuta."

"Mi hai visto bene, Niall?"

"Andiamo, potrebbe essere divertente."

"Non lo stai dicendo solo perché hai paura di stare da solo con dei ragazzini, vero?"

"Potresti accompagnarmi quando puoi, quando sei libero, quando ne hai voglia. Non una cosa fissa."

"Perché mi sto facendo incastrare così?"

"Perché hai deciso di essere mio amico."

"Me ne sto già pentendo." Si alza e si stiracchia la schiena. "Quindi domani?"

"Alle 6 a scuola."

"Dovrei farcela. Stacco alle quattro." Si volta verso di me. "E ci sarà anche lei?" Chiede cauto.

"Le ho detto che non era necessario. Se non dobbiamo vederci e neanche parlarci al di fuori della scuola, non vedo perché essere presente agli allenamenti."

"Sei incazzato, non è così?"

"Non puoi capire quanto."

"Perché non sei tu a dettare le regole?"

"Non lo so perché sono incazzato." Mi alzo anche io. "Non ha il diritto di decidere."

"Cosa? Se vuole vederti o no?"

"Non mi ha dato neanche una possibilità. Quella mattina, a casa sua."

"Be', non è un bel momento per lei."

"Che vuoi dire?"

"Non sai nulla?"

Scuoto la testa.

"Steven Hill non è un grande esempio di uomo."

Stringo forte la mascella. Chissà perché lo sospettavo.

"Non è finita bene."

"Cosa è successo?"

"Sembra che lui avesse un'altra donna."

"Che gran figlio di puttana."

"Che lei li abbia colti in flagrante."

"Dio mio."

"E che lui ora stia con lei e se ne vada in giro per la cittadina come se nulla fosse."

"Ho sempre detto che era un idiota."

"Non mi meraviglia che lei sia così diffidente."

"E dirmele prima queste cose?"

"Sai che non amo il gossip."

Lo guardo di traverso.

"Non stava a me dirtelo."

"E allora perché adesso lo stai facendo?"

"Adesso mi sembra diverso."

"Cosa?"

"Il tuo interesse. Sembra… Sincero."

E purtroppo per me ha ragione.

"E quindi, magari, se tu conoscessi la storia, se sapessi in anticipo quali carte non giocare assolutamente…"

"Di che stai parlando?"

"Mi piace Jordan. Non mi è mai piaciuto Steven Hill."

Sorrido mio malgrado.

"E mi vai a genio anche tu."

"Be', grazie."

"E penso che le persone abbiano diritto a una chance nella vita. Steven Hill non era la sua e il Dublin, i soldi, gli sponsor, non erano la tua."

"Come fai a dirlo?"

"Credo che la tua chance stia dormendo al piano di sopra."

Annuisco lentamente trattenendo una strana emozione.

"E credo che qualcuno possa aiutarti a prenderla al volo e a non lasciartela scappare. E se nel frattempo tu non ti lasciassi scappare anche chi ti aiuta... Be', sarebbe davvero il massimo."

21
Jordan

Non sono mai stata nervosa prima del suono della campana, non sono mai stata nervosa per il lavoro nella mia vita, neanche il mio primo giorno come preside, eppure sento che sto per vomitare sulla mia scrivania una colazione che non ho neanche fatto.

"Jordan?" Anya si affaccia nel mio ufficio, dietro di lei il motivo del mio nervosismo.

"Accomodatevi" dico facendo segno con la mano. "Buongiorno" li saluto. "Come andiamo?"

"Buongiorno, preside Hill" anche lui sembra nervoso. "Siamo pronti."

"Bene." Mi rivolgo a Skylar. "I professori sanno del tuo arrivo e qui per te ho il programma" glielo porgo e lei lo prende con le sue dita con le unghie dipinte di nero.

Di solito non permetto certi tipi di look, ma per oggi chiuderò un occhio, non voglio rendere la situazione ancora più pesante.

"Non ha la divisa" suo padre mi dice. "L'ho ordinata, arriverà la prossima settimana."

Guardo Skylar: pantaloni di pelle, anfibi slacciati, camicia aperta sul davanti e scollatura in bella mostra, senza contare il trucco marcato e le labbra rosse. Tutto di lei sta gridando *guardatemi e fate qualcosa per me*, ma nessuno riesce a vederla. Non voglio parlarle del suo look davanti a suo padre e non voglio farlo così appena arrivata, lo farò al momento giusto, quando sarà a suo agio e quando saremo sole.

"Certo." Provo a sembrare disinvolta. "Nessun problema."

La campanella suona a salvarci tutti dall'imbarazzo.

"Vieni con me, Skylar" Anya le dice. "Ti accompagno in classe."

"Be', buona giornata" suo padre sembra impacciato.

"Come ti pare" lei gli risponde, prima di seguire Anya nei corridoi e di lasciarci soli.

Devo limitare questi incontri e devo evitare di rimanere sola con lui.

"Andrà bene, non è vero?"

"Ci vorrà qualche giorno, ma sono sicura che si troverà bene."

Si passa una mano nei capelli nervoso e poi si volta a guardarmi.

"Grazie per questa possibilità."

"Sono felice di dare una mano."

"Non è stato bello per lei sentirsi rifiutata."

"Immagino di no."

"E capisco che ha fatto delle cose..." Scuote la testa e si siede.

Non avevo previsto che si sedesse, né che si lasciasse andare a confidenze, né che crollasse così nel mio ufficio.

"Ma ha solo quindici anni, è ancora una bambina, cazzo."

Vorrei dirgli di moderare il linguaggio, siamo pur sempre in una scuola, ma lascerò correre anche questo.

Mi siedo anche io e decido di restare in ascolto per gentilezza e per mostrare un po' di empatia.

"Vorrei fare di più, esserle vicino, ma non me lo permette."

"A volte le mura che alziamo non sono altro che una richiesta di aiuto."

"Come può essere una richiesta di aiuto lasciar fuori dalla tua vita tuo padre?"

"Magari voleva solo capire se eri davvero interessato a buttarle giù quelle mura."

"Tu... Dici?"

"Devi fare più di un tentativo."

"Lo so."

"E devi farlo tutti i giorni."

Sospira e si lascia andare contro lo schienale. "Spero che stare con gli altri ragazzi la aiuti a non isolarsi."

"Vedrai che con un po' di tempo si rivelerà la scelta migliore."

"Grazie, Jordan. Voglio dire, preside Hill."

"Di niente, signor Kerry. Questo è il mio lavoro."

"E lo fa bene."

Sorrido anche se non dovrei.

"Lo ha sempre fatto?"

"Queste sono informazioni che non la riguardano." Lo rimetto subito al suo posto ma non sembra deluso, sembra quasi divertito.

"Lo sai che quell'accordo non vale un cazzo, vero, Jordan?" Il suo tono cambia repentinamente.

"C-cosa?"

Si alza dalla sedia e poggia le mani sulla scrivania.

"Io non mollo così facilmente."

"Di cosa stai parlando?"

"Ho firmato, è vero, ho accettato di avere un rapporto professionale," calca l'ultima parola come se mi stesse prendendo in giro. "Ma non è così facile convincermi a fare quello che gli altri vogliono." Si avvicina ancora. "Non è così facile liberarsi di me."

"Hai accettato i termini."

"L'ho fatto."

"Hai messo la tua firma e mi hai dato la tua parola."

"E la manterrò e sai perché? Perché sarai tu a farmela rimangiare."

Si rialza lentamente lasciandomi abbastanza aria da respirare.

"Non posso cancellare quello che è stato, non posso tornare indietro, Jordan, ma posso dimostrati che non sono più quel ragazzo."

"Perché dovrebbe importarmi?"

"Non lo so se ti importi davvero in realtà, ma spero di sì."

"Cos'è, uno dei tuoi giochi, Kerry?"

"Dovresti leggere qualche rivista ogni tanto, così potresti sapere che è da un po' che non gioco più." Mi guarda ancora per qualche istante, per essere sicuro che le sue parole abbiano fatto centro, e poi esce dal mio ufficio, con la testa alta e le mani nelle tasche, consapevole di aver creato in me il ragionevole dubbio. Ma un solo dubbio non basta, anche se non sono un avvocato o meglio ancora, un giudice. Un solo dubbio non è sufficiente a farmi cambiare idea su di lui. Un solo dubbio non è sufficiente a farmi credere di nuovo in un uomo.

E una sola notte non è sufficiente a farmi cadere ai suoi piedi, anche se non riesco a scrollarmela di dosso, anche se mi sembra di poter sentire ancora le sua mani scivolare sui miei fianchi.

Anche se è stata la notte più bella di tutta la mia vita.

22
Niall

"Ehi, com'è..." La porta della mia auto sbatte prima che possa terminare.

"Devi per forza venire a prendermi?"

"Come vorresti tornare, a piedi?"

Sbuffa e rivolge lo sguardo fuori dal finestrino.

"È andata così male?"

"Puoi mettere in moto e andare, per favore? È imbarazzante."

"Cosa?" La accontento ed esco dal parcheggio. "Salire in macchina con tuo padre?"

Si volta verso di me.

"Non sono neanche tanto vecchio."

"Questo lo dici tu."

"E poi sono un personaggio da queste parti."

"Ci credi davvero alle cazzate che dici?"

"Guarda che è la verità."

"Per questo allenerai una squadra di GAA?"

"Lo faccio perché la scuola me lo ha chiesto."

"La scuola o la preside?"

"Cosa cambia? La preside rappresenta la scuola, no?"

"Cosa c'è tra di voi?"

"Che diavolo..."

"Si vede che c'è tensione, pensavo fosse solo

una cosa sessuale ma ora... "

"Se... Cosa?"

"Ho capito che siete stati a letto, ma non credevo che ci fosse altro."

"Non dovrei parlare di certe cose con te, anzi, tu non dovresti mai parlare di certe cose, soprattutto con me."

"Okay, scusa tanto."

"E poi, tensione..." Mi agito sul sedile. "Che... Tensione?" Le chiedo guardandola.

"Vedo che ora ti interessa."

"Sto solo cercando di capire."

"Se le piaci o meno?"

"Non essere ridicola, cosa devo piacere, a chi..." Sbuffo e mi fermo al semaforo. "Tu che dici?"

"Ora vuoi il mio parere?"

"Che parere... È che sei una donna e che magari riesci a capire delle cose in più."

"Ma non eri un puttaniere?"

"Modera i termini."

"Non lo dicevo mica io."

"E chi?"

"Eri ovunque, Kerry. Inutile che ora cerchi di atteggiarti a padre interessato solo del futuro di sua figlia."

"Quindi anche tu con quei cazzo di giornali?"

"C'è anche il web."

"Non devi credere a tutto ciò che dicono su di

me."

"E allora dimmelo tu a cosa devo credere."

Credo che sia la conversazione più lunga che abbiamo mai avuto e anche se il tema non è dei migliori, non posso lasciarmi sfuggire questa possibilità.

"Diciamo che non sono un santo."

"Ma dai!"

"Ma non sono neanche uno stronzo totale. Ho fatto i miei errori e ora sto cercando di rimediare."

"Per piacere a lei?"

"Per essere una persona migliore" dico tra i denti.

"Una persona che a lei possa piacere."

"La smetti? Sei in fissa con me e la preside."

"Sinceramente non me ne frega niente di chi ti porti a letto, Kerry."

"Ti ho già detto di non parlarmi con quel tono."

Skylar si zittisce e fissa lo sguardo di fronte a lei. Non credo di essere stato troppo duro. O forse sì? Ci vuole disciplina in certi casi o un atteggiamento amichevole e confidenziale? Dio mio, non imparerò mai.

"Sembra una okay."

"Mmm?"

"La preside."

Mantengo la calma.

"Lo è. Lo è sempre stata."

"La conosci da molto?"

"Da quando eravamo ragazzi. Frequentavamo la tua stessa scuola, quella che ora frequenti tu."

"Siete stati insieme?"

Sospiro. "No."

"Ti piaceva?"

"Insomma! Che sono tutte queste domande?"

"Se preferisci resto in silenzio."

Mi sembra una forma intelligente di ricatto, quindi cedo.

"Non avevamo nulla in comune, un po' come adesso."

"Che vuoi dire?"

"Siamo molto diversi. Lei è intelligente e brillante, era la prima in tutto."

"Una nerd?"

Sorrido. "Una specie, ma di quelle sexy."

"E tu, invece?"

La guardo di sfuggita, il suo improvviso interesse alla mia situazione sentimentale e al mio passato muove qualcosa dentro di me.

"Io riuscivo solo nello sport."

"Vuoi dire che non ti impegnavi?"

"No, ero troppo stupido per farlo e poi ho capito che ero troppo stupido per riuscire in qualcos'altro."

"E non ci hai più provato."

"No."

"Lei ti piaceva?"

Parcheggio davanti casa dei miei e spengo il motore. Sorrido a mia figlia e decido di dirle la verità, una verità che fino a qualche giorno fa ho creduto di poter ignorare.

"Sì."

"Ma tu non piacevi a lei."

"No."

"E ora vuoi cercare di recuperare? Farla innamorare di te?"

"Non esageriamo, non ero mica innamorato di lei. Era qualcosa che non potevo avere. Tutto qui."

"Se lo dici tu."

Apre la portiera e scende dall'auto, la seguo all'esterno e ci fermiamo entrambi a osservare mio padre parlare con alcuni dei suoi operai sul lato destro della proprietà.

"Se non avessi avuto lo sport avrei fatto anche io questo."

"Il contadino?"

"Non è solo un contadino il nonno. E poi questa ormai è un'impresa."

"Pensi che le saresti piaciuto se non fossi stato uno sportivo?"

"Non mi sono mai posto la domanda perché non avevo altre strade da intraprendere, lo avrei fatto in ogni caso."

"Okay" dice scrollando le spalle e avviandosi poi verso la porta d'ingresso. "Comunque credo che dovresti farlo un tentativo." Si volta a guardarmi. "Io credo che una speranza ce l'hai."

"E cosa te lo fa pensare?"

"Andiamo, Kerry. Chi altri mi avrebbe aiutato? Hai provato in un sacco di scuole e hai avuto la stessa risposta da tutte."

"Non dimenticare che ho accettato di allenare la squadra."

"E credi che lo abbia fatto davvero per ricattarti?"

"Non ho mai parlato di ricatto, piuttosto di accordo."

"Chiamalo come vuoi, ma io credo che lo abbia fatto per aiutare te."

"M-me?"

Mi guarda, il suo viso si fa serio.

"Non credo che tu sia messo tanto meglio di me e credo che lei se ne sia resa conto."

23
Niall

"È normale che una ragazzina di quindici anni faccia certi discorsi?"

"Che tipo di discorsi?"

"Seri, maturi, impegnativi."

Tyler mi guarda mentre metto in moto. Sono passato a prenderlo per andare all'allenamento insieme. Sono felice che ci sia lui con me, mi sento meno a disagio, e poi lui lo conoscono tutti, chi non si fida di un vigile del fuoco? Sono sicuro che la sua presenza mi sarà di aiuto oltre che di conforto.

"Dipende da cosa ha passato. Stiamo parlando di tua figlia?"

Annuisco e fisso gli occhi sulla strada.

"Sembra sveglia già di suo, deve essere tutta sua madre."

"Lo è" dico un po' malinconico.

"Nervoso?" Mi chiede poi dopo qualche secondo di silenzio.

"Nah, perché dovrei?"

"Chiedevo... A quanto ho capito non sei così abituato ai ragazzini."

"Si tratta di farli giocare, non può essere così difficile."

"Se lo dici tu..."

"Credevo che fossi venuto per darmi una mano, non per rendermi ancora più nervoso."

"Non hai appena detto che non lo sei?"

Gli lancio un'occhiataccia e lui se la ride.

"Sei stato anche tu un ragazzo, no?"

"Una vita fa."

"Non è passato così tanto tempo."

"Non so cosa fare con dei ragazzi, guarda che disastro sono con mia figlia."

"Considerala esperienza in più."

"Non riesco a vederla sotto questo aspetto."

"Se avevi tutti questi dubbi perché hai accettato?"

"L'accordo, lo sai."

"Non ci credi neanche tu."

"Cosa dovevo fare, Tyler?" Gli chiedo mentre entro nel parcheggio della scuola. "Cos'altro potrei fare, qui?"

"Non lo so, l'azienda di tuo padre non assume?"

"Se avessi voluto lavorare per mio padre lo avrei fatto vent'anni fa, non ti pare?"

"Vent'anni fa avevi scelta."

"Vuoi dire che ora non ce l'ho?"

"Ora è tutto più complicato, ma sono sicuro che questo" indica la scuola davanti a noi. "È un ottimo modo per ripartire.

* * *

Non appena varchiamo la soglia della palestra mi pento all'istante di essermi fatto convincere ad accettare e di aver pensato anche solo per pochi minuti che questa potesse essere una buona idea. Sulle gradinate ci sono circa venti ragazzini, tra i tredici e i sedici anni, maschi e femmine, impegnati a fare qualsiasi cosa che non sia concentrarsi su ciò che siamo venuti a fare qui, ovvero giocare e tentare di essere una squadra e se ci va di culo, magari vincere questo torneo, riabilitare la mia immagine e il mio nome e se vogliamo proprio strafare, impressionare la preside e farla cadere ai miei piedi. Okay, forse sono andato un po' *fuori tema* e sembrano decisamente troppe cose per un primo allenamento, meglio procedere per gradi, meglio pensare solo a non fare figure di merda per il momento, il resto arriverà.

Qualcuno nota la mia presenza, ma non ne resta per niente colpito; gli altri, invece mi ignorano tranquillamente. Eppure una volta ero popolare, mi bastava entrare in una stanza per attirare tutta l'attenzione su di me e avevo il rispetto di tutti. Ero invidiato, cercato, temuto. Ero qualcuno. Qualcuno che ora non c'è più.

"Coraggio." Tyler mi incita dandomi una spallata. "Fatti valere."

Alzo gli occhi al cielo e sbuffo pesantemente, prima di fare qualche altro passo nella palestra e posizionarmi al centro del campo da basket interno.

"Ehm, salve a tutti."

Nessuno mi nota.

"Sono il vostro coach."

Ancora nessun interesse da parte loro.

"Forse qualcuno mi conosce già."

Il menefreghismo assoluto. Comincio a pensare che lo facciano di proposito.

"Insomma, io..."

Un fischio alle mie spalle mi fa sobbalzare e richiama tutti sull'attenti. Mi volto lentamente per vedere la preside Hill in tenuta da ginnastica, con una palla sotto al braccio e con il fischietto ancora tra le labbra.

E a un tratto il mio problema più grande non sono i ragazzini che mi ignorano, ma qualcosa che è lievitata di colpo nei miei pantaloni.

"Il coach vi sta parlando" dice dura, una mano sul fianco e lo sguardo fiero di chi sa come rimetterti al tuo posto. "Mi aspetto rispetto, disciplina e impegno. Se una di queste tre cose dovesse venire meno siete fuori. Siamo intesi?"

Qualcuno mormora un *sì* svogliato.

"Non ho sentito bene!"

La sua voce fa tremare le mura della palestra e anche le mie gambe.

"Sì, preside Hill!" Rispondono in coro e a voce alta.

Mi guarda soddisfatta e mi fa segno di procedere, mentre io mi volto verso la platea ora fissa su di me e parlo, sicuro, convinto, con una nuova forza a smuovermi e con un'adrenalina che percorre bruciante il mio corpo.

"Sono il vostro coach. Coach Kerry. E ora sono cazzi vostri."

* * *

"C'era propio bisogno di dire *cazzi vostri*?" Jordan mi riprende mentre i ragazzi sono impegnati in alcuni esercizi di riscaldamento.

"Mi ero caricato."

"Lo avevo capito."

"Colpa tua e del tuo intervento."

"Scusa tanto, pensavo di esserti stata d'aiuto."

"Avevi detto che non saresti venuta."

"Non l'ho mai detto. E poi sono io che ho messo in piedi questa cosa, devo accertarmi che vada come previsto."

"Vuol dire che presenzierai a ogni allenamento?"

"Non lo so, può darsi."

"E che fine ha fatto il non dobbiamo incontraci al di fuori dell'orario scolastico?"

"Questo può essere considerato ancora nei termini."

"Mi stai controllando, per caso? Non ti fidi di me?"

"Se fosse così, non ti affiderei i miei ragazzi."

"Ci tieni molto a questo torneo."

"Tengo a tutto quello che riguarda questa scuola. Non è solo un lavoro per me" dice sottovoce.

"È la tua vita."

"Gran parte della mia vita, sì. Ho deciso io che fosse così" dice a un tratto sulle sue.

"Non volevo affermare il contrario."

Tyler dice ai ragazzi di fermarsi per due minuti, mentre è intento a tirare fuori delle pettorine colorate da una sacca.

"Hai intenzione di far fare tutto il lavoro a lui?"

"Nah, solo quello noioso."

Scuote la testa ma sorride. "Sei impossibile, Kerry."

"Lo sapevi quando mi hai assunto, ma sapevi anche che ero quello che ti ci voleva per vincere."

"Lo spero per te."

"E dimmi, se nel caso dovessimo vincere davvero questo torneo, cosa ci guadagnerei?"

"La scuola ti paga per il tuo disturbo."

"Non parlo di soldi."

Mi guarda curiosa.

"Se dovessi vincere questo torneo, accetteresti di darmi una chance?"

"Una... Cosa?"

"Un invito fuori. Una cena, una passeggiata sulla baia e un bacio della buonanotte."

"Stai scherzando?"

"Sono serissimo."

"Mi sembra che io e te abbiamo avuto molto di

più di questo."

"Ma non siamo passati per le tappe obbligate."

"Non ti facevo un tipo da tappe."

"No, è vero, ma tu sei quel tipo di donna che ti fa desiderare di farle tutte."

Sorride e arrossisce, ancora non mi ha mandato al diavolo.

"Non sprecare le tue doti con me."

"Non sai ancora quante doti nascondo."

Alza gli occhi al cielo, ma l'espressione divertita resta.

"Dovresti riservarle per qualcun'altra, qualcuna che magari possa anche cascarci."

"E tu sei sicura che non lo farai."

"Esatto."

"Molto bene. Quindi... Cosa rischi accettando?"

Mi guarda.

"Se sei così sicura di te..."

"Anche se accettassi, e in quel caso lo farei solo per dimostrarti che su di me non hai alcun effetto, ci sarebbe sempre il problema del conflitto di interessi."

"Troveremo una soluzione."

"Non c'è una soluzione."

"Be', credo che una cena e una passeggiata non violino nessun codice."

"Immagino di no, ma per quanto riguarda il bacio..."

"Sono disposto a rinunciarci."

Mi guarda poco convinta.

"Se tu mi prometti che potrò almeno prenderti la mano sul molo."

"Anche quello sarebbe un contatto fuori luogo."

"Ti giuro che lo farò nel punto più buio, nessuno ci vedrà."

Ci pensa per alcuni istanti, poi guarda verso i ragazzi che intanto hanno indossato le pettorine e che sono stati divisi in due squadre.

"D'accordo, ma fino ad allora…"

"Amici" le dico subito. "Saremo amici."

"Amici, sul serio?"

"Non mi dire che viola qualcuna delle tue regole."

"No, non ne vieta nessuna."

"E allora perché no?"

Mi guarda negli occhi.

"Solo se mi prometti che non proverai a fare nulla nel frattempo. Non proverai a baciarmi, a sfiorarmi, a dirmi cose che ci riporterebbero inevitabilmente a quella notte."

"Posso farlo."

"Niente che mi faccia credere che non sia amicizia la nostra."

Questa sarà dura da mantenere, ma posso impegnarmi in qualcosa e voglio impegnarmi in questo.

Le tendo una mano.

"Affare fatto."

Lei la guarda poi la stringe.

"Abbiamo un accordo."

"Un altro accordo."

"Vero, ma il mio è sicuramente più allettante del tuo."

"Ricorda che devi prima vincere."

Lascia andare la mia mano e io mi alzo in piedi, rivolgendo lo sguardo sulla mia squadra di mezze seghe che sta per diventare una squadra di campioni.

"Non esiste che io perda, preside Jordan" e dirlo fa affluire il sangue tutto in un solo punto. "Né il torneo, né tutto il resto."

24
Jordan

Niall si alza e raggiunge la squadra mentre io resto seduta sulle gradinate, inspiegabilmente su di giri dopo la nostra conversazione. Dopo avergli fatto il mio discorso sul non dovrà ripetersi più, dopo aver messo giù il nostro accordo e dopo avergli detto di limitarci ai rapporti professionali, cosa faccio, io?

Accetto la sua contro proposta.

Chiaro, *no*?

Devo essere impazzita. Deve essere uno scompenso ormonale dovuto all'età che incalza. O deve essere il fatto che quell'uomo mi ha dato tre orgasmi in una notte e che non riesco a non pensare a come sarebbe averne almeno un altro paio. Devo pur recuperare l'assenza totale dell'ultimo anno, no?

Ebbene sì, non andavo a letto con qualcuno da un anno e forse anche qualcosa in più. L'ultimo è stato mio marito, ormai ex, e non credo sia neanche una delle prestazioni da ricordare dato che non riesco a collocarla cronologicamente. Dopo aver scoperto i suoi tradimenti e averlo sbattuto fuori di casa, non ero molto in vena di avere a che fare ancora con il genere maschile, tanto che per Natale, Anya ha pensato bene di regalarmi uno di quei coniglietti rosa che pare facciano felici le donne sole come me, coniglietto che giace nel mio cassetto della biancheria e che non ho ancora avuto modo di usare. Diciamo che non ero in vena neanche per quello.

Steven mi ha lasciata vuota, stanca e delusa. Ed è così che mi sono sentita nell'ultimo anno della mia vita, prima che Niall Kerry si infilasse nel mio letto. E ora sembra che il mio corpo e i miei sensi si siano risvegliati tutti insieme e che io non sia più capace di mandarli a dormire.

Certo che è davvero sexy anche in tenuta sportiva e il suo fondoschiena non passa inosservato neanche se infilato in una tuta. Per non parlare delle sue braccia muscolose e del suo torace a cui quella maglietta aderisce come se fosse stampata sulla sua pelle.

Non mi aiuta tutto questo, guardarlo, soffermarmi sui dettagli, ripensare alla nostra notte, desiderare altri orgasmi. Non sono venuta qui per questo, sono qui per constatare che faccia il suo lavoro e che la mia squadra diventi la squadra che vincerà questo maledetto torneo.

Cerco di tornare in me, di focalizzare la mia attenzione sui ragazzi, quando Tyler si avvicina e si siede sulle gradinate.

"Come ti ha convinto a fargli da secondo?"

"È Kerry, cosa vuoi fare, dirgli di no?"

Ecco. A quanto pare Tyler e io abbiamo lo stesso problema.

"Sa come convincerti a fare qualcosa."

Esatto. Chissà se è stato così anche per Mary

Hannigan. Non posso smettere di pensarci e non posso iniziare a credergli. Quella storia l'ha distrutta, ha distrutto la sua famiglia e l'ha portata via da qui, dalla sua città, dai suoi amici. E tutto per colpa di Niall Kerry. E solo questo dovrebbe bastare per capire perché è meglio non avvicinarsi troppo a lui.

"Anche tu, però, sai come giocare le tue carte."

"Cosa stai insinuando?"

"Io? Assolutamente nulla" se la ride. "Ma bel lavoro, davvero."

"È il mio lavoro. Aiutare i miei ragazzi, far funzionare le cose in questa scuola."

"Ed è compito tuo anche aiutare il padre di uno dei tuoi studenti?"

"Aiutare le famiglie, certo" preciso.

Tyler sorride mentre guarda Niall che cerca di spiegare qualcosa a tre dei ragazzi, probabilmente questione di ruoli e posizioni.

"Ne ha bisogno, sai?"

"Di cosa parli?"

"Di un nuovo inizio."

"Tutti ne abbiamo bisogno a un certo punto della vita" dico triste.

"Già, ma lui era davvero arrivato al capolinea."

"Non sapevo foste così amici" dico un po' sorpresa, credevo che Niall non avesse mantenuto i rapporti con nessuno qui in città.

"Non ci siamo visti per anni a dire il vero, ma sai come funziona, basta rivedersi a volte per tornare al punto di partenza."

Ho paura che questa teoria valga anche per me ma non negli stessi termini.

Non mi è mai piaciuto Niall Kerry. Era bello da morire, okay, ed era divertente e ci sapeva fare con le persone, ma non era il mio tipo. Non facevamo parte dello stesso mondo. Lui era un campione, attorniato dai più fighi della scuola, dalle ragazze più belle, osannato da tutti per i suoi meriti sportivi e non. Io ero la nerd, quella che faceva parte del club di dibattito, la presidente dello Student Council, quella che doveva avere i voti migliori e che voleva andare nell'università più importante del paese.

Non avevamo nulla in comune e vederlo qui, ora, dopo vent'anni, non fa che confermare il mio pensiero. Nonostante la nostra notte, nonostante lui giochi con me, nonostante si mostri interessato. Probabilmente sta soltanto cercando di assicurarsi una strada per sua figlia e magari anche per lui.

"Io non ne sarei così sicura" mi trovo a dire, dopo essermi persa nelle mie riflessioni. "Non gli darei tutta questa fiducia."

"Parli di me o di te?"

"Non prenderla male, Tyler, ma io non mi fiderei di lui."

"Cosa vuoi che possa succedere?"

A te, forse, niente.

"Non lo so, solo non mi fido di lui, non credo nelle sue intenzioni, non fino in fondo."

"Sembra come se qualcuno qui non sia mai

andato avanti."

"E invece ti sbagli, è l'opposto. Io sono andata avanti, sono cresciuta, mi sono costruita una vita." Guardo verso Niall che scherza ora con i ragazzi. "Lui è rimasto quello di sempre."

"Mmm" si ferma a riflettere anche lui storcendo la bocca. "Forse non è ancora del tutto cresciuto, ma credo sia sulla buona strada."

"Io non gli credo, Tyler" sospiro rassegnata e sorpresa che la cosa mi provochi questo inspiegabile scompiglio emozionale. "Non posso credere a un altro uomo" dico sottovoce, ma Tyler mi sente lo stesso.

"Lo capisco e lo rispetto, ma magari potresti dargli una possibilità come amico."

"Non credo che sia capace neanche di quello."

"Va bene essere ferite, Jordan e sentire come se non potessi fidarti più di nessuno. E va bene anche odiare a volte, non che io ne sia capace, ma per alcuni funziona, sai, addossare al colpa ad altri, augurare di schiacciarsi le palle nella portiera dell'auto."

Rido mio malgrado.

"Ma poi passa, te lo assicuro. E quando iniziamo a guardare intorno a noi, quando iniziamo a voler qualcosa di nuovo per noi, bisogna aprire bene gli occhi ed essere sicuri di non farsi sfuggire nulla, anche la possibilità che non avremmo mai creduto potesse diventare tale."

25
Niall

Saluto i ragazzi uno a uno mentre raccolgo le palle e le pettorine quando Jordan si avvicina a me.

"Bel lavoro, coach."

Sollevo il sacco con le palle e lo metto in spalla.

"Mi stai prendendo in giro?"

"Perché dovrei?"

"Perché tutto mi sembra fuorché aver fatto un bel lavoro."

"Sei troppo duro con te stesso."

"Sembra che non mi vogliano qui."

"Sei nuovo, dagli tempo, si abitueranno a te e ai tuoi modi."

"I miei modi? Cos'hanno i miei modi?"

"Ho tenuto il conto di quante volte hai detto..." Si avvicina come a voler parlare sottovoce. "Cazzo."

Sorrido involontariamente.

"Guarda che siamo soli" le faccio notare. "Puoi dirlo anche ad alta voce."

Jordan si guarda intorno, forse non si era resa conto che in palestra fossimo rimasti solo lei e io. Tyler è andato via venti minuti fa, aveva un impegno, e i ragazzini ormai sono tutti all'esterno.

"Non sono solita usare questo linguaggio" si

giustifica.

"Però, l'altra notte..."

"Non eravamo d'accordo sul non tirarla più in ballo?"

"Hai ragione, scusa. Per farmi perdonare ti offro un drink, cosa ne dici?"

Solleva un sopracciglio.

"Ah giusto, non è nell'accordo."

"Esatto."

"Il torneo è fra tre settimane. E durerà un mese. Non posso aspettare così tanto."

"Devi prima vincerlo il torneo."

Che fa, mi sfida?

"E nel frattempo sono sicura che perderai il tuo interesse."

"E cosa te lo fa credere?"

"Perché per te funziona così. Ora vuoi questo" indica entrambi. "Solo perché sai di non poterlo avere. E ti stancherai non appena troverai qualcosa di meglio."

Resto senza parole perché le sue vanno a segno.

"Ci vediamo, coach Kerry" dice, prima di lasciarmi da solo nella palestra della scuola.

Jordan ha ragione, io sono così come mi ha descritto, a quanto pare questa donna sa tutto di me. Io corro dietro a ciò che non posso avere e quando lo ottengo, perdo qualsiasi interesse. È stato così con Mary Hannigan, è stato così con la madre di Skylar, ed è stato così con tutte le donne che ho avuto. Erano sfide, erano persone che non ne volevano sapere nulla di me e che io dovevo convincere del contrario e quando lo avevo fatto, passavo oltre, in cerca di nuovi stimoli. Però Jordan l'ho avuta e nel senso completo della cosa, eppure non mi sono ancora stancato di questo gioco. Forse perché non ho avuto esattamente quello che volevo e cioè che lei cadesse ai miei piedi, che mi chiedesse un'altra notte, che mi chiedesse di restare. E non lo ha fatto. Mi ha liquidato prima che potessi farlo io ed è qualcosa che sconvolge i miei equilibri e che devo rimettere a posto prima che sconvolga anche tutto il resto.

Altre tre settimane di allenamenti e poi il torneo. Torneo che vincerò. E poi Jordan sarà mia, che lei ci creda oppure no.

* * *

"Ho bisogno che mi porti in un posto."

Mia figlia mi chiede mentre apro il frigorifero per prendere qualcosa da bere.

"Che posto?"

"Un posto dove vendono vernici."

"Hai deciso di ridipingere le pareti?"

"Questo weekend."

"Okay."

"Ma non so dove andare, non conosco la città."

"Certo, ti accompagno. Possiamo fare domani dopo la scuola?"

"Andata."

"E magari..." Mi schiarisco la voce. "Potremmo che so, andare a mangiare da qualche parte insieme, la sera."

Skylar si irrigidisce subito, si sta già mettendo sulla difensiva.

"La scuola termina alle quattro, il posto in cui dobbiamo andare è fuori città e poi ne conosco un altro, dove potremmo andare, vendono forniture per ufficio e roba del genere, ci sono delle scrivanie e delle librerie, magari potrebbe interessarti andare anche lì, per la tua camera."

"Stai per caso cercando di comprare il mio affetto, Kerry?"

"Perché, funziona?"

"Se avessi cinque anni, forse, e se mi stessi proponendo un pony."

Ci penso su. "Un pony, eh?"

"Non ti azzardare a prendermi un pony."

Alzo le mani. "Voglio solo aiutarti a sentirti a casa."

"Questa non è casa mia."

"Lo so, per questo voglio che almeno la tua stanza ti sembri familiare."

Mi guarda soppesando la mia espressione.

"E poi torneremo di sicuro per ora di cena, ho solo pensato che potremmo fermarci da qualche parte."

"Tu e io."

Annuisco speranzoso.

Skylar mi guarda con attenzione come se

cercasse di capire il vero motivo per cui le sto chiedendo di andare a cena con suo padre, come se avessi un secondo fine. Che fine posso mai avere se non quello di provare a non stare sul cazzo a questa ragazzina? Anche perché solo quello posso fare, non credo mi sia concesso di più, non in questa vita.

26
Jordan

M'infilo all'interno del *The Harbour* su Quay Street, uno dei ristoranti della cittadina, poco distante dalla baia, e scuoto il cappotto impregnato di pioggia.

"Preside Hill, bentrovata." Il proprietario nonché padre di uno dei miei studenti all'ultimo anno, mi accoglie calorosamente.

Sono di casa qui, diciamo che vengo quasi tutte le settimane a cena, il venerdì o il sabato, a seconda dell'umore.

"Grazie per avermi trovato un posto all'ultimo momento."

Ho chiamato solo mezz'ora fa. Non avevo ancora deciso se uscire o meno oggi, alla fine mi sono detta che prendere aria, mangiare del cibo cucinato da qualcun altro e magari anche scambiare due chiacchiere con qualcuno, non mi avrebbe fatto male.

Anya non ama andare a cena, preferisce i locali dove si beve e si balla, al massimo mi concede un pranzo il sabato se non sta cercando di superare gli effetti del dopo sbronza, quindi non mi disturbo neanche a chiamarla per chiederle di farmi compagnia. Ci vado direttamente da sola.

All'inizio ero in imbarazzo a uscire senza un accompagnatore. Sono stata sposata per dieci anni, non è stato facile riabituarsi alla vita da single, soprattutto quando non la rivuoi la tua stupida vita da single, ma ormai è passato un anno, le carte del divorzio sono state firmate, ho archiviato Steven, ho archiviato gli uomini, ho un gatto, mangio da sola di venerdì sera, credo non ci sia bisogno di aggiungere altro.

Mi siedo a un tavolo accanto alla parete, vicino al camino acceso e mi sfilo il cappotto, piegandolo e poggiandolo sullo schienale della mia sedia.

"Il solito?" Mi chiede, accendendo la candela posata sul tavolo.

"Bello pieno, grazie."

Mi sorride e mi lascia il menu mentre si dirige verso la zona bar. Lo prendo e lo apro, ma prima di dare un'occhiata alla mia papabile cena, mi concedo di guardarmi un po' intorno per capire che clientela c'è stasera. Mi piace osservare le persone, soprattutto quando mangiano, perché a tavola credo che una persona dovrebbe essere sempre felice e se non lo è, be', vuol dire che qualcosa non va e di solito, si tratta di qualcosa di profondo. Se avessi potuto guardarmi dal di fuori, durante gli ultimi mesi con Steven, prima di scoprire il suo tradimento, sono sicura che avrei potuto capirlo, mi sarei resa conto prima della mia infelicità, della sua, della fine di tutto, della fine dell'amore. Credevo che qualcosa si potesse recuperare e credevo che ignorando i miei desideri, avrei salvato quel poco di noi che era rimasto.

Sbagliavo su tutta la linea.

Uno dei camerieri di turno stasera mi porta il solito bicchiere di vino, pieno fino all'orlo, come piace a me. Odio quando riempiono il tuo bicchiere per metà, per cosa, poi? Galateo? Educazione? Per non dare l'impressione di essere un'ubriacona? Perché il vino lo devi gustare? Forse quando sei a un primo o secondo appuntamento, come la coppia che è seduta alla mia sinistra, o forse quando non reggi l'alcol, come probabilmente la donna che è seduta al tavolo di fronte, che accanto al bicchiere del vino ne ha anche uno per l'acqua.

Quando sei una donna sola di trentotto anni con un gatto come compagno di vita – per di più anche dello stesso sesso – hai poco da scegliere. Il bicchiere si beve tutto, per intero, e poi se ne chiede anche un altro. E poi è vino, andiamo, mica uno di quei cocktail colorati alla moda che Anya mi fa bere.

Bevo un sorso del mio vino che in pochi secondi diventano dieci e poi prendo il menu tra le dita. Conosco a memoria quello che cucinano in questo ristorante, ma mi piace sfogliare il menu, prendere tempo, ritardare il momento in cui mi toccherà tornare a casa da sola. Di solito ho un libro con me, ma la mia attuale lettura è... Come dire, un po' troppo calda per poterla portare con me, più che altro è pericoloso leggerla in pubblico, ci sono delle scene che è meglio leggere in completa solitudine nel buio della tua stanza. Avrei potuto portarne un altro, ma non amo mischiare le letture, preferisco finire quello che ho iniziato prima di gettarmi in una nuova storia; a volte ho anche bisogno di un paio di giorni per riprendermi da un romanzo prima di iniziarne un altro, a volte mi ci vuole una settimana, ma quello succede quando trovo qualcosa che mi mette sottosopra il cuore e ultimamente credo si sia un po' inaridito, è da tempo che non mi capita.

"Ha scelto qualcosa?" Il cameriere di prima torna al tavolo.

"Oh sì, certo. Prendo il salmone con soda bread alla Guinness e poi... Uno steak sandwich special."

"Altro?"

"No, credo di essere a posto così."

Gli porgo il menu e lui sparisce verso la porta che dà sulla cucina, mentre io mi rilasso sulla sedia e faccio un altro sorso del mio bicchiere che sta quasi per raddoppiare.

Rivolgo lo sguardo verso la vetrata e verso la porta del ristorante, proprio nel momento in cui questa si apre e se avessi avuto una bottiglia intera di vino qui a tavola, credo che me la sarei data sulla testa in modo da poter svenire e non assistere alla scena che mi si presenta di fronte.

Steven ha appena fatto il suo ingresso nel locale, il suo braccio intorno alle spalle della sua giovane fidanzata Terry. Cerco una via d'uscita, un modo per scappare via di qui prima che mi veda seduta da sola a tavola in un ristorante di venerdì sera, ma ormai è troppo tardi, ormai mi ha visto mentre sfila il cappotto dalle spalle della sua ragazza.

Un'ondata di rimpianto e di amarezza mi colpisce allo stomaco, così forte da farmi quasi lacrimare gli occhi. Cerco di resistere, di non piegarmi su me stessa, di non mettermi a piangere e prendermela con il mondo come una moglie tradita e abbandonata farebbe, ma è troppo tardi. Il dolore è tornato, la delusione è tornata, la consapevolezza di non essere ciò che un uomo vuole è tornata a fare tutto il resto.

Steven le dice qualcosa all'orecchio e lei si volta verso di me, poi le dà un bacio e fa per avvicinarsi al mio tavolo, ma prima che possa crollare del tutto e che scoppi in lacrime davanti alla sala intera e davanti a lui, due braccia mi afferrano per le spalle e mi costringono a voltarmi, e quando la sua bocca preme dolcemente sulla mia, riesco miracolosamente a ingoiare le lacrime e il mio risentimento, chiudendo gli occhi e lasciandomi andare al suo caldo respiro.

27
Niall

Parcheggio lungo la strada e spengo il motore ignorando le proteste di mia figlia.

"Avevi promesso" le ricordo.

Sbuffa e apre la portiera. "E va bene, vada per questa cena."

Esce dalla vettura e sbatte lo sportello con forza. Io mi dico ancora una volta che posso farcela e la raggiungo all'esterno. Mi segue svogliata facendo strusciare i suoi scarponi sull'asfalto mentre io le faccio segno di darsi una mossa, perché avevo prenotato per venti minuti fa e non voglio che diano via il nostro tavolo.

Abbiamo fatto un po' tardi, ma era la prima volta che facevamo qualcosa insieme e non volevo metterle fretta mentre sceglieva un colore per la sua stanza. Rosso, per la precisione. Non un bel rosso brillante che magari sarebbe stato ancora accettabile, ma uno di quelli scuri, intensi, che fanno presagire apocalisse e distruzione. Non ho detto una parola, le avevo promesso che avrebbe potuto farci quello che voleva con la sua stanza, a parte raderla al suolo, e quindi ho taciuto. Sembrava serena e sembrava quasi che si stesse divertendo insieme a me. Ha scelto anche una scrivania e ha detto che ci penserà su per una libreria. Non ho idea se ami leggere o meno e non volevo tartassarla di domande alla nostra prima vera uscita insieme, ma mi sono ripromesso di creare altri momenti come questo e di provare a guadagnarmi ogni istante che mi concederà.

Le ho estorto questa cena che ho paura pagherò in altro modo, ma non so perché sento che se anche prova a fare la strafottente, sotto sotto le piace l'idea di restare fuori con me.

Le apro la porta del ristorante e lei la oltrepassa alzando gli occhi al cielo per la mia galanteria. Sono sempre stato galante, il fatto che io sia andato a letto con tante donne che non ho mai richiamato non vuol dire che sia stato uno stronzo o che le abbia trattate in modo poco rispettabile. Sono sempre un gentiluomo, soprattutto fra le lenzuola e nessuna si è mai lamentata del contrario.

Un cameriere ci viene incontro mentre cerco di far cadere la pioggia dalla mia giacca di pelle mentre mia figlia resta impassibile, nella sua camicia a quadri rossa impregnata d'acqua.

"Kerry" gli dico. "Ho prenotato stamattina ma siamo un po' in ritardo."

"Vado subito a controllare cosa ne è stato del suo tavolo" mi dice prima di scomparire verso l'interno.

"È un bel posto. Ci sono stato qualche volta, si mangia bene, e la nonna ha detto che la gestione è sempre la stessa." Cerco di fare conversazione ma Skylar non è interessata alle frasi di circostanza, quindi mi ritiro per riflettere su qualcosa che possa attirare la sua attenzione, magari da sfoderare a tavola.

Do un'occhiata nella sala che mi sembra piuttosto piena – d'altronde è venerdì sera anche qui – e poi il mio sguardo cade sull'ultima persona che avrei dovuto incontrare ma che inspiegabilmente era anche l'unica che mi sarebbe piaciuto vedere.

"Oh cavolo" mia figlia dice, accortasi di cosa sto guardando. "Ma sta cenando da sola?" Chiede, insinuando subito il dubbio nella mia testa.

Guardo di nuovo verso di lei per capire se sia qui con qualcuno, ma al tavolo vedo un solo bicchiere e delle posate per uno.

"Però" dice annuendo. "Tosta davvero."

"Che vuoi dire?"

"Scherzi, Kerry? Cenare da sola di venerdì sera in un locale pieno di gente del posto che non farà altro che spettegolare su di te il giorno dopo? Ci vuole coraggio e ci vuole carattere."

Non ci avevo pensato perché io non ci vedo niente di strano.

"Lo avevo detto che era un tipo a posto."

"Lo avevi detto, sì" convengo sorridendo, prima di rivolgere di nuovo lo sguardo verso di lei, e solo la seconda volta mi rendo conto del suo viso tirato e dell'espressione spaventata che ha. Guardo nella stessa direzione in cui lei sta guardando solo per vedere quell'idiota di Steven Hill aiutare una donna a togliersi il soprabito, immagino la sua nuova conquista, che a giudicare dall'aspetto avrà la metà dei suoi anni.

"Che gran coglione" dico attirando l'attenzione di mia figlia.

"Chi?" Chiede, subito interessata.

"Quel tizio" lo indico con un leggero movimento della testa. "Il suo ex marito."

"Non mi piace. Ha una faccia di cazzo."

"Hai detto bene. E non dire quella parola, per favore, anche se hai ragione."

"Oh no" Skylar dice. "Sta andando verso di lei."

Guardo di nuovo Jordan che sembra stia per collassare sul tavolo e poi guardo mia figlia.

"Vai, che cosa aspetti?"

Mi muovo veloce prima che Steven possa raggiungere il suo tavolo e le arrivo da dietro, sorprendendola alle spalle. Ha appena il tempo di accorgersi che si tratta di me quando la mia bocca preme sulla sua.

Jordan lascia che io la baci, che infili la mano tra i suoi capelli, che le accarezzi la nuca, che respiri piano dentro di lei e che assapori con le labbra le sue lacrime amare.

"Non si lascia una donna come te da sola" le dico, quando lascio andare a malincuore le sue labbra.

Lei mi sorride appena, nei suoi occhi sollievo e gratitudine.

Mi sollevo e mi volto per vedere Steven Hill in

piedi accanto al suo tavolo, il viso di uno a cui il nostro bacio non è andato proprio a genio.

"Va bene se ci sediamo qui con te?" Mi rivolgo di nuovo verso di lei.

"Sediamo?"

Indico mia figlia rimasta all'ingresso.

"Oh mio dio, sei con tua figlia." Cerca di ricomporsi.

"Tranquilla, lei è una a posto."

Jordan sospira stanca.

"Una cena, Jordan. Con mia figlia presente. Cosa vuoi che possa succedere?"

"Ormai mi hai baciato davanti a tutto il ristorante" dice fingendo di essere seccata, ma il rossore sulle sue guance la tradisce.

Faccio segno a mia figlia di avvicinarsi mentre la mano di Jordan si posa sulla mia sul tavolo.

La guardo di nuovo.

"Grazie."

I suoi occhi lucidi e tristi si prendono in questo istante qualcosa.

"Non avevo proprio voglia di parlare con lui, stasera."

Mia figlia intanto ci ha raggiunti al tavolo.

"E con noi? Hai voglia di parlare con noi?"

"Mi farebbe davvero piacere."

* * *

Jordan chiede subito al cameriere di prendere i nostri ordini, lei ha già ordinato e chiede con gentilezza che possano preparare tutto nello stesso momento.

"Non mi piace che qualcuno debba attendere mentre l'altro ha già il piatto davanti" dice, mettendo il tovagliolo sulle gambe. "È scortese."

"Grazie per aver pensato a noi, allora."

Fa un gesto con la mano prima di prendere il suo bicchiere ormai vuoto. Io faccio segno al cameriere di venire da noi e gli chiedo un'intera bottiglia.

"Oh chi se ne frega" dice alzando le mani. "Sono venuta a piedi, riuscirò ad arrivare alla porta di casa, abito in questa città da quando sono nata."

Rido e mia figlia seduta accanto a me sorride. Si vede che la presenza di Jordan le piace.

Ero preoccupato di sedermi con lei, non per quello stupido accordo o per quello che la cittadina potrebbe pensare. Non volevo che Skylar potesse credere che non volessi stare da solo con lei, così quando Jordan si scusa con noi per andare al bagno, glielo chiedo.

"Perché dovrebbe seccarmi?"

"Perché doveva essere una serata per noi."

"Non mi dispiace lei."

"Be', mi fa piacere che non odi proprio il mondo intero."

"Io non odio il mondo, solo le persone che mi

fanno incazzare."

"Quindi il sottoscritto."

"Tu sei una di quelle persone, sì."

Incasso e vado avanti.

"Non pensi che lo abbia fatto per non stare solo con te, vero?"

Mia figlia inzuppa un gambero fritto nella sua salsa all'aglio e poi mi guarda.

"Penso che tu abbia fatto una bella cosa, stasera."

"D-dici sul serio?" Chiedo conferma, perché ho sempre l'impressione che stia per insultarmi sotto mentite spoglie.

"Lui continua a guardare da questa parte."

"Ah sì?"

"Non gli è andata giù."

"Fottuto stronzo."

"Oh ma che belle parole, Kerry."

"E tu non ripeterle."

Alza gli occhi al cielo mentre mastica il suo gambero, poi riprende.

"Si vede che è uno stronzo."

"Vero?"

Annuisce mentre infila un altro gambero nella salsa, le mie ali di pollo speziate invece giacciono davanti a me in attesa.

"L'ha tradita con lei?"

Non so se posso parlare con mia figlia di queste cose, soprattutto perché sono fatti di Jordan, ma poi una signora al tavolo di fronte si inserisce nella conversazione.

"Brutta storia, quella" dice indicando con la testa Steven.

"Scusi?"

"Lo sanno tutti in città" si giustifica. "Lei lo ha buttato fuori di casa."

"E ha fatto bene" mia figlia dice convinta riempiendomi di orgoglio.

"Vedi quella." Indica la donna che è con lui. "Ha vent'anni. Lui quanti ne ha?"

"Immagino trentotto come me."

"Esatto."

"Non credo che qui il problema sia l'età."

"Il problema è che è una testa di cazzo" mia figlia dice e stavolta non me la sento di riprenderla sul *cazzo* perché non avrei un sostituto.

"Ah gli uomini" dice scuotendo la testa. "Sempre a correre dietro gambe più lunghe, sederi più sodi e tette più alte."

Mia figlia ride mentre la signora torna agli affari suoi.

"Che gran…"

"Eccomi." Jordan ritorna al tavolo.

"Il tuo salmone ti attende."

"Non hai iniziato a mangiare?"

"Sarebbe stato scortese."

Sorride.

"Oh cavolo, io ho già infilato in bocca tre

gamberi" mia figlia commenta ancora con la bocca piena facendoci ridere entrambi.

"Scusate" dice pulendosi.

"Nessun problema, Skylar."

Cosa sta succedendo? Mia figlia ride, scherza, fa conversazione e chiede scusa?

"Allora, dove siete stati oggi di bello?"

"Posso dire una cosa?" Skylar la interrompe.

"Certo."

"Hai le palle, preside Hill."

"Oh, be'…"

"E te ne voglio dire un'altra."

"Okay" dice quasi spaventata.

"Non è facile capire una donna con le palle, la maggior parte delle volte si ha paura di lei."

"Skylar…" Cerco di intervenire.

"Anche mia madre era una donna con le palle."

Jordan la guarda attentamente.

"Per questo nessuno era alla sua altezza."

Parla sicura e calma, nella sua voce neanche un piccolo tremore. Se invece provassi a parlare io, adesso, sarebbe un vero disastro.

"Grazie, Skylar. Sono sicura che tua madre fosse una donna speciale."

"Lo era."

"E sono anche sicura che tu le somigli tanto" le accarezza il viso mentre mia figlia si lascia toccare senza alzare gli occhi al cielo, senza bestemmiare e senza ritrarsi.

"Lo spero" Skylar dice ora malinconica.

"È tutta sua madre" mi trovo a dire. "Dal modo in cui ti guarda a quello in cui mangia" rido al ricordo. "Senza contare quello in cui parla" ci provo, l'emozione è tanta e il rimpianto ancora di più. Allungo una mano verso mia figlia e le sfioro appena le dita, per la prima volta me lo lascia fare. "E sono sicuro che sia identico anche il modo di sorridere, non posso dirlo con certezza perché a me non sorridi mai."

Skylar non può trattenerlo adesso.

"Ecco, lo sapevo che avevo ragione."

"Che idiota" mia figlia cerca di sminuire la sua reazione e le mie parole ma non importa, ormai l'ho visto quello spiraglio.

La mano di Jordan si posa sulla mia coscia sotto al tavolo facendomi voltare di scatto verso di lei.

"Sono sicura che abbia anche qualcosa di te."

"Io spero proprio di no" Skylar commenta, prima di addentare un altro gambero. "Oh cazzo" dice mentre mastica. "Ora potevo?"

Scoppiamo a ridere tutti e due facendo voltare le persone ai tavoli accanto e attirando l'attenzione anche dello stronzo fedifrago. Jordan non se ne accorge, non ha più guardato nella sua direzione da quando ci siamo seduti con lei e la cosa ha aperto un altro tipo di spiraglio. E dovrò impegnarmi a non lasciare che nessuno dei due si richiuda.

"Grazie" le dico sottovoce.

"E di cosa? Sei stato tu a salvarmi."

Scuoto la testa. "Non hai idea di cosa stai facendo in questo momento."

I suoi occhi si fanno più grandi.

"E non hai idea di cosa significhi per me."

"Niall..."

"No, ti prego, non dire niente, stasera. Lascia i tuoi accordi e le tue clausole per domani. Puoi farlo, per favore?"

Jordan sospira, poi guarda Skylar che si lecca le dita dopo l'ultimo gambero e torna su di me.

"Solo per questa sera farò finta di non aver mai scritto quell'accordo, ma domani, Niall, tornerà tutto come prima."

Ha detto domani. Io sono più il tipo che pensa all'oggi e per oggi non ci sono accordi o stupide clausole, non ci saranno regole da rispettare o lavori da tutelare.

Stasera ci siamo solo noi e io approfitterò di ogni singolo istante.

28
Jordan

Quando il cameriere ci porta i nostri piatti principali la bottiglia di vino è già a metà e devo dire, con grande rammarico e senso di colpa, che sono l'unica a bere vino a questa tavola. Skylar ha preso una Coca, Niall una Guinness. La bottiglia dunque è per l'ubriacona di turno.

Non basterebbe la bottiglia intera per scacciare via la sensazione dei suoi occhi addosso e non ne basterebbero due per dimenticare lui, lei, il modo in cui le sfilava il cappotto dalle spalle o quello in cui le ha scostato la sedia. Non credevo potesse bruciare ancora così tanto e non volevo che su di me avesse ancora questo effetto.

Non sono innamorata del mio ex marito. Mi ha tradita, nel nostro letto. E ora sta con l'oggetto del suo tradimento. E poi, ex vorrà pure dire qualcosa, no? E io credo nel potere delle parole.

Finisco il mio bicchiere e Niall solleva subito la bottiglia pronto per riempirlo di nuovo. Spero che non stia cercando di farmi abbassare la guardia per approfittare di questa nostra breve tregua perché potrebbe anche andargli bene. Mi sento sola, stasera più che mai, anche se li ho invitati a sedersi a tavola come ringraziamento per avermi salvato da una pessimo incontro con il mio ex e la sua nuova fidanzata. Mi fa piacere la loro compagnia, ma non è abbastanza per riempire il vuoto che sento allo stomaco e non parlo certo della fame nervosa che mi assale in queste circostanze.

"Com'è?" Niall mi chiede alludendo al mio piatto.

"Oh... Non ho ancora..." Prendo le posate e taglio un pezzo della mia carne, la immergo nella salsa al pepe e la infilo in bocca. "Mmm" mugugno mentre mastico lentamente.

Adoro la carne e adoro ancora di più come la fanno qui. So cucinare, non sono così male, ma i piatti che prevedono carne non sono la mia specialità, non ho mai imparato a farli come si deve.

"E il tuo?"

Niall ha preso il kebab di pesce alla birra.

"Davvero buono. Vuoi assaggiare?"

"No, ti ringrazio, io preferisco la carne come Skylar" la indico mentre addenta il suo hamburger.

"Come fai a sapere che preferisce la carne?" Niall chiede guardando sua figlia.

"Si vede da come sta mangiando quell'hamburger."

"La preside ha ragione" Skylar conferma.

"Ti prego, chiamami Jordan."

"Lei sì e io no?" Niall si lamenta subito.

"E va bene" sospiro. "Puoi chiamarmi anche tu Jordan, contento? Ma solo quando siamo fuori da scuola e questo vale per entrambi."

Skylar scrolla le spalle come se la cosa non le importasse mentre Niall si avvicina al mio orecchio.

"Credo che continuerò a chiamarti preside."

Lo guardo curiosa.

"Preside Jordan."

"Non è questa la forma corretta."

"Non sono uno che bada alla forma. E poi, *preside*, andiamo... È sexy da morire."

Mi tocco istintivamente il collo che sento avvampare e cerco di fare la disinvolta, anche perché a tavola con noi c'è un'adolescente che si dia il caso essere sua figlia.

"Questo va contro ogni regola, Niall."

"Non avevamo detto niente regole per stasera?"

"Lo abbiamo detto, ma non andare troppo oltre."

"Come vuoi" dice sorridendo furbo. "Ti ho già detto che presto sarai tu a rimangiarti ogni singola clausola?"

La sua mano si posa sulla spalliera della mia sedia, sfiora la parte scoperta della schiena con il pollice e io mi ritrovo a rabbrividire fino alle punta delle dita dei piedi.

"Questo non accadrà mai."

"Avete finito voi due?" Skylar richiama l'attenzione di entrambi. "State diventando imbarazzanti. Sapete che posso sentirvi, vero?"

"Mi dispiace, hai ragione. È stato scortese e

poco professionale, non accadrà più" mi scuso subito con lei mentre Niall se la ride.

Lascia lentamente la mia schiena facendo scivolare le sue dita sulla mia pelle e io mi ritrovo a dover controllare un rossore imbarazzante che esplode di nuovo sul mio viso.

"Scusaci" dice a Skylar. "Cercherò di importunare la preside Jordan solo quando siamo soli."

"Cosa?" Alzo la voce voltandomi di scatto verso di lui.

"Te ne sarei grata" Skylar ribatte, infilando poi tre patatine in bocca.

Guardo Niall che sembra proprio a suo agio in questa situazione.

"Ti diverti?"

"Abbastanza, sì."

"Stiamo sbagliando tutto."

Mi sorride mentre la sua mano scivola sulla mia coscia sotto al tavolo. Dovrei allontanarla e magari invitarlo a sedersi altrove, ma è così calda e così grande, e nessuno mi tocca da quando Steven ha preferito toccare qualcun'altra, a parte la breve e bollente parentesi della nostra notte.

"Rilassati, okay? Non stiamo facendo niente di male."

"A me non sembra."

"Siamo a cena con mia figlia. E ci siamo incontrati per caso, nessuno ci ha visto entrare insieme e avevamo due prenotazioni diverse."

"Hai ragione, ma non mi sento tranquilla lo stesso."

"Ceniamo e basta, vuoi?"

"Okay" convengo, mentre la sua mano scivola via dalla mia coscia.

Difficile godersi solo una cena quando il tocco delle sue dita sembra rimasto impresso sulla mia pelle, così come la nostra notte, i suoi baci e tutte le sue parole.

* * *

Niall ha insistito per accompagnarmi a casa. Steven è andato via prima di noi, non me ne sono neanche accorta. Solo quando ci siamo alzati da tavola e Niall mi ha aiutata a infilare il cappotto, ho visto che il suo tavolo era stato già sparecchiato. Ero così impegnata a tenere a bada Niall e i suoi tentativi di seduzione, per non parlare dei miei ormoni, che non mi sono resa conto che lui e la sua fidanzata avevano abbandonato il ristorante. Per fortuna non ha provato ad avvicinarsi. La presenza di Niall deve averlo intimidito.

Scendo dell'auto mentre Niall dice a sua figlia che mi scorterà fino alla porta di casa per assicurarsi che non mi accada nulla. Camminiamo lentamente verso la palazzina in cui vivo, la pizzeria è ancora aperta ma sono tutti all'interno intenti a iniziare a riordinare. Mi avvicino al portone con le chiavi che tintinnano tra le dita e quando lo raggiungiamo, infilo la chiave nella serratura. Il portone si apre senza difficoltà e io lo oltrepasso, voltandomi poi verso di lui che è rimasto all'esterno.

"Grazie per la serata."

"Grazie a te per la compagnia e per l'aiuto."

"A me sembra che sia stato tu ad aiutare me."

Scuote la testa. "Mia figlia non ama passare del tempo da sola con me e la tua presenza ha reso la serata meno tesa e decisamente piacevole."

"In questo caso, sono felice di aver dato una mano."

Il suo viso si apre e quel sorriso tentatore compare pericoloso sulle sue labbra.

"È quasi mezzanotte."

"Di che stai parlando?"

"Abbiamo ancora pochi minuti prima che la nostra tregua finisca."

Si avvicina mettendo un piede all'interno, la sua mano scivola subito dietro la mia nuca. Mi attira contro di lui, le mie mani d'istinto sul suo petto. Si china sulla mia bocca e io inevitabilmente schiudo le labbra e chiudo gli occhi, godendomi la sensazione della sua bocca morbida che si muove contro la mia, della sua lingua che scivola in me e che mi chiama con insistenza, del suo respiro pesante, del calore della sua mano e di quello che emana il suo corpo. Mi lascio andare alla sensazione di avere qualcuno che muore dalla voglia di baciarti e che te lo dice, in ogni modo possibile.

Le mie mani scivolano verso i suoi capelli; mi sollevo sulle punte e le sue braccia mi stringono, tanto da poter sentire la sua eccitazione crescere nei suoi jeans.

"Jordan" sussurra sulla mia bocca.

"È una follia" gli dico subito.

"Abbiamo ancora due minuti" dice in affanno.

"E allora non sprecarli a parlare."

Sorride contro le mie labbra prima di tornare a baciarmi e io lascio che Niall Kerry mi dica a modo suo che non lascerà che uno stupido accordo lo tenga lontano da me e io sono così stupida da cascarci in pieno e da iniziare a sperarci.

29
Niall

Scendo al piano di sotto per preparare un paio di sandwich per me e Skylar. La sto aiutando a dipingere le pareti della sua nuova stanza. Mi aveva detto che non aveva bisogno del mio aiuto, ma io l'ho ignorata, come fa di solito lei con me, e mi sono fatto trovare questa mattina alle sette pronto con giornali, pennelli e tuta da lavoro, fuori la porta della sua stanza. Mi ha mandato a quel paese comunque, era troppo presto secondo lei per mettersi al lavoro, ma poi le ho detto che di sotto c'erano dei pancakes che l'hanno convinta ad alzarsi senza ulteriori insulti verso il sottoscritto.

Mia madre è uscita con Rian, mio padre è fuori in campagna, Tyler lavora fino a stasera, siamo solo lei e io e tutto sommato devo dire che sta andando bene. Non sono abituato a lei, come lei non è abituata a me, ma abbiamo tempo per imparare a sopportarci e a capire come poter andare avanti insieme.

Tiro fuori dal frigo gli avanzi del pollo che ieri la mamma ha preparato, insalata, mayonnaise all'aglio che ormai ho capito Skylar ama e dei pomodori. Taglio le verdure e le ripongo in una ciotola, aggiungo il pollo a pezzi e condisco il tutto con una generosa quantità di salsa, mescolo per bene e poi cospargo il pane con il composto.

Prendo un piatto, dei tovaglioli, una birra per me e una Coca per lei e poi la chiamo dalle scale per farla venire a mangiare giù, non mi sembra il caso di farlo tra vernice e pennelli.

Skylar mi raggiunge sedendosi su uno sgabello accanto all'isola della cucina, io poso tutto sul ripiano e la imito.

"Sta venendo bene, no?" "Inizia a fare meno schifo."

Rido mentre addento il mio sandwich.

"Erano sposati da tanto?" Mi chiede a bruciapelo.

"Chi?"

"Jordan e quel tizio."

Quasi mi soffoco con il boccone seguente. Erano circa tre minuti e mezzo che non pensavo a lei.

"Perché ti interessa tanto?"

"Volevo capire se hai una chance."

"Come?"

"Si vede che qualcosa brucia tra di voi."

"Che cosa dovrebbe bruciare?"

"Andiamo, Kerry. I vostri discorsi di ieri, per non parlare di come vi guardate."

"Come ci guardiamo?" Chiedo perché a questo punto vorrei saperlo.

"Come se steste per saltarvi addosso."

"Tu non dovresti parlare di certe cose con tuo padre, anzi, non dovresti parlarne per niente."

"Quanto la fai lunga."

"Non sono argomenti da affrontare."

"Come vuoi, volevo solo darti una mano."

"Una mano? A me?" Chiedo preoccupato. L'interesse di mia figlia potrebbe essere un tranello. "Da quanto ti interessa la mia vita?"

"Della tua vita non me ne frega un cazzo."

"Per favore, non dire…"

"Cazzo, lo so."

Lo ha appena fatto di nuovo.

"Sai…" Posa il suo sandwich nel piatto. "Mi ha proposto di provare a recuperare un anno."

Lascio perdere anche io il mio. "Me ne aveva parlato, sì."

"Non me lo aspettavo."

"Neanche io."

"Non credevo neanche che fosse possibile." Mi guarda. "Prima ti rifiutano tutti e ti fanno credere di non avere più diritto a una possibilità."

"È così che ti hanno fatta sentire?"

Scrolla le spalle, ha già detto troppo al riguardo e io non insisto.

"Poi arriva lei che ti offre un posto, che ti dice che forse puoi farcela, che dà un lavoro a tuo padre, anche se tuo padre ha combinato un disastro."

Sorrido involontariamente.

"Sono cose che non succedono spesso."

"Immagino di no."

Fa una pausa di qualche minuto in cui entrambi

riprendiamo a mangiare, quando ha finito il suo sandwich mi guarda di nuovo.

"Non mi piaceva leggere quelle cose su di te. E non dirmi che i giornali scrivono solo stronzate, perché sia io sia lei sapevamo che era vero."

Non so cosa rispondere quindi la lascio parlare.

"A volte ero felice di non avere il tuo cognome."

Questa è dura da accettare ma immagino di meritarlo.

"Così non potevano associarmi a te."

"E cosa dicevi quando ti chiedevano di tuo padre?"

"Dicevo che era morto quando ero piccola."

"Oh *wow*."

Non sembra neanche dispiaciuta di ciò che ha appena detto. Dovrei avercela con lei?

"Era più facile, così nessuno faceva domande."

"Di cosa ti preoccupavi di più?"

"In realtà non volevo che pensassero male della mamma. Tu andavi con tutte quelle donne."

"Non è tutto vero."

"Ma in parte sì."

Annuisco. Non voglio mentirle.

"È stato così anche con lei? Solo una notte?"

"Qualcosa del genere."

"Non la amavi."

"Non ero fatto per fare il padre, per stare con una donna, per impegnarmi. Ero giovane ed ero stupido e credevo di non essere tagliato per un sacco di cose e mi dispiace, sinceramente. Per tua madre, per non esserci stato, per aver scoperto che avresti preferito che fossi morto io."

Non si disturba neanche a rassicurarmi, lei non è una che mente. Anche questo deve averlo preso da sua madre.

"Ma adesso è cambiato tutto, adesso ci sei tu e ci siamo noi e io voglio davvero provarci."

Mi guarda poco convinta.

"E vorrei che tu mi dessi una possibilità."

"Non so se voglio dartela."

"Okay."

"Per adesso è un forse."

Meglio un forse che un 'fanculo.

"Ci può stare."

Probabilmente è proprio come ha detto Tyler, le sue mura sono di difesa, vuole mettermi alla prova, capire se sono disposto ad abbatterle o se mi farò fermare dall'altezza.

"Ha chiamato tua sorella prima."

"Rian?"

"Mi ha chiesto se stasera mi andava di uscire con lei."

"Oh" esclamo stupito, questa davvero non me l'aspettavo.

"E tu che intenzioni hai?"

"Non lo so, sembra una okay."

Mia sorella si prende un *okay* da mia figlia

mentre a me toccano i *ti odio*.

"Forse ci vado."

"Se ti fa piacere..."

"Per te va bene?"

"Mi stai chiedendo il permesso?"

Solleva un sopracciglio.

"Certo, se ti va, nessun problema."

Immagino che mia sorella sia una buona compagnia, no? Anche se Skylar ha quindici anni, dovrebbe stare con i suoi coetanei, anche se forse non dovrebbe uscire da sola con i suoi coetanei di sabato sera. O sì? Non me ne intendo un cazzo di ragazzini.

"Torniamo su? Vorrei finire almeno due pareti, non voglio dormire sul divano per troppi giorni."

Mi alzo dallo sgabello. "Sono pronto."

"Se vuoi uscire anche tu, stasera..."

"Uscire, io? E dove dovrei andare?"

Skylar alza gli occhi al cielo.

"Non ce l'avrai mai una speranza se continui così, Kerry."

"Stavi alludendo a..."

"Come le avresti conquistate tutte quelle donne?"

Scuote la testa e mi lascia in cucina avviandosi verso le scale e poi al piano di sopra.

Come le ho conquistate. Non lo so a dire il vero, forse non me lo ricordo o forse ho perso tutte le mie doti o forse, semplicemente, le mie doti su alcune donne non fanno effetto, donne come Jordan.

E quindi, che si fa? Si lascia perdere e si passa oltre?

Io lo farei anche, davvero, ma è così eccitante il fatto che lei mi tenga testa e così sensuale il modo in cui mi rimette al mio posto. Ed è anche divertente, devo dire, provare a farla cedere. E poi non sono un tipo che accetta un rifiuto così facilmente e non sono un uomo che si fa mettere in un angolo.

E lei non è di certo quel tipo di donna che si lascia al tavolo di un ristorante di venerdì sera, figuriamoci a cenare da sola di sabato sera nel suo appartamento.

"Che fai, vieni?" Mia figlia mi chiama dal piano di sopra.

La raggiungo nella sua stanza con un pensiero martellante nella testa e quando mi passa un pennello per dirmi tacitamente di darmi una mossa, io mi trovo a chiederle: "Lo fai solo perché vuoi che ti stia fuori dalle palle o lo fai perché davvero ti interessa della sorte del tuo povero padre?"

Ci pensa su qualche istante. "Ha importanza il motivo?"

"A dire il vero, sì."

"La mamma ha sempre avuto qualche problema con gli uomini."

"Che genere di problemi?"

"È vero quello che ho detto ieri sera, riguardo il

fatto che nessuno fosse alla sua altezza, ma c'era anche un altro problema."

"Quale?"

"Si preoccupava per me, di che effetto avrebbe avuto su di me l'avere un uomo in casa."

Non so cosa dire e non voglio dire cazzate. Ho capito di recente che spesso è meglio tacere, soprattutto quando tua figlia quindicenne sta parlando.

"E io non ho detto nulla. E lei è rimasta sola."

"Aveva te."

"Già" dice triste. "Ma io non ero in grado di aiutarla negli ultimi mesi, aveva bisogno di qualcuno, di un adulto."

Oh Skylar, inizio ad avere paura che questo tuo dolore non si risanerà mai, soprattutto se continui ad alimentarlo con il senso di colpa.

"Non voglio che anche tu ti faccia questi problemi."

"Hai paura che io resti solo?"

"Credo che nessuno dovrebbe."

Arguta osservazione, matura e lungimirante. Possibile che nessuno abbia capito che dare fuoco a un laboratorio fosse solo una disperata richiesta di aiuto? Oh aspetta, qualcuno che lo ha capito c'è ed è la stessa persona che sta conquistando velocemente terreno in tutti i posti dove c'è un terreno da conquistare.

"E non vorrei che fosse troppo tardi anche per te."

30
Jordan

Apro la porta con portafogli alla mano e resto paralizzata alla sua vista.

"Ciao." Solleva una busta di carta. "Ho portato la cena."

"Ho già ordinato la mia cena."

"Lo so, fish and chips. Ho incontrato il ragazzo delle consegne di sotto, l'ho pagato per il disturbo."

"Stai scherzando?"

"Ieri mi hai detto che ti piace la carne e a giudicare da come guardavi Skylar divorare il suo hamburger..." Sorride sicuro prima di aprire la busta per farmi sentire il profumo di carne alla piastra.

Lo stomaco si ribella subito, ma lo ignoro, come ignoro il fatto che ora mi piaccia vederlo qui, sulla mia porta, e che mi piaccia ancora di più il fatto che si sia ricordato che mi piace la carne.

"Non puoi presentarti qui quando ti pare per cercare di... Cosa stai cercando di fare, in realtà?"

"Cenare con te."

Lo guardo di traverso.

"Giuro."

"Non fa parte dell'accordo."

"Hai ragione, ma è solo una cena. Non lo saprà

nessuno."

"Lo saprò io."

"Giusto, ne va della tua integrità."

"Non prendermi in giro."

"Non lo sto facendo."

"Niall..."

"Una cena."

"Non lo hai ancora vinto il torneo" gli faccio notare.

"Per quello abbiamo un appuntamento in palio."

"E questo non lo è?"

"Questo puoi chiamarlo come vuoi."

Tentenno nervosa sulla porta.

"Li ho presi al *The Harbour*" mi dice facendomi l'occhiolino.

"Ho visto, c'è il nome sulla busta."

"Ascolta, mia figlia è uscita con mia sorella, i miei genitori sono andati a ballare, Tyler lavora fino a tardi..."

"Vuoi dirmi che sono la tua ultima spiaggia?" Chiedo quasi offesa.

"Ho pensato che potessimo cenare insieme, tutto qui. Come due amici."

"Come facevi a sapere che sarei stata a casa da sola? Ti sembro così disperata?"

"No, Jordan, affatto. A dire il vero ci speravo."

Non sono convinta come non sono convinta di farlo entrare, ma il profumo che viene dalla busta ormai ha completamente soggiogato i miei sensi.

"Cena tra amici" lo avverto. "Per una sera."

Sorride sfacciatamente felice. "Andata."

* * *

"Ehi, nel tuo contenitore ci sono più patate."

"Non è vero" Niall si difende. "Sei tu che hai già mangiato metà delle tue."

"Vuoi dire che mangio come un porco?" Chiedo ingoiando l'ultimo boccone di hamburger.

Niall ride, poi si avvicina a me sul divano.

"Cosa…"

Solleva una mano e poi passa un dito sulle mie labbra mostrandomi un residuo di salsa.

Non mi sento ancora al sicuro, quindi resto in allerta.

"Mangi come una donna che ha fame."

Maledetto. Avrebbe dovuto dire qualcosa che mi avrebbe fatto incazzare così avrei avuto un motivo per sbatterlo fuori di casa.

Non dovrei cercare un motivo, dovrei dirgli semplicemente di andarsene come la donna ragionevole che sono, o magari avrei dovuto evitare di farlo entrare, ma avevo fame, il profumo della carne mi ha mandato in confusione e poi la mia cena era sfumata, sempre a causa sua. Cos'avrei dovuto fare? Morire di fame? Probabilmente sì, soprattutto dopo il bacio che ci siamo scambiati ieri notte sotto casa.

Avevamo ancora cinque minuti di tregua dal nostro accordo, la serata era stata bella e piacevole, lui aveva quegli occhi e ha quella bocca e quelle mani – *dannate mani* – che sogno ancora addosso tutte le notti.

Sono nei guai e il bello è che mi ci sono messa da sola e che a quanto pare, non ho alcuna intenzione di tirarmene fuori.

"Cosa stai facendo?"

"Mmm?"

"Fai delle strane espressioni."

"Davvero?"

"Come se stessi parlando tra te e te."

"Stavo riflettendo."

"E su cosa?"

"Non sei tenuto a saperlo."

Scoppia a ridere mentre prende la bottiglia e versa un altro bicchiere di vino.

"Solo metà" dico.

Devo restare lucida o stasera finirò con il chiedergli di farmi domare di nuovo la bestia... *Cavallo*, cavolo! Volevo dire cavallo!

"Sicura di stare bene?"

"Starei decisamente meglio se in quella busta ci fosse anche un dessert."

Ride ancora e poi infila una mano all'interno, tira fuori due contenitori e me li mostra. "Crumble alle mele o cheesecake al cioccolato?"

"Cioccolato, assolutamente."

Mi porge il dolce. "Sei fortunata che io adori qualsiasi cosa in cui ci siano delle mele all'interno."

"Vuoi dire che non mi avresti lasciato il dolce al cioccolato?"

"Dipende da cosa avrei ricevuto in cambio del mio favore."

Mi schiarisco la gola a un tratto arida e prendo il mio bicchiere per mandare giù con il vino la mia risposta. Mi fa un brutto effetto Niall Kerry, soprattutto in casa mia, soprattutto sul mio divano dove credo abbiamo avuto un breve momento della nostra notte folle. E soprattutto se ho bevuto un paio di bicchieri e ancora di più se si è presentato qui con cena e dolce. E sono davvero senza speranza di uscirne viva se mi guarda ancora un po' con quegli occhi.

Perché da ragazzo non mi piaceva? Cosa è cambiato, adesso? Il fascino dell'uomo vissuto, certo, gioca il suo ruolo, e il modo in cui ti parla, quello dovrebbe essere dichiarato illegale. Forse non dipende da lui o da ciò che fa, forse dipende davvero da me.

Da ragazza cercavo in tutti i modi di essere la prima in tutto, di eccellere in ogni cosa che facevo, di prendere le decisioni migliori, di essere la brava ragazza che avrebbe reso fieri i suoi genitori e lui, lui mi avrebbe portato fuori da ogni strada e poi mi avrebbe spezzato irrimediabilmente il cuore. Ora che il cuore me lo hanno già spezzato e che ho vissuto addosso ogni tipo di delusione, sento che non ho nulla da perdere e che lasciarmi andare ogni tanto non potrebbe che farmi bene. E penso anche che vorrei farmi il cattivo ragazzo della scuola e penso anche di aver bevuto decisamente troppo.

"Lo stai facendo di nuovo."

"Cosa?"

"Quelle espressioni." Indica il mio viso. "Stai di nuovo parlando nella tua testa?"

"Forse... Un pochino."

Ride e poi si alza dal divano.

"Dove vai?" Chiedo all'improvviso spaventata all'idea che decida di andarsene.

"Servono due forchette" indica i dolci.

"Giusto." Avvampo fino alla radice dei capelli. "Le trovi..."

"Primo cassetto."

Lo guardo.

"Sono già stato qui, ricordi?" Dice allusivo.

E come potrei dimenticarlo.

Si allontana verso la cucina mentre io mi alzo in piedi e mi dico che no, non posso farlo, non posso cedere, ho firmato un accordo, *per la miseria*, e sono stata io a scriverlo. Non posso venirne meno così, solo perché mi sento sola, solo perché lui mi sta guardando dalla cucina come se avesse intuito la battaglia che sto avendo contro l'altra me, quella che mi obbliga alla ritirata in nome della mia posizione.

"Devi andare via" gli dico di getto.

"Perché?"

"Lo sai benissimo perché."

Torna verso il salotto continuando a guardarmi mentre io inizio a scuotere la testa.

"Non possiamo."

"Non lo saprà nessuno eccetto noi."

Arriva accanto a me, solleva una mano verso i miei capelli e poi tira via lentamente l'elastico che li teneva su, facendoli cadere sulle spalle.

"Dio, Jordan." La sua voce è bassa e roca. "Lasciati andare." Mi accarezza i capelli. "Libera quella parte selvaggia che tieni chiusa a chiave."

"Io non ho una parte selvaggia" dico a disagio.

"Oh sì che ce l'hai e mi piace." Si avvicina ancora, il suo viso sul mio collo. "Mi piace eccome." La sua bocca si posa sulla mia pelle.

"Niall..."

Solleva la testa e mi guarda negli occhi.

"Un'ultima volta."

Non riesco a credere di averlo detto davvero. "Solo questa notte" lo ripeto a me, perché a quanto pare il problema non è lui, quello che fa, come mi guarda e cosa dice.

Il problema sono io e il modo in cui reagisco a ogni suo singolo respiro.

"Devo firmare un accordo anche su questo?"

"Assolutamente, ma non adesso."

"Non hai fretta?"

"Credo che possa aspettare un po'."

"Quanto?"

Respiro a fondo per calmare l'agitazione mista a speranza.

"Anche tutta la notte."

31
Niall

Ed ecco che con una sola sua parola qualcuno ritorna dall'oltretomba in perfetta forma e pronto alla guerra. Eh sì, ho detto proprio guerra, perché ho capito che non c'è altro modo di avere questa donna se non combatterla per poi combattere insieme a lei.

Faccio scivolare una mano dietro la sua nuca e la attiro a me, le sue mani si posano sul mio petto per evitare di finirmi addosso.

"Passerò un mucchio di guai" dice sottovoce mentre io sorrido soddisfatto. "Non quel tipo di guai a cui stai pensando."

"Be', l'ultima volta mi hai frustato, quindi direi che è tempo di ricambiare il favore."

"Non ti ho frustato."

"Mi hai dato delle pacche sul sedere e mi hai detto trotta cavallo."

"Oh mio dio," abbassa lo sguardo. "L'ho fatto davvero."

"Sì." Strofino il naso contro il suo viso per farle alzare di nuovo gli occhi su di me. "Ed è stato folle ed eccitante. Tu lo sei."

La sua espressione si fa seria. "Io non sono quella donna, Niall."

La guardo curioso. "E che donna sei,

dimmelo."

Scuote la testa in imbarazzo.

"Anzi, facciamo così," porto anche l'altra mano dietro la sua nuca e avvicino il suo viso al mio. "Non dirmi nulla, voglio scoprirlo da me."

Sospira di attesa sulla mia bocca. "E se poi quello che scopri non dovesse piacerti?"

Premo il mio corpo contro il suo, Jordan trattiene una risata non appena sente quanto mi piace tutto questo e tutto quello che accadrà da qui a tre minuti.

"Ti basta?"

"Non lo so, dovrei prima constatare da vicino, sai, per essere sicura."

"Provvediamo subito."

La sollevo per i fianchi e lei aggancia le gambe intorno alla mia vita, aggrappandosi con le braccia al mio collo. Muovo qualche passo verso il divano e mi siedo con lei sopra di me.

"Ti è piaciuta proprio la storia della cow girl" scherza e il mio cazzo spinge contro i jeans, noncurante del fatto che sia ancora ingabbiato nelle mie mutande.

"Se devo essere sincero, preside Jordan, mi è piaciuto ogni cosa, soprattutto i tuoi occhiali da nerd. Puoi toglierti tutto ma non quelli."

"Cosa fai, mi dai ordini?"

"Se vuoi posso chiedertelo mettendomi in ginocchio."

Mi muovo veloce sul divano per farla ricadere

sopra, poi scendo sul pavimento e mi metto davvero in ginocchio; le mani aperte sulle sue cosce.

"Che intenzioni hai, Kerry?"

"Lo sai che intenzioni ho, preside Jordan."

I suoi occhi si accendono di speranza provocandomi un altro spasmo tra le gambe, se continua così mi farà venire prima che riesca a fargli vedere la luce.

Afferro l'elastico della sua tuta e la strattono lungo le gambe, Jordan mi guarda senza opporre resistenza. Torno sulla sua vita, le dita si infilano al di sotto del bordo della sua biancheria. Mi osserva trattenendo il fiato mentre la faccio scivolare con una lentezza dolorosa lungo le gambe fino al pavimento.

"Tienili" le dico, tirandola più giù sul divano. "Se li tieni" respiro contro la sua pelle facendola tremare. "Ti giuro che non te ne pentirai."

Premo sulle sue cosce e poi la mia bocca sfiora il suo sesso. Jordan si distende contro lo schienale dietro di lei, le mani aggrappate al divano, gli occhi fissi su di me. La sento sospirare pesante e la sento muoversi in ansia, mentre la bacio lentamente, per farla soffrire un pochino e per farle desiderare qualcosa che probabilmente non ha mai avuto e che io sono felice di darle: un uomo in ginocchio davanti a lei che non vede l'ora di averla per sé per tutta la notte.

Schiudo le labbra sul suo clitoride e lo succhio eccitato, mentre le mani di Jordan si spostano sulla mia testa; le fa scivolare tra i miei capelli mentre io la mordo, desideroso di sentirla godere ancora di me. Accarezzo il suo sesso con le dita mentre mi faccio strada con la lingua dentro di lei, il suo bacino si muove lento per venirmi incontro. Il suo sapore s'impossessa della mia bocca, i suoi respiri riempiono la mia testa e il suo continuare a toccarmi e a incitarmi mi provoca un dolore insopportabile fisico e mentale, ma non posso cedere, voglio sentirla godere, voglio sentirla mentre si lascia andare, mentre perde il controllo di sé.

E voglio che ricordi cosa vuol dire avere la mia bocca su di lei ogni volta che prova a chiamarmi signor Kerry e a fingere che tra di noi non sia successo nulla.

Si muove contro la mia bocca mentre le mie dita la penetrano lentamente.

"Coraggio, preside Jordan" sussurro contro il suo sesso, prima di mordere le sue labbra.

"Oh mio dio..."

Si muove smaniosa sotto di me in cerca di più pressione e più sfregamento.

"Fammi sentire ancora come godi."

Preme le sue mani sulla mia nuca e poi me lo fa sentire e credo non solo a me. La preside Jordan viene in un modo selvaggio e liberatorio, facendosi scappare un paio di *cazzo* che non fanno altro che alimentare l'adrenalina che scorre nelle mie vene.

La bacio lentamente, la mia bocca non è ancora stanca e io non sono per niente sazio di questo breve seppur intenso momento, mentre lei respira in affanno, la testa abbandonata contro lo schienale del divano.

Risalgo lungo il suo corpo, la sua testa piano si solleva, le sue guance rosse e i suoi occhi lussuriosi.

Neanche lei sembra stanca di me.

"Okay, vada per gli occhiali" dice facendomi scoppiare a ridere.

Infilo le mani sotto al suo culo e poi la tiro su, mentre si aggrappa spaventata al mio collo.

"Tranquilla, preside Jordan, ti tengo."

Mi avvio verso la sua stanza, le mie dita che premono nella sua carne, le sue unghie che si infilano nella mia.

"Potevamo stare anche sul divano."

"So quanto ti piace cavalcare" la prendo in giro mentre alza gli occhi al cielo. "E qui," la poso sul materasso. "C'è più spazio."

"Non mi è mai piaciuto" la sua voce diventa sottile e incerta.

"Cosa?" Le chiedo, scivolando sul suo corpo e facendola stendere sul materasso.

"Cavalcare."

Ora l'imbarazzo è palpabile.

"Forse non avevi il cavallo giusto" tento di sdrammatizzare perché ho come l'impressione che la questione sia più delicata di quanto voglia intendere.

"Forse" mi viene dietro.

Accarezza il mio viso con entrambe le mani e mi porta accanto al suo. "Forse ci sono delle persone che tirano fuori il meglio di noi."

Le sorrido. Non posso che essere d'accordo.

"Di sicuro tu tiri fuori tanto da me."

Ride mentre premo sulle sue labbra.

"E non vedo l'ora di tirare fuori da te tutto quello che tieni lì dentro."

"Cosa ne sai di cosa tengo qui dentro" mi provoca.

"Non so, è una sensazione."

Premo il ginocchio tra le sue gambe. Nonostante i jeans riesco a sentire il calore che emana il suo sesso.

"Be', in questo caso…" Si solleva spingendomi di lato, sedendosi poi sopra di me e portandosi via tutte le cazzate che stavo per dire. "Non ti resta che scoprirlo."

32
Jordan

Infilo le mani sotto la sua maglietta e percorro lentamente il suo addome fino al petto, mi dirigo sulle spalle mentre Niall si solleva dal materasso e mi aiuta a sfilarla. La mia stanza è illuminata solo dalla lampada sul comodino che tengo sempre accesa di sera, ma la luce che emana è abbastanza per poter ammirare ancora il suo corpo e per poter vedere quel sorriso sfacciato di chi sa come farti zittire.

"Sei incorreggibile" gli dico, le mie mani tornano in basso, i palmi aperti lungo la linea dei suoi addominali.

"Oh puoi giurarci."

Le sue di mani sui miei fianchi, a muovermi lentamente sulla sua erezione che preme tra le mie gambe.

"Non dovresti andarne così fiero."

"Posso fare anche di peggio se poi sei tu a punirmi."

Una scarica di adrenalina mista a eccitazione percorre il mio corpo.

"Te lo leggo negli occhi, preside Jordan."

Si avvicina alla mia bocca.

"Quanto vorrei che lo facessi."

Non riesco a trattenere una risata nervosa.

Quest'uomo non tira fuori il meglio di me, ma riesce a trovare qualcosa che nemmeno io credevo di avere.

"E ora, vediamo... Mi sembra di aver capito che qui," infila le mani sotto la mia felpa mentre trattengo il respiro. "Ah, avevo ragione" dice soddisfatto, mentre chiude le mani intorno al mio seno nudo. "Niente reggiseno."

"Mi sembra di avere a che fare con un sedicenne."

"Ah sì? Era questo che facevi a sedici anni, preside Jordan?"

"A dire il vero, no, ma immagino che tu, invece..."

I suoi pollici premono sui miei capezzoli facendomi zittire immediatamente. Non mi importa di cosa faceva a sedici anni, mi importa solo di quello che sta facendo in questo momento. Li prende tra le dita e li pizzica, godendosi la mia espressione sofferente.

Solleva la felpa sfilandomela dalla testa e poi torna sui miei seni, stringendoli tra loro e avvicinandovi il viso. Il suo respiro caldo solletica i miei capezzoli, prima che la sua lingua inizi a stuzzicarli a turno. Aggancio le braccia intorno al suo collo muovendomi su di lui, mentre con la bocca e la lingua continua a torturarmi.

"Siamo impazienti" sussurra sulla mia pelle.

Non puoi capire quanto.

Lo spingo sul materasso e vado in cerca dei bottoni dei suoi jeans. Lui mi guarda mentre appena un po' agitata li strattono lungo i fianchi e mi aiuta a sfilarli del tutto. Infilo poi le dita sotto l'elastico dei suoi boxer e trattenendo il fiato libero la sua erezione, gettandoli poi alle mie spalle. Lo guardo mentre resta con gli occhi fissi su di me e sulla mia bocca sentendo il cuore martellare forte nel petto e rimbombare in ogni angolo del mio corpo, poi mi chino su di lui, la mia mano che tiene salda la sua asta e la mia bocca che si schiude su di essa. Niall espira pesante mentre scendo lungo la sua erezione, accompagnandola nella mia bocca con la mano. Resta teso sotto di me, le dita strette intorno al lenzuolo, gli occhi scuri e intensi, le labbra socchiuse. Scendo e risalgo lungo la sua erezione, mi fermo qualche istante sulla punta, la mia lingua si muove lentamente, la mia bocca lo accarezza sensuale mentre i suoi occhi bruciano nei miei ansiosi. Lo prendo di nuovo, con la mano lo spingo nella mia bocca. Niall geme quasi di dolore e nel momento in cui risalgo mi afferra per le spalle e mi fa stendere sul letto. Le sue mani aperte scivolano lungo le mie gambe, le apre e poi continua la sua strada verso il mio sesso; lo accarezza, le dita si insinuano nel mio calore decise, poi le sfila lentamente sondando la mia reazione, prima di afferrarmi per le natiche e avvicinarmi a lui che ora è in ginocchio sul letto, prende la sua erezione in una mano muovendola lentamente, come ad anticiparmi cosa sta per fare e poi finalmente lo sento spingere nel mio corpo. Mi aggrappo alle sue braccia mentre mi riempie completamente, attende qualche secondo, respira a fondo e poi torna ad afferrarmi per le natiche prendendo a muoversi, le sue spinte decise e incalzanti.

Mi sento eccitata, folle, selvaggia e desiderata come non mai e non solo per come affonda potente in me, ma per come mi guarda, per come le sue mani mi stringono, per come respira e per come soffre insieme a me.

Si distende sul mio corpo, le sue dita che s'intrecciano alle mie sul letto, il suo viso che si china sul mio, la sua bocca che preme, il suo sesso che spinge, il calore e l'intensità dei suoi affondi.

Sono completamente a mio agio, nel mio letto con lui, sono a mio agio con il suo corpo che si muove nel mio, sono a mio agio con questa folle versione di me e sono a mio agio con quello che sento. Eccitazione, desiderio, voglia di lasciarmi andare e di prendere tutto quello che Niall è disposto a darmi stanotte.

Aggancio le braccia dietro al suo collo e le sue mani tornano sulle mie natiche, mi solleva mentre resto ancorata a lui.

"Ti tengo, cow girl" dice in affanno, l'espressione di uno che non ha intenzione di andare.

Vado incontro al movimento dei suoi fianchi, alla sua foga, al desiderio che ci tiene ancorati l'uno all'altra. Mi tengo stretta a lui mentre le sue dita premono nella mia carne, mentre il suo respiro sul mio collo diventa veloce e irregolare e mentre un calore così voluto e atteso percorre il mio corpo. Niall capisce subito che sto per cedere, i miei lamenti e il modo in cui mi muovo convulsa contro di lui non lasciano spazio a dubbi. Le sue spinte aumentano d'intensità e la sua foga si placa solo quando mi sente godere dell'orgasmo che si schianta contro il mio corpo lasciandomi senza più fiato tra le sue braccia. I suoi fianchi si muovono ancora fino a quando non sento cedere anche lui contro la mia spalla.

Cadiamo all'indietro sul letto, le sue mani sul mio viso e i suoi occhi appena assopiti ma appagati mi catturano subito. Vorrei dire qualcosa di sarcastico o divertente, sdrammatizzare su cosa sta succedendo, fuggire da questo potenziale disastro prima che sia troppo tardi e che io mi giochi tutto, ma poi la sua bocca si piega in un sorriso bellissimo e luminoso, e tutto quello che riesco a fare è sollevare la testa e raggiungere le sue labbra, per poterglielo rubare e sentirlo anche dentro di me, almeno per qualche minuto.

"Che ne dici, preside Jordan" dice, staccandosi da me e tornando a guardarmi. "Un po' di cioccolato ti rimetterà in forze? C'è un dolce che ti aspetta di là."

"Chi ti ha detto che io abbia bisogno di rimettermi in forze?"

Si solleva e si mette in ginocchio, mi sollevo anche io, posando i gomiti sul materasso.

"Allora diciamo che ne hai bisogno a scopo preventivo."

Lo guardo divertita.

"Mi hai dato tutta la notte, ricordi?"

Qualcosa che non dovrebbe neanche esserci si muove nel mio petto.

"E io ho intenzione di prendermela tutta."

33
Niall

Mi alzo e resto a fissarla per qualche istante mentre se ne sta distesa nuda sul suo letto.

"Cosa stai guardando?"

"Lo sai benissimo cosa sto guardando, non fare l'ingenua."

Alza gli occhi al cielo e si mette a sedere, sollevando poi i capelli e fermandoli sulla testa, mettendo in evidenza il suo collo bianco e le sue spalle morbide. Non riuscirò più a guardarla fasciata in quei vestiti austeri senza pensare a cosa c'è sotto.

"Non dovevi andare a prendere il dolce?"

"Vado, vado..." Le sorrido. "Mi piace quando sei così bossy."

"Io non sono bossy."

"Ah no?"

"Mi hai promesso del cioccolato, mi aspetto del cioccolato" dice seria sollevando un sopracciglio.

Il mio cazzo inizia a riprendersi attirando il suo sguardo. Trattiene una risata o qualcosa del genere e poi si morde appena il labbro e la ripresa diventa immediata.

Non si è fatto vedere per nove mesi e ora gli basta uno dei suoi sguardi per manifestarsi in tutta la sua gloria.

Non sono fottuto, sono in un mare di fottuta merda.

Mi allontano dalla stanza camminando all'indietro per poterla guardare ancora e poi mi dirigo verso il salotto, sul tavolino ancora i nostri dolci. Li recupero e poi vado in cucina in cerca di qualcosa da bere, apro il frigorifero e Caramel si palesa subito ai miei piedi, iniziando a strusciarsi contro le mie caviglie. Prendo del latte e gliene verso un po' nella ciotola, poi tiro fuori una bottiglia di vino e porto tutto in camera.

Quando Jordan mi vede capisce subito le mie intenzioni.

"Stai cercando di farmi ubriacare?"

Forse un po', anche se la preferisco lucidissima e consapevole di quello che accade tra noi, onde evitare ripensamenti del giorno dopo.

"Ho solo pensato che un bicchiere di vino ci starebbe bene con il cioccolato."

Le passo il dolce e lei infila subito la forchetta all'interno, ne prende una porzione e la infila in bocca chiudendo gli occhi e facendo schizzare in su la mia erezione.

"Fa sentire..." Mi avvicino a lei per leccare via il cioccolato dalle sue labbra. "Devo iniziare a rivalutarlo."

"Credo che dovresti pensarci."

Affonda di nuovo la forchetta nel dolce e poi si guarda intorno. "Non vedo bicchieri."

"Rimedio subito." Faccio qualche sorso di vino direttamente dalla bottiglia e poi mi avvicino di nuovo alle sue labbra in attesa. Jordan posa il dolce sul comodino, le sue mani scivolano sul mio viso e poi la sua bocca preme sensuale sulla mia. Schiude le labbra e la mia lingua scivola nella sua bocca, il sapore del vino si mescola a quello del cioccolato e il suo lamento misto al suo respiro caldo vibrano direttamente in mezzo alle mie gambe. La spingo sul letto, il mio cazzo teso struscia contro il suo sesso. Resto sollevato su di lei, le mani sul materasso, muovendomi lentamente ma senza penetrarla.

"Hai intenzione di andare fino in fondo o vogliamo perdere tempo con i giochini?"

Rido. "Non hai pazienza, preside Jordan."

"Non mi conosci affatto, signor Kerry."

Il mio cazzo spinge contro la sua apertura di riflesso facendola sospirare.

"Sai cosa mi piace di tutto questo?"

"Sono sicura che me lo dirai."

"Il modo in cui mi guardi dopo aver goduto di me. Il modo in cui mi dici con gli occhi che non ti è bastato e ne vuoi ancora." Spingo in lei bloccandole il respiro. "E il modo in cui attendi che io lo faccia." La penetro del tutto e Jordan si rilassa completamente sotto di me. "Il modo in cui ti affidi alle mie mani" le dico, mentre mi metto in ginocchio e le faccio scivolare sul suo corpo. "Il modo in cui le brami." Schiude la bocca mentre con le dita sfioro il suo clitoride.

"Kerry..." Lo dice quasi senza fiato.

"Il modo in cui dici il mio nome."

Premo contro il suo clitoride e inizio a strofinarlo, mentre la penetro lentamente e a fondo.

"E il modo in cui godrai ancora."

* * *

Stavolta il dolce lo abbiamo mangiato sul serio stesi nel suo letto, e ha anche bevuto del vino, dalla bottiglia, proprio come ho fatto io. Mi piace questo suo modo di essere rilassata con me e mi piace ancora di più il fatto che domani tornerà tutto come prima, che la vedrò nelle sue gonne aderenti e nelle sue camicie abbottonate fino al collo, con i capelli raccolti e con gli occhiali da nerd, con il viso serio e la professionalità che si respira in ogni cosa che fa. Non sono normale, me ne rendo conto. Mi piace che lei abbia due facce e che una sia destinata solo a me. E sì, mi rendo conto che questo pensiero mi sta spaventando non poco, ma cercherò di ignorare il terrore per adesso, soprattutto perché Jordan è a pancia in giù e il suo culo da questa angolazione è uno spettacolo della natura.

Vorrei farle delle domande, sapere cosa è davvero accaduto tra lei e quella testa di cazzo di Hill, capire come può un uomo tradire una donna come lei in pratica con una ragazzina, ma mi rendo conto che anche questi non sono pensieri da fare e non sono discorsi da mettere in tavola, non quando in tavola c'è solo una notte di follia. A dire il vero ora le notti sono due ma sono solo dettagli insignificanti. Domani firmerò un altro stupido accordo, non perché ci creda davvero, ma perché mi piace, quando mi obbliga a fare qualcosa, quando mi bacchetta. Quando esercita il suo potere su di me.

E sì, non sono per niente normale.

Forse il problema sta nel fatto che fino a oggi sono stato con donne molto diverse. Prima di tutto, più giovani, e ora inizio a capire lo sbaglio enorme: vuoi mettere una ventenne seppur disinibita, okay, con una donna con una tale consapevolezza della sua testa e del suo corpo? Non c'è paragone che tenga. E poi, di solito, erano loro a cercare me o se anche ero io a conquistarle, diciamo che ero io a decidere come e quando smettere e quasi sempre avveniva dopo la seconda, massimo terza volta a letto insieme. E qui di volte ce ne sono state due, e la mia voglia di rifarlo non sembra accennare a diminuire. Forse perché prima che la preside Jordan mettesse i suoi occhioni scuri e caldi su di me il mio cazzo non ne voleva più sapere di venirsi a fare un giro nel mondo. O forse è solo questo posto, questa situazione, il fatto che io ora sia un comune mortale come tutti qui, fatta eccezione per la mia gigantografia da Intersport.

"Stai fissando il mio culo, per caso?"

Mi riscuoto dalle mie inutili riflessioni.

"Un po', sì. E da quando poi dici certe parole?"

Si solleva e si mette a sedere, poggiando la schiena contro la testiera del letto.

"Credi di sapere tante cose di me, non è così?"

"Come tu le pensi di me."

Annuisce sorridendo. "Potrebbe essere vero."

Mi avvicino e imito la sua posizione, poi mi volto verso di lei. "E se provassimo a fare una cosa diversa?"

Mi guarda preoccupata al che io rido.

"Non intendevo in modo sessuale, anche se potremmo…"

"Continua sulla strada principale, per favore."

"Okay." Alzo le mani e poi divento serio di colpo senza che io lo voglia. "Se provassimo a essere quello che siamo adesso."

"Che vuoi dire?"

"Niente passato, niente preconcetti, niente false sicurezze. Solo noi."

"Perché?"

"Non lo so, ma credo che sarebbe una buona cosa."

"Ne abbiamo parlato, Niall. Sai che non possiamo. Questa cosa non deve ripetersi."

"Questa cosa è già successa due volte."

"Esatto. Ed è abbastanza."

Mi avvicino a lei, la mano scivola tra i suoi capelli.

"E ti è bastato?"

Il suo labbro trema. "Non ha importanza."

Annuisco lentamente prima di avvicinarmi alle sue labbra.

"N-Niall…" Il suo fiato solletica la mia bocca

prima che io la prema sulla sua. Jordan non fa resistenza, nonostante la cazzata che ha appena detto. Le sue mani si infilano subito nei miei capelli e la sua lingua cerca di lottare senza possibilità di vittoria contro la mia.

Non so cosa ci sia tra noi, preside Jordan, e non sono sicuro che sia un bene scoprirlo, ma le domande non esistono quando il tuo corpo mi brama e la ragione non va ascoltata quando il mio di corpo non chiede che te.

34
Jordan

I rumori provenienti dalla mia cucina uniti all'incessante miagolio di Caramel mi costringono ad alzarmi dal letto. Non ne avevo alcuna voglia, è domenica mattina e di solito è l'unico giorno in cui mi crogiolo a letto e in cui me la prendo davvero comoda, perché non ho altro da fare se non attendere l'ora di pranzo per andare da Iris, e poi stavo facendo un bel sogno. C'era un uomo nel mio letto, un uomo affascinante, sexy e con un sorriso da sciogli mutandine che diceva che gli piaceva il modo in cui…

Oh porca miseria.

Mi alzo e corro veloce in bagno per sciacquarmi viso e denti, do una sistemata ai capelli e cerco qualcosa da mettermi al volo, una maglietta extra large e un paio di slip perché non ho idea di dove siano finiti i miei e poi mi ricompongo – o almeno ci provo – prima di andare da lui in cucina.

"Buongiorno." Il suo sorriso è lì ad accogliermi.

"Buongiorno a te."

"Ho dato da mangiare a Caramel."

La guardo mentre si struscia intorno alle mie caviglie dopo aver dimostrato prima la sua preferenza intorno alle sue.

Oh bene, *traditrice*, ora ti ricordi di me?

"E ho fatto delle uova. Mi alzo presto la

mattina, scusa, non mi ero reso conto che fosse domenica."

"Non importa."

"Sono abituato, sai, gli allenamenti, il regime."

Mi siedo sullo sgabello e prendo la tazza di caffè che mi porge, vi aggiunge del latte e poi mi passa un piatto con delle uova.

"Grazie."

Sono confusa dalla situazione ma sono anche affamata.

Si siede di fronte a me io infilo la forchetta nelle uova strapazzate.

Mi sento stanca e spossata per la scorsa notte ma anche assurdamente felice e so che non dovrei sentirmi così e che non dovrei alimentare questa cosa, ma è così bello al mattino nella mia cucina ed è così sexy la sua faccia sbattuta del post sesso che non riesco a smettere di guardarlo.

"Qualcosa non va?"

"Come?"

"Mi stai fissando."

Scuoto la testa imbarazzata. "Scusa, è solo che è strano."

"Cosa?"

"Tu, io… La colazione nella mia cucina, la mia gatta ormai innamorata di te."

Ride mentre le regala un'altra grattatina sotto il mento. Appena si è seduto Caramel gli è saltata in grembo. Di solito non le permetto di farlo mentre sono a tavola o sto comunque mangiando, ma è così tenero lui con lei e io mi sto giocando in una sola mattinata tutti i miei neuroni.

"Non devi," interrompe i miei pensieri. "Farti domande, provare a fare chiarezza."

"Non posso agire così."

"Puoi non analizzare la cosa."

"Non è così semplice."

"E invece lo è, Jordan" la sua voce si addolcisce. "Devi solo lasciare che le cose vadano come devono andare e non cercare di combatterle."

"Lo stai dicendo perché vorresti infilarti di nuovo nel mio letto?"

Sorride. "Sinceramente non so se capiterà di nuovo."

E solo quando lo dice in modo così rilassato mi rendo conto che il pensiero che potrebbe davvero non capitare ancora mi lascia completamente sottosopra.

"Non faccio programmi, anche se tu lo pensi."

"Non ho mai detto questo."

"È capitato, non lo avevo preventivato."

Ingoio le uova insieme a questa stupida delusione che non ha motivo di esistere.

"E non c'è motivo di firmare uno stupido accordo."

Ingoiare l'amarezza sarà difficile, quindi ci provo con qualche sorso di caffè bollente.

"Non lo saprà nessuno, puoi fidarti di me."

"Okay."

È l'unica parola che riesco a pronunciare.
Si alza dallo sgabello e mi guarda.
"Ora dovrei andare."
Infila le mani nelle tasche e mi accorgo adesso che lui è già completamente vestito.
Pronto per prendere il largo.
Pronto per archiviare.
"Non voglio che Skylar si svegli e non mi trovi a casa."
"Certo."
Un'altra parola. Faccio progressi.
"Grazie per la serata."
Questa non ci provo neanche a mandarla giù.
"Grazie a te per la cena e la colazione."
Annuisce e mi sorride. "Buona giornata."
"Anche a te."
Si allontana e sparisce nella stanza accanto seguito da Caramel che al contrario di me, sta cercando di trattenerlo in ogni modo. Lo sento raccogliere le sue cose e poi aprire la porta. Solo quando questa sbatte dietro di lui mi rendo conto che sto trattenendo qualcosa, se siano lacrime di delusione o di rabbia non so dirlo, so solo che in entrambi i casi non sono desiderate e che le ho già sperimentate in passato e che avevo giurato a me stessa che non sarebbe capitato ancora.

* * *

A pranzo sono silenziosa e di pessimo umore,

due cose che a Iris non sfuggono.

"Me ne parli o devo iniziare a sparare a caso?"

Rovisto con la forchetta nel mio pollo per qualche istante ancora, poi mi decido a guardarla.

"Se ti dicessi che non so neanche io cos'è?"

"Potrei crederci, se fosse vero."

"Sono successe delle cose negli ultimi giorni che mi hanno scombussolata, e a cui non so come reagire."

"Cose di lavoro?"

Nego con la testa.

"Cose di uomini?"

Sollevo solo gli occhi su di lei.

"È solo stata una strana settimana."

"Strana perché?"

Perché continuo a trovarmi Niall Kerry tra i piedi e inizio a sentire la sua presenza come qualcosa di piacevole, qualcosa che cerco e che non voglio che sparisca.

"Ho visto Steven" le dico invece.

"Dobbiamo nominarlo per forza?"

"Era a cena con la sua ragazza."

Iris sospira pesante. "È per questo? Per lui che sei così triste?"

"Non credo di essere triste, solo..." Scuoto la testa. "Cosa c'è di così sbagliato in me?"

"Tesoro..." La sua mano si allunga sul tavolo in cerca della mia.

"No, Iris, non sono ancora innamorata di

Steven" la tranquillizzo subito. "Ma fa male lo stesso."

"Certo che fa male, bambina mia, e non c'è niente di sbagliato in te. Lui non era l'uomo adatto."

"E se non ci fosse? Se restassi sola per sempre?"

"È questo che ti spaventa?"

"Non lo so" le dico onesta. "Una volta volevo tante cose."

Cose che Steven si è portato via.

"E ora non le vuoi più?"

"Ora è tutto più complicato, ora non ci credo più."

"È normale, Jordan, ma vedi, non sono tutti come Steven e sono sicura che là fuori ci sia un uomo meraviglioso che non attende che te."

Le sorrido con affetto e torno a rovistare nel mio pollo, rattristata ancora di più da questa breve conversazione e dal fatto che io ci stia pensando, a lui, a lui sulla mia porta, a lui nella mia cucina e a lui che se ne va lasciandomi sola.

"Hai visto Niall Kerry di recente?" Iris chiede di punto in bianco.

"Non è per lui" dico subito.

"Certo che no."

"È solo che..." Sospiro e rilasso le spalle, appoggiando la schiena contro la sedia dietro di me. "Non voglio cascarci di nuovo."

"È comprensibile."

"E ho paura che potrebbe accadere."

"Se non rischi, tesoro, non saprai mai cosa c'è dall'altra parte."

"Ho già rischiato una volta, Iris, e ho perso tutto. E non voglio farlo ancora."

Perché io ci credevo. In lui, in noi. Credevo nel matrimonio, credevo in quello che avevamo e credevo che sarebbe stato per sempre.

Ho conosciuto Steven a scuola. Siamo andati insieme al ballo, ci siamo baciati, siamo stati insieme per tutto l'ultimo anno. Poi lui se n'è andato e io sono rimasta qui da sola. Ho continuato gli studi, ho fatto le mie esperienze – non degne di nota, ma sono pur sempre esperienze – ho avuto altri ragazzi, pochi e non memorabili. Quando ho avuto l'occasione di andarmene non l'ho fatto, ho scelto di rimanere, ho scelto Iris, questa città e le mie radici. Ho scelto di fare quello che faccio. Sono diventata la preside della Abbey molto giovane, in realtà volevo insegnare, ma la vita ha scelto qualcosa di diverso per me e oggi sono felice che sia andata così. Poi Steven è tornato, suo padre non stava bene. Ci siamo rivisti, abbiamo iniziato a frequentarci di nuovo. Poi suo padre è morto e io gli sono stata vicino e ci siamo riscoperti innamorati. Ci siamo sposati, abbiamo messo su casa e io speravo di poter avere la famiglia che avevo sempre sognato con lui, con l'uomo della mia vita, ma lui era di un altro avviso. Ci siamo spenti piano piano, io mi sono spenta, sono diventata questa versione di me con cui credevo che sarei stata al sicuro da un'altra delusione, da altra sofferenza, dalla possibilità di farmi spezzare il cuore di nuovo. Lo credevo fino all'arrivo di Niall Kerry, ora l'unica cosa di cui sono certa, è che non devo permettergli di provare a cercare qualcosa che se ne è andato tanto tempo fa, perché non sono disposta a rischiare ancora, soprattutto per un uomo come lui.

35
Niall

Sono tornato a casa prima che mia figlia si svegliasse. I miei erano già in piedi, ovviamente, ma si sono limitati solo a delle occhiate eloquenti a cui ho deciso di non rispondere. Mi sono fatto una doccia e sono uscito all'esterno, per vedere se mio padre avesse bisogno di aiuto in campagna.

E sì, i miei hanno un'azienda agricola. Patate, cavoli e carote. E hanno anche un po' di pecore. Anni fa se ne occupavano loro, ma con il passare del tempo l'azienda è cresciuta e mio padre ha assunto del personale che ora lavora a tempo pieno, lasciando a lui i lavori meno duri e un po' di meritato riposo.

Non ho mai pensato di continuare sulle orme di mio padre. Qui da noi tutti si occupano di coltivazione e allevamento, io non ne avevo alcuna intenzione. Volevo andare via, volevo giocare, volevo essere qualcuno.

"Posso dare una mano?" Gli chiedo non appena lo raggiungo.

Stamattina si è messo a ridipingere lo steccato che separa la proprietà dal terreno. Non poteva godersi una domenica di relax, lui no, deve sempre fare qualcosa.

"Ci deve essere un altro pennello."

Mi guardo intorno e lo trovo appoggiato dentro

un secchio di vernice vuoto, lo prendo e lo immergo in quello pieno per poi spostarmi dalla parte opposta dello steccato e iniziare a ridipingerlo.

"Come è andata la serata?"

Ieri lui e la mamma sono andati a ballare in un locale di una cittadina vicina dove fanno delle serate *live* in musica e dove le persone non più giovanissime come loro vanno a divertirsi.

"Ho bevuto troppo, tua madre si è incazzata e ho rischiato di dormire sul divano. Alla mia età."

Trattengo una risata.

"Non ho più il fisico e quel divano mi uccide."

"Tu prova a bere di meno."

Mi guarda di traverso.

"E la tua? Com'è andata?"

Difficile rispondere senza che le immagini di ieri notte si ripresentino davanti ai miei occhi. La sua pelle, i suoi capelli sul lenzuolo, i suoi occhi su di me, il modo in cui la sua bocca scendeva sul mio cazzo e quello in cui il mio cazzo sta reagendo ora al solo ripensarci.

"Bene" rispondo vago, sperando che torni nelle retrovie prima di fare una figura di merda.

"Sei uscito con Tyler?"

"Ah-Ah."

Mio padre non va avanti e io spero che decida di percorrere un'altra strada.

"Anche Skylar sembra abbia avuto una bella serata."

"Davvero?"

Non l'ho ancora vista, al contrario di me lei dorme fino a tardi.

"Non avrei mai pensato che Rian potesse essere una buona compagnia per lei."

"È una donna" mi dice con tono condiscendente. "Hai mai pensato che quella ragazzina ha bisogno di una figura femminile?"

"Oh be'…"

No, non ci avevo pensato, ma non posso dirglielo o partirà con un'altra ramanzina.

"E tua madre è troppo vecchia come punto di riferimento."

Rido e lui mi guarda.

"Non ti azzardare a dirglielo." Mi minaccia con pennello alla mano. "Le fa bene" riprende poi serio.

"Immagino di sì."

"Ne avete parlato?"

"Non proprio, lei dice delle cose a volte, più per punire me che per aprirsi con me."

"Che vuoi dire?"

"Mi ha accusato di averle lasciate sole."

"Mmm."

"Ma io non ero il suo compagno."

"Ma eri il padre di Skylar."

"Io non sapevo fosse così sola."

"Questo perché non sei stato presente, non sapevi nulla della loro vita."

Sospiro rassegnato. "Ho paura che non riuscirò mai a recuperare."

"Lo penso anche io. Quello che ormai è perso, Niall, non lo puoi riavere, ma puoi iniziare da ora, puoi costruire."

"Ci voglio provare" dico sicuro.

Ed è per questo che devo mettere subito un freno alla mia ossessione per la preside Jordan. Devo dare l'esempio, devo comportarmi da padre e andare a letto con la preside della scuola di mia figlia nonché mio datore di lavoro, non mi sembra il modo migliore di iniziare.

"Mi fa piacere sentirlo."

Immergo di nuovo il pennello nella vernice e riprendo a dipingere.

"Questo non vuol dire che devi dedicarti esclusivamente a lei" mio padre riprende.

"Che vuoi dire?"

"Va bene esserci, incentrare la tua attenzione su tua figlia e sul vostro futuro, ma non bisogna mai trascurare la componente personale."

"Non sono sicuro di seguirti, papà."

"Sei un uomo, Niall. E a quanto ne so, sei anche molto solo."

"Io non sono solo" mi difendo offeso.

"Non vedo donne fuori ad attendere."

"Non è proprio il momento di parlare di donne."

"Tua madre e io siamo preoccupati per Skylar."

"Lo siamo tutti."

"E lo siamo anche per te."

"Avete paura che combini qualche disastro?"

"Abbiamo paura che ora, preso dalla voglia di fare la cosa giusta, di comportarti come pensi che dovresti, ti dimenticherai del resto e ti dimenticherai di te."

"Non credi che abbia pensato a me già abbastanza?"

"Penso che tu abbia pensato a te nel modo sbagliato."

"Non ti seguo più, papà" dico confuso.

"Non serve a nulla cercare di essere un buon padre se dentro sei... Infelice."

"Io non sono infelice."

"Bisogna dedicarsi anche a se stessi, perché solo se sei felice e appagato puoi essere una persona migliore per tua figlia, una da cui prendere esempio. La parte difficile sta nel trovare il giusto equilibrio."

"Questo discorso mi sembra troppo complesso per me."

"Forse lo capirai quando sarà il momento."

"Quello che penso, papà, è che ho fatto troppe cazzate e che non mi basterà il resto della vita per cercare di rimediare."

"Che ne hai fatte tante è vero, ma il tempo e il modo di rimediare, Niall, si trova solo se lo vuoi."

Sorrido a mio padre mentre in lontananza vedo Skylar venire verso di noi con ai piedi quegli orrendi stivali di gomma che lei odia tanto. Mio padre segue il mio sguardo, poi si volta di nuovo e posa il pennello nel secchio.

"Magari potete finire voi" dice furbo. "Io sono stanco, credo che andrò a schiacciare un pisolino sotto quell'albero."

"Te ne stai approfittando, non è così?"

Mio padre se la ride sotto i baffi, compiaciuto della sua saggezza.

"Io forse un po', spero che riuscirai ad approfittarne anche tu."

* * *

Ho giocato per quasi vent'anni nella squadra migliore del paese. Sono venuti a prendermi fin quaggiù. Avevo ricevuto altre due offerte dopo il diploma, ma non volevo restare nei paraggi, vicino alla famiglia, essere quello del posto che ha deciso di non abbandonare le sue radici.

Non avevo nulla contro i miei genitori, avevamo un buon rapporto, non volevo fuggire da loro e non avevo niente contro la cittadina che mi ha visto nascere e crescere, e anche se con la storia di Mary Hannigan la mia popolarità era scesa a dismisura, non era un motivo per andare via.

Ci ho messo anni a capirlo, ma ci sono arrivato. Non stavo fuggendo da qualcuno o qualcosa, stavo cercando di fuggire da me.

Non volevo diventare come mio padre, un uomo dedito alla famiglia e all'azienda, non volevo essere come mia madre, che fa parte del consiglio cittadino, che organizza eventi e che coordina le manifestazioni ufficiali. Non volevo essere uno di loro, io volevo essere qualcuno da ricordare.

Non sapevo fare altro oltre lo sport. A scuola non riuscivo, avevo difficoltà a leggere e con i calcoli ero una vera merda, ma sapevo giocare e se ne sono accorti subito tutti. Un diamante grezzo, dicevano i coach. Un giocatore nato.

A diciotto anni avevo un contratto in mano, avevo un appartamento tutto mio a Dublino, avevo due sponsor che pagavano profumatamente per la mia faccia. Non avevo obblighi e non avevo responsabilità se non di carattere sportivo. Ero libero, ero giovane, ero affascinante e sentivo di avere il mondo tra le mani e così mi sono sentito per tanto tempo, direi fino a quando la vita non ha deciso di venire da me a riscuotere il suo compenso, circa nove mesi fa, quando qualcuno ha bussato alla mia porta con una ragazzina al seguito, dicendomi che ora dovevo occuparmi io di lei.

Non è andata proprio così, questa è più una scena da film, ma credo possa rendere l'idea.

Non ero un completo stronzo, nonostante in città lo pensino tutti. Non avevo legami e non ne cercavo, mi divertivo e mi impegnavo sul campo, nessuno si lamentava del mio comportamento, non credo di essere l'unico sportivo al mondo senza famiglia a cui piace la compagnia femminile. Non credevo ci fosse nulla di male e non credevo che oggi mi avrebbe provocato tutti questi problemi, soprattutto di fiducia verso di me da parte di mia figlia e delle donne che non cadono così facilmente ai miei piedi.

Ho avuto molte avventure, qualcuna di una notte, alcune anche prolungate di qualche settimana, ma non ho fatto mai promesse, non ho ingannato nessuna di loro. Credevo di non fare del male a nessuno.

Quando una delle mie avventure si è trasformata nella futura madre di mio figlio sono andato nel panico. Ero giovane, ero stupido, e non avevo idea di cosa volesse dire essere un padre.

Il mio manager mi ha consigliato di firmare un accordo di riservatezza e di provvedere al mantenimento di mio figlio, ma lei non li voleva i miei soldi, lei voleva che suo figlio avesse un padre.

Quando è nata Skylar abbiamo convenuto entrambi che fosse meglio che portasse il suo cognome e che la notizia della mia paternità non arrivasse ai giornali. Ha firmato l'accordo ma ha rifiutato ancora i miei soldi. Mi sembrava stupido e anche infantile da parte sua, così le ho detto che li avrei messi in un fondo per il college intestato a Skylar e lei ha acconsentito.

Ogni mese mi inviava foto, messaggi, email; mi chiedeva di andare da loro, di conoscere la bambina, di far parte della sua vita.

Ci sono stato qualche volta a trovarle, ero a disagio, ero fuori luogo ed ero ancora più stupido, ma i miei genitori, a cui avevo dato ovviamente la notizia, volevano conoscere la bambina, volevano far parte della sua vita e così, mio malgrado, ho dovuto farlo anche io.

L'ho portata qui da loro qualche volta, ho trascorso con lei alcuni weekend e un Natale, quello dei suoi cinque anni. Poi i nostri rapporti sono diventati telefonici, passavo a trovarla qualche volta, a casa sua, stavo da loro un'ora al massimo. Portavo dei regali non scelti da me, le mandavo dei biglietti ai compleanni non scritti da me. E poi le cose sono andate peggiorando, fino a quando sua madre mi ha chiamato per dirmi che stava morendo.

Non sono andato da loro neanche allora.

Non sono fiero di quello che sono stato e come dice mio padre, non potrò recuperare il tempo che le ho negato, ma posso provare a iniziare da ora, a costruire qualcosa insieme a lei e anche se non mi sento in grado di fare il padre neanche adesso, so che è arrivato il momento di dimostrare a me stesso e a mia figlia di poter essere migliore di così e magari, visto che mi trovo, posso dimostrarlo anche alle persone che non credono in me.

Non sono mai stato innamorato di una donna, non amavo neanche sua madre. Era bellissima ed era divertente, era indipendente e dalle larghe vedute. Non mi ha mai chiesto di stare insieme, non ha provato a incastrarmi. Voleva solo che sua figlia avesse un padre e io non sono stato in grado neanche di piangere al suo funerale.

Non sono stato un grande uomo, spesso non lo sono neanche stato e non ho giustificazioni, non ho un passato traumatico alle spalle, qualcosa che mi ha segnato nel profondo che possa giustificare le mie azioni. Non ho alcuna attenuante. Sono semplicemente una testa di cazzo e merito che le persone, compresa mia figlia, mi vedano così.

"Il pranzo è in tavola" Skylar mi dice alle spalle.

Mi rimetto in piedi e faccio cadere l'erba dai miei pantaloni. Dopo aver dipinto metà dello steccato mi sono seduto sotto un albero a riflettere.

"Stai bene?"

"Certo, perché me lo chiedi?"

Mi avvio con lei verso la porta sul retro.

"Sei strano."

"Ti preoccupi per me?" La prendo in giro.

"Affatto." Volta subito la testa dall'altro lato.

"Sono solo pensieroso."

"Non te l'ho chiesto per farmi raccontare i tuoi problemi, Kerry."

"E allora, perché?"

Scrolla le spalle prima di aprire la porta sul retro.

"Posso chiederti una cosa?"

Si ferma e si volta verso di me.

"Tua madre..."

I suoi occhi diventano più grandi.

"Ti ha mai detto qualcosa..." Prendo un

respiro, non so se sia giusto caricarla di questo peso. "Cosa ti ha detto di noi, esattamente?"

"Perché me lo stai chiedendo?"

"Perché ho bisogno di saperlo."

"Vuoi sapere se mi ha raccontato che razza di bastardo sei stato con lei?"

Non avrei mai dovuto chiedere e non solo per la risposta.

"Scusa, non avrei dovuto."

"Sei preoccupato che lei mi abbia raccontato cose su di te, che io ti odi per ciò che mi ha detto?"

"No, Skylar, non sono preoccupato per questo."

"E allora, cosa?"

"È che..." La guardo in pena. "Ho paura di averla fatta soffrire, di averla ferita o..." Non so se posso andare avanti. "Avrei voluto chiederle scusa, tutto qui."

Skylar mi guarda per qualche istante.

"Sai perché mi chiamo così? Perché ha scelto questo nome?"

Nego con la testa.

"Mi ha detto che sono stata concepita sotto un cielo stellato."

Devo fare appello a tutta la mia forza di volontà per non piangere.

"Quindi direi che no, non credo tu l'abbia fatta soffrire."

"Grazie per avermelo detto."

"Ti fa sentire meglio?"

Mi strofino gli occhi per scacciare via l'istinto di piangere.

"Non proprio."

Skylar annuisce lentamente.

"Non credo ci sia qualcosa che faccia stare meglio" dice poi, la sua voce è bassa e un po' incerta. "Neanche dare fuoco a un laboratorio."

Sorrido triste. "Immagino di no."

Si volta ed entra in casa mentre io resto fuori per qualche altro minuto a pensare a come fare per far capire a questa ragazzina che può fidarsi di me, che può soffrire e disperarsi, che può crollare e che io sarò qui, con lei, ad attendere che il peggio passi, pronto a sollevarla e ad aiutarla a costruire qualcosa che possa restituirle un po' di pace.

36
Niall

"Non mi stai ascoltando, Tyler."

"Sono impegnato, non si vede?"

"A fare cosa?"

"Mi toccano le pulizie, oggi."

"Lavorate mai in questa caserma?"

Tyler si volta verso di me con scopa alla mano.

"Dovresti essere felice che non ci siano chiamate, vuol dire che nessuno ha bisogno di noi."

"Potresti avere ragione, ma ogni volta che vengo qui ti trovo a fare altro!"

"Io invece mi chiedo come mai tu sia sempre qui."

"Non ho molto da fare, lavoro solo un giorno alla settimana, Skylar è a scuola, i miei al lavoro…"

"Potresti trovarti un hobby o magari dare una mano nell'azienda di tuo padre."

Lo guardo di traverso.

"Come non detto."

Tyler lascia perdere la scopa e mi fa segno di seguirlo verso la cucina.

"Ho bisogno di un altro caffè. Tu ne vuoi?"

"Perché no, grazie, ma non metterci zucchero, sto cercando di tenermi. Mi muovo poco e mangio decisamente troppo."

Tyler mi passa una tazza e poi ci sediamo entrambi intorno al tavolo.

"Quindi ti sei presentato da lei con la cena, avete fatto sesso, le hai preparato la colazione e poi ti sei cagato addosso."

"Non mi sono cagato addosso!" Mi difendo anche se la sua descrizione calza perfettamente.

"E cosa è successo, allora? Perché hai cambiato idea così all'improvviso?"

"Io non ho cambiato idea, io non ce l'avevo proprio un'idea. Ho solo seguito il corso degli eventi."

"Che ti hanno portato a casa sua? E che ti hanno fatto andare a letto con lei?"

"Esatto."

Tyler alza gli occhi al cielo, poi si lascia andare contro lo schienale della sedia.

"Ti avevo detto di fare ordine in quella testa prima di fare qualsiasi cosa."

"Be', non so se lo hai notato, ma non sono un tipo che riflette sulle cose. Io vado dove mi porta l'istinto."

"E l'istinto ti ha portato nel suo letto."

"L'istinto mi ha portato da lei, il suo letto è stato solo una naturale conseguenza."

"Stai complicando le cose, Kerry."

Sbuffo. Perché sono venuto a parlare con lui? Ah già. Non ho un cazzo da fare.

"Ti stai comportando come lei si aspettava."

"A me pare che lei sia stata chiara su cosa non vuole da me."

"E allora perché è successo di nuovo?"

"Te l'ho già detto, avevamo cenato, ho portato il dolce…"

"E la sera prima l'hai salvata da una situazione imbarazzante, l'hai accompagnata a casa, l'hai baciata…"

Ma perché gli ho raccontato tutto?

"La sera dopo ti presenti da lei con la cena, presa nel suo ristorante preferito. Le hai preso il dolce al cioccolato, andiamo!"

"Che cosa c'entra il cioccolato, ora?"

"Non vorrei sembrare ripetitivo, ma come cazzo le hai conquistate tutte quelle donne?"

"A questo punto non ne ho idea neanche io."

"Le hai dato dei segnali, amico."

"Dici?"

"Se c'è una cosa che ho capito delle donne, è che colgono tutto e che si fanno domande, anche sul più piccolo dettaglio. E se è venuta di nuovo a letto con te, amico…"

"Magari voleva concedersi un'altra notte."

"Una notte di follia ci sta, ma due, Kerry, e le cene… Hanno tutta l'aria di essere qualcos'altro."

"Non sono venuto qui per farmi mettere in testa queste idee."

"Cosa ti aspettavi che ti dicessi? Che hai fatto bene ad andartene così la mattina dopo?"

"Sì."

"E tu, come ti sei sentito ad andartene via in quel modo?"

"Non lo so. Strano."

"Strano?"

"Colpevole."

Tyler incrocia le braccia sul petto e mi guarda serio.

"Ti piace."

"Che?"

"Chi."

"No."

"Sì."

"Sei fuori strada."

"Sei tu quello che non ha imboccato quella giusta."

"Non mi piace, non sono... Interessato, non nel modo che insinui."

"Io non insinuo. Io dico quello che vedo e che purtroppo è. Ti piace la preside."

Sbuffo nervoso.

"Hai perso tempo per vent'anni in cerca di chissà cosa e poi sei finito nel posto in cui sei nato a correre dietro la secchiona del liceo."

"Prima di tutto, io non corro dietro a nessuno."

"Sei tu che ti sei presentato da lei o sbaglio?"

"E poi, secchiona..."

"Era quello che era."

"Intelligente e brillante."

"Lo vedi? Ti piace."

"Non diciamo cazzate, Tyler. Ho trentotto anni, non sedici."

Quasi trentanove, una vocina ripete nella mia testa, ma come ho già detto in precedenza, sono dettagli insignificanti.

"E a trentotto anni non può piacerti una donna?"

"Si è trattato di sesso."

"Quindi non pensi a lei."

I suoi capelli sparpagliati sul lenzuolo, i suoi occhi socchiusi, la bocca gonfia e livida per i miei baci, la sua pelle bianca che risalta nella penombra della stanza.

"No."

"In questo caso..." Si alza. "Non ti dispiacerà se le chiedo di uscire."

"C-cosa?"

"Non ci sarebbe nulla di male."

"Vuoi chiederle di uscire?"

"Sì."

"Vuoi dire che ti piace?"

"Sì."

Spalanco la bocca per parlare ma sento qualcosa comprimermi il torace che non mi permette di prendere aria a sufficienza.

"Problemi?"

Non so se stia bluffando o meno, quindi decido di andargli dietro.

"Nessuno. Se a te non dispiace che sia stata

prima a letto con me."

Mi sorride furbo. Ha capito il mio gioco.

"Affatto. Non mi interessa il passato delle persone, a me interessa il presente e eventualmente, anche il futuro."

"Bene" dico piatto.

"Perfetto" risponde lui sicuro.

"E quando vorresti chiederle di uscire?"

"Credo che questi non siano affari tuoi."

Stronzo. Altro che amico.

"In questo caso credo che non abbiamo altro da dirci."

Scrolla le spalle con aria indifferente.

"Divertitevi."

Sorride soddisfatto. "Lo faremo di sicuro."

37
Jordan

Skylar si affaccia nel mio studio alla fine della pausa pranzo.

"Che cosa ho fatto?" Chiede subito allarmata.

"Vorrei scambiare due parole con te."

"Mi ha fatta chiamare con l'altoparlante" dice preoccupata. "Mi chiamavano così quando stavo per essere cacciata."

"Oh no, Skylar, mi dispiace che tu abbia pensato subito al peggio. È così che chiamo gli studenti di solito e non solo per qualcosa di negativo."

Mi guarda poco convinta sulla soglia della porta.

"Per favore, accomodati." Le indico la sedia dall'altra parte della scrivania.

Skylar entra titubante nel mio ufficio e si siede. Mi siedo anche io e le sorrido perché il suo sguardo mi dice che non si fida ancora delle mie parole.

"C'è qualcosa di cui devo parlarti, ma nulla di preoccupante, okay?"

Annuisce.

"Questa settimana ho pensato a come fare per aiutarti a recuperare il tempo perso."

"Vuol dire l'anno?"

"Esatto. Ho esaminato il tuo curriculum scolastico e ho notato che le difficoltà maggiori le hai nelle materie scientifiche e in matematica."

"Non sono brava con i calcoli e la scienza mi annoia."

"Neanche a me piacevano molto."

"Sul serio?"

"Preferivo le materie letterarie e la storia."

"Piace anche a me la storia" dice timorosa.

"Ci sono tante cose a cui non siamo affini, cose in cui fatichiamo, in cui non riusciamo così facilmente. Questo non vuol dire che siamo un fallimento."

Sorride impacciata.

"Ma solo che ci vuole un po' di lavoro in più."

"Lei crede?"

"Assolutamente. A volte ci vuole solo l'aiuto giusto."

"Non ho nessuno che mi aiuti."

"E qui entro in gioco io."

Mi guarda di nuovo preoccupata.

"Ho pensato di affiancarti qualcuno."

"Un insegnante?"

"Non proprio." Vedo Anya avvicinarsi con Carter e gli faccio segno di farlo entrare. Muove due passi nel mio ufficio e resta in piedi alle spalle di Skylar.

"Lui è Carter."

Skylar si volta a guardarlo mentre lui le fa ciao

con la mano.

"Ti darà ripetizioni."

Skylar si volta di scatto verso di me.

"Matematica, chimica, fisica e scienze."

"Sta scherzando?"

"È disposto a venire a casa tua o magari potete incontrarvi in biblioteca, cosa ne dite?"

"Per me va bene qualsiasi cosa" Carter dice. "Come sei più comoda."

Skylar si volta a guardarlo.

"Non sono una stupida" gli dice dura, poi si alza. "Non ho bisogno di qualcuno che mi dia ripetizioni." Sembra offesa adesso.

"Non penso che tu sia stupida, tesoro."

"Non mi chiami tesoro."

"Hai ragione, scusa." Faccio un passo indietro. "Ho chiesto a Carter di aiutarti perché vorrei che tu avessi la possibilità di recuperare l'anno perso e ho pensato che studiare da sola sarebbe stato un carico troppo pesante."

Incrocia le braccia sul petto.

"Non voglio studiare con lui."

Carter abbassa lo sguardo imbarazzato.

"Dagli una possibilità e se poi non dovessi trovarti a tuo agio, possiamo sempre trovare una nuova soluzione."

Sbuffa e si volta verso di lui.

"Non sono una stupida, okay? E non provare a trattarmi da tale."

"Oh io... No, non lo farei mai."

"O ti giuro che ti pesto a sangue nel parcheggio sul retro."

"Questo non avrei dovuto sentirlo."

"Io non... Non..." Carter è già nel panico.

Forse non ho preso la decisione giusta, forse sarebbe stato meglio un insegnante adulto. Ho pensato che con un coetaneo si sarebbe sentita meno in soggezione, ma vedere la sua reazione ora mi fa dubitare del mio giudizio.

"Perché non provate a conoscervi, prima? Magari dopo la scuola potete usare una delle nostre sale per parlare e per mettervi d'accordo su come procedere."

Faccio un altro tentativo, ormai le ho esposto la mia idea, non posso ritrattare così senza almeno provarci.

"Per me va bene" Carter dice. "Posso fermarmi per un'ora."

"Se proprio devo..." Skylar non sembra felice della mia proposta, ma accetta ugualmente.

"Bene." Tiro un sospiro di sollievo.

"Jordan?" Anya si affaccia nel mio ufficio. "C'e una persona per te, dice che ha chiamato prima per poterti incontrare. È Tyler Hayes."

"Certo, fallo entrare, qui abbiamo finito. Andate pure ragazzi, fra poco iniziano le lezioni."

Carter si sistema gli occhiali sul naso e attende che Skylar oltrepassi la porta, lei alza gli occhi al cielo e poi si avvia nei corridoi seguita da lui che va a scontrarsi contro Tyler proprio fuori dalla mia porta.

"Ehi, ragazzino! Testa alta e sguardo davanti a te" gli dice scherzando, prima di accomodarsi nel mio studio.

"Tyler Hayes" lo saluto, sfilandomi gli occhiali e posandoli sulla scrivania. "Cosa posso fare per te?"

38
Niall

Lo sportello dell'auto sbatte con forza facendomi sussultare.

"Immagino che sia meglio non chiederti come è andata."

Skylar mi guarda in cagnesco.

"Parto, ho capito."

Esco dal parcheggio della scuola e mi avvio verso l'uscita, mi fermo per far passare un ragazzo su una bici che saluta con la mano nella nostra direzione. Guardo verso mia figlia che per tutta risposta alza un dito medio e poi mi immetto sulla strada, a metà tra il preoccupato e il divertito. So che la seconda componente non dovrebbe neanche presentarsi, ma che ci posso fare se sono ancora per metà testa di cazzo?

"Allora, cos'è questa storia?"

"Non voglio parlarne."

Skylar mi ha mandato un messaggio per avvisarmi che sarei dovuto venire a prenderla un'ora più tardi perché la preside le aveva assegnato un compito. Non fidandomi assolutamente della sua versione dati i precedenti, ho chiamato la scuola per chiedere conferma. Mi ha risposto Anya, non mi ha passato al telefono la preside, ha detto che era impegnata, ma mi ha confermato la versione di mia figlia. Se Jordan fosse impegnata davvero non lo saprò mai, ma nel dubbio preferisco crederci.

"Che compito ti ha dato la preside?"

Skylar sbuffa contrariata.

"Devo prendere lezioni."

"Lezioni?"

"Matematica, scienze, roba noiosa."

Non posso essere più d'accordo ma lo tengo per me.

"E perché? Va così male? Hai appena iniziato, magari poteva attendere qualche settimana, no?"

"È per la storia del recuperare l'anno, a quanto pare non vuole perdere tempo."

"Oh... Certo. Immagino che sia una cosa buona, allora."

"Mi ha assegnato un nerd."

"Un nerd."

"Come li chiami tu?"

"Non lo so, dipende... Di cosa stiamo parlando?"

"Il primo della scuola, candidato a una borsa di studio per il Trinity College a Dublino. Ha detto qualcosa al riguardo della biologia molecolare o che so io, che cosa cazzo ne so io?" Alza la voce.

"Se lo sapessi probabilmente non avresti bisogno di lui."

"Da che parte stai, Kerry?" Mi urla dal sedile del passeggero.

"Dalla tua, ovvio."

Poco maturo da parte mia e anche poco paterno, ma devo conquistarmi la sua fiducia, no?

"Non sono stupida" dice poi più calma.

"No che non lo sei."

"E allora perché devo prendere lezioni?"

"Probabilmente per accelerare la cosa. Non sono facili le materie scientifiche e se sei impegnata a recuperare anche tutto il resto..." Provo a dire cauto, sperando di non prendermi una valanga di insulti.

"Ha solo un anno in più."

"Chi?"

"Lo sfigato."

"Ahh... Be', ma se è un nerd."

Sbuffa ma finalmente si rilassa sul sedile. Forse per stavolta non mi mangia.

"E come si svolgerà la cosa?" Le chiedo mentre parcheggio davanti casa dei miei.

Usciamo dall'auto, stavolta non sbatte la portiera, si limita a chiuderla stizzita.

È già qualcosa.

"Dopo le lezioni, tre volte a settimana. Qui a casa o in biblioteca."

"E chi lo ha deciso?"

"La preside, che evidentemente pensa che io sia stupida."

"Non credo che Jo... Che la preside," mi correggo, "Pensi una cosa del genere o non ti avrebbe proposto di fare questo salto. Hai provato a chiederle altro? A chiedere spiegazioni in più?"

"Non ho potuto, aveva un appuntamento."
"Ah."

Deglutisco la mia dignità e la ingoio con sofferenza.

"E chi è venuto?"

"Quel tuo amico, come si chiama?"

Mi blocco sulla soglia della porta mentre mia figlia la oltrepassa, gettando poi lo zaino a terra in salotto. La seguo, lo raccolgo e glielo porgo, ricordandole con gli occhi per l'ennesima volta che deve portarlo in camera sua e poi mi faccio del male da solo.

"Tyler?"

"Sì, lui."

Prende lo zaino dalla mia mano e lo getta sul divano.

Un passo in avanti.

"E cosa voleva?"

Mia figlia mi guarda.

"Che cosa sono tutte queste domande?"

"Quali domande? Stiamo parlando, no? Un dialogo è fatto di domande e di risposte. Io ne ho fatta una, tu rispondi."

"Ne hai fatte tante, Kerry, e tutte sullo stesso argomento."

"Non è vero."

"Di che parlate?" La voce di mia sorella ci fa voltare entrambi verso di lei.

"Tu che ci fai qui?"

"Questi sono anche i miei genitori, sai, Niall? Anche se tu adesso ne hai il monopolio."

Sbuffo e mi siedo sul bracciolo del divano. Dopo questa notizia ci mancava solo mia sorella.

"Kerry sta andando fuori di testa perché il suo amico si è presentato a scuola oggi per parlare con la preside."

"Con lei parli così facilmente? Ha fatto solo una semplice domanda e neanche rivolta a te."

"Era al plurale, potevo rispondere."

"Queste cose le sai?"

Mi guarda incazzata.

Dovevo tacere.

"Kerry ha qualche problema con la preside Hill."

Merda.

"Che problema?"

"Nessuno."

"Non avrai fatto lo stronzo come al tuo solito?"

"Quale sarebbe il mio solito?"

"Non ci avrai provato, vero?"

"I-io? C-con la preside?"

"Sta balbettando" Skylar dice.

Ma dai?

"Sei sempre lo stesso, Niall."

"Non ho fatto niente" mento spudoratamente. "E non ho alcun interesse nella preside."

Mia sorella e mia figlia mi guardano con

condiscendenza. Ora che le vedo una accanto all'altra, con la stessa espressione e con le braccia incrociate allo stesso modo, capisco tante cose.

"Allora non ti dispiacerà sapere che ha un appuntamento con il tuo amico."

Stavolta devo ingoiare qualcosa di più grosso.

"E tu cosa ne sai?"

"L'ho sentita dire che si sarebbero visti mentre lui stava andando via."

"E come avresti fatto?"

"Ero nella sala accanto a fingere di parlare con lo sfigato per origliare."

"Chi è lo sfigato?" Rian chiede.

"Dopo" le faccio segno con una mano di attendere. "E sai anche quando, per caso?"

Sono un padre pessimo ma nessuno aveva dubbi al riguardo.

"Venerdì a cena."

Uso l'ultimo frammento della mia dignità per andare fino in fondo.

"Sai anche dove?"

Skylar sorride furba.

"Te lo dico solo se posso venire anche io."

39
Niall

Il fatto che il mio fantomatico amico abbia scelto un pub come l'*Old Castle*, fuori dal centro e da occhi indiscreti, mi fa immaginare subito il peggio. Come ho fatto a sapere dove sarebbero andati non mi fa onore, visto che sono dovuto ricorrere alle abilità discutibili di mia figlia e il fatto che abbia portato la stessa figlia con me per spiarli mi fa ancora meno onore, per non parlare del fatto che mia sorella si sia auto invitata per assistere alla disfatta di Kerry. Che questa serata sia la mia probabile disfatta lo so solo io, non ho fatto parola della cosa con loro, anche se essere qui a pedinare la nuova coppietta felice non lascia spazio a dubbi.

"Posso farti una domanda?" Rian chiede, mentre ce ne stiamo nascosti all'esterno del locale e cerchiamo di sbirciare attraverso l'unica vetrata che ci dà una qualche visuale sul loro tavolo.

"Non ti avevo detto *puoi venire a patto di non fare domande?*"

"Hai ragione" Rian conviene, prima di parlare all'orecchio di mia figlia.

"Posso farti una domanda?" Ora è Skylar a chiedere.

Guardo Rian.

"Con lei non hai fatto patti."

Vero. Anche perché ero così felice che volesse fare qualcosa insieme a me che non ho battuto ciglio.

La mia esperienza come padre si sta rivelando sempre di più un fallimento.

"Perché li stiamo spiando?"

La domanda è semplice, la risposta un po' meno.

"Non lo so" dico onesto. "Non mi piace."

"Che il tuo amico esca con la preside Hill?"

"Non mi aveva detto di essere interessato a lei."

"Perché avrebbe dovuto farlo?" Rian si lascia sfuggire, prima di alzare gli occhi al cielo al mio sguardo cupo.

"Io lo so" Skylar annuncia trionfante.

"E non hai pensato di condividerlo con me?"

"Perché avrei dovuto farlo?"

"Sono tua zia."

"Riprova."

"Cosa vuoi in cambio?"

"Ehi!" Mi lamento con entrambe ma mi ignorano.

"I tuoi stivali rossi, quelli che avevi l'altra sera."

"I miei stivali?"

Skylar annuisce. "Non voglio mettere quella merda color merda."

Trattengo una risata a stento.

"Di che stai parlando?"

"Di quegli stivali di merda che il nonno vuole

farmi mettere per andare in campagna."

"Tu vai in campagna?" Rian chiede sorpresa.

"Non c'è un cazzo da fare e mi annoio. Devo stare chiusa in casa tutto il giorno?"

Dovrei dire qualcosa su *merda* e *cazzo* ma la lascio andare a piede libero, vediamo come va a finire.

"Quelli non sono stivali da pioggia o da campagna."

Skylar scrolla le spalle.

"E se non ti stanno?"

"Porto il 38" dice. "A occhio e croce tu il 39."

"Ci ha preso" commento io orgoglioso per qualche oscuro motivo.

"Andata!" Rian acconsente. "Te li porto domani."

Le tende una mano e Skylar la stringe.

Aspetta un momento: hanno fatto un accordo per poter spettegolare su di me?

Cazzo.

"Kerry è stato a letto con la preside."

"Che cosa?" Rian urla.

"Non l'ho mai confermato" dico a Skylar. "Sei tu che ne sei convinta."

"E quando sarebbe successo?"

"La prima sera, appena arrivati."

Rian mi guarda in cagnesco.

"Non è come pensi, ti assicuro che è stata lei."

"Ma certo, ora mi dirai che ti è saltata addosso

e che ti ha costretto."

Non è andata proprio così, ma addosso mi è saltata anche se dopo aver avuto il mio consenso e dopo che anche lei aveva dato il suo, insomma, è accaduto durante lo svolgersi degli eventi.

"Be', non deve essere andata proprio bene se ora è qui con Hayes."

"Questa è un'altra storia di cui non parleremo."

"Devi pur dare una spiegazione del motivo per cui siamo qui."

"Io non ho chiesto di venire a nessuna delle due, vi siete aggregate."

"Si è liberato un tavolo" Skylar ci interrompe. "Da quel punto non potranno mai vederci."

"Skylar, non credo che..." Mia figlia spinge la porta del pub seguita da mia sorella.

Perfetto. Oltre la disfatta la figura di merda.

Le raggiungo veloce mentre mia sorella chiede a uno dei camerieri se possono accomodarsi e poi ci sediamo tutti e tre nell'angolo più buio della sala, dalla parte opposta a dove sono loro e da dove, se siamo fortunati, non potranno vederci. Per guardare da questa parte devi essere interessato a farlo e da come sembrano intimi non credo che staccheranno gli occhi l'uno dall'altra tanto facilmente. A meno che non sia io ad andare da loro a cavarli a entrambi a mani nude.

Rian e Skylar ordinano due hamburger, io mi sono accodato perché dato che ci siamo, tanto vale mangiare e bere, possibilmente tanto da non ricordare di averli visti insieme.

"Non credevo che Jordan potesse essere interessata" Rian commenta.

"Non dirlo a me, stiamo parlando di Tyler. Va bene che è un vigile del fuoco e immagino che la cosa giochi a suo favore in più di un'occasione, ma andiamo!"

"Io parlavo di te."

Mia figlia ride senza preoccuparsi di nasconderlo.

"Ho il mio fascino" dico fiero. "E ho tante qualità nascoste."

"Non lo metto in dubbio" Rian dice sarcastica. "Ma Jordan ha altri gusti in fatto di uomini."

"Stai parlando di Steven Hill?"

"Lui è rimasto qui, nella sua città. Ha fatto qualcosa di buono."

"Ha anche tradito sua moglie."

"Vedo che sei a conoscenza dei fatti."

"A quanto pare lo sanno tutti, no?"

"Be', sì, qui niente resta un segreto."

"Vi state distraendo" Skylar richiama la nostra attenzione. "E intanto quei due se la stanno spassando."

Mi volto di scatto verso il loro tavolo, in effetti sembrano affiatati, a loro agio insieme; lui parla parecchio, lei ride troppo.

"Spassando…" Dico tra i denti. "Non esageriamo."

"Non dovresti permetterlo" Skylar dice. "Dovresti fare qualcosa."

La guardo sorpreso.

"E a te cosa importa se la preside se la fa con Tyler?"

"Niente" distoglie lo sguardo. "A parte il fatto che potrebbe perdere interesse nella mia situazione."

"Intelligente e sagace" mia sorella commenta, sollevando la sua pinta verso di me.

"Ormai sei dentro, ti sta aiutando a rimetterti in pari, cosa vuoi che cambi?"

Skylar non risponde, si limita a una scrollata di spalle che non mi convince affatto, come non mi convince la sua risposta.

Che c'entri qualcosa il discorso che mi ha fatto qualche giorno fa su sua madre, sulla sua solitudine? Che sia preoccupata per me?

"Non credo che tu abbia speranze con Jordan" mia sorella mi riporta su di lei. "Non è per te."

"Che ne sai di cosa è per me?"

"Andiamo, li ho letti i giornali."

Sbuffo esausto. Non credevo che da queste parti badassero a certe stronzate.

"Non ho avuto così tante donne" dico infastidito, non voglio affrontare questo argomento davanti a mia figlia. "Bastava mi vedessero parlare con qualcuno e il giorno dopo era diventata la mia nuova conquista."

"Povero, chissà quanto hai sofferto" mia sorella mi prende in giro.

"Non credere sia piacevole."

"Non mi interessa neanche, sinceramente."
Beve un sorso della sua birra, poi torna con gli occhi sul loro tavolo. "E comunque non mi riferivo a te, ma a lei."

"Che vuoi dire?"

"Lei è decisamente troppo per te."

Non c'era bisogno che me lo dicesse così apertamente, gli occhi li ho anche io.

"E di sicuro una donna così non te la meriti."

Mi trovo costretto a stare zitto per non dire altro, perché inizio ad avere la certezza che sia proprio così.

* * *

Tyler e Jordan sono andati via dal pub verso le dieci e mezza. Lui le ha posato una mano dietro la schiena mentre le ha aperto la porta. Lei gli ha sorriso. Per strada non si sono presi per mano, ma lui ha appoggiato di nuovo il palmo sulla sua schiena per invitarla ad attraversare.

Noi siamo andati via poco dopo, ho portato Rian e casa, che ha detto a mia figlia che il giorno dopo sarebbe passata a prenderla per andare a fare shopping al centro commerciale, poi sono tornato a casa dei miei. Al piano di sotto non c'era nessuno, probabilmente erano già andati a letto. Skylar ha fatto i primi gradini, decisa a lasciarmi solo, poi ci ha ripensato e si è voltata verso di me.

"Forse non dovresti abbandonare il campo così

presto."

"Mmm?"

"Non dovresti farti da parte."

"Cosa ne sai tu?" Chiedo stanco.

"Probabilmente niente, ma non credo sia cosa già fatta, tra loro."

"Non ha importanza."

"Ne sei sicuro?"

"Assolutamente."

Resta qualche secondo ancora sulle scale, gli occhi su di me.

"Se ti piace dovresti fare qualcosa."

"Tipo, cosa?"

Non mi disturbo neanche a negare.

"Tipo farglielo sapere."

Mi ha dato le spalle ed è sparita di corsa su per le scale mentre io, be' io... Ora mi trovo fuori dalla sua porta ad attendere che venga ad aprirmi, sempre che non stia già dormendo, e sperando che non me la sbatta in faccia.

Sono andato via da casa sua l'ultima volta come se non ne volessi sapere più nulla di questa cosa, io che l'ho alimentata, io che l'ho voluta e ho portato lei a volerla con me. E non mi sono fatto vivo e lei non è venuta agli allenamenti di giovedì. E stasera è uscita con Tyler e io non posso accettarlo.

Perché? Semplice.

"Mi piaci" lo dico appena apre la porta.

Jordan resta sorpresa e non dice una parola.

"Suona da stupidi adolescenti, vero? Be', probabilmente perché è quello che sono. Un sedicenne intrappolato nel corpo di un trentottenne."

Accenna un sorriso e rilassa le spalle.

"E non starò qui a dirti cazzate, a fingere di non essere interessato o a farti promesse."

"Interessato?" Chiede corrucciando la fronte.

"A te."

"Oh…"

"L'unica cosa che posso dirti è che mi piaci, preside Jordan, e non solo quando sei sopra di me."

Si morde un labbro per non sorridere di più.

"Posso anche dirti che non mi è piaciuto vederti a cena con Tyler Hayes."

"Come diavolo fai a saperlo?"

"Vi ho seguiti e spiati."

Incrocia le braccia sul petto e solleva un sopracciglio.

"E ho creduto che una granata fosse scoppiata nel mio stomaco. E non voglio sentirne un'altra."

"Sei geloso?" Chiede stranita.

E cazzo, credo proprio di sì o altrimenti non saprei come spiegare la mia reazione.

"Non voglio vederti con qualcun altro."

"È una questione di territorio?"

"È una questione di precedenza."

"Vuol dire che dato che sono venuta a letto con

te, non posso andare a letto con Tyler?"

"Nessuno" dico senza rendermene conto. "Vorrei che non andassi a letto con nessuno."

Mi scruta con attenzione.

"Dammi tempo fino alla fine del torneo per farti capire che non sono male come credi."

"E poi?"

"E poi lo vincerò e avremo il nostro appuntamento come stabilito."

"Sei troppo sicuro di te."

"Lo sai anche tu che lo vincerò."

"Non parlo del torneo. Sei troppo sicuro del fatto che tu mi piaccia."

"Ah. Dici quello?"

"Non ti ho mai detto una cosa del genere."

"Vero, ma sei sempre in tempo a farlo ora."

"Non lo farò."

"Non lo farai perché sei troppo orgogliosa per ammetterlo o perché non vuoi darmi questa soddisfazione?"

"Non hai preso in considerazione l'idea che semplicemente tu non sia il mio tipo?"

"No."

"Sei impossibile."

"Non è proprio esatto" cerco di rimediare. "Anzi, credo sia altamente probabile che io non sia il tuo tipo, ma questo non vuol dire che io non possa piacerti."

"Il tuo discorso inizia a fare acqua da tutte le

parti."

"Io non avevo un tipo" ora vado a ruota libera. "Nonostante quello che pensi e che la gente pensa di me, non mi sono mai presentato davanti alla porta di una donna in piena notte a fare la figura del coglione dopo averla vista con un altro."

"Sto diventando una sorta di sfida con te stesso?"

"No, Jordan. Stai diventato il mio unico pensiero."

Lascia cadere le braccia lungo i fianchi sorpresa dalla mia uscita, devo dire che sono piuttosto sorpreso anche io.

"Che cos'è che cerchi, Kerry?"

Prendo un profondo respiro. "Non lo so di preciso, ma posso dirti che mi porta sempre qui."

Abbassa lo sguardo sui suoi piedi scalzi.

"Visto che tu sembri non saperlo, ti dirò io cosa cerco. Non cerco un uomo." Il suo tono è duro e sono sicuro che nasconda una delusione che brucia ancora. "Non cerco niente." Solleva la testa su di me. "E non voglio iniziare a farlo."

Accetto la sua sentenza ma non vuol dire che non intendo ribaltarla.

"Fino alla fine del torneo" le ripeto. "Poi, se vuoi, potrai anche decidere di non rivolgermi più la parola."

"Cosa speri di ottenere?"

"Una chance."

"Perché?"

"Perché credo che entrambi la meritiamo, e ora voglio capire se la meritiamo insieme."

Annuisce lentamente e appoggia una spalla contro la porta.

"Lavori per me."

"Fino al torneo possiamo essere amici. E colleghi."

"Sono sempre la preside della scuola di tua figlia e continuerò a esserlo anche dopo il torneo. E questa è una piccola comunità."

"Prima o poi Skylar si diplomerà."

Non può evitare di ridere.

"Ci vorrà ancora un po'."

"Iniziamo a vincere quel torneo."

"E poi?"

"E poi ti porterò a cena fuori."

"Potresti aver perso interesse per allora."

"E tu, invece, potresti scoprirti interessata. Entrambi rischiamo qualcosa."

"Vero, ma io potrei anche non essere disposta a rischiare."

"Meno di due mesi, ti chiedo solo due mesi di amicizia e un appuntamento."

Mi guarda dubbiosa.

Se ha così paura di accettare vuol dire che c'è già qualcosa a rischio.

"Pensaci." Le sorrido. "Io non vado da nessuna parte."

40
Jordan

Mi giro nel letto più volte in cerca di una posizione, costringendo Caramel a spostarsi di continuo con me fino a quando non decide di abbandonarmi al mio triste destino, scendendo dal letto e preferendo il suo cuscino sotto la finestra. Scosto le coperte in malo modo e mi volto sulla schiena, le mani incrociate sullo stomaco, gli occhi fissi al soffitto. Non riesco a prendere sonno e non riesco a pensare ad altro che a lui.

Sbuffo frustrata e guardo verso il comodino dove l'orologio mi dice che sono passati venti minuti dopo la mezzanotte. Faccio per voltarmi sul fianco quando il mio cellulare emette il suono che annuncia un nuovo messaggio in arrivo. Mi sollevo e lo prendo.

Dormi?

Essendo il numero sconosciuto e pensando che sia qualcuno che ha sbagliato o uno scherzo, lo cancello e lo rimetto sul comodino, sistemandomi poi di nuovo tra i cuscini.

Un altro suono mi dice che qualcuno ha deciso di giocare con me.

Mi sollevo di nuovo, prendo il cellulare e leggo.

Ci hai pensato?

Resto qualche secondo interdetta, poi mi dico che non può essere chi penso e faccio per rimetterlo sul comodino, ma un altro suono mi impedisce di farlo.

Indossi uno di quei pigiamoni caldi e morbidi, magari rosa con gli unicorni? O forse dormi nuda come quando sono stato da te?

Non ci credo.

Chi ti ha dato il mio numero?

Ho le mie fonti. Dimmi di te, piuttosto.

Non ti dirò come dormo, K.

Uh, siamo già alla K?

Che idiota.

E dai, dimmi cosa indossi.

Perché?

Perché così so come immaginarti.

Un calore insopportabile sale lungo il mio corpo, costringendomi a eliminare del tutto il piumone.

Vai a letto, K.

Ci sono già a letto.

Allora dormi.

Non posso. Ho un pensiero fisso e ho bisogno di metterlo a tacere.

Se ti dico cosa indosso la smetterai e andrai a dormire?

Sì, preside J.

Il calore mi avvampa anche il viso e il collo.

Prendo un respiro e digito.

Indosso una vecchia maglietta e dei pantaloncini.

Contento?

E sotto la maglietta non hai nulla?

Alzo gli occhi al cielo.

No.

E sotto i pantaloncini?

Ho la biancheria.

Di che colore?

Ora stiamo esagerando.

Ti prego, dimmi solo di che colore.

Rosa.

Ci sono andato vicino, quindi.

Non indosso unicorni.

Una pausa di qualche minuto, poi riprende.

Te li toglieresti?

Cosa?

I pantaloncini.

Il mio cuore martella forte nel petto.

Perché dovrei?

Vorrei essere io a toglierteli, ma dato che non posso...

Ci penso su alcuni istanti, poi gli scrivo.

Anche se lo facessi non potresti vedermi.

Ma io so cosa c'è lì sotto.

Deglutisco a fatica, la mia gola è arida.

Mi basta solo immaginarlo per averlo duro di nuovo.

Il cellulare trema nelle mie mani.

Pensa se dovessi sentire anche la tua voce.

Il desiderio di chiamarlo e di continuare questa cosa a voce mi assale incontrollato.

Ti stai toccando, vero?

"Cosa?" Urlo nel buio della mia stanza.

Io lo sto facendo.

Oh mio dio.

Non scrivi più.

Non so cosa fare, sono pietrificata dalla paura di fare quello che sento e di cadere nella sua trappola, perché lo so che sta giocando e che sta cercando di farmi cedere, quanto so che ho voglia di giocare con lui e di vedere fin dove posso arrivare.

Non credevo di dover aggiungere anche il sexting nell'accordo.

Silenzio dall'altra parte. Forse sono stata troppo dura.

Attendo qualche altro secondo, poi le dita si muovono da sole sui tasti come possedute da qualcosa di oscuro e potente che non fa parte di me.

Se non la smetti con questi mezzucci dovrò punirti.

...

Sorrido d'istinto.

Severamente.

...

Potrei anche doverti sculacciare.

Ancora silenzio, poi la sua risposta.

Solo se poi tocca a me sculacciare te.

Mi copro il viso con una mano come se qualcuno potesse vedere il mio imbarazzo.

Pensaci, preside J.

Attendo un paio di istanti, poi ci casco come una mela che cade sul terreno e che rotola davanti al serpente.

Lo sto facendo.

* * *

"Che cosa hai fatto stamattina?" Anya mi chiede, mentre mi passa un bicchiere di caffè e si siede sulla mia scrivania.

"Che vuoi dire?"

"Sembri... Non lo so, felice?"

"Io?" Distolgo lo sguardo e faccio un paio di sorsi.

"Hai per caso avuto un incontro?"

Per poco il caffè non mi esce dal naso.

"Stai scherzando?"

"Sembra come se avessi avuto una notte di sesso. La faccia sbattuta, quel sorriso inconfondibile e gli occhi di una che sta ancora sognando di stare tra le lenzuola con qualcuno."

Oh mio dio, sembra davvero così? Non mi sembrava stamattina quando mi sono guardata allo specchio.

Non ho avuto una notte di sesso, ci mancherebbe. Solo uno scambio di battute a sfondo sessuale con Kerry, fino alle due del mattino. Il risultato è stato un cerchio alla testa dato dalla stanchezza e la sensazione delle sue mani addosso che non riesco a scacciare via. Eppure non mi ha toccata, mi sono bastate le sue parole. Non ho dormito quasi per niente, il mio corpo era ormai agitato ed eccitato e la mia mente, poi, quella non ha fatto altro che vagare verso mondi proibiti.

"Nessun incontro. Casa, Netflix e vino, forse un bicchiere di troppo ed ecco spiegata la faccia sbattuta."

"Mmm... E quell'espressione? E il sorriso?"

"Magari sono solo felice che sia iniziata questa settimana."

Mi guarda sollevando un sopracciglio.

"Manca poco all'inizio del torneo" cambio discorso, cercando di depistarla. "E sento che abbiamo buone speranze."

"Per via del nuovo coach?"

"Sono sicura che si rivelerà utile, vedrai."

"Speriamo, abbiamo proprio bisogno di quel premio."

"E lo avremo" dico fiduciosa.

Kerry mi ha promesso che avremmo vinto e io, non so per quale assurdo motivo, gli credo ciecamente.

41
Niall

Dimmi che ci hai pensato.

Sono a scuola, Kerry.

Questo vuol dire che ci penserai quando sarai a casa? Da sola?

Non risponderò più ai tuoi messaggi in orario scolastico.

Perché ti mettono a disagio?

Perché mi ricordano il motivo per cui ho dovuto stilare un accordo con te.

Rido mentre mia sorella mi guarda in attesa.

"Oh scusami, dicevi?"

"Dimmi perché ho accettato di fare colazione con te, stamattina."

"Perché non ho niente da fare?"

"Hai litigato con l'amico del cuore?"

In parte è vero, anche se non abbiamo litigato, diciamo che non gradisco chi cerca di fregarmi qualcosa che voglio da sotto al naso.

"Voglio solo passare un po' di tempo con te."

E sono sincero.

"Perché?"

"Perché sono stato un pessimo fratello."

"In realtà non lo sei stato per niente."

"Hai ragione."

"Non sei venuto neanche al mio diploma."

"Mi dispiace, sono stato una merda, con te, con mamma e papà, per non parlare di cosa sono stato per quella ragazzina, ma sto cercando di rimediare."

Ho invitato Rian fuori stamattina. Non era sicura di accettare, non si fida per niente di me e fa bene, neanche io al posto suo lo farei, ma alla fine mi ha concesso una colazione; lei non ha lezioni fino alle undici, io avevo solo da accompagnare Skylar a scuola, quindi ci siamo seduti a un caffè all'aperto, sul molo, sotto il sole tiepido autunnale.

Mia sorella è giovane, quasi quanto mia figlia, ma ha la testa sulle spalle, i miei me lo hanno sempre detto, un po' come a sottolineare la nostra differenza. Si è diplomata due anni fa, leggermente in anticipo sulla tabella di marcia, e dopo la scuola, ha subito iniziato a praticare Yoga a tempo pieno. Voleva diventare un'insegnante, avere una palestra tutta sua, aiutare le persone a trovare il loro centro, la pace interiore e a mantenersi in forma, non solo fisicamente, ma prima di tutto mentalmente. Non ha mai voluto fare altro, è sempre stata un'appassionata, da quando ha visto un film in TV in cui la protagonista riusciva a incrociare le gambe e a mettere i piedi sulle ginocchia. Da allora non ha fatto altro che esercitarsi, frequentare lezioni e poi un corso per poterlo insegnare.

Tutte queste cose le so perché me le hanno raccontate i miei, ogni tanto prestavo ascolto per fortuna.

Non abbiamo mai avuto alcun tipo di rapporto Rian e io. La differenza enorme di età non ha giovato e la lontananza ha fatto il resto. Rian è nata quando mia madre aveva quarantadue anni, non so se sia stato un incidente, un imprevisto o una benedizione del cielo, non mi sembrava il caso di chiederlo, ma io ero già fuori di casa, avevo la mia vita, non avevo voglia di avere a che fare con una bambina, né con una mocciosa dopo, figuriamoci con un'adolescente. E ora mi ritrovo davanti una donna che non conosco ma che ha tutta l'aria di essere speciale. A quanto pare tutte le persone che mi circondano lo sono, al contrario del sottoscritto. Eppure fino a poco tempo fa pensavo di essere io l'unico ad avere davvero qualcosa di speciale.

"Sono cresciuta da sola" Rian dice, il tono è calmo e pacato. Non è incazzata con me, si sta limitando a dirmi cosa è capitato, come si è sentita. "Mi sarebbe piaciuto avere qualcuno dalla mia parte, che mi aiutasse a nascondere le mie cazzate."

"Non credo che tu abbia fatto cazzate, Rian."

"Non sopravvalutarti, Niall. Non sei l'unico che può farne."

"Non lo metto in dubbio, ma mi pare che tu sia venuta su benissimo e senza il mio supporto. Guardati. Hai diciotto anni e vivi da sola, hai un lavoro, hai... Una vita."

"Così la fai sembrare noiosa. Guarda che so

anche uscire e divertirmi."

"Non lo metto in dubbio."

"Parli come se tu una vita non l'avessi."

"Avevo una vita." Non so se lo dico con malinconia o con rassegnazione.

"Ti manca?"

"All'inizio, quando Skylar è venuta a vivere con me, quando ho dovuto mollare il lavoro e fare il padre... Sì, mi mancava tutto. La libertà, il fatto di non dovermi preoccupare di cosa dire o guardare in TV, le donne..." Sospiro sconsolato. "Poi Skylar ha iniziato a combinare un disastro dopo l'altro, si è fatta buttare fuori da scuola, ha perso i suoi amici, ha perso... Tutto. Le ero rimasto solo io."

Mia sorella sorride, credo sia la prima volta che lo fa diretto a me da quando sono tornato.

"E non poteva perdere anche me."

"Ci tieni a quella ragazzina, allora."

La guardo male.

"Credevo che tenessi solo a te stesso."

"Probabilmente era così."

"E cosa è cambiato, adesso? Da dove arriva questa rivelazione?"

"Non lo so, forse il tornare alle origini, rivedere i luoghi che mi hanno visto crescere, le persone, la famiglia..."

"Non dirmi che ti piace stare qui."

"Posso dirti che mi manca sempre meno quello che avevo e che forse sì, inizia a piacermi stare qui.

Vorrei solo che piacesse anche a Skylar."

"Amare questi luoghi fa parte di noi, di chi ci è nato e cresciuto, per chi viene da fuori, dalla città, è diverso, soprattutto se hai quindici anni."

"E tu?" Le chiedo curioso. "Non hai mai sognato di andartene?"

"Non sono tutti come te, Niall. Alcuni stanno bene con se stessi."

"Quella roba... La meditazione... Funziona, allora. Non sono tutte puttanate."

"Dipende. Funziona se vuoi che funzioni."

"Come fai a essere così saggia, cazzo! Hai diciotto anni!"

"Non sono saggia, sto solo bene con me."

"Forse dovrei provare anche io con quella roba."

"Non sei pronto."

"No, eh?"

Nega con la testa.

Ha sicuramente ragione.

"E dimmi..." Solleva gli occhiali da sole e mi scruta con attenzione. "Hai poi scoperto cosa c'è tra Hayes e la preside?"

Immaginavo che saremmo finiti qui. Inizio a pensare che abbia accettato questa colazione solo per potermi estorcere delle informazioni.

"Perché ti interessa tanto?"

"Be', mi hai trascinato nel tuo pedinamento venerdì sera."

"A me sembrava che tu ti fossi infilata."

"Potevo mandarti da solo con una ragazzina?"

Credo che a volte dimentichi di essere anche lei poco più di una ragazzina.

"Non c'è niente tra Hayes e la preside."

"Come lo sai?"

"Ho le mie fonti."

"Fonti attendibili?"

"Attendibilissime."

In realtà non le ho neanche chiesto cosa fosse accaduto tra di loro, le ho solo chiesto di aspettare la fine del torneo e di non accettare altri inviti, ma se ci fosse stato qualcosa in ballo me lo avrebbe detto, no?

Guardo il cellulare appoggiato sul tavolino. Ancora non mi ha dato una risposta. Non so neanche se ci stia pensando in realtà o se si stia prendendo solo gioco di me. O forse semplicemente non crede alle mie parole, non si fida, non crede che io possa davvero essere interessato. E non la biasimerei se fosse così.

"Devi giocare di anticipo, Niall" mia sorella mi riporta con l'attenzione su di lei. "Hayes non sarà il massimo, ma è pur sempre un vigile del fuoco, ha il suo fascino e i suoi mezzi."

"Che vuoi dire?"

"Diciamo che in città girano voci sulle sue... Doti."

"Che tipo di doti?"

Mi guarda sollevando un sopracciglio.

"Sul serio?"

"Eh già."

Maledetto bastardo. Altro che unico amico.

"Come fai a sapere che sono fondate?"

"Forse dimentichi che insegno in una palestra frequentata solo da donne."

In effetti...

"E tu?" Le chiedo. "Cosa ne pensi?"

"Di cosa?"

"Di Hayes."

"Me lo stai chiedendo davvero?"

"Sei una donna, no? Dimmi cosa pensi di lui."

"Non è il mio tipo."

"Tutto qui?"

"Siamo fratelli da dieci minuti, Niall."

"Siamo fratelli da vent'anni."

"Punti di vista."

"Quindi non me lo dirai."

"No."

Uff.

"Dovresti chiederlo alla diretta interessata."

"Se sa delle doti di Tyler?"

"Se ha interesse in qualcun altro."

Annuisco sorridendo.

"E soprattutto, se è interessata a te."

42
Niall

Posso farti una domanda?
Non ci ho ancora pensato.
Non era quella.
Allora okay.
Cosa ne pensi di Tyler Hayes?
Cosa ne penso in che senso?

Ci rifletto alcuni istanti e mi dico che è meglio andare dritto al punto.

Sai qualcosa delle voci che girano su di lui?

Silenzio.

Attendo seduto sul bordo della vasca da bagno, le ginocchia si muovono nervose.

Mi stai facendo questa domanda perché ci hai visti insieme?

Furba, ovviamente. Non come il sottoscritto.

Vorrei sapere se tu hai avuto un incontro ravvicinato con le sue doti.

Premo invio senza neanche rendermi conto di cosa ho scritto. Mi sto giocando tutto e non ho ancora vinto quel maledetto torneo.

Lo sapevo che mi avrebbe lasciato appeso come un coglione, ma perché non riesco a farne una giusta? Che fine ha fatto il Kerry che tutti conoscevano?

Sbuffo e metto via il cellulare, non ha senso continuare a torturarmi così e poi, credo di essermi esposto già troppo.

Apro la porta del bagno e mi trovo Skylar davanti.

"Che stavi facendo?"

"Vuoi davvero sapere cosa stavo facendo in bagno?"

"Eri chiuso lì dentro da un'ora!"

"Vuol dire che eri preoccupata per me?"

Alza gli occhi al cielo e poi mi dà le spalle diretta verso la sua stanza. Io la seguo ma mi fermo sulla soglia, non so ancora quanto spazio mi è concesso.

"Come è andata la lezione?"

Mi guarda di traverso.

Oggi ha avuto la sua prima lezione con il nerd assegnatole da Jordan, non sono andato io a prenderla, mia madre era già fuori e mi ha detto che sarebbe passata lei. Io sono rimasto qui a dare una mano a mio padre in campagna. Non sono capace di fare nulla, ma ci ho provato.

"È un tipo strano, mi mette ansia."

"Ansia? E perché?"

"Non lo so, come mi guarda, come mi fissa."

"Ti fissa?"

"Già, mentre provo a fare quegli stupidi calcoli che mi assegna. Mi mette in agitazione."

"Perché non gli dici di non farlo?"

"Perché sembra tremare ogni volta che apro

bocca."

Rido divertito.

"Che c'è?"

"Ha paura di te."

"Che sfigato."

"È solo un ragazzo timido che si sente in soggezione davanti alla tua sicurezza. Tutto qui."

"Sarà... Ma a me sembra un tipo strano."

"Hai pensato che magari anche per lui tu sia una strana? Che poi, cosa vuol dire strano?"

"Ma cosa ci parlo a fare con te? Tanto non ci capisci niente."

"Scusa tanto, ho passato i quindici anni da un po', sto cercando di entrare nella parte."

"Lascia perdere, non sforzarti." Si siede sul letto e mi dà le spalle, quindi mi decido a varcare la soglia della sua stanza e a dirigermi verso la finestra, appoggiando i fianchi contro il davanzale e rivolgendo gli occhi su di lei.

"Qual è il problema?"

"È proprio necessario?"

"Cosa?"

"Che io prenda lezioni."

"Se vuoi recuperare, sì."

"Non mi piace come mi fa sentire."

"Come?"

"Lascia stare." Abbassa lo sguardo sulle sue mani, iniziando a grattare via lo smalto nero dalle sue unghie.

"Vuoi che provi a parlare con la preside? Magari possiamo trovare un'altra soluzione."

"No, per favore, hai già fatto abbastanza danni."

"Io? Che danni ho fatto?"

"Ti ricordo che venerdì scorso abbiamo pedinato e spiato una felice coppietta."

"Felice? Non direi proprio."

"Non puoi saperlo, a me sembravano stare bene insieme."

Mi alzo e mi siedo sul letto accanto a lei, Skylar mi guarda quasi inorridita.

"Bene? Loro due?"

"Be', la preside non è male, a parte quelle gonne tristi che indossa."

"Che hanno di triste le sue gonne?"

"Sono noiose e sempre degli stessi colori."

Ma le fasciano il culo in un modo che dovrebbe essere dichiarato illegale.

"E poi gli occhiali, i capelli sempre tirati su."

"È una donna professionale."

"Mi piace quando non lo è."

"Intendi come la sera che abbiamo cenato insieme?"

Annuisce. "Anche quando è andata fuori con il tuo amico."

Che sia mio amico è ancora da vedere.

"E poi il vigile del fuoco non è male."

La guardo di traverso.

"Non per me, ehi! Potrebbe essere mio nonno!"

"Non esageriamo, ha la mia età, sai?"

"Be', è vecchio. Dio, che schifo!" Si alza contrariata. "Ho solo detto che per una come la preside potrebbe andare."

La piega che sta prendendo questo discorso non mi piace e mi piace ancora meno quello che sto per chiedere a mia figlia, ma le mie doti genitoriali non sono mai state messe in discussione. Non le ho. Semplice. Quindi vado avanti con la mia follia.

"E uno come me, no?"

Solleva un sopracciglio.

"Sì, dico..." Mi alzo anche io. "Un tipo come me non starebbe bene accanto a un tipo come lei?"

"Non dovresti chiederlo a me."

Sbuffo. Ha ragione.

"Ma visto che lo stai facendo, ti dirò cosa penso."

"Te ne sarei grato."

"No, Kerry, non staresti bene accanto a un tipo come la preside."

Ora non le sono affatto grato.

"Siete diversi."

"Diversi?"

"Sarebbe un disastro."

"Diversi in che senso?"

"Lei è intelligente, indipendente, sicura e bellissima."

Deglutisco in attesa che mi dia il colpo di

grazia.

"Tu sei..." Mi guarda da capo a piedi, poi aggrotta la fronte. "Tu."

Wow.

"Senza offesa."

"Certo che no."

"E ora che c'è il tuo amico di mezzo... Non lo so, credo che le tue speranze siano quasi zero."

Il colpo di grazia era questo.

"Grazie della sincerità."

"Quando vuoi."

Mi affretto a raggiungere la porta per poter andare a vergognarmi da solo da un'altra parte, ma Skylar parla di nuovo.

"Le donne si comportano da svitate quando si tratta di uomini."

Mi volto di nuovo verso di lei.

"Non scelgono mai quello giusto."

"Non ti seguo."

Sospira e diventa seria. "Quel tizio, quello con cui mi hanno beccata."

Chiudo gli occhi e faccio un paio di respiri per scacciare dalla mente l'idea di mia figlia che si fa beccare con uno di due classi più grande a fare sesso nell'aula di musica.

Forse sarebbe il caso di provare con le lezioni di Rian.

"Era uno stronzo."

"P-perché?"

"Non gli interessavo."

Cerco di mostrarmi calmo e a mio agio con quello che mi sta dicendo.

"Voleva solo... Be', hai capito."

Annuisco.

"Eppure lo sapevo" dice amara. "E ci sono andata lo stesso."

Credo di capire dove vuole arrivare.

"Le donne perdono la testa e scelgono sempre quello sbagliato."

Non capisco se mi stia raccontando queste cose per farmi capire che le dispiace o per farmi capire che non tutto è perduto. Nel dubbio, prendo entrambi i significati.

"Quindi, magari..." Scrolla una spalla. "Anche per lei funziona così."

Prendo un respiro profondo e provo a fare quello che dovrei fare invece di chiederle stupide conferme su me stesso.

"Sono sicuro che non ti meritava."

Solleva appena un angolo della bocca.

"E che sai che non devi per forza, be'... Non devi fare certe cose per piacere ai ragazzi."

Abbassa lo sguardo.

"Ho imparato la lezione" dice dura.

Torno da lei e le poso le mani sulle spalle, Skylar alza gli occhi e mi guarda.

"Sei bellissima" le sorrido. "E sei sveglia e intelligente, sei divertente anche se mi mandi troppe volte a quel paese."

Ora sorride.

"Meriti di meglio e meriti di non affrettare le tappe."

"Mi stai dicendo che non devo andare a letto con i ragazzi?"

Dio mio. Doveva essere così diretta?

"Sto dicendo che sarebbe meglio non correre. Ogni cosa arriverà quando sarà il momento."

Sono stupito di me stesso.

"Forse vale anche per te."

"Mmm?"

"Forse anche tu non dovresti affrettare le cose."

Quando si è spostata su di me questa discussione? Ho fatto il padre per quanto, tre minuti?

"Magari arriverà anche per te il momento giusto."

Questa cosa che tutti in questa famiglia si dimostrano più maturi e saggi di me deve finire.

Momento giusto. E quando? Io non ho quindici anni e neanche lei. Siamo adulti, siamo vissuti e abbiamo le nostre esperienze. Perché aspettare?

Il telefono vibra nella tasca dei miei pantaloni. Lo prendo e guardo il display e la risposta alla mia domanda è lì.

Non ho idea di che doti abbia Tyler Hayes.

E ti assicuro che non lo saprai mai.

43
Niall

Dopo aver saputo che Jordan non ha ancora scoperto che doti Tyler Hayes pare avere, ho pensato che fosse meglio assicurarsi che anche lo stesso Tyler non avesse alcuna intenzione di mostrare le sue doti alla preside Jordan. Che poi, ancora non sono sicuro di che doti mia sorella parlasse, ma nel dubbio, meglio non rischiare.

"Ci hai messo meno di quello che credevo."

Tyler mi accoglie con un sorriso da maledetto bastardo sulla porta del suo appartamento. Mi fa segno di accomodarmi, poi la chiude dietro di noi.

"Poche chiacchiere, dimmi che doti hai."

Tyler scoppia a ridere lasciandosi cadere sul suo divano.

"Non ci credo."

"Quindi è vero?"

"Cosa? Che ho delle doti?"

"Non provare a fare il furbo con me" lo minaccio.

"Non so cosa tu creda di sapere, Niall."

"Il problema è che non voglio saperlo e neanche immaginarlo." Mi agito nel suo salotto mentre lui mi osserva calmo e visibilmente divertito. "Mi basta che tu le tenga lontane dalla preside Jordan."

"Per quale motivo?"

Forse vuole essere preso a pugni.

"Lo sai benissimo il motivo."

"Mi hai detto chiaramente che non eri interessato e che io ero libero di chiederle di uscire."

Taccio. Sono parole mie. Devo riflettere e capire come rimangiarmele senza far capire a lui che me le sto rimangiando.

"Le ho chiesto di venire fuori a cena con me e lei ha accettato."

Posso picchiare un vigile del fuoco o conta come aggressione a un pubblico ufficiale?

Allunga le braccia contro lo schienale del divano e si rilassa – lo stronzo – guardandomi sicuro di ciò che fa.

E va bene, Hayes, giochiamo a carte scoperte.

"Tieni le tue mani lontano da lei."

Solleva un sopracciglio e mi squadra per bene.

"E le tue doti. Soprattutto le tue doti."

"Non sai neanche di che doti stai parlando."

"Io no, ma le signore del posto a quanto pare le conoscono benissimo e le apprezzano. Gradirei che tra queste signore non rientrasse la preside Jordan."

"Perché?" Mi sfida.

Gli occhi fissi nei miei, il mento alzato.

"Perché mi piace."

Mi sorride a mezza bocca.

"E tu lo sai. Lo sapevi fin dall'inizio. Quindi non fare quella faccia da stronzo."

"Non posso sapere cosa non mi dici, Kerry. Posso immaginarlo e magari, posso fare qualcosa per farti uscire allo scoperto."

"Di che diavolo stai parlando?"

"Non era un'uscita galante."

"Cosa?"

"Era più una cena di lavoro."

"Stai scherzando?"

"Affatto."

"Brutto figlio di..."

Tyler ride mentre si alza dal divano e si reca verso l'angolo cottura. Apre lo sportello di uno dei mobili e tira fuori una bottiglia di whiskey mostrandomela.

"Come minimo" gli dico, lasciandomi poi cadere sul divano.

Torna da me con due bicchieri e si siede accanto.

"Però è servito."

"Non ti rispondo neanche."

Mando giù il mio bicchiere tutto d'un fiato e poi faccio una smorfia mentre il liquido infiamma la mia gola. Non sono abituato a bere questa roba.

"Un po', forse... Ma non darti arie!" Lo avviso.

Lui alza una mano e poi manda giù il suo.

"Dobbiamo tenere alcuni seminari sulla sicurezza a scuola e le ho proposto di parlarne a cena fuori."

"Che bastardo."

"Cosa non si fa per un amico" commenta soddisfatto.

Ora mi tocca anche ringraziarlo?

"E comunque, per la storia delle doti..."

"Per favore, tienitele per te."

Ride ancora. Se la sta davvero spassando.

"Sei diventato una sorta di playboy negli anni? Devono essere messe davvero male le donne del posto."

"Il fascino della divisa."

"Per favore!" Alzo gli occhi al cielo.

"Sei fortunato che sulla preside non abbia effetto."

"Non hai alcuna speranza contro di me, Hayes."

"Per questo sei corso qui per chiedermi di non mostrarle le mie magiche doti?"

"Sono venuto per chiedertelo gentilmente in nome della nostra amicizia."

"Cosa avresti fatto, altrimenti?"

"Avrei anche potuto prenderti a pugni."

"Però..." Si alza e si dirige di nuovo verso la cucina. Prende la bottiglia e si versa un altro bicchiere. Lo raggiungo e gli faccio segno di versare anche per me.

"Non lo avrei mai fatto" dice ora serio. "Non a un amico."

"Non so come funziona tra amici, Tyler."

"Non avevi amici in città?"

"Avevo i compagni di squadra, il manager, i preparatori, gli addetti stampa."

"Mi stai facendo un elenco di persone che lavoravano con te."

"Queste erano le persone che frequentavo, a parte le donne."

"Piuttosto triste."

Ora che ci penso, lo era sul serio e ora che ho davvero un amico, mi rendo conto di quanto in realtà fossi solo, nonostante fossi sempre attorniato da persone.

"Lavoravo sodo, non avevo tempo per altro."

"Però ora ne hai."

"Ora ne ho anche troppo di tempo."

"Puoi usarlo per fare tutto ciò che prima non ti era concesso. Stare in famiglia, con tua figlia, con gli amici e... Impegnarti in qualcosa di vero con una donna."

"Non è così semplice."

"Non sei appena venuto qui per pestarmi perché pensavi che ci avessi provato con Jordan?"

"Non ti avrei mai pestato, al massimo un pugno sul naso, per far valere il mio onore."

Tyler beve il suo whiskey e poi mi guarda.

"Qual è adesso il problema?"

"Abbiamo fatto un accordo."

"Un altro?"

"Questo è più interessante."

"Sentiamo…"

"Se vincerò il torneo, lei verrà a cena con me."

Mi guarda in attesa che continui. "Tutto qui?"

"Un appuntamento in piena regola."

"Non siete già stati a letto due volte?"

"Esatto."

"Non ti seguo."

"Un appuntamento è una chance."

Tyler non sembra convinto.

"Se vincerò quel maledetto torneo lei acconsentirà a darmi una possibilità e nel frattempo saremo amici."

"Amici."

"Voglio farle capire che non sono quello che crede."

"Vuoi farlo capire a lei o hai bisogno di capirlo tu?"

Sorrido a Tyler. "Tutte e due le cose."

"Lo sospettavo."

"Non ho mai provato con qualcosa di questo tipo. Sono uscito con altre donne, cene, feste, eventi… Ma non ho mai desiderato portare fuori qualcuno, non so se riesci a capire la differenza."

"Più o meno."

"Vorrei capire se può piacermi questa nuova cosa, questo me."

"E non hai pensato che nel processo potresti ferire qualcuno?"

"Non è mia intenzione farlo."

"Potrebbe accadere ugualmente. Sei sicuro che lei sappia che si tratta di un esperimento?"

"Lei non lo vuole un uomo, Tyler. Non dopo Steven Hill."

"Quindi stai cercando di dimostrarle che non è così? E se dovesse scoprire che invece lo vuole un uomo, che vuole te e tu, al contrario, capissi che non è questa versione di te che vuoi. In quel caso, cosa accadrebbe?"

"Mi stai facendo troppe domande, Tyler. Ho solo fatto un accordo per un appuntamento. Non ho fatto promesse."

"Se lo dici tu."

"Sto parlando con uno che ha delle doti nascoste che tutte le donne del posto conoscono, credi di essere la persona giusta per fare certi discorsi?"

"Quello che faccio io non ha nulla a che vedere con quello che state facendo tu e Jordan. Io so cosa faccio e anche le donne che vogliono scoprire le mie doti."

"Ti assicuro che sono stato chiaro anche io."

"Okay, allora. Non ti resta che vincere quel torneo e vedere come va a finire."

Sospiro. "Esatto."

"E se non dovessi vincere, come la mettiamo?"

Lo guardo. "Non esiste che io perda, Hayes."

Scuote la testa divertito.

E non esiste che io non riesca a ottenere ciò che voglio.

44
Niall

Non me lo avevi detto.
Cosa?
Che non era un appuntamento.
Non me lo hai chiesto.
Potrebbe essere vero ma non posso dirlo.
Inizia a piacerti questo gioco, ammettilo.
Di che gioco stiamo parlando?

Ci rifletto su per alcuni secondi. Anche questo potrebbe far parte del gioco stesso.

Verrai giovedì agli allenamenti?
Dipende.
Da cosa?

I secondi passano lentamente.

Tu vorresti che io venissi?

Ah preside Jordan. Il gioco è bello quando diventa duro e non sto parlando al momento del mio bastoncino di zucchero.

Dipende.
Da cosa?
Da cosa indosserai.

Altri lunghissimi e strazianti secondi.

Dovrai attendere fino a giovedì per scoprirlo.

* * *

"Com'è andata oggi?" Chiedo a mia figlia non appena si accomoda in macchina.

"Come al solito. Ha parlato per un'ora di cose che non capirò mai e poi mi ha dato dei compiti a casa. Ti rendi conto?"

"Un affronto..." Commento divertito, mentre esco dal parcheggio della scuola.

Mi fermo davanti alle strisce pedonali per far attraversare l'insegnante di mia figlia con la sua bici. Lui fa un segno con la mano verso la nostra auto, mia figlia si gira dalla parte opposta sbuffando mentre io mi sento in dovere di ricambiare al posto suo.

Almeno stavolta non gli ha rivolto il dito medio.

Facciamo passi da gigante.

Esco dallo spiazzale e mi immetto sulla strada diretto a casa e provo a calarmi totalmente nel ruolo che mi compete.

"Magari potresti dargli una possibilità."

Si volta verso di me.

"Conoscerlo meglio."

Sento il suo sguardo omicida addosso.

"Potresti invitarlo da noi."

"Non lo hai detto davvero."

"Potremmo darti la nostra opinione su di lui. Io, i nonni, magari anche zia Rian."

"E per quale motivo dovreste farlo?"

"Per aiutarti a capirlo, potreste trovare... Che so, un punto d'incontro."

"Chi ti dice che m'importi?"

"Non lo so se la cosa possa importarti o meno, io te l'ho proposto."

"Non ne vedo il motivo."

Decido di essere chiaro e sincero con mia figlia, non esserlo per tutto questo tempo non mi ha portato che guai, oltre al fatto che mi sono ritrovato lontano dalla mia famiglia e terribilmente solo.

"Quando avevo la tua età, a dire il vero, anche quando ero più grande, mi sono ritrovato a non dare possibilità alle persone."

"Di che stai parlando?"

"Tendevo a tenere a distanza chi pensavo fosse diverso da me."

"Diverso in che senso?"

Non ne vado fiero ma glielo dico.

"Chi credevo non alla mia altezza, senza rendermi conto che spesso la situazione era inversa."

"Cioè che tu non eri al loro livello?"

Sospiro. "Esatto. Avevo... Paura di non essere abbastanza e mi nascondevo dietro scuse stupide e infantili, tipo che loro non erano abbastanza fighi per essere miei amici."

Resta in silenzio per alcuni secondi, poi mi dice: "Non voglio essere amica di quel nerd".

"Era esattamente questo che intendevo."

Skylar sbuffa.

"È arrivato il momento di fare nuove amicizie, di passare del tempo con i tuoi coetanei e da qualche parte devi pur cominciare."

"Devo cominciare proprio con lui? Non abbiamo niente in comune."

"E come fai a dirlo?"

"Lo hai visto bene, Kerry?"

"Di sfuggita."

"Esatto. Io invece l'ho visto e ho dovuto anche starlo a sentire."

"Non può essere male come dici."

Mi guarda in cagnesco.

"Invitalo a casa da noi. Potete studiare lì per una volta e poi..."

"Niente cena" mi blocca subito. "Possiamo studiare a casa la prossima volta, ma niente invito a cena."

"Come faccio a dirti qualcosa di lui in così poco tempo?"

"A me sono bastati dieci secondi."

"Questo perché tu sei prevenuta. Le persone meritano la loro chance."

"Stai parlando ancora di quel nerd o ti riferisci a te?"

"Tutte" la guardo. "Tutte le persone."

* * *

Cosa mi sai dire di questo nerd?

Di cosa stiamo parlando?

Di quel tizio che hai messo accanto a mia figlia.

Carter?

Non ha un nome per lei, è solo il nerd che odia.

A me sembra un bravo ragazzo.

Sono sicuro che lo sia, ma Skylar la pensa in modo diverso.

Ha fatto qualcosa che l'ha messa a disagio?

Mi sembra stupido parlare tramite messaggi di testo, quindi mi decido a mettere fine a questa cazzata e a premere quel cazzo di tasto verde.

Jordan risponde solo dopo cinque squilli e dopo un principio di infarto per me.

"Non volevi rispondere" le dico subito, non appena sento il suo respiro.

"No."

Sincera, anche se preferirei che lo fosse meno.

"Stiamo infrangendo una delle tue regole?"

"Credo di no."

"E allora qual è il problema?"

"Una telefonata non cambia nulla."

Stavolta non è completamente sincera, ma ho capito che anche lei ha bisogno di giocare a nascondino ogni tanto per non mostrarsi vulnerabile.

"Può andarmi bene."

"Il nostro patto resta, così come le nostre clausole."

"Non intendevo venirne meno."

"Okay" sospira. "Puoi continuare."

"Parlami di questo Carter."

"Cosa vuoi sapere di preciso?"

"Vorrei capire perché mia figlia lo odia tanto."

La sento sorridere al telefono.

"Hai presente i nostri anni di scuola?"

"Più o meno."

"Quando c'erano due gruppi distinti, i secchioni e i fighi?"

"Ne ho un vago ricordo."

"Tu facevi parte del secondo gruppo, io del primo. I due gruppi non avevano nulla in comune, non legavano."

Sospiro colpevole.

"Tu prendevi in giro quelli come me, che facevano parte del primo gruppo."

"Io non ti ho mai presa in giro e di sicuro non ti odiavo."

"Ah no?"

"Per niente."

"Be', magari ora le cose sono un po' cambiate. I ragazzi sono più spietati."

"Posso immaginarlo."

"E i secchioni o come li chiami tu in modo più carino, i nerd, non hanno vita facile. A nessuno piace chi ha tutte le risposte."

"A me sì" dico d'istinto. "A me piace chi ha le risposte al posto mio. E mi piaceva anche prima."

"Vuoi dire che in segreto ammiravi i nerd?"

"Non tutti. Uno solo."

Silenzio dall'altra parte.

"Ma ero troppo stupido per dirglielo. Pensavo che uno come me non avesse nulla che potesse attirare un nerd."

"E chi volevi attirare, di preciso?"

Non ho neanche bisogno di pensarci.

"Te."

"Me."

"Eri bellissima. E sveglia e... Sapevi sempre cosa dire. Non mettevi a disagio le persone, davi loro sicurezza. Ed eri sexy con quella maledetta divisa."

Sospira pesante.

"Se ci penso adesso... Mi trovo ad avere un problema ingombrante tra le gambe."

Una risatina nervosa dall'altra parte. Forse ho finalmente imboccato la strada giusta.

"Vuoi dire che avevi già le tue fantasie su di me, Kerry?"

"Cazzo, sì. Su di te, sulla tua gonna a pieghe, sui tuoi maledetti occhiali..." Senza rendermene conto porto una mano sulla mia erezione. "Se ci penso ora..."

"Cosa?"

"Sai cosa sto facendo?"

"Non lo so, ma sono sicura che me lo dirai."

Slaccio veloce i bottoni dei miei jeans e infilo una mano all'interno dei miei boxer.

"Ti giuro che non lo avevo così duro da..."

"Non raccontarmi storie."

"Hai ragione. Non credo di averlo mai avuto così duro."

"Credevo mi avessi chiamato per avere informazioni."

"Forse volevo solo sentire la tua voce."

"Kerry..."

"Anche quella me lo fa venire duro."

"Sto per riattaccare."

"No, per favore, resta ancora."

"Perché?"

"Perché voglio stare un altro po' con te senza venire meno ai tuoi incomprensibili accordi."

"Li odi, non è così?"

"Un po', ma credo siano giusti."

"Sul serio?" Dal suo tono capisco che non ci crede.

"È il tuo modo e lo capisco. Lo accetto."

Sospira ancora. Ho sentito così tanti sospiri venire da questo cellulare che credo che ormai entrambi abbiamo lo stesso problema.

"E rende la cosa ancora più eccitante."

"Ci avrei scommesso."

"Sai che è il mio ultimo pensiero? Tu, sul mio cazzo..."

"Kerry!"

"Ci penso ogni volta che vado a letto e non credo che tu voglia sapere quale è il risultato."

"Dipende..." La sua voce ansiosa. "È qualcosa che verrebbe meno a tutte le mie clausole?"

"È qualcosa che ti farebbe correre a scriverne di nuove."

Silenzio ancora e poi il suo respiro pesante.

"Sai quanto amo le regole."

Mi sta provocando e io mi sto eccitando.

"Mi stai dicendo che vuoi sentirmelo dire?"

"Potrei volerne un accenno."

Muovo lentamente la mano lungo la mia erezione e la guardo, non ricordo di aver mai sentito di volere qualcosa in questo modo prima d'ora.

"Niente accenni, preside Jordan. Devi sentire tutto" la mano si muove veloce adesso. "E devi sentirlo di persona."

45
Niall

"E questa cos'è?" Skylar chiede a mia madre.

"Una torta di mele" dice innocente, posando una teglia sul ripiano della cucina. Si sfila il guanto da forno e guarda sorridente mia figlia, mentre lei sembra volerle cavare entrambi gli occhi con la sola forza del pensiero.

"Ho pensato che potesse essere adeguata."

Mi siedo sullo sgabello perché questa scena non voglio perdermela.

"Adeguata per cosa?"

"Per il tuo appuntamento."

Non cerco neanche di nascondere la mia risata.

"Appuntamento?" Skylar alza la voce inorridita.

"Di studio" mia madre prova a correggersi. "Appuntamento di studio."

"Sapevo che era un'idea di merda!"

"Perché? Che problema c'è?"

Mia madre sa fingere meglio di me, potrei quasi credere al suo viso angelico e stupido, ma Skylar no.

"Mi stai prendendo per il culo?"

Ora mi tocca intervenire.

"Frena la lingua."

Mi guarda in cagnesco, poi ritorna su mia

madre.

"Non è un mio amico e non lo diventerà mai" dice risoluta.

"Quindi una fetta di torta di mele non cambierà nulla, non ti pare?"

Mia madre fa questo gioco da più anni di lei.

"Non ti azzardare a portarci anche del latte."

Ora è mia madre che non riesce a nascondere una risata.

"Dico sul serio!" Skylar perde la pazienza.

"Una Coca, meglio?"

"Mi prende in giro, non è così?" Chiede ora rivolta a me.

"Non saprei dirlo con certezza."

Skylar sbuffa e mormora qualcosa tra i denti che sarebbe meglio non sentire, poi ci lascia soli in cucina e corre su per le scale diretta verso la sua stanza.

"Le piace, non è così?" Chiede a me.

"Chi? Il nerd?"

Mi guarda sollevando un sopracciglio.

"Ho paura che possa strangolarlo se resteranno da soli, meglio farli studiare di sotto."

"Come sei esagerato."

"Non hai visto come lo guarda."

"È solo spaventata, il suo è un meccanismo di difesa. Ha paura di non essere accettata."

"Probabilmente è così, ma da qui a dire che le piace..."

"A me sembra che ti somigli tanto."

"E questo ora che c'entra?"

"Anche tu non lasciavi avvicinare tutti."

"Ma se io ero pieno di amici."

"Amici che erano la tua fotocopia, che ti seguivano, che ti imitavano."

"Non capisco dove vuoi arrivare."

"Eri al sicuro con le persone a te familiari."

"Stavo bene con chi aveva qualcosa in comune con me, mi sembra abbastanza naturale."

"Forse, ma ho sempre pensato che andare contro quello che tutti si aspettano, che mostrare ogni aspetto di sé, non abbia mai fatto male."

Sorrido a mia madre. Le sue considerazioni sembrano rispecchiare i miei pensieri ed è per questo motivo che sto spingendo Skylar a fare nuove amicizie, ma da qui a dire che le possa piacere Carter ce ne vuole.

Qualcuno bussa alla porta di casa e quasi contemporaneamente quella della stanza di Skylar si apre al piano di sopra, facendola comparire di corsa sulle scale.

"Non ti azzardare ad andare ad aprire!" Mi minaccia correndo verso il salotto, ma io sono nuovo nel mio ruolo di padre e sono anche abbastanza stronzo, quindi prima che lei possa impedirmelo, sono già davanti alla porta di ingresso.

"Questa me la pagherai" dice tra i denti, mentre io sorrido soddisfatto di me aprendo la porta e dando il benvenuto al nostro ospite.

"Tu devi essere Carter. Skylar mi ha parlato tanto di te."

Il viso di Carter va subito a fuoco, mentre mia figlia compare alle mie spalle.

"Andiamo, non ho tutto il giorno."

"Oh... Certo, io..."

"Accomodati" gli dico, facendogli segno di entrare. "Mia madre ha fatto la torta di mele."

"È proprio necessario?" Skylar chiede incazzata.

"Ti piace?" Chiedo a lui ignorandola.

"C-certo, signore."

"Signore? Ce l'hai con me?"

Annuisce nervoso.

"Puoi chiamarmi Kerry, coach Kerry."

"O-okay."

"Tu giochi?"

Mi guarda perplesso. "Alla Nintendo o alla Ps4?"

Scoppio a ridere mentre mia figlia diventa del colore che più odia al mondo: viola.

"Parlavo di giochi veri. Sport."

"No, signore."

"Hai mai giocato? GAA?"

"Mai."

"Hai finito?" Skylar si lamenta.

"Dovresti provare."

"Io non credo di essere adatto."

"Come fai a dirlo se non hai mai giocato?"

Scrolla le spalle a disagio al che mia figlia decide di passare all'azione prendendolo per la manica della giacca e trascinandolo con lei.

"Adesso basta, Kerry."

"Hai ragione, vi ho trattenuto anche troppo e voi avete da studiare."

"Andiamo di sopra."

"Potete stare anche qui, in salotto."

Mia figlia mi guarda di traverso.

"Nessuno vi darà fastidio."

"E io dovrei crederti?"

In effetti non mi crederei neanche io.

"Andate pure."

Mia figlia alza gli occhi al cielo trascinando con sé il suo povero malcapitato insegnante mentre io sorrido compiaciuto e fiero di me e del mio primo incontro con un amico di mia figlia. Tutto sommato è andata bene, mi dico orgoglioso, quindi decido di prendere il telefono e di comunicare la mia impresa alla mia preside preferita.

Non faccio tanto schifo alla fine.

Di che cosa stiamo parlando?

Come padre.

Silenzio. Un silenzio che non mi piace.

Carter è qui.

Qui? A casa tua?

Esatto. È venuto a studiare con mia figlia. Sono in

camera sua adesso.

Da soli?

Certo.

La porta della stanza è aperta?

Non credo, l'ho sentita sbattere. Perché queste domande?

Tua figlia ha quindici anni, Carter sedici.

E allora?

Sono adolescenti. Sono soli.

"Oh cazzo!"

Questo non lo digito, ma lo dico mentre salgo le scale a due a due e mi dirigo davanti alla porta della stanza di mia figlia. Busso, perché non mi sembra il caso di entrare come una furia e prenderlo per il collo, e poi la apro ansioso. Mia figlia è seduta sul davanzale della finestra, Carter sul letto.

Già la situazione non mi piace.

"Che c'è?" Mi chiede scrutandomi, mentre il cellulare vibra nella mia mano.

Guardo il display.

Ti sei precipitato in camera, non è così?

"Allora?" Mia figlia richiama l'attenzione su di me.

Non posso fare la figura del coglione o del padre che non si fida di sua figlia, quindi cerco di uscirne bene.

"La nonna vuole sapere se gradite la torta di mele."

Mia madre non se la prenderà per questo.

"Kerry..." Mia figlia ringhia.

"A me piace la torta di mele" Carter risponde timido.

"E a me piace chi la mangia" dico io soddisfatto.

Mia figlia alza gli occhi al cielo.

"È di sotto." Approfitto della torta per farli uscire dalla stanza. "Potete anche studiare lì."

"Ma abbiamo appena aperto il libro" Skylar protesta.

"Starete più comodi."

"Per me non c'è problema" Carter si alza, al che anche mia figlia deve farlo.

"Io non la mangio la tua cazzo di torta di mele" dice guardandomi in cagnesco.

"Tu puoi fare quello che vuoi. Io e il mio amico Carter" gli circondo le spalle con un braccio. "La mangeremo anche per te."

* * *

Come sta andando?

Guardo il cellulare. La mia preside non sa stare senza di me.

Li ho tirati fuori dalla camera, ora sono in salotto sotto la mia supervisione.

Non ti sembra di esagerare, adesso?

Dovevi pensarci prima di farmi venire un infarto.

Sollevo lo sguardo dal cellulare e infilo in bocca un altro pezzo di torta, mentre Carter sta esaminando in silenzio i compiti che ha assegnato a mia figlia. Lei lo guarda nervosa, mentre è intenta a rosicchiarsi le unghie di una mano fino all'osso.

"Allora?" Chiede impaziente. "Fanno così schifo?"

Carter alza una mano per chiederle di attendere, lei sbuffa nervosa e poi passa all'altra mano.

Inizio a capire quale sia il problema qui e la cosa non può che farmi sorridere. Skylar teme il giudizio di Carter, ho paura che qui ci sia qualcosa di troppo familiare. Forse, alla fine, non ha preso tutto da sua madre.

"Vanno bene..." Carter dice cauto.

"Ma?" Lei chiede subito.

"Qui, vedi," mette giù il foglio e indica qualcosa a mia figlia. "Hai dimenticato di aggiungere..." Prende una matita e scrive qualcosa.

"Lo sapevo! Cazzo!" Skylar sbatte una mano sul ripiano.

"Non è niente di grave, solo..."

"Non ce la farò mai! È tutto inutile."

So che non dovrei origliare, ma loro sono in salotto, io in cucina, non possono vedermi da dove sono, quindi resto al mio posto a continuare a giocare nel ruolo di padre iperprotettivo che sembra inizi a starmi proprio bene addosso.

"Non essere così dura con te stessa."

"Smettila di compatirmi!"

"Non lo sto facendo."

"La preside te lo ha detto, non è vero?"

"Cosa?" Chiede lui confuso.

Ora dovrei proprio andare ma i miei piedi restano incollati sul pavimento.

"Che sono un disastro. Che non ho nessuno, che..." La sua voce si abbassa. "Che sono un caso patetico."

"Non mi ha detto niente di tutto questo" lui dice calmo.

"Ti ha detto che sono qui perché mi è rimasto solo lui!"

"Lui?"

"Mio padre."

Cerco di ignorare quella nota di disprezzo che sento nel suo tono.

"Mi ha chiesto se mi andava di dare una mano a una nuova studente appena arrivata da un'altra contea. Una ragazza sveglia e intelligente che aveva solo bisogno di rimettersi in pari con gli studi."

"Ti ha detto così?"

Lui annuisce sorridendole.

"Mi ha detto che hai una grande fantasia e che sei creativa e che sei bravissima a inventare storie."

"E lei cosa ne sa?"

Carter si schiarisce la voce. "Mi ha detto delle

graphic novels."

Skylar spalanca la bocca.

"Le ha trovate online e mi ha detto che le ha trovate bellissime. Ne ho lette alcune."

"Tu, cosa?"

"Scusa."

"Oh mio dio!" Si mette le mani sul viso.

"Le trovo stupende."

"Non è vero."

"E trovo stupenda te. Ti prego non picchiarmi."

Sono un padre di merda se rido mentre vorrei piangere? Forse lo sono ugualmente perché sto continuando a spiarli ma ehi, devo sapere chi frequenta mia figlia, no?

"Sono tutte cazzate!" Skylar prova a fare la dura, ma il suo tono la tradisce.

"Non lo sono, ma se vuoi che lo siano, lo saranno."

Questo ragazzo mi piace sempre di più.

"Io ti trovo bellissima" ormai ha preso coraggio. "E intelligente e originale."

Guardo mia figlia sorridere in imbarazzo.

"E hai talento."

"Lo credi davvero?"

Annuisce.

Mia figlia ci pensa su alcuni istanti.

"Per adesso non ti picchierò."

"Grazie" dice lui.

"Ora fammi vedere cosa ho sbagliato."

In silenzio mi allontano perché ormai ho fatto il pieno di emozioni e quando sono al sicuro da solo, sfilo il cellulare dalla tasca. Non so cosa mi spinga a scrivere, forse quello che ho sentito, forse il coraggio di Carter o forse semplicemente quello che sta crescendo qui dentro, nel mio stomaco, qualcosa che non c'entra nulla con la mezza torta di mele che ho appena ingoiato senza masticare.

Voglio venire a casa tua, stasera.

La sua risposta arriva dopo qualche minuto di tachicardia.

Perché?

Credevo che mi avrebbe rimesso subito al mio posto, invece mi lascia un barlume di speranza.

Voglio stare con te.

Ancora qualche minuto. Stavolta rischio un attacco di panico.

Ho paura che la cosa ci stia sfuggendo di mano.

Non posso e non voglio mentirle.

Ho paura che tu abbia ragione, ma non posso frenarla adesso. Non voglio farlo.

Stiamo rischiando troppo.

So che non si riferisce al suo ruolo, ma so anche che ha bisogno che io ci creda per fare in modo che ci creda anche lei.

Sarò discreto, non mi vedrà nessuno.

Nessuna risposta.

Dopo cena, porto il dolce.

Ancora minuti, ancora pulsazioni fuori

controllo e sudori freddi, poi il suo messaggio.
Ricordati che amo il cioccolato.

46
Niall

Quando torno da loro, Carter sta raccogliendo le sue cose.

"Avete già finito?"

Carter guarda l'orologio. "Un'ora e mezza, il tempo stabilito." Si mette lo zaino in spalla e si avvia verso la porta tallonato da Skylar.

"Potresti restare."

La testa di mia figlia scatta su di me.

"A cena. Sono già le sette."

"Oh, ma io non so…"

"Puoi chiamare i tuoi e dire che ti riporto io dopo cena."

Mia figlia non mi ha ancora insultato.

Tremo.

"Mio padre lavora fino a tardi."

Non riesco a ignorare la sua risposta.

"E tua madre?"

"Siamo solo noi."

Ora gli occhi di Skylar sono su di lui.

Allora non è così strafottente come sembra.

"E cosa fai, torni a casa e resti solo?"

Scrolla le spalle. "Lo faccio sempre."

Qualcosa nel modo naturale in cui lo dice mi spinge a insistere.

"Resta con noi."

Ci pensa su per qualche istante.

"Sono venuto in bicicletta."

"Ti riporto in auto, la bicicletta possiamo infilarla nel portabagagli."

"Non vorrei disturbare."

"Non lo farai."

"Non credo che..."

"Oh insomma!" Mia figlia sbotta. "Quante storie! Ormai ti ha invitato, resta e non rompere le palle!"

Il viso di Carter diventa di uno strano color porpora.

"Se non è un problema..." Dice timido.

"Ti ha detto di no!" Mia figlia non sa cosa vuol dire essere discreta. "Togliti questo cazzo di zaino dalle spalle e falla finita!"

"Certo, scusa."

Skylar sbuffa e si allontana contrariata lasciando Carter solo con me. Avrei dovuto dirle qualcosa per quel *cazzo* non necessario ma non sono stato abbastanza veloce.

"Che carattere del diavolo" commento guardando Carter. "Cerca di sopportare come faccio io."

Sorride appena. "Non è così difficile."

Mmm.

A quanto pare Carter ha una cotta neanche tanto discreta per mia figlia.

"Ti piace mia figlia, per caso?"

E a quanto pare anche il sottoscritto non sa cosa sia la discrezione. Inizio a rendermi conto che Skylar ha preso fin troppe cose da me.

"Non so come rispondere a questa domanda" dice serio. "Credo che qualsiasi risposta potrebbe mettermi nei guai."

Mi piace questo ragazzo.

"Sbagli tutto con lei."

Mi guarda confuso.

"Con Skylar, dico. Non credo che il modello zerbino sia il suo tipo."

"I-io non so cosa..."

"Mostrati più deciso, cerca di tenerle testa."

Carter mi guarda preoccupato per qualche momento.

"Io non voglio essere indelicato."

"Cosa vuoi dire?"

Respira profondamente. "Non credo che ce l'abbia davvero con me."

"Ti sto seguendo."

"Cerca solo qualcuno con cui prendersela."

"E tu come fai a sapere tutte queste cose di mia figlia? Non la conosci da poco?"

"Certe cose si capiscono, coach K."

Ho già detto che mi piace questo ragazzo?

"Cerco di essere di aiuto."

"Facendoti trattare così?"

"È il suo modo e a me non dispiace."

"Sei masochista a quanto vedo."

Sorride. "Forse un po'. O forse ne vale solo la pena."

Lo guardo attentamente. "Non sei un po' troppo giovane per essere così maturo?"

"Hai finito?" Mia figlia torna da noi.

"Di fare cosa?"

"Non lo so, qualsiasi cosa tu stia facendo. Lascia perdere il mio insegnante."

"Uhh... Il tuo insegnante" la prendo in giro.

"Devi smetterla, Kerry. Sul serio."

"Io non sto facendo niente."

Skylar mi guarda in cagnesco, poi si rivolge a Carter.

"Vieni con me, ho trovato un gruppo che dovresti ascoltare."

"O-okay" dice titubante. "Non sarà altra roba satanica, vero?"

Mia figlia alza gli occhi al cielo e poi lascia la stanza.

"Ti conviene seguirla" gli dico, dandogli una spinta con la spalla.

"Oh certo. Vado." Fa qualche passo, poi si gira verso di me. "Posso?"

"Muoviti."

La segue veloce mentre io scuoto la testa rassegnato: questo povero ragazzo non la spunterà mai con Skylar, gli staccherà la testa con un morso e poi la ingoierà intera.

Infilo la mano in tasca per scriverle un altro

messaggio, ma poi mi dico che è meglio lasciare le cose così in attesa di vederla, quindi mi decido ad aprire il frigo e a vedere cosa ci offre dato che avevo promesso a mia madre che mi sarei occupato io della cena stasera e inizio a vederla abbastanza di merda. Aveva una riunione del comitato cittadino, ci ha detto di non aspettarla e che avrebbe mangiato qualcosa con i colleghi e io, stupidamente e ingenuamente, le ho detto *tranquilla, lascia tutto nelle mie mani.*
Mai decisione fu più sconsiderata.

* * *

Ho preparato pollo ai peperoni e patate al forno, una delle mie specialità nonché uno dei pochi piatti che sono in grado di cucinare. Mia figlia non sembra gradire molto, mentre Carter non alza gli occhi dal piatto, non so se lo faccia solo per fame o perché ha paura di incontrare lo sguardo di qualcun altro. Siamo solo in tre stasera, anche mio padre ci ha dato buca, ha preferito mangiare un panino al volo e poi tornare nel fienile per finire di sistemare alcune cose in sospeso, ha detto, approfittando del fatto che non ci fosse la mamma, ma io ho la netta impressione che non volesse avere nulla a che fare con la mia cucina.

"Fa così schifo?" Chiedo ai ragazzi.

Skylar scrolla le spalle mentre Carter nega con la testa.

"Non sarò un cuoco, ma non sono neanche tanto male."

"Se non fossi rimasto qui con voi avrei infilato una pizza surgelata nel forno."

"E ordinarla, no?" Skylar dice sprezzante.

"Viviamo un po' fuori città, non viene nessuno a consegnare da noi."

"Sfigato" mia figlia dice tra i denti, mentre io inizio a sentirmi male per lui e per come lo tratta.

"E tuo padre rientra tardi?"

"All'alba più o meno, ma solo due settimane al mese. Le altre due fa il turno di mattina."

"E che orari fa?"

"Esce di casa alle quattro."

"Che vitaccia" commento.

"Come se tu sapessi cosa vuol dire alzarsi per andare a lavorare" mia figlia dice.

"Ehi, guarda che anche io dovevo alzarmi presto per gli allenamenti del mattino e poi dovevo stare attento alla dieta, agli orari, alle..." Mi fermo prima di dire troppo.

"Cosa?" Carter chiede curioso.

"Non ha importanza" chiudo il discorso, non posso dire che dovevo stare attento alle donne con cui stavo anche perché, se Carter non ha letto i giornali come tutti, perderei quel poco di credibilità che ho ai suoi occhi e credo che ormai sia l'unica persona che mi guarda come se ancora ne avessi.

"E tua madre dov'è?" Mia figlia, quella con la

discrezione sotto la suola dei suoi scarponi, chiede.

"Se ne è andata quando sono nato."

Il silenzio scende sulla tavola, mio sempre, perché mia figlia che ha un masso al posto del cuore, infierisce sul povero Carter.

"È morta?"

Che diamine, così diretta? Avrei dovuto fermarla sul nascere.

"Non mi ha voluto." Infila del pollo in bocca e mastica lentamente. "È rimasta incinta a diciotto anni, non voleva un bambino, voleva darmi in adozione."

"E poi?"

"E mio padre invece mi ha voluto."

"E quanti anni aveva lui?" Skylar abbassa il tono.

"Diciotto anche lui."

Resto in silenzio ancora perché cosa cazzo dovrei dire? Mi vergogno solo a essere seduto qui di fronte a lui.

"Bel coraggio ha avuto tuo padre" Skylar ora guarda me e fa bene. "Non tutti avrebbero fatto una cosa del genere. Certi non sono capaci neanche a quarant'anni."

Trentotto-quasi-trentanove comunque, ma tant'è.

"Tuo padre deve essere un grande" dice solenne.

Carter le sorride. "Lo è."

* * *

"Ti dispiace se mi fermo prima in un posto? Ho paura che chiuda."

"Nessun problema."

Carter si allaccia la cintura mentre esco dalla proprietà e mi dirigo verso la città per accompagnarlo a casa.

Ho chiamato l'*O'Heirs Bakery* per chiedere a che ora chiudessero e ho chiesto di mettermi da parte qualsiasi cosa avessero al cioccolato, ma la ragazza al telefono mi ha detto che oltre le dieci non avrebbero atteso, quindi mi sono ritrovato a finire la cena veloce e a cercare di convincere mia figlia che non avevo nessun posto in cui correre e che non c'era alcun motivo nell'insistere con il riportare a casa Carter prima delle dieci e che soprattutto, non avevo nulla da nascondere.

"Scusa se ti ho messo un po' fretta."

Glielo dico perché non voglio che pensi che sono fuori di testa, sono io che l'ho convinto a restare da noi.

"Nessun problema. Anzi, grazie a lei per essersi offerto di accompagnarmi."

"Sono Coach K, te l'ho detto. Niente lei."

"Okay, Coach."

"A proposito di coach... Sai che sto allenando i ragazzi della scuola per il torneo di GAA?"

"Sì , coach."

Lo spirito già mi piace.

"Perché non partecipi anche tu?"

"Mi ha visto, coach? Non sono uno sportivo, sono un nerd."

"Chi ti dice che le due cose non possano andare d'accordo?"

"Millenni di evoluzione."

Rido. Questo ragazzo è intelligente e sarcastico, non capisco perché mia figlia faccia tanta fatica a sopportarlo.

"Potresti avere una chance in più."

"Che chance?"

"Con Skylar."

"Non mi sento a mio agio a parlare con lei di certe cose."

"Andiamo, lo avrai capito che non sono un padre come gli altri."

Mi guarda. "Mi sono fatto un'idea, sì."

"Puoi parlare apertamente con me."

"Davvero?"

"Certo, basta che non lo dici a mia figlia, non sono una delle sue persone preferite al momento."

"Siamo in due."

Forse è per questo che andiamo così d'accordo questo ragazzo e io.

"Non credo che a Skylar possa piacere il tipo sportivo."

"Dici di no?"

"Non mi sembra quel tipo di ragazza, quella che va dietro ai campioni, al re del ballo, al ragazzo popolare che piace a tutte."

Mmm. Mi ricorda qualcuno.

"E poi sono davvero un disastro."

"Ma se non hai mai provato!"

"Sono sicuro che farei schifo e che finirei con il rendermi ridicolo ancora più del solito."

"Vieni a un allenamento, una volta sola. Conosci la squadra, impara le regole e magari stai in panchina fino a quando non ti senti pronto."

"È una perdita di tempo."

"A cosa togli tempo, esattamente?"

"Alle mie cose."

"Fumetti, videogiochi? Porno?"

Sulla parola porno salta su quasi inorridito. Forse ho esagerato, ma ha sedici anni, cos'altro potrebbe fare un sedicenne?

"In ogni caso, ci alleniamo il giovedì a scuola. Potresti fare un salto."

"Non lo so."

"Pensaci, potresti anche farti degli amici."

"Chi dice che non ne ho?"

Lo guardo con condiscendenza mentre parcheggio davanti all'*O'Heirs*.

"I colleghi del club di scacchi?"

"Non c'è un club di scacchi."

"Dibattito? Giornale della scuola? O magari matematica, partecipate a quella roba tipo Olimpiadi..."

"Guardi troppi film americani, coach K."

"Forse... Ma ci ho preso, dici la verità."

"Non faccio parte di nessun club, mi piace stare per conto mio."

"Un solitario" commento. "Be', hai il mio rispetto, amico, ma ti assicuro che così non andrai da nessuna parte."

"Lo sport non è tutto nella vita, così come essere popolari."

"Nella vita magari no, ma a scuola e con le ragazze..."

"Stanno per chiudere." Indica la vetrata della pasticceria ormai vuota.

"Vado, ma il discorso lo riprendiamo."

"Perché le interessa così tanto cosa faccio?"

"Non lo so, mi sei simpatico, credo."

"Davvero?"

"Non mi dispiacerebbe se tu e Skylar diventaste amici."

"Non dispiacerebbe neanche a me" dice sottovoce e anche se credo che lui non voglia solo amicizia da mia figlia, me lo faccio andare bene. Se non guarda neanche porno credo ci siano pochi pericoli di cui devo preoccuparmi.

"E allora facciamo qualcosa perché accada."

* * *

Non le avevo detto a che ora sarei passato, ma ho il timore che sia un po' tardi, tra la cena, la sosta all'*O'Heirs* e Carter, sono arrivato davanti alla sua porta solo alle dieci e trenta.

"Spero che tu abbia almeno portato il dolce."

Le mostro la busta. "Non dico cazzate io."

Faccio per mettere un piede all'interno ma mi blocca con una mano.

"È al cioccolato?"

Sorrido fiero di me. "Doppio cioccolato."

Mi lascia passare e chiude la porta alle mie spalle.

"Ho fatto un po' tardi" le dico colpevole. "Carter è rimasto a cena e non potevo farlo andare in giro in bicicletta di notte, così l'ho accompagnato e poi il dolce..." Sollevo lo sguardo, i suoi occhi sono su di me, attenti e in attesa.

"E poi tu" le dico spontaneamente.

"Io?" Chiede inclinando la testa.

Annuisco e mi avvicino a lei che mi guarda con sospetto.

"L'unica cosa che avrai questa sera è metà di quel dolce."

Le sorrido. "Non sono venuto per quello che pensi."

"Penso tante cose, Kerry e devo dirti che non sono per niente positive."

La seguo nel salotto illuminato solo dalla luce di una lampada da terra, la TV è spenta e in giro non ci sono i soliti avanzi di una cena consumata in solitaria.

"Eri già a letto?" Chiedo mentre si siede sul

divano.

Prende un libro dal tavolino e me lo mostra. "Ero in buona compagnia."

Mi siedo accanto a lei e poso la busta con il dolce sul tavolino. La guardo e le parole sono lì, pericolose e spaventose.

"Sei strano stasera" mi dice. "Qualcosa non va?"

Tante cose, Jordan. Nella mia vita non c'è niente che al momento va, ma ho deciso di cominciare a fare qualcosa perché finalmente inizi a girare nel verso giusto e quel qualcosa include anche te.

47
Jordan

Non so se sia normale che lui si senta così a suo agio a casa mia e soprattutto se sia preoccupante il fatto che io mi senta così a mio agio ad averlo in casa, ma mi ha portato il dolce, al doppio cioccolato, cosa posso fare, cacciarlo via? E poi non l'ho invitato io, ci è venuto da solo da me, anche se me lo aveva chiesto o forse non me lo ha propriamente chiesto, forse me lo ha solo comunicato e io non ho detto nulla per farlo desistere. E non sto stilando regole e non gli ho chiesto di firmare più nulla e non voglio farlo. E mi sto cacciando in un guaio a cui non ci sarà rimedio.

Un cuore infranto si può rimettere insieme ma è difficile, devi far combaciare tutti i pezzi, devi assicurarti che non ci siano crepe, che regga e che resista agli urti e alle intemperie, perché un cuore che è stato rimesso insieme già una volta è delicato e fragile e va preservato, perché basta uno scossone per ridurlo in pezzi ancora. E niente può essere sistemato più di una volta. E Niall Kerry sembra proprio il tipo d'uomo che provoca tanti scossoni.

"Mi hai sentito?"

"Come dici?"

"Non ti piace? Credevo che con il doppio

cioccolato la vittoria sarebbe stata nelle mie mani."

"Certo, mi piace, che domande…" Affondo la forchetta nella mia fetta. "Mi ero solo persa un attimo."

"Forse sei stanca, vuoi che vada via?"

"No, va bene."

"Okay." Si rilassa e posa la sua fetta a metà sul tavolino.

"Quindi abbiamo fatto un passo avanti" dico per riallacciarmi al discorso che mi stava facendo su Carter e sua figlia.

"Sinceramente non lo so. Mia figlia è un osso duro."

"Lo avevo notato."

Sospira e poi mi guarda. "Grazie."

"Di cosa?"

"Per Carter, per la storia delle graphic novels."

"Te lo ha detto."

Scuote la testa. "Carter le ha lette. E gli sono piaciute e soprattutto sapeva di cosa stava parlando mentre io…" Si passa una mano tra i capelli. "Io non so chi è mia figlia."

"Niall…"

"E voglio saperlo, voglio conoscerla, entrare nel suo mondo. Voglio che lei si fidi di me, che mi parli e che mi dica cosa fa, cosa le piace, cosa prova."

"Ci vuole tempo."

"Mi sono perso i primi quindici anni della sua

vita, non voglio perderne altri."

Le sue parole sono sincere così come i suoi occhi.

"Aiutami."

"C-come?"

"Tu sei una donna e sei brava con i ragazzi e sei... Tu sei..."

"Cosa sono?"

Sembra pensarci su qualche istante, poi prende un profondo respiro.

"Sei tutto quello che non mi aspettavo."

"Oh..."

"Che non mi aspettavo potesse piacermi così tanto."

Non cascarci, Jordan. Sta solo cercando qualcuno che lo aiuti a uscire da questa situazione, non vuole te davvero, non ha mai avuto una donna in tutta la sua vita e non sarai tu quella che gli farà cambiare idea. Niall Kerry non è fatto per le relazioni e tu ne hai abbastanza di uomini che non sono in grado di prendersi un impegno.

"Siamo amici, niente di più" metto subito in chiaro.

Allunga una mano verso il mio viso e sposta una ciocca di capelli dietro l'orecchio, poi mi sorride mentre il suo palmo si posa sulla mia guancia.

"Sai anche tu che non è così."

"Io ho bisogno che sia così o non potrei permetterti di stare qui."

Lascia andare il mio viso, sorride ancora anche se non come prima.

"E io te lo sto lasciando credere, preside Jordan. Ma sono qui, di sera, sul tuo divano e tu non indossi nulla sotto quella felpa."

Arrossisco fino alla radice dei capelli.

"E mi piace che tu non abbia indossato niente sotto quella felpa."

Lo lascio parlare ormai presa all'amo.

"Non era così con le altre donne."

"E com'era?" Chiedo stupida fino al midollo.

"Volevano impressionarmi, volevano vendermi la loro immagine, un prodotto impacchettato e finito. Volevano darmi qualcosa che non erano e che io non volevo. Mi ci sono voluti vent'anni per capirlo" dice amaro. "Mi ci sei voluta tu."

Sento il cuore martellare forte nel petto.

"Tu e i tuoi completi rigorosi e i tuoi occhiali e i tuoi capelli tirati su, e poi questo" sorride. "Le tue tute, i tuoi maglioni e i tuoi capezzoli che si intravedono attraverso la stoffa."

Le sue parole scorrono lungo la mia spina dorsale.

"E il modo in cui mangi e parli e... Respiri."

"Non starai esagerando?" Sdrammatizzo perché la cosa sta prendendo una direzione pericolosa.

"Ti assicuro di no."

"Non sono io quello che cerchi, Kerry."

"Ed è questo il bello, io non credevo di cercare nulla, fino a quando non ho trovato te."

"Devi smetterla, sul serio. O..."

"Cosa? Non mi farai più avvicinare a te?"

"E-esatto."

"Aiutami" dice di nuovo.

"Sai che per Skylar ci sono."

Scuote la testa. "Aiuta me."

"Non capisco di cosa stai parlando."

"Aiutami a capire dove mi sono perso e perché non riesco a tornare indietro."

Sorrido amara. "Non riesci a tornare indietro perché non si può, Niall. Quello che hai fatto, la strada che hai percorso... Resta. Non puoi modificare nulla."

"Ma posso migliorare, imparare dai miei errori. Essere un figlio migliore, un amico presente e un padre su cui puoi contare."

"Niall..."

"E un uomo che tu puoi vedere in pubblico."

Sospiro.

"Che non ti vergogni a mostrare in giro."

"Pensi che mi vergognerei di te?"

"Non lo so, preside Jordan. Dimmelo tu. Ti vergogneresti a farti vedere in giro con uno come me?"

"Mi sentirei a disagio a farmi vedere con il padre di una mia studentessa."

"Non hai risposto alla mia domanda."

Tentenno qualche secondo mordendomi nervosa un labbro e quando capisce che non gli darò una risposta, si alza dal divano.

"Grazie per avermi ascoltato" dice risentito. "E per aver chiesto a Carter di aiutare Skylar."

"Niall..."

"Buonanotte, preside."

Si muove veloce verso la porta mentre mi alzo e faccio il giro del divano intenzionata a fermarlo, ma poi mi limito a guardarlo mentre apre la porta, mentre la attraversa e poi la chiude dietro di sé, senza avere il coraggio di dirgli una parola, di smentirlo, perché la verità è che quelle cose le ho pensate in passato e non sono sicura di non pensarle ancora oggi.

48
Niall

"Non hai niente da dire?"

"Cosa vuoi che ti dica? Hai detto già tutto tu, hai tratto le tue conclusioni, no?"

Tyler mi passa una scatola di cereali ma io gli indico quella accanto. La rimette a posto e mi passa quella giusta che infilo nel carrello. E sì, mi è toccata anche la spesa stamattina, questo perché sono l'unica persona della famiglia che non ha un cazzo da fare tutto il giorno. Ho chiamato Tyler dopo aver accompagnato Skylar a scuola e gli ho chiesto di fare colazione insieme prima di andare al supermercato. Mi ha detto che aveva solo un paio d'ore, che poi deve prepararsi per il suo turno.

"E da ieri sera quindi niente più messaggini sconci?"

"Non ci mandiamo solo quel tipo di messaggi."

"Però non si è fatta sentire e neanche tu."

"Non devo farlo certo io. Se avesse voluto dirmi qualcosa lo avrebbe fatto già ieri sera."

"Non ti starai comportando come un ragazzino?"

"Ma da che parte stai?"

"Perché devo schierarmi?"

Prendo una pinza e faccio scivolare quattro

ciambelle ricoperte di glassa al cioccolato in una busta di carta.

"Forse sei andato troppo veloce."

Scrollo le spalle come un bambino capriccioso e infilo la busta nel carrello.

"Dico sul serio, corri troppo, Kerry. Certe cose vanno conquistate e tu vuoi invece bruciare tutte le tappe. Sei almeno sicuro di quello che stai facendo?"

"Non lo so, forse."

"Lo vedi? Stai sbagliando tutto."

"In fondo cosa le ho chiesto?"

"Non è cosa, ma come. Prima le dici che attenderai di vincere il torneo, poi le mandi messaggi a chiaro intento sessuale, ti presenti a casa sua, le porti il dolce..."

"Non mi sembra che lei si sia tirata indietro."

"Ma è una donna e probabilmente si starà chiedendo come mai questo tuo improvviso interesse verso di lei e come mai uno che fino a pochi mesi fa usciva con una donna diversa ogni settimana ora sembra non poter fare a meno della preside della scuola in cui studiava da ragazzo. Ammettilo, anche tu al suo posto ti faresti delle domande."

Non gli rispondo, non mi piace quando gli altri credono di aver ragione.

Tyler guarda l'orologio. "Devo proprio andare adesso. Te la caverai?" Indica il carrello.

"Che vuoi che sia" minimizzo.

"Vedo solo schifezze nel tuo carrello. Hai una lista, almeno?"

"Sto andando a braccio."

Tyler mi scruta con attenzione.

"Hai mai fatto la spesa da solo, prima?"

In verità il mio assistente si preoccupava anche di comprare i preservativi, ma non credo mi faccia onore.

"Me la caverò."

Tyler mi lascia solo con un carrello pieno di roba inutile in un supermercato semivuoto. Mi guardo intorno e mi rendo conto che sto iniziando a convincermi del fatto che no, non me la caverò affatto e che le cose non faranno che peggiorare.

* * *

Non avendo altro da fare e non avendo voglia di tornare a casa e incappare in mio padre che tenta di riportarmi alle radici, lascio la spesa in auto e decido di fare due passi in centro. La giornata è buona, tiepida anche se nuvolosa, e senza un accenno di pioggia.

Infilo le mani nelle tasche della giacca e m'incammino verso Main Street che di per sé non è cambiata molto. I negozi sono quasi tutti gli stessi di vent'anni fa e probabilmente anche di più; fatta eccezione per qualche marchio che arriva da fuori, i negozianti hanno mantenuto la tradizione del posto e della contea stessa, tramandando le attività di padre in figlio come ci si aspetta in questi posti, come forse mio padre si aspettava anche da me.

È un periodo strano della mia vita questo, non so se c'entra solo il mio ritorno a casa o se dipende da mia figlia e da cosa è successo con sua madre, magari sono solo preso dagli eventi o magari sto solo invecchiando, stronzo e solo, come aveva predetto Mary Hannigan prima di sparire dalla città.

Attraverso tutto il corso principale che mi porta dritto al centro nevralgico della città, *The Diamond*, e mi fermo a osservare una figura familiare intenta ad annaffiare i fiori al di fuori del suo negozio.

Mi avvicino e mi tolgo il capello.

"Buongiorno, Iris."

Si volta lentamente verso di me.

"Dio se sei invecchiato, ragazzo."

Rido mentre le do un bacio sulla guancia.

"Tu sei sempre meravigliosa."

"Funzionano davvero queste cose con le donne?"

Scuoto la testa e la seguo all'interno del suo negozio.

"Questo posto non è cambiato affatto."

"Come tutto quello che nasce qui."

Le sorrido perché di recente ho capito che è davvero così.

"Ci hai messo tanto per venire a salutarmi."

"Mi dispiace, hai ragione. Sono stato preso

dagli eventi."

"Ho saputo che ti sei portato dietro una ragazzina che è tutta suo padre."

"Le voci girano in fretta."

"Più di quanto immagini."

Sembra che Iris sia al corrente di qualcosa che alle voci per adesso è sfuggito. Non mi meraviglio, da ciò che ricordo lei e Jordan sono sempre state unite.

Iris si ferma dietro al suo bancone, le mani poggiate sul ripiano di legno, i suoi occhi azzurri e limpidi su di me.

"Te la stai passando tanto male, eh?"

Prendo un profondo respiro. "Non puoi capire quanto."

"E mia nipote c'entra qualcosa in tutto questo?"

"A dire la verità vorrei che c'entrasse, ma a quanto pare lei ha già deciso di non voler avere a che fare nulla con l'ex stronzo del paese."

"Ex?" Mi chiede sollevando un sopracciglio.

"Guardami," mi indico con le mani. "Non sono più quello di una volta, non so neanche più cosa sono."

"Sei sempre in tempo per scoprirlo."

Le sorrido con affetto. Iris è una grande donna, in città tutti la conoscono, la amano e la rispettano, e non solo perché ha accolto in casa sua una quindicenne senza famiglia e senza niente. La amano perché è una bellissima persona, non era difficile immaginare che Jordan sarebbe diventata altrettanto bella e non parlo di certo del suo aspetto.

"Mi piacerebbe conoscerla tua figlia."

"Ah sono sicuro che andreste d'accordo."

"Se è come te..." Mi fa l'occhiolino. A lei sono sempre andato a genio, al contrario di sua nipote.

"Perché non venite da me."

"Da te?"

"A cena. Sono sempre sola e un po' di compagnia non mi dispiace affatto."

"Non so cosa dire."

"Dimmi che verrete stasera e ne sarò felice."

"Sei sicura che a Jordan non dispiacerà?"

"Jordan ha la sua vita, io la mia."

Il suo invito mi sembra sincero così come il suo desiderio di conoscere mia figlia, quindi, perché no?

"Se non vi dispiace cenare sul tardi, ovviamente. Sai che qui ne ho fino a sera."

"Nessun problema per noi."

"Bene. Sono proprio curiosa di conoscere questa ragazza."

Sono sicuro che Skylar non accetterà così di buon grado, ma credo che uscire di casa, conoscere le persone del posto, la aiuterà a sentirsi meno sola.

49
Niall

"Puoi sorridere?"

Skylar mi guarda come se stesse per saltarmi al collo.

"Ci ha invitato a cena, sii gentile, per favore."

"Ti hanno invitato a cena, io non ho chiesto niente, mi hai portata qui con la forza!"

"Come sei teatrale."

Sbuffa e incrocia le braccia davanti a sé. "Domani ho la scuola."

"E allora?"

"Faremo tardi e sarò stanca."

"Non faremo tardi e ti prometto che dormirai a sufficienza e poi, da quando ti importa della scuola?"

"E da quando le persone che non mi conoscono mi invitano a casa loro?"

"Innanzitutto, Iris è una persona gradevole e gentile e poi conosce me, non ti basta?"

"Appunto! Conosce te."

Apro la portiera dell'auto e poi attendo all'esterno che mia figlia si decida a raggiungermi.

Apre anche lei la portiera e poi si assicura di sbatterla per bene.

"Non reciterò la parte della ragazza educata."

"Cerca di tenere a freno la lingua almeno."

"Vuoi che non parli?"

"Vorrei che evitassi di infilare un *cazzo* ogni tre parole."

Alza gli occhi al cielo e mi raggiunge sul marciapiede.

"Quanti anni hai detto che ha questa tizia?"

"Non lo so di preciso, nessuno lo sa credo. Qui in città è un'istituzione."

"Addirittura" dice sarcastica.

"Lo vedi questo?" Indico il suo negozio ormai chiuso. "È qui da almeno cinquant'anni. Fa parte della storia di questo posto, è diventata un'attrazione per i turisti, sai?"

"Wow" dice senza entusiasmo. "Sono tutta eccitata."

Scuoto la testa e suono al campanello accanto al portoncino che dà sulla strada, Iris ci apre subito, io lo spingo per far passare prima mia figlia e poi la seguo su per le scale. Iris abita nell'appartamento situato sopra il suo negozio, primo piano.

"Buonasera," ci accoglie con un sorriso smagliante. "Sono felice di avervi qui."

"Grazie per averci invitato." Le do un bacio sulla guancia e le porgo una bottiglia di vino.

"Prego." Ci fa accomodare nel suo salotto.

"Che profumino" dico, sentendo subito lo stomaco brontolare.

"Pasta alla crema di funghi e pancetta, spero vi piaccia" dice a entrambi, ma i suoi occhi sono su mia figlia. "Tu devi essere Skylar."

"Ci ha preso" dice lei a me.

"Ho sentito diverse storie su di te."

"Immagino che allora ti sarai fatta un'idea."

"Non proprio, di solito preferisco conoscere le persone prima di decidere se credere a quello che si dice sul loro conto oppure no, altrimenti tuo padre non sarebbe di certo il benvenuto stasera."

Scuoto la testa mentre mia figlia alza il mento e guarda Iris attentamente, se sta per sottoporla a uno dei suoi giochi mentali per testare la sua resistenza lo scoprirò a breve.

"E sai molte cose sul conto di mio padre?"

Dovevo immaginarlo che saremmo finiti così.

"Abbastanza da riempire tutta la serata, mia cara."

Skylar sorride soddisfatta.

"Non vedo l'ora di sentirle."

* * *

Iris mi porge un bicchiere di vino che beviamo in piedi nella sua cucina mentre lei sta terminando di preparare la cena. Non sono mai stato a casa sua prima e a dire il vero, non sono sicuro del motivo per cui mi abbia invitato stasera, non mi sono posto molte domande al riguardo. Volevo trascorrere una serata in compagnia di qualcuno che non fossero i miei genitori e volevo che Skylar la conoscesse e che uscisse da quella casa e dato che non si è ancora fatta degli amici – a parte Carter, e anche lì non sono sicuro che lei tolleri questa definizione – ho pensato di accelerare la cosa e di prendere in mano le redini della situazione.

"Sembra una ragazza sveglia."

Guardo mia figlia curiosare nel salotto di Iris, in mano un bicchiere di 7Up.

"Anche troppo, credimi" commento, prima di buttare giù un paio di sorsi.

"Ti somiglia molto."

"Dici?"

Annuisce.

"A me sembra di rivedere sua madre in tutto."

Iris sorride con affetto. "Non riesco a immaginare cosa possa sentire in questo momento."

"Neanche io, Iris, e vorrei davvero saperlo, se si aprisse, magari potrei aiutarla o che so..." Sospiro frustrato. "Vorrei poter fare di più."

"È qui con te, è a casa."

"Non sono sicuro che questa sia la sua casa e non sono sicuro che sia la mia."

"Datevi un po' di tempo, vedrai che le cose si sistemeranno."

"Lo spero davvero."

"Oh mio dio!" Skylar urla e viene verso di noi, una cornice tra le mani. "E questa?" Ci mostra una foto che ritrae Iris e Jordan.

"Mia nipote" dice con finta innocenza.

"E tu lo sapevi?" Chiede a me facendo scoppiare Iris a ridere.

"Sono cresciuto qui, ricordi?"

Iris si avvicina a Skylar e guarda la foto. "Questa è stata scattata il giorno della sua laurea."

"È pieno di foto vostre" Skylar commenta.

"Sì, mi piace averle intorno, mi ricordano i più bei momenti della mia vita."

Skylar la guarda un po' confusa, così decido di intervenire in modo discreto.

"Jordan... Voglio dire, la preside, è cresciuta con Iris."

"Oh" Skylar esclama sorpresa.

"I suoi genitori sono morti quando aveva quindici anni" Iris dice cauta. "Sua madre lavorava nel mio negozio, era come una figlia per me."

"Quindi non siete parenti, non è davvero tua nipote."

"Ero l'unica persona che le era rimasta e lei era l'unica famiglia che avevo."

"E tu l'hai adottata?"

"È stata affidata a me. La sua vita era qui, i suoi amici, i posti che amava, le sue radici. Aveva appena perso i suoi genitori, non avrei mai permesso che perdesse anche tutto il resto."

"Mi dispiace, sono stata indelicata."

È davvero mia figlia quella che si sta scusando per qualcosa che non ha neanche fatto?

"Non lo sei stata."

"Okay."

"Era una ragazza in gamba, proprio come te."

Skylar sorride appena.

"Ed è diventata una donna bella e forte."

"Già. È una tipa tosta."

Sorrido anche io a vedere mia figlia così a suo agio con Iris e così aperta al dialogo.

"E ora, cosa ne dite di metterci a tavola? Scommetto che starete morendo di fame."

"A dire il vero sì" le dico senza vergogna.

Da quando sono tornato il mio appetito è triplicato.

"Andate a sedervi, arrivo subito."

Mi avvio verso il tavolo che si trova tra la cucina e il salotto dove mia figlia si è appena seduta. Poso il bicchiere con il vino rimasto al mio posto ma prima che possa sedermi, qualcuno bussa alla porta.

"Ti dispiace vedere chi è, Niall?" Iris mi dice dalla cucina.

Faccio come mi chiede, raggiungendo la porta d'ingresso, e quando la apro e me la trovo davanti, mi rendo conto che forse il mio ritorno qui ha più di un motivo e che il destino o la fortuna, ha deciso che avevo diritto a una seconda chance, chance che non intendo farmi scappare per niente al mondo.

50
Jordan

"Non trovo la chiave in questa dannata borsa! Il portone di sotto era aperto e..." Sollevo la testa e la borsa in questione mi cade immediatamente di mano finendo sul pavimento.

"Ciao, preside Jordan." Il suo sorriso da sciogli ghiacciai mi coglie impreparata.

Si china per raccogliere la mia borsa da terra e me la porge.

"Tu cosa... Che ci fai..."

"Iris mi ha invitato a cena."

"Iris... Che?"

"L'ho incontrata stamattina e voleva conoscere Skylar, così... Eccoci qui."

"Immagino, quindi, che non ci sia nessuna emergenza."

Mi guarda corrugando la fronte.

"Mi ha mandato un messaggio dicendo che aveva bisogno di me per cacciare un topo."

Non trattiene una risata.

"A quanto pare il topo in questione sei tu."

"Oh tesoro" Iris di affaccia verso la porta. "Come mai da questa parti?"

Niall ride ancora mentre io alzo gli occhi al cielo e mi decido a entrare.

"Non hai niente da dire?" La accuso.

"Forse è stato un falso allarme."

"Ma dai!"

"Visto che sei qui, però, puoi unirti a noi per la cena."

Scuoto la testa in imbarazzo. Non mi aspettavo ovviamente di trovarlo qui e non mi aspettavo che lo avrei rivisto così presto. Non ho ancora avuto modo di analizzare quello che è accaduto ieri, di capire perché non gli ho risposto e perché mi è così difficile credere che sia davvero interessato, e ora lo trovo in casa di mia zia, a cena, e io indosso i vestiti della palestra e sono sudata e sono impresentabile e... Oh mio dio. Mi importa di come mi vede e di cosa possa pensare.

"Buonasera, preside Hill."

La voce di Skylar mi aiuta a riavere il mio contegno.

"Buonasera a te."

"Vedo che siamo state tirate in ballo entrambe."

Le sorrido. "Così sembrerebbe."

"Coraggio, tutti a tavola, o la mia salsa speciale si ritirerà tutta."

Iris sparisce verso la cucina mentre io lascio la borsa a terra e mi sfilo la giacca.

"Vado a lavarmi le mani" dico, felice di avere una scusa per sfuggire all'imbarazzo.

Mi rintano nel bagno, mi lavo le mani veloce e poi mi guardo allo specchio. I capelli meglio non toccarli, se li sciogliessi il danno sarebbe irreparabile, quindi mi limito a sciacquarmi anche il viso e a tamponarlo con un asciugamano. Faccio un paio di respiri profondi e poi mi decido a uscire e raggiungere gli altri a tavola. Iris ha già aggiunto un coperto per me.

Mi accomodo tra lei e Skylar mentre Niall mi è seduto di fronte. Il tavolo è quadrato e ideale per due persone, quindi siamo tutti un po' stretti, impossibile per me sfuggire ai suoi occhi.

"Vino?" Mi chiede sollevando la bottiglia.

"Mezzo bicchiere, grazie."

Mi accontenta e poi riempie anche quello di mia zia.

"Con me vacci pesante, ragazzo."

Niall ride, anche Skylar accenna un sorriso, a dire il vero mi sembra abbastanza a suo agio e la cosa non può farmi che piacere.

"E dove sei stata, stasera?" Niall chiede guardandomi.

"In palestra. Da tua sorella." Infilo una forchettata in bocca mentre i suoi occhi restano su di me.

"Fai Yoga con Rian?" Chiede quasi sorpreso.

"Non esageriamo, diciamo che ci provo. Per allentare lo stress, ecco."

"E ci riesci?" Skylar si inserisce nella conversazione. "A fare quelle cose strane, a contorcerti, mettere un piede sull'altro..."

"Non proprio, ma aiuta a staccare, quello sì."

"Io lo trovo noioso."

"Tu trovi tutto noioso" Niall le risponde.

"Vero, soprattutto te."

"E cosa ti piace, Skylar?" Iris si inserisce nella conversazione. "Leggere, magari o qualcosa di artistico tipo... Dipingere?"

Skylar la guarda per un po', ho capito che non le piace far sapere a nessuno cosa fa e non sarò certo io a fare la spia.

"Leggere, a volte" dice vaga, ma richiama l'attenzione di suo padre.

"Anche a me piace, io preferisco leggere thriller psicologici, sai quelli che ti tengono con il fiato sospeso fino all'ultimo, che ti costringono a entrare nella mente dei personaggi, che ti tengono attaccata alle pagine."

"Sì, non male quelli."

"Io invece leggo commedie romantiche" mi trovo a dire. "Mi piacciono le storie dove si ride e si sogna."

"Quelli non li leggo" Skylar sentenzia.

"Neanche io, figuriamoci. Ne ho avuto abbastanza di amore" Iris aggiunge.

Io sorrido appena un po' in imbarazzo, poi bevo un sorso di vino. Non mi vergogno di ciò che leggo ma a volte mi vergogno di essere ancora una sognatrice, almeno attraverso i libri.

"Fa bene sognare senza rischiare di farsi male" dico sottovoce e quasi senza rendermene conto.

"Così, però, ti appropri di sogni che non ti appartengono" Niall mi fa notare, richiamando la mia attenzione su di lui.

"Sono personaggi di fantasia, non rubo sogni a nessuno."

"Li rubi a te."

Annuisco lentamente. "Ne ho avuti di sogni miei, Kerry" dico amara.

"Sogni che non si sono avverati?" Skylar chiede stranamente interessata.

Non volevo che la discussione finisse su di me, sui miei fallimenti, sulle mie delusioni, ma ormai l'amarezza è tornata.

"Non tutto quello che desideri si avvera, purtroppo."

Skylar mi sorride triste.

"Fa parte della vita" Iris aggiunge. "Bisogna accettare anche questo."

"Io non ci credo" Skylar continua, stasera sembra più loquace del solito. "Ai sogni, ai desideri."

"E a cosa credi?" Mia zia chiede discreta.

"A quello che costruisci con le tue mani."

Iris le sorride mentre Niall la guarda preoccupato.

"Mi sembra un ottimo modo di affrontare la vita" Iris commenta. "Ma non dimenticare mai, ragazza mia, che a volte, chiudere gli occhi e lasciarsi andare a quel sogno, fa bene al cuore."

Skylar le sorride a mezza bocca. "Ci penserò" dice, tornando al suo piatto.

"E tu?" Niall si rivolge a me. "Ci penserai

anche tu?"

Non posso rispondere e non è per quello che dice e neanche per il tono morbido che usa, e non è per i suoi occhi magnetici né per quel sorriso a mezza bocca. È per quello che sento pulsare, che sento crescere, che sento pericolosamente farsi strada ovunque.

* * *

"Lo farai?" Mi chiede sulla porta, mentre mi infilo la giacca.

Sua figlia è in cucina con mia zia, le sta preparando una scatola di biscotti da portare a casa.

"Dimmi solo se lo farai."

Apro la porta e mi volto verso di lui.

"Perché lo vuoi sapere?"

"Perché non vuoi dirmelo?"

"Buonanotte, Kerry."

Infilo la porta e scendo veloce per le scale, Arrivata all'esterno mi dirigo a passo svelto verso la palazzina in cui vivo, entro e salgo le scale che mi separano dal mio appartamento. Solo quando sono all'interno, al silenzio, al buio, prendo il telefono dalla borsa e con le dita che pesano una tonnellata e il cuore che ne pesa due, gli invio un messaggio.

Forse.

51
Niall

"Non se ne parla proprio."

"E dai, cosa ti ho chiesto!"

"Non verrò con te in mezzo a quel branco di sfigati."

"Non sono sfigati, sono giocatori."

"Pensi che ci sia differenza?"

"Ora mi stai offendendo."

"Non dirmi che pensi davvero di essere figo solo perché sai tirare due calci a una palla insieme a una massa di deficienti."

"Ti pago."

"Cosa?"

"Cinquanta euro."

"Stai scherzando?"

"Ti pago cinquanta euro per farmi da assistente per due ore."

"Sei proprio disperato."

Sì, ma non voglio dirglielo.

"Non voglio che mi associno a te. Non voglio che tu dica che sono tua figlia."

Come dovrei prendere questa cosa?

"Ti vergogni di me così tanto?"

Scrolla le spalle, non mi dà alcuna risposta rincuorante.

"Sono così una cattiva persona secondo te?"

"Non ho detto questo."

"Be', in realtà non dici niente, quindi potresti pensare qualsiasi cosa."

Sospira pesante, poi parla di nuovo.

"Se si dovesse sapere di te e della preside..." Dice cauta.

Non ci avevo pensato.

"Non vuoi passare per una raccomandata."

Scuote la testa. "Non voglio che la preside possa avere problemi per questa cosa."

"Oh."

"Che c'è?"

"Sono sorpreso."

"Credi che io non possa preoccuparmi delle persone?"

"No, non volevo dire questo, solo che non pensavo che ci tenessi così tanto."

"È stata buona con me ed è una grande donna."

Non posso che essere d'accordo con lei e sentire uno strano formicolio allo stomaco.

"Purtroppo le sei capitato tu."

Ed ecco che mia figlia infrange i miei sogni di gloria.

"Questo vuol dire che non pensi che io sia alla sua altezza."

"Penso che non te la meriti, Kerry."

"Non mi conosci neanche, come fai a dire una cosa del genere? Ti basi solo su quello che hai sentito o letto su di me?"

"Ti sei risposto da solo, non ti conosco, come tu non conosci me e un uomo che non conosce sua figlia non è una persona così brillante."

Mi sta parlando duramente e con rancore, ma non posso darle torto. Forse dovrei punirla per questo o riprenderla almeno, ma cosa posso farci se ha sempre ragione quando parla di me?

"Non posso dire che non sia vero e a quanto pare non sei l'unica a pensarla così, ma ci sto provando, te lo giuro."

"A far cambiare idea a me o a qualcun altro?"

"A tutti."

Mi guarda poco convinta.

"Dammi solo un po' di tempo."

Ci pensa su qualche istante, poi sbuffa e alza gli occhi al cielo.

"Non li voglio i tuoi cinquanta euro."

"No?"

"Un padre non dovrebbe pagare sua figlia per convincerla a stare con lui."

"Hai ragione anche su questo."

Scuote la testa contrariata.

"Hai un bel po' di lavoro da fare, Kerry."

"Lo so."

"Andiamo ai tuoi stupidi allenamenti, ma se uno di quegli stupidi sfigati prova a dire qualcosa..."

"Ti autorizzo a fare di lui quello che vuoi, basta che non danneggi le attrezzature scolastiche o col cavolo che Jordan mi darà una possibilità."

* * *

Quando arriviamo in palestra ci sono solo due ragazzi della squadra in attesa seduti sulle gradinate.

"Ehi! Voi due! Che ci fate lì senza far niente?"

"Stiamo aspettando gli altri."

"Non si aspetta seduti, coraggio!" Gli faccio segno di alzarsi e loro svogliatamente scendono dalle gradinate e si avvicinano a noi.

"Potreste cominciare con un po' di riscaldamento."

"Non dovremmo farlo tutti insieme?" Chiede uno dei due.

"Appena gli altri arriveranno, si uniranno a voi."

"Ma così noi correremo di più."

"Vi allenerete di più."

"Non credo che funzioni così, Kerry" Skylar mi fa notare.

Sbuffo. Non mi è permesso neanche divertirmi sulle ossa della mia squadra.

"Gli altri recupereranno i giri in più dopo. Meglio così?"

I due borbottano qualcosa prima di iniziare a correre lentamente.

"Sai quello che stai facendo, non è vero?" Skylar mi chiede.

"Ho giocato per vent'anni, credo di sapere cosa fare. Un po' di fiducia nel coach sarebbe gradita."

Alza gli occhi a cielo e poi il suo sguardo si ferma alle mie spalle.

"Che c'è?" Chiedo mentre mi volto.

"È opera tua, non è così?"

"Io non..."

"Mi hai fatto venire per questo, oggi?"

Mi volto di nuovo verso mia figlia. "Ti giuro che non sapevo sarebbe venuto. Gli ho consigliato di fare sport, è vero, ma non credevo che si presentasse qui."

"Sei un bugiardo."

"Te lo giuro, Skylar."

"Non ti credo" dice arrabbiata, prima di lasciarmi da solo al centro del campo e dirigersi veloce verso l'uscita. Quando passa accanto a Carter lui alza la mano per salutarla ma lei risponde con un altro gesto davvero poco carino.

Ne ho fatta un'altra delle mie.

"È arrabbiata perché sono qui?" Carter chiede avvicinandosi impacciato.

"Ma no, ce l'ha con me come al solito, non farti problemi. Piuttosto, come mai qui?"

"Ho pensato di fare una prova."

"E hai pensato bene."

"Anche se..."

"Cosa?"

"Non sapevo che Skylar fosse qui."

"E quindi?"

"Non sono proprio portato per gli sport, coach."

"Nessuno nasce pronto, Carter."

"Non sono neanche capace di calciare una palla."

"Magari sei bravo con le mani."

"Non ne ho idea."

"Sei capace di correre almeno?"

"Credo di sì."

"Bene, cominciamo dalle basi. Unisciti a quei due ragazzi che stanno facendo il giro del campo, tra poco saranno tutti qui e cominceremo con il vero allenamento."

"Okay."

"Fai attenzione a quello che dico e non strafare e vedrai che andrà tutto bene."

"Sì, coach."

"Io intanto provo a recuperare la situazione con mia figlia."

"Buona fortuna, allora."

"Grazie, ne avrò bisogno."

Carter si allontana correndo sulle sue gambe esili e avvicinandosi agli altri due ragazzi. Inciampa un paio di volte solo nel primo giro, non oso immaginare cosa potrà accadere in mezzo al campo.

Di fortuna ne ho bisogno, caro Carter, ma anche a te non farebbe male.

52
Jordan

Parcheggio l'auto e mi affretto a raggiungere la palestra con un leggero ritardo. A dire il vero, non ero sicura di partecipare a questo allenamento, non dopo quello che ci siamo detti a casa mia e dopo ieri sera, poi, la sua richiesta e il mio messaggio, credo che le cose tra di noi siano un bel po' confuse, ma sono pur sempre la preside e questo torneo l'ho voluto io e sono stata ancora io ad assumerlo per allenare la squadra della scuola, non posso venire meno ai miei impegni. Devo assicurarmi che vincano, lo faccio per il premio, fondi che aiuterebbero i ragazzi, non lo faccio per me, per godermi la sua compagnia e la sua vista, non lo faccio perché come una stupida ci sto cascando un'altra volta e di sicuro non lo faccio perché come un'illusa inizio a sperare di nuovo.

Quando mi avvicino alla porta sul retro della palestra vedo del fumo provenire da dietro l'angolo.

"Cosa stai facendo?"

Skylar salta su immediatamente.

"Dio, preside, mi hai fatto venire un colpo."

"Cos'è quella?" Indico la sua sigaretta.

"Mi pare evidente."

"Sei a scuola."

"La scuola è chiusa, sono qui perché costretta a

fare da assistente al coach."

"Sei nel perimetro della scuola ed è vietato fumare, dentro, fuori e tutto intorno fino al parcheggio."

Sbuffa e la getta in terra, schiacciandola poi con il piede.

"Non è il suo posto, quello."

"E dove dovrei buttarla?"

"Non è un mio problema, non l'ho accesa io e non l'ho fumata io" dico dura.

Mi guarda come se stesse per mandarmi a quel paese ma non lo fa, si limita a chinarsi e raccogliere il mozzicone da terra.

"Per questa volta non farò rapporto, ma se dovesse accadere ancora…"

"Non devi riservare un trattamento speciale per me solo perché ti scopi mio padre."

Resto impassibile davanti al suo sguardo e alle sue parole di sfida.

"Non farò rapporto semplicemente perché non lo faccio mai la prima volta, mi limito a un'ammonizione. Il trattamento è uguale per tutti i miei studenti."

Anche lei non batte ciglio.

"E ora, se vuoi scusarmi, sono attesa in palestra."

"Attesa da chi?" Mi sfida ancora. Ha deciso che vuole mettere fine alla sua carriera scolastica oggi, per mano mia.

"Dalla squadra."

"O magari dal coach."

"Stai per ricevere una seconda ammonizione."

Non si scompone neanche con la mia debole minaccia.

"Ti scopa per ringraziarti del lavoro?"

"Attenta a come prosegui, Skylar. Sei molto vicina a un provvedimento disciplinare."

"Potrei considerarlo quasi un escort, non credi?"

Questa non posso tollerarla.

"In fondo, è come se facesse sesso in cambio di soldi. Lo stipendio lo paghi tu, no?"

"Sei espulsa."

Il suo sguardo perde sicurezza.

"Con effetto immediato. Cinque giorni. Invierò comunicazione alla tua famiglia questa sera stessa."

"Non siamo neanche in orario scolastico."

"Stai partecipando a un'attività extra scolastica, ha lo stesso valore."

"Non può farlo."

"L'ho già fatto."

Scuote la testa con gli occhi pieni di rabbia.

"E non ti è permesso restare all'interno della struttura e l'esterno fa parte della struttura. Quindi devi accomodarti fuori dai cancelli."

"Non puoi fare sul serio."

"Non sono tollerati comportamenti minacciosi, provocatori e offensivi."

"Hai pensato a cosa dirà mio padre, al riguardo?"

"Io dico che ha fatto benissimo." La voce di Niall arriva alle nostre spalle. "È che è meglio che tu faccia come dice e che lasci la scuola." Le allunga le chiavi dell'auto. "E che mi aspetti in auto. Sempre che il parcheggio non sia considerato come struttura."

"Può aspettare in macchina."

Skylar prende le chiavi incredula, non si è ancora resa conto della gravità delle sue azioni.

"E fatti trovare dove ti ho detto" le dice, il tono duro e deluso. "O ti assicuro che le conseguenze saranno peggiori."

* * *

"Non posso crederci."

"Fai dei respiri profondi, non agitarti."

"Le ho davvero parlato in quel modo?"

"Dovresti preoccuparti di più per quello che ha fatto lei, Niall."

"Lo so, hai ragione ma... Mi hai sentito?"

Alzo gli occhi al cielo.

"Sono stato... Fermo e deciso. Oh mio dio. Sembravo mio padre quando ancora provava a rimettermi in riga."

"Non so se sia un paragone valido in questo momento."

Scuote la testa e si passa le mani tra i capelli,

poi mi guarda.

"Mi dispiace per le cose che ti ha detto. Non ce l'ha con te, ce l'ha solo con me."

"Non ne sono sicura. Forse hai sottovalutato l'impatto che potesse avere su di lei questa cosa che non abbiamo."

Sorride a mezza bocca. "Che non abbiamo."

"Hai capito cosa voglio dire, non perdiamoci su punti poco importanti adesso."

"Per me non sono poco importanti" dice serio.

"Per favore."

"Okay" sospira. "Cosa devo fare?"

"Devo dirtelo io?"

"Sei tu che l'hai sospesa."

Giusto. E la cosa avrà un impatto ancora peggiore della nostra tresca su di lei. Iniziava a sentirsi di nuovo accettata, ad avere fiducia, a provarci. A credere che ce l'avrebbe fatta e io ho distrutto tutto.

"No" mi dice, riportandomi su di lui. "Non colpevolizzarti. Hai fatto quello che dovevi."

"Ho peggiorato la sua situazione. Non ha bisogno di altri provvedimenti disciplinari. Non è l'aiuto che le serve."

Niall sbuffa, poi si alza in piedi per gridare qualcosa alla sua squadra.

"Devo andare" mi dice poi. "O questo torneo non lo vinceremo mai. E io ho promesso a qualcuno che lo avrei vinto."

Sorrido. Anche se non è il momento adatto di

pensare alla sua promessa non posso evitare di sperarci almeno un pochino.

"Possiamo sentirci dopo? Non so come andrà a finire una volta a casa, potrei aver bisogno di sostegno."

Ci penso su per qualche istante.

"Certo. Se posso esserti utile..."

"Grazie, Jordan."

"Va' dalla tua squadra." Indico con la testa il campo. "Io resto qui se hai bisogno di un'assistente."

Mi sorride e poi scende le gradinate della palestra per raggiungere i ragazzi ormai stremati dall'allenamento prolungato mentre io ripenso a quello che è appena successo, al modo in cui Skylar mi ha tenuto testa, alla rabbia e al dolore che traspaiono dai suoi occhi e al fatto che ho solo peggiorato le cose e che probabilmente d'ora in poi non si fiderà neanche più di me.

E al fatto che ci penso molto di più di quanto ci penserei se fosse uno qualsiasi dei miei studenti.

53
Niall

Saluto Carter e facendomi coraggio apro lo sportello per accomodarmi in macchina dove con mio grande sollievo mia figlia mi ha atteso. Metto in moto ed esco dal parcheggio dirigendomi in silenzio e con lo stomaco sottosopra verso casa, sperando di riuscire a mantenere questa facciata dura e stoica durante il tragitto, ma a quanto pare la fortuna ha già deciso di abbandonarmi a me stesso perché mia figlia parla non appena mi immetto sulla carreggiata.

"Mi ha sbattuto fuori." Il suo tono non promette nulla di buono. "Tutte quelle chiacchiere, quelle stronzate sul volermi aiutare... E mi dà cinque giorni di sospensione! Cinque, cazzo!" Alza la voce. "Per cosa, poi? Per averle detto la verità? Che si scopa mio padre?"

Non posso far finta di nulla, quindi affronto l'argomento di petto.

"Era il minimo che potesse fare. Tutto sommato ti è andata bene, poteva anche sbatterti fuori a vita. E addio al diploma e alla possibilità di combinare qualcosa di buono."

Non credo di essere andato tanto male, ma lei non la prende per niente bene.

"Ma certo! La difendi!" Agita nervosa le mani in aria. "Deve essere davvero brava a letto se ancora non ti sei stufato di lei come di tutte."

Sta cercando di provocarmi, mi dico. Lo sta facendo con l'intenzione di scatenare la mia reazione. Non devo cedere, mi dico. Non devo cascarci.

"Come ti senti, Kerry? Ad aver preso soldi per andare a letto con la preside della scuola di tua figlia?"

"Skylar..."

"Non è quello che fai? Non risollevi il morale della povera sfigata abbandonata dal marito che intanto si sbatte una che ha la metà dei suoi anni?"

"Stai sorpassando il limite, Skylar. Attenta a come giochi le tue carte."

"Perché, altrimenti? Mi rispedisci al mittente?"

Fermo l'auto davanti casa dei miei genitori e mia figlia spalanca la portiera gettandosi quasi fuori. La seguo immediatamente mentre lei veloce si allontana verso il retro dell'abitazione.

"Skylar!"

Si volta di scatto verso di me.

"Non puoi mandarmi indietro, Kerry!" Mi urla sconvolta. "Non ho nessuno, non so dove andare, non ho..." Si passa le mani tra i capelli. "Mia madre è morta!"

"Lo so, tesoro."

Cerco di avvicinarmi ma lei indietreggia mettendo le mani avanti.

"È morta da sola, nel suo letto!"

La lascio sfogare perché non c'è niente che io possa fare se non sperare che butti fuori tutta la rabbia e il dolore che sente.

"Non c'era nessuno con lei, io non c'ero! Ero a quella fottuta scuola!"

"Mi dispiace."

"Ti dispiace? Ti dispiace?"

Viene verso di me minacciosa.

"Tu non l'hai vista, tu non ci sei stato, tu..." Mi dà un pugno in pieno petto e io me lo prendo. "Tu l'hai abbandonata, ci hai abbandonate!" Un altro pugno e mi prendo anche questo. "Pesava trentacinque chili." Il suo tono di abbassa. "Non si reggeva in piedi, non... Non riusciva ad andare al bagno da sola. Non mangiava, non beveva non..."

"Tesoro..."

"Ci ha messo tre mesi a morire. E io speravo tutte le notti, quando mi addormentavo accanto a lei, che non si svegliasse la mattina dopo perché non volevo vederla neanche un giorno di più così. Ho pregato che mia madre morisse!" Un altro grido e un altro pugno. "Io, sono stata io!"

"No, Skylar, no." Le prendo le braccia e cerco di calmarla.

"È morta, Kerry." Lo dice come se se ne rendesse conto solo ora, mentre quella merda che ha sotto gli occhi inizia a sciogliersi sulle sue guance.

"E non basta dare fuoco a laboratori, distruggere le proprietà altrui, non basta imbrattare muri e picchiare i compagni. Non basta andare a letto con i ragazzi più cattivi della scuola."

Sento che sto per piangere anche io.

"Lei è morta."

Lo dice ancora, ha bisogno di dirlo ad alta voce.

"Sì, Skylar, è morta."

Ho bisogno di dirlo anche io e lei ha bisogno di sentirlo.

"Mi sei rimasto tu."

Il suo tono è rassegnato e ha tutte le ragioni di questo mondo, neanche io vorrei restare solo con me.

"Mi dispiace, ti giuro che preferirei essere morto io al suo posto."

"Non ti credo."

Cerco di abbracciarla ma prova a divincolarsi.

"È la verità."

"Perché dovresti volere una cosa del genere?"

La risposta è talmente chiara che mi viene da sorridere per non esserci arrivato prima.

"Perché farei qualsiasi cosa pur di non farti soffrire."

"Perché?"

"Perché ti amo."

"Davvero?"

Adesso credo mi sia concesso piangere.

"Vieni qui." La tiro verso di me e la abbraccio, la stringo contro il mio petto e le bacio i capelli.

"Sei la persona più importante della mia vita."

Sento le sue lacrime bagnare la mia felpa.

"E sei l'unica cosa che conta per me. Ti prometto che ce la metterò tutta, okay?"

La sento annuire contro il mio petto.

"Dammi solo una possibilità. Vuoi?"

Si solleva lentamente e io le accarezzo il viso, cercando di ripulire con i pollici un po' del nero che è colato dai suoi occhi.

Annuisce ancora e io le sorrido, prima di asciugarmi gli occhi con la manica della felpa.

"Ho combinato un altro disastro."

"E rimedieremo anche a questo. Rimedieremo a tutto, te lo prometto. Devi solo fidarti di me."

* * *

Dopo il suo inaspettato sfogo mi ha chiesto di poter andare in camera sua, ha detto che aveva bisogno di stare da sola per un po' e io non ho fatto obiezioni, immagino che abbia davvero bisogno di raccogliere le idee, di processare quello che ne è venuto fuori e di fare chiarezza tra i suoi sentimenti così forti e dolorosi. Sapevo che era questione di tempo, che la bomba prima o poi sarebbe esplosa, anche se non credo che le sia bastato urlare contro di me, ma è un inizio, sento che siamo finalmente sulla strada giusta.

Prendo una birra dal frigo e mi siedo su uno sgabello in cucina, tiro fuori il cellulare dalla tasca e guardo il display dove un suo messaggio lampeggia.

Tutto okay?

Sorrido come uno stupido.

"Dovresti portarmi in un posto."

La voce di Skylar mi fa quasi prendere un colpo, non l'avevo sentita scendere.

Si è liberata dei suoi soliti vestiti neri e post apocalittici, si è infilata una tuta grigia e si è lavata il viso, ha i capelli raccolti in una coda e gli occhi stanchi di chi non ce la fa più a nascondersi. Sembra più piccola adesso, sembra indifesa e sola. E ha l'espressione di una persona che non sa più da che parte andare.

"Se ti va" aggiunge timorosa.

Non piangere, Kerry. Non è il momento.

"Dove vorresti andare?"

Prende un profondo respiro.

"Ho bisogno di chiedere scusa a una persona. E vorrei farlo subito."

54
Jordan

Il cellulare vibra sul tavolo del salotto, accanto al piatto di maccheroni al formaggio lasciato a metà.

Sono qui fuori.

Mi alzo subito dal divano e tiro su la zip della mia felpa, mi guardo veloce allo specchio all'ingresso per controllare di non avere sul viso residui di cibo e poi gli apro la porta.

"Ciao. C'è qui una persona che vorrebbe parlarti."

Si scosta di lato e sua figlia compare accanto a lui. Il viso pallido e senza trucco, i capelli raccolti sulla testa, gli occhi di chi ha paura di aver rovinato tutto e la postura di una persona che ha il terrore di non essere accettata.

Apro di più la porta per invitarli a entrare, ma Niall resta all'esterno.

"Vi do qualche minuto. Aspetterò di sotto."

Gli sorrido e lo lascio andare, chiudo la porta e mi volto verso Skylar che ha già gli occhi pieni di lacrime.

"Mi dispiace" dice tirando su con il naso. "Non lo so perché ho detto quelle cose, io non so perché faccio alcune cose."

"Okay."

"Non le pensavo." Alza lo sguardo su di me. "Ti giuro che non le pensavo."

Sorrido sollevata. Non perché non pensava quello che ha detto su me e suo padre, ma perché sta cercando di venire fuori dal suo dolore.

"Tu sei..." Le lacrime le rigano il viso. "Stata così buona e sei così..." Solleva una mano verso di me. "E io sono così..."

"Oh tesoro..." Faccio un passo verso di lei e Skylar si getta praticamente su di me, abbracciandomi per la vita. "Va bene." Le accarezzo i capelli dolcemente. "Va tutto bene."

"Mi dispiace" dice ancora, il viso schiacciato contro la mia felpa.

"Lo so."

"Ti prego, perdonami."

"Ho capito, stai tranquilla."

Si stacca da me e mi guarda. "Ti prometto che rimedierò, che mi impegnerò nello studio, che mi farò aiutare da Carter, che non combinerò altri disastri."

Le sorrido. "Ti credo."

"Davvero?"

"Sì."

"Quindi mi darai un'altra possibilità?"

"Mi aspetto che tu sia puntuale e pronta a tutto dopo i tuoi cinque giorni di sospensione."

Si asciuga gli occhi e finalmente mi sorride anche lei.

"Puoi contare su di me."

"Possiamo chiamare tuo padre, adesso? Che ne dici?"

Annuisce e io vado verso il tavolino per prendere il cellulare e mandargli un messaggio.

"Preside Jordan?"

"Mmm?"

"Anche se Kerry non ti merita, gliela daresti anche a lui una possibilità?"

Apro la bocca per rispondere ma a dire il vero non so cosa dire.

"Combina casini come me, deve essere un gene di famiglia."

"Skylar..."

"Lo so che non è stato una grande figura paterna e che non sa neanche lui cosa fa a volte, ma credo sia sincero."

Sospiro di ansia perché inizio a crederlo anche io.

"Credo che tu gli piaccia. E credo che tu gli faccia bene."

"Dici?"

Sì. Chiedo conferma a una ragazzina che tra l'altro è sua figlia.

Annuisce sorridendo.

"Ci penserò."

"Okay."

Torno al mio telefono e digito un messaggio veloce per dirgli di tornare e poi lo rimetto sul tavolino. Prendo il piatto con gli avanzi della mia cena e lo porto in cucina mentre Skylar dà un'occhiata in giro, seguita da Caramel che a quanto pare mostra una certa simpatia per lei.

"Come si chiama?" Si abbassa sulle ginocchia per accarezzarla.

"Caramel."

"Bel nome."

"Il colore, sai…"

"Quanto ha?"

"Un anno. L'ho presa quando sono venuta a vivere qui e non è come pensi, non sono una donna sola che ha bisogno dell'affetto di un gatto. Ho sempre amato i gatti, ma mio marito… Il mio ex marito" mi correggo, "non li ha mai sopportati. Così appena ci siamo lasciati ne ho preso uno."

"Hai fatto bene."

"Be', sì, è bello avere qualcuno che ti aspetta a casa la sera."

"Parlavo del tuo ex."

"Oh…"

Un rumore alla porta interrompe la nostra strana conversazione e per fortuna mette a tacere il mio imbarazzo.

"Deve essere tuo padre."

Mi affretto ad aprire la porta e quando lo faccio lui mi piazza davanti al viso una busta di carta.

"Gelato al cioccolato."

Abbassa la busta e trovo il suo sorriso.

"Ho pensato che le signore potessero gradire."

"Hai pensato bene."

"Finalmente inizi a farne qualcuna giusta, Kerry" Skylar dice alle mie spalle.

"Tutto okay, qui?" Chiede lui abbassando la voce.

Tutto okay non credo, Kerry, perché ho appena scoperto di avere un problema enorme. Con te. Ho appena scoperto che non mi piaci ma che si tratta di altro e ho appena scoperto di non voler aspettare la fine del torneo e ho appena scoperto di essere pronta a farmi spezzare il cuore un'altra volta.

"Tutto okay."

E ho appena scoperto di essere brava a raccontare bugie.

* * *

Niall mi raggiunge in cucina mentre sua figlia è intenta a lasciarsi coccolare da Caramel.

"Devo firmare un accordo anche su questo?"

Chiudo gli occhi e prendo un respiro mentre il suo riscalda la pelle sensibile dietro l'orecchio. Le sue mani si poggiano sul ripiano davanti a me.

"Ti prego, Jordan, dimmi che non devo firmare altri accordi."

Riapro lentamente gli occhi e volto appena la testa.

"E tu dimmi che non ce n'è bisogno."

"Vuoi davvero che te lo dica?"

"Voglio solo che tu sia sincero."

"Riguardo cosa?"

Mi faccio coraggio. "Riguardo noi."

I suoi occhi si spalancano e le sue mani si posano sui miei fianchi.

"C'è Skylar di là" gli ricordo. "Può vederci."

"Sei fortunata che ci sia lei" mi provoca. "O niente ti avrebbe salvata."

"Non ho mica paura di te."

Sorride soddisfatto. "Mi piace che tu non ne abbia e mi piace che tu abbia usato quella parola."

"Quale parola?"

"Noi."

"In effetti sarebbe meglio definirla pronome personale."

"Non costringermi a chiudere quella tua bocca da saccente a modo mio."

Il mio corpo vibra al pensiero che possa mettere in atto la sua minaccia.

"Anche se qualcosa mi dice che ti piacerebbe."

Schiudo le labbra d'istinto, lui le fissa insistentemente.

"Oh sì che ti piacerebbe, preside Jordan."

"Falla finita" riesco a dire per miracolo.

"Altrimenti?" Schiaccia il petto contro il mio. "Mi metterai in punizione?"

"Siete imbarazzanti voi due, lo sapete?"

La voce di Skylar ci costringe a staccarci e a mettere la parola fine al nostro scambio di battute.

"Scusaci." Mi ricompongo e prendo i cucchiaini

che avevo lasciato sul ripiano. "Siamo subito da te."

Skylar alza gli occhi al cielo e poi torna in salotto, Niall mi prende per un braccio prima che io la segua per parlarmi ancora.

"Dimmi che non devo aspettare la fine del torneo."

"Non è così semplice, c'è il mio lavoro di mezzo, la mia professionalità."

"Hai ragione." Molla la presa sul mio braccio. "Scusami." Fa un passo indietro e io sospiro pesante.

"Fammi solo pensare a qualcosa, okay?"

Annuisce e mi sorride a mezza bocca.

"Mi fido ciecamente di te."

* * *

Non ho mai ospiti. A parte Anya e raramente Iris. Di solito esco o vado io da loro. Sono sempre io, da un anno a questa parte e anche prima non ero sempre in compagnia, soprattutto da quando mio marito ha deciso che non gli bastavo più e ha pensato bene di intrattenersi altrove.

L'appartamento è piuttosto piccolo, perfetto per una sola persona, adattabile per una giovane coppia. Eravamo un po' stretti tutti e tre sul mio divano e così Skylar ha deciso di lasciarlo a noi vecchi e di sedersi sul tappeto. Abbiamo mangiato il gelato, tutta la confezione, e abbiamo visto la seconda parte di un film demenziale alle cui battute ha riso solo Niall.

È strano avere qualcuno con cui condividere qualcosa, è strano che si tratti proprio di lui, di loro. Sono qualcosa di inaspettato nella mia vita, forse la prima cosa che non ho programmato da che ne ho ricordo. È arrivata e basta e l'ho presa per quello che era. Non ho fatto schemi, non ho fatto progetti, non ero preparata e non ho ragionato su ciò che facevo. E forse è proprio per questo motivo che con loro ci sto così bene.

"Credo si sia fatta ora di andare."

"Cosa? Perché?" Skylar protesta. "Non ho neanche scuola domani."

Niall mi guarda.

"Non posso ritirare il provvedimento, non sarebbe giusto."

"Certo" annuisce lentamente.

"Ho fatto una cazzata ed è giusto così" dice lei.

"Avrai modo di recuperare" la tranquillizzo e lei mi sorride.

Niall si alza dal divano e Skylar dal pavimento, recuperano le loro giacche e si avviano alla porta, io li seguo e la apro per loro.

"Allora..." Prima che possa dire qualsiasi cosa, Skylar mi abbraccia.

"Grazie, preside, per tutto."

"Di niente, tesoro."

Mi lascia andare e mi sorride. "E non dimenticare di pensarci su."

Le sorrido anche io e annuisco.

"Ti aspetto di sotto" dice a suo padre.

"Sì, ma all'interno della palazzina." Si raccomanda lui.

Guarda sua figlia scendere la rampa di scale e poi si rivolge a me.

"A cosa devi pensare, esattamente?"

"Mi ha chiesto di darti una chance."

Mi guarda stupito. "Sul serio?"

"Mi ha detto che dovrei fare un tentativo, anche se..."

"Anche se?"

"Anche se non mi meriti."

"Be', ha ragione."

"Perché credi che abbia ragione?"

"Andiamo, Jordan. Lo sappiamo tutti e due, non devi preoccuparti di ferire i miei sentimenti."

"Cosa vuoi dire?"

"Tu sei sempre bellissima e brillante. Io sono sempre stupido e buono a niente."

"Pensi davvero questo?"

"Di entrambi, sì. Ma vorrei che tu seguissi il consiglio di mia figlia."

Fa un passo verso di me e prende entrambe le mie mani nelle sue.

"Perché ho un disperato bisogno che tu lo faccia."

E io ho un disperato bisogno di crederci.

Si china sul mio viso e sfiora le mie labbra, le schiudo appena per permettergli di prenderle tra le sue per un istante, poi le lascia andare lentamente portandosi via l'ultimo briciolo di ragione rimasta.

"Non era nei patti, lo so, ma questa è un'occasione speciale."

"Speciale? Perché?"

"Perché stasera finalmente lo hai capito."

"Che cosa?"

"Che non ti piaccio, così come tu non piaci a me."

Lo guardo scendere le scale con il cuore bloccato in gola insieme al mio respiro, consapevole di aver ormai oltrepassato ogni limite e confine e di essere vicina a stracciare ogni accordo firmato.

55
Niall

Skylar si avvicina mentre sono intento ad affettare le carote.

"Devo chiederti una cosa."

Mi fermo con il coltello a mezz'aria e la guardo.

"Devo metterlo giù per sicurezza o posso continuare?"

"Credo che tu possa continuare."

Non mi fido quindi ovviamente lo metto giù. Poggio i fianchi al ripiano e incrocio le braccia sul petto.

"Spara."

"Volevo chiederti se per fare qualcosa devo chiederti prima il permesso."

"Ti pare una domanda, questa?"

"Non lo so, non sono abituata a te."

Ben detto.

"Non so se ti aspetti che io ti chieda le cose."

"Be', immagino che funzioni così, no?"

Scrolla le spalle. "Una specie."

Mi schiarisco la gola. "Con tua madre come facevi?"

"Certe cose le chiedevo, per altre si fidava di me."

"Capisco..." Ci rifletto su qualche istante.

"Facciamo che per adesso me lo chiedi prima di poter fare qualcosa, poi a mano a mano possiamo sistemare la questione. Che ne dici?"

"Per me va bene."

"Quindi, vai avanti con la tua richiesta."

"Vorrei invitare Carter a cena."

Apro la bocca ma la sua occhiataccia me la fa richiudere immediatamente.

"Deve aiutarmi con un progetto."

Ora si chiama così?

"Il fatto che sia stata sospesa non vuol dire che non mi tocca studiare. E lui si è offerto di darmi una mano e io sono una frana in scienze, lo sai."

"E di che progetto si tratta?"

"Una roba sui pianeti. Lui sembra un esperto."

"Immagino..."

"Non mi credi?"

"Cosa?"

"Sembra che tu mi stia prendendo in giro."

"Io? No, assolutamente." Mi metto dritto e riprendo a tagliare le carote. "Va bene, insomma, se dovete studiare... Spero gli piaccia lo stufato."

"Cucini di nuovo tu?"

"La nonna lavora fino a tardi, il nonno è impegnato con l'azienda, io non faccio un cazzo... Direi che devo guadagnarmi il letto oltre che la pagnotta."

"Direi che dici bene."

La guardo e lei mi sorride.

Mia figlia.
Sorride.
A me.
"Come ti senti?" Le chiedo di getto.
Sono passati due giorni dal suo crollo nervoso.
"Meglio."
In effetti le cose vanno meglio, sono due giorni che non mi insulta.
"Se vuoi parlare, lo sai..."
"Lo so."
"Okay."
Torno alle mie carote e alle altre verdure che mi attendono.
"E tu?"
"Io cosa?"
"Come ti senti?"
"Che vuoi dire?"
"Ho sentito qualcosa."
"Di che stai parlando?"
"Tu e la preside nella sua cucina."
Lascio perdere di nuovo le verdure e le do tutta la mia attenzione.
"Fate sul serio?"
"Non lo so."
Le dico la verità.
"Non lo sai perché non sei sicuro di lei o non sei sicuro di te?"
"Mmm... Credo tutte e due, anche se protendo per la prima."

"Lo sospettavo."

"Ma ci sto lavorando."

Mi sorride a mezza bocca. "Lavoraci bene."

"Ti interessa così tanto la vita sentimentale di tuo padre?"

"Mi piace lei. Mi piace che quando c'è lei tu sembri quasi vero."

"Vuoi dire che prima non lo ero?"

"Non lo so cosa eri prima, ma di sicuro non quello che ora è intento a preparare uno stufato per tutti."

"E ti piace? Che io sia a casa, che cucini, che io sia... Un padre."

"Non lo so."

Anche lei è sincera.

"Vado a chiamare Carter."

"Chiedigli se gli piace lo stufato."

Alza gli occhi al cielo e sparisce verso le scale che portano al piano di sopra, io mi volto di nuovo verso le mie verdure ma prima di riprendere in mano il coltello guardo il cellulare posato sul ripiano.

Carter viene a cena. Lo ha invitato lei.

Wow. Facciamo passi avanti.

Così sembra. Dice che c'è un progetto e che lui ha promesso di aiutarla. Scienze, pianeti, roba noiosa.

Cosa non è noioso per te?

Ci penso su qualche istante.

Tu.

Non risponde ma lo avevo messo in conto.

Torno a preparare la cena. Finito con le carote passo al sedano e alle patate, il tempo di mettere tutto nella pentola che il mio cellulare vibra di nuovo.

Sbaglio o Carter fa parte della squadra adesso?

Sorrido. Ha cambiato argomento ma non mi ha mollato.

Non sbagli.

È bravo almeno?

Lo scoprirò presto. Ti preoccupi per la tua squadra?

Ovviamente. Sai che tengo a quel premio.

Parli dei soldi o parli di me?

Quando sei diventato il premio?

Rido.

Lo vincerò quel torneo, preside Jordan. Non esiste che io perda.

Non risponde neanche a questo e anche qui lo sapevo. Non ho bisogno della sua risposta, un silenzio ha più valore di tutte le parole di questo mondo, soprattutto se suo.

Vincerò per te e per me, preside Jordan, perché entrambi abbiamo diritto a questa possibilità e nessuno dei due se la lascerà scappare.

* * *

Carter arriva intorno alle sei. Il tempo di un

saluto veloce sulla porta e poi mia figlia lo trascina con lei verso la sala da pranzo, probabilmente per paura che io dica qualcosa di imbarazzante. Si sistemano sul tavolo grande, dice che in camera sua non c'è abbastanza spazio per tutti e due e che dovrebbero poi studiare sul letto. Alla parola *letto* appoggio subito la sua opzione, vero che Carter sembra un ragazzo a posto e anche troppo spaventato da mia figlia per provarci e vero che mia figlia ha affermato in più di un'occasione che è un nerd sfigato, ma mai tentare la sorte, soprattutto con gli adolescenti. È qualcosa che ho imparato di recente.

Li lascio studiare mentre finisco di preparare la cena. Per uno stufato come si deve ci vogliono tre ore di cottura a fuoco lento, quindi controllo lo stato del mio piatto forte e poi sistemo un paio di baguette all'aglio su una teglia, pronte per essere infornate. Prendo una birra dal frigo e la stappo, proprio nel momento in cui sento la porta di casa sbattere. Mia madre compare in cucina pochi secondi dopo.

"Niall." La sua espressione sorpresa. "Cosa stai facendo?"

"Sto preparando la cena."

Mia madre mi guarda preoccupata.

"Che c'è?"

"Niente, sono solo esterrefatta."

"Che esagerata!"

"Non me lo aspettavo, ecco."

"Tu eri al lavoro, papà era al lavoro, io ero qui

a fare un cazzo."

Si avvicina e mi dà un bacio sulla guancia. "Grazie per averci pensato tu."

"È stato un piacere."

Si avvia verso le scale che portano di sopra e io mi ricordo di Carter.

"Abbiamo un ospite."

Si volta a guardarmi.

"Carter. L'insegnante privato di Skylar."

I suoi occhi si accendono subito.

"Non iniziare."

"A fare cosa?"

"A impicciarti."

"Vado solo a salutare, sarebbe scortese da parte mia."

Rido. "Ci mancherebbe altro."

Mia madre raggiunge sua nipote per metterla in imbarazzo quanto basta mentre io torno al mio stufato, alla mia birra e al mio cellulare, abbandonato sul ripiano della cucina.

Dopo il mio ultimo messaggio non ne ho ricevuti altri da parte sua. Provo a non pensarci ma non è semplice, non quando ti sei sbilanciato troppo, non quando hai fatto capire chiaramente le tue intenzioni a una donna e non quando questa donna sembra volerti nella sua vita solo se nella sua vita in quel momento non c'è nessun altro.

"Ehi, che profumo." Mio padre arriva in cucina dalla porta sul retro. "Che si mangia, stasera?"

"Stufato."

"Però... Ti stai dando da fare."

"È solo una cena, non fate tante storie."

"Non parlo solo della cena. Ho visto che Skylar è in compagnia."

Sorrido. "Già, ma non è merito mio, è stata Jordan a metterli insieme."

"Jordan?" Chiede con sopracciglio alzato.

"La preside" mi correggo. "Preside Hill."

"Ma tu hai detto Jordan."

"È il suo nome."

"E tu chiami la preside per nome."

"È una piccola città, ci conosciamo tutti."

"E voi due vi conoscete a fondo, non è così?"

"Papà..."

"Ti vedi con lei alle spalle di tua figlia, Niall?"

"Che diavolo dici!" Mi difendo subito. "Non alle spalle, lei lo sa, anzi, proprio ieri sera eravamo insieme a casa sua."

"Cosa?"

"È stata Skylar a volerci andare, io non c'entro."

"Niall..."

"Non sto facendo niente di male."

"Lo spero, anche perché sei adulto e sei responsabile delle tue azioni, credo."

"Credi?"

"Ti prego solo di non combinare guai."

"Non ho tredici anni, papà."

Sospira e poi scuote la testa. "Sei l'unico

esempio per quella ragazzina. Cerca di tenerlo bene a mente."

"Ci conosciamo dai tempi della scuola, ci siamo visti qualche volta e in alcune occasioni c'era anche Skylar. Tutto qui."

Mi guarda poco convinto.

"Oh insomma! Che problema hai?"

"Il mio problema è che sono stato io ad andare dalla famiglia Hannigan."

"Cosa?"

"A fare le scuse al posto tuo."

"Di che stai parlando?"

"Tu te ne sei fregato come di ogni cosa. Hai ferito quella ragazza, hai messo in imbarazzo la sua famiglia, le hai rovinato la reputazione."

"Io non..."

"E sono andato da loro a scusarmi."

"Non era compito tuo."

"Hai ragione, non lo era. Era tuo."

"Non ho fatto quello che la gente crede" mi difendo debolmente. "Erano delle voci che non avevo messo in giro io."

"Ma tu non hai fatto nulla per metterle a tacere e a volte, restare in silenzio, Niall, è peggio di aver fatto davvero qualcosa."

* * *

A cena sono stato silenzioso. Il discorso di mio padre mi ha profondamente turbato. Non sapevo che fosse andato dalla famiglia di Mary per scusarsi al posto mio e sinceramente, non pensavo neanche che quella storia fosse ancora così presente nei ricordi degli abitanti della cittadina. Mi era sembrata una bravata, una cosa da ragazzi, una cazzata che si sarebbe sgonfiata con il tempo. È vero, non ho fatto nulla per mettere a tacere le voci e non ha importanza se non sono stato io a metterle in giro, se non ci sono stato con Mary negli spogliatoi. Ho ferito lei, la sua famiglia, l'ho costretta a cambiare cittadina. Le ho rovinato la vita.

"Tutto bene, coach?" Carter mi chiede dal sedile del passeggero. "Mi dispiace che devi sempre riportarmi a casa."

"Non è un problema per me."

"Potevo andare in bici."

"Non di notte e non da solo e non dopo essere uscito da casa mia."

Fissa lo sguardo davanti a sé, forse sono stato un tantino duro.

"Non mi pesa darti un passaggio e poi così, possiamo scambiare quattro chiacchiere."

"Okay."

"Allora, come vanno le cose con Skylar? Ti odia ancora?"

"Non credo."

"Continua a insultarti?"

"No, si limita a tollerarmi."

Rido. Mia figlia è davvero forte ma non posso

dirlo e non dovrei neanche pensarlo, non sono queste le cose che la rendono forte.

"È già qualcosa, no?"

"Immagino di sì."

"E cosa ne pensi della squadra?"

Con il casino messo su da mia figlia agli allenamenti non ho avuto modo di parlare ancora con Carter della sua partecipazione.

"Credo di non esserci tagliato, coach."

"Cazzate. Hai preso parte solo a un allenamento, non puoi saperlo. La settimana prossima ci sarà la prima partita."

"Io non posso giocare" mi dice spaventato.

"Certo che no, ci mancherebbe. Ma parteciperai, starai in panchina."

"Come lo sfigato che sono."

"Come uno che è lì per apprendere."

"Non ne sono convinto."

"Fidati di me."

Quando arriviamo sotto casa sua Carter mi parla di nuovo.

"Skylar ha detto che verrà al prossimo allenamento."

"Ah sì?"

Annuisce.

"Vedi? Stai già facendo strada, ragazzo."

"Non credo che lo faccia per me, coach."

"Che vuoi dire?"

Mi sorride timido. "Credo che lo faccia per te."

"Per me?"

"Ha detto che vuole vedere cosa combini, vuole assicurarsi che tu non faccia danni."

"Io? E che danni dovrei mai fare? È il mio lavoro, ho giocato per vent'anni."

Scuote la testa. "Intende con la preside."

"Oh."

"Vuole tenerti d'occhio."

Sorrido. Lei vuole tenere d'occhio me.

"Buonanotte, coach. Grazie del passaggio."

Lo saluto con la mano mentre chiude lo sportello e si avvia verso il portone di casa.

Grazie a te, Carter, per avermi dato questa speranza. Sapevo che mi avresti dato grandi soddisfazioni.

Non tutte le decisioni che prendo fanno schifo, no? Qualcosa so ancora farla e per quello che invece non riesco a fare, c'è sempre tempo per imparare.

56
Niall

"Non sei un po' nervoso per un allenamento?" Tyler chiede.

"Nervoso, io?"

"Sì, tu. Non è che sei agitato per il torneo?"

"Figuriamoci."

Certo che sono agitato. Questo è l'ultimo allenamento, poi ci sarà la prima partita e oggi hanno deciso di essere tutti qui per mettermi addosso altra pressione. Ci sono mia figlia, Tyler, la mia preside preferita e alcuni genitori dei ragazzi.

"La posta in gioco è alta" Tyler mi ricorda.

Come se non lo sapessi.

"E dopo le prime due partite si andrà a eliminazione diretta."

Sbuffo infastidito. Ora ricordo esattamente perché non eravamo così amici da ragazzi.

"E se perdi..."

"Hai finito?"

Tyler se la ride e mia figlia con lui.

Da quanto sono in confidenza?

Jordan torna da noi dopo aver strigliato a dovere la squadra. Avrei dovuto farlo io ma che ci posso fare se è così sexy quando ti rimette in riga? Vogliamo parlare di quella coda di cavallo alla quale vorrei aggrapparmi mentre…

"Che cosa stai guardando?" Mi riporta alla noiosa realtà.

"Non posso risponderti. Non siamo soli e siamo nella struttura scolastica."

Sgrana gli occhi e io me la rido.

"Perché non metti gli occhi sulla tua squadra, piuttosto?" Mi risponde a tono. "Non li vedo molto preparati per il match di sabato."

"Scherzi? Sono prontissimi."

"Non sono concentrati, sono inaffidabili. Come il loro coach."

"Ahh questa fa male" Tyler commenta.

"Che cosa vorresti dire?"

"Sei tu che devi dare loro esempio, Kerry."

"Vuoi dire che non sto facendo un buon lavoro?"

"Non ti prendono sul serio."

"Questo è vero" Tyler aggiunge.

"Se vuoi vincere questo torneo, allora vai dalla tua squadra e mostra loro chi comanda."

Il suo discorso ha un effetto inaspettato. No, non sulla mia mente, ma su qualche altra cosa che al momento non è opportuno mostrare.

Mi alzo in piedi e scendo i due gradini che mi separano da lei.

"Posso farlo vedere anche a te chi comanda?" Sussurro accanto al suo orecchio.

"Kerry…" Mi riprende subito.

Rido e mi allontano soddisfatto, pronto per rimettere in riga la mia squadra come lei ha appena fatto con me e pregustando già il momento in cui sarò io a rimettere in riga lei e sono sicuro che le piacerà almeno quanto piacerà a me.

* * *

Al termine degli allenamenti mi intrattengo discreto all'esterno della palestra con Tyler, mentre do a mia figlia e a Carter il tempo di salutarsi. Jordan è corsa via non appena finito, immagino che stia evitando di avere altri momenti da sola con me.

"Che ne pensi?" Tyler chiede, alludendo a mia figlia.

"Che cosa devo pensare?"

"Sei padre di un'adolescente, Niall. Devi pensare a tante cose."

"Non mettermi idee in testa."

"Io non te ne metto, ma lui," muove la testa in direzione di Carter. "Ne ha eccome."

"Chi, Carter?"

"Tutti ne hanno di quelle idee, Niall."

"Dici che devo preoccuparmi?"

"Io non li lascerei tanto da soli."

"Non avevi da fare?"

"Questo è il ringraziamento per essere venuto a darti una mano?"

"Sei tu che mi hai detto che stasera avevi un

impegno."

"Devo aiutare mio fratello con una cosa." Guarda l'orologio. "E sono già in ritardo."

"E allora vai."

"Io vado, ma tu," indica i miei occhi. "Non perdere di vista l'obiettivo."

"Ci vediamo, Tyler."

Mi saluta con la mano e si allontana verso la sua auto mentre io vengo raggiunto da mia figlia. Carter è già saltato in sella alla sua bici. Saliamo in auto e metto in moto, il tempo di uscire dal cancello che Skylar parla.

"Ho una di quelle situazioni in cui penso di doverti chiedere qualcosa."

"Sentiamo."

"Vorrei uscire. Domani sera."

Inchiodo in mezzo alla strada. "Come?"

"Vorrei andare fuori."

"E con chi?"

Abbassa lo sguardo. "Carter."

"Carter."

Scrolla le spalle imbarazzata.

"Non lo odiavi?"

"Non mi avevi detto di farmi degli amici?"

"Da quando te la fai con i nerd?"

"Da quando hai cambiato idea su di lui? Pensavo ti piacesse."

"Mi piaceva prima che ti chiedesse di uscire."

"Sono stata io a invitare lui."

"Chissà perché la cosa non mi stupisce."

Riparto sperando di mantenere la calma fino a casa, ma Skylar decide di mettere a dura prova il mio autocontrollo.

"Andiamo al cinema e a cena."

"Mmm."

"In città."

"Mmm."

"Sarò a casa per mezzanotte."

"Le undici."

"Okay." Sbuffa. "Allora, posso andare?"

Accosto accanto al marciapiedi e prendo il telefono.

"Che stai facendo?"

"Dammi un minuto."

Secondo te è prudente lasciare che mia figlia esca domani sera con Carter?

Di cosa hai paura?

Non lo so. Devo averne?

Perché chiedi consiglio a me?

Perché sei la persona più intelligente che conosco.

Grazie per il complimento, ma qui non si tratta di intelligenza, piuttosto di fiducia. Ti fidi di tua figlia?

La guardo mentre lei è in attesa che io le dia una risposta.

"Sì, puoi andare."

Sorride appena e rivolge lo sguardo in avanti.

Grazie, Jordan.

Prego, K.

Io sorrido al telefono come un idiota e poi lo rimetto giù.

"Sul serio hai chiesto prima a lei?"

Scrollo le spalle. Non ho intenzione di nasconderlo.

"Sei messo male, lo sai?"

"Abbastanza, grazie, ma tu non sei messa meglio di me."

"Che c'entro io?"

"Andiamo, credi davvero che mi beva la storia del farsi degli amici?"

Arrossisce e si volta dall'altra parte.

"Ammettiamolo. Noi due. In questa auto. Ci piacciono dei nerd. E siamo abbastanza fottuti."

"Ora fottuti si può dire?"

"Solo in quest'auto e solo se siamo da soli e guai a te se lo ripeti in presenza di altri."

Ride. Mia figlia ride alle cazzate che dico. Altra cosa di cui non dovrei andare fiero, ma tanto avevo già capito che non avrei mai vinto il premio *padre dell'anno*. La cosa importante è che non mi odi, che non si metta nei guai e che si faccia degli amici e Carter sembra l'unico in lizza al momento.

"Hai idea di come si conquista un nerd, per caso?"

Neanche questo mi farà vincere il tanto ambito premio.

"E lo chiedi a me? Non sei tu che sei andato a letto con la preside?"

Effettivamente. Aspetta un momento.

"Non starai pensando di andare a letto con Carter?"

"Dio mio, Kerry!" Urla offesa. "Per chi mi hai preso?"

"Chiedevo, volevo essere sicuro. Ma nel caso, me lo diresti?"

"Ti pare il momento di parlare di certe cose?"

"Non sapevo ci fosse un momento adatto."

"E infatti non c'è!"

Giusto.

"Perché sono un uomo?"

"Perché sei mio padre!"

Lo dice incazzata ma lo dice e a me basta l'ammissione.

"Hai ragione, ma vorrei che tu ti sentissi libera di venire da me lo stesso, per qualsiasi questione, anche le più imbarazzanti."

"Scordatelo!"

Categorica.

"Possiamo cambiare argomento, per favore?"

"Sì, possiamo. Solo se mi prometti che non farai sesso con Carter."

"Kerry!"

Ci ho provato.

Prendo un profondo respiro. "Promettimi almeno che farai attenzione."

Sospira. "Andiamo solo al cinema e a cena e probabilmente dovrai accompagnarci tu."

Non avevo pensato a questo particolare. Potrei sfruttarlo a mio vantaggio.

"Tu puoi promettermi che non mi metterai in imbarazzo?"

"Sono tuo padre, Skylar. Ti metterei in imbarazzo anche se mi impegnassi a non farlo."

Per fortuna ride.

Credo che questa sia una frase da padre, non da premio, ma da uno che ci sta almeno provando.

57
Jordan

All'ora di pranzo ricevo un suo messaggio.

Cos'hai da fare stasera?

Non accetterò alcun invito da te.

E se fosse per una giusta causa?

Ne dubito.

Devo accompagnare mia figlia al suo appuntamento con Carter. Vuoi che ci vada da solo in modo da metterla ancora di più in imbarazzo?

Rido. Immagino già la scena.

Certo che no.

Quindi mi farai compagnia?

Cosa prevede la serata?

Cinema e cena.

Stavolta sorrido malinconica. Credo siano passati anni dall'ultima volta in cui sono stata al cinema.

Sai che non posso farlo.

E tu sai che non mollerò. Mi sono informato, non ci sono regole che vietano che la preside di una scuola esca con il padre di una delle sue studentesse.

In realtà ha ragione, non esiste una regola scritta ma è questione di etica e morale.

Non è così semplice.

Forse no, ma io sono bravo a semplificare le cose.

Picchietto nervosa le dita sulla scrivania mentre Anya mi guarda dalla parte opposta.

"Dimmi che almeno sono messaggi sessuali."

"Vuole che lo accompagni all'appuntamento di sua figlia."

"E tu vuoi andare?"

"Non lo so."

"È cosi male questo Kerry?"

"Per niente."

"Ma tu non ti fidi di lui."

"Non mi fido di nessuno."

"E non stiamo parlando più di semplice divertimento tra le lenzuola."

Abbasso gli occhi colpevole.

"Sapevo che sarebbe finita così, non riesci a dividere le due cose. Sei troppo cerebrale."

Non è una vera critica, ma io la prendo lo stesso dal verso sbagliato.

Pensi troppo con la testa, non ti lasci andare, non sai divertirti. Tre tra le frasi preferite di Steven.

"Non vorrei fare l'avvocato del diavolo, ma se non hai intenzione di farti coinvolgere, Jordan, dovresti darci un taglio subito, prima che le cose possano sfuggire di mano a entrambi."

Ci ho provato, ma a quanto pare non è così facile sbarazzarsi di Niall Kerry e non solo perché in pratica me lo ritrovo sempre davanti. Il problema sta nella mia testa e forse anche da qualche altra parte.

"Devo tornare al lavoro." Anya si alza. "Non andare a quell'appuntamento se non sei sicura di quello che stai facendo, Jordan. Lo dico per te."

Anya abbandona il mio ufficio lasciandomi sola con il cellulare tra le dita e con una risposta da dare. Quando sto per digitare il mio rifiuto inizia a squillare tra le mie mani.

"Non dovresti chiamare" gli dico subito. "I messaggi sono già oltre."

"Non rispondevi e volevo essere sicuro che non stessi inventando una scusa per scaricarmi."

"Non ho bisogno di scuse."

Il suo respiro pesante dall'altra parte.

"Non è prudente."

"Per chi?"

Stavolta è il mio di respiro a riempire entrambi i nostri silenzi.

"È solo un appuntamento di supporto."

"Sai anche tu che è una cazzata."

"Hai detto una parolaccia, preside?"

Rido. "Smettila."

"Sei sexy quando dici le parolacce."

"Non mi stai aiutando."

"Non avevo alcuna intenzione di essere di aiuto, non in questo frangente, ma se vuoi posso esserti di aiuto in tanti altri frangenti che ci porterebbero a violare tanti altri accordi."

"Okay, hai vinto."

Lo sento sorridere.

"E lo sapevi benissimo. Sono una stupida."

"Stupida? Perché? Perché ti lasci sedurre dal cattivo ragazzo?"

"Lo sei?" Gli chiedo di getto.

"Che vuoi dire?"

"Sei ancora il cattivo ragazzo della scuola, Niall?"

"Non lo so chi sono, ma sono pronto a scoprirlo."

Risposta brillante, maledizione.

"La vera domanda è se tu sei disposta a dare una chance a questo un tempo ragazzo poco raccomandabile che ora è diventato un uomo che sta cercando di fare del suo meglio."

Mi mordo il labbro in tensione.

"Sei disposta a dargli una chance, Jordan? O forse la domanda migliore è se sei pronta a dare una chance a te."

"A me?"

"Sento che entrambi abbiamo bisogno di questa chiamata, Jordan, e che forse potrebbe essere anche l'ultima."

So che ha ragione e so che voglio credergli disperatamente, ma so anche che sono state troppe le notti passate a piangere disperata da sola sul mio divano.

"Non era quella la mia vita" dice a un tratto. Il suo tono si abbassa e diventa morbido. "E l'ho capito solo adesso, solo quando quella ragazzina è crollata tra le mie braccia."

Chiudo gli occhi e mi abbandono al suono della sua voce e alla dolcezza delle sue parole.

"Non voglio continuare a essere un uomo solo e arido, egoista ed egocentrico. Voglio una vita diversa, voglio fare il padre, cucinare per i miei genitori, accompagnare mia figlia a uno stupido appuntamento e voglio..." Sospira. "Vorrei baciarti in questo momento."

Sorrido emozionata.

"E vorrei tenerti la mano al cinema quando saremo al buio, in modo che nessuno possa vederci."

Mi rendo conto di aver trattenuto il fiato solo quando mi concedo di prenderlo di nuovo.

"E voglio fare l'amore con te ancora. E ancora e..." Un altro respiro e il mio corpo rischia di prendere fuoco. "E voglio che tu voglia farlo con me."

È tutto così fuori dai miei schemi, così imprevisto e pericoloso. Tutto non programmato, non cercato e non pensato. Tutto mai neanche immaginato. Tutto così sbagliato e fuori dalla mia portata.

Niall Kerry è fuori dalla mia portata, lo era quando eravamo ragazzi e lo è ancora di più adesso, ma io credo comunque a ogni sua singola parola.

"A che ora passi a prendermi?"

58
Niall

Mi apre la porta con una scarpa ancora tra le mani.

"Non c'era bisogno che venissi su."

"Sono un gentiluomo." Le porgo una rosa che avevo dietro la schiena.

"Lo vedo." La prende e la porta accanto al viso. "Grazie."

"Ho anche questo." Le porgo una scatola che lei prende titubante.

"Una torta."

"Mi hanno assicurato che all'interno c'è almeno uno strato di cioccolato."

"Credevo che andassimo fuori."

"Questo è per dopo."

Solleva un sopracciglio.

"Deciderai tu se mangiarla tutta da sola o se condividerla con qualcuno."

"Credevo che dovessimo fare da chaperon a Skylar e Carter."

"Ed è così. Cinema e cena, come previsto. Anzi, siamo già in ritardo, il film inizia alle sei e il cinema più vicino è a Bundoran, ci vuole circa mezz'ora per arrivare."

"Niall..."

"Sono qui per questo."

Mi guarda poco convinta.

"Io, almeno. Tu non so."

"Cosa c'entro io? Sei tu che ti sei presentato qui con una torta."

"Cosa c'entri tu? Ti sei guardata allo specchio, per caso?"

"Sì, ma..."

"E non dirmi che hai preso il primo straccetto che hai trovato nel tuo armadio perché feriresti i miei sentimenti."

"Cosa hanno a che fare i tuoi sentimenti con il mio vestito?"

"Fammi credere che hai impiegato ore a sceglierlo, che eri nervosa all'idea di questa sera, che hai tirato giù tutto l'armadio e che ne hai provati a decine e che alla fine hai indossato il primo che avevi scelto perché volevi piacermi ma volevi piacermi perché sei tu e tu sai che mi piaci già perché sei tu."

Credo di averla appena spaventata.

Si china appena per infilare la scarpa mancante e poi si risolleva, lisciandosi il suo vestito rosso con le mani.

"Il secondo."

"Mmm?"

"Ho messo il secondo che avevo scelto. Il primo aveva una macchia."

Sorride ma io più di lei.

Si allontana per posare la torta in cucina e poi prende la borsa.

"Pronta."

Lei. Io no. Io mai. Ma non posso rimangiarmi il discorso appena fatto e non posso farle capire che è così in vantaggio su di me o non mi darà più modo di recuperare.

* * *

"Sul serio, amico? Thor?"

"Perché?" Jordan chiede. "Che cos'hai contro i film della Marvel?"

"A parte il fatto che sono tutti supereroi che spaccano il mondo a mani nude e che hanno muscoli contro natura?"

"Qualcuno qui sente la competizione" Skylar mi prende in giro.

"Quale competizione! Non c'è competizione, andiamo!" Indico la locandina affissa nella hall del cinema.

"Stai facendo un sacco di storie inutili." Jordan mi prende per un braccio. "Andiamo a fare i biglietti."

"Pure i biglietti? Quando è diventato un appuntamento a quattro?" Dico tra i denti.

"Quando hai invitato anche me."

Sbuffo e mi avvicino alla biglietteria per prendere quattro biglietti mentre Jordan si dirige verso il banco dei pop corn. Ci ritroviamo tutti e quattro all'entrata e do ai ragazzi i loro biglietti.

"Ci vediamo dopo, allora" Skylar dice,

trascinando via con lei Carter.

"Grazie, coach K" dice lui, prima di venire risucchiato dalla fretta di mia figlia.

"Hai preso posti lontani" Jordan mi fa notare.

Scrollo le spalle.

"Sei stato carino a lasciargli un po' di privacy."

"In verità l'ho fatto per noi."

"Non ti credo."

Le sorrido.

"E va bene, l'ho fatto per tutti, contenta? Volevo che avessimo tutti un po' di privacy."

"Cosa credi di fare in una sala piena di gente, Kerry?"

"Ti avevo promesso che ti avrei preso la mano."

Si morde un labbro per trattenersi dal sorridere.

"E non voglio spettatori indiscreti."

"Ti prego, smettila di guardarlo così."

Ride e si volta verso di me.

"Io non penso che siano veri, sai? Sono sicuro che c'entri il computer o qualche strano effetto speciale."

"Per i muscoli, dici? Non credo."

Sbuffo e mi volto di nuovo verso lo schermo.

"E comunque a me è sempre piaciuto Hulk, quando non è verde."

"Vuoi dire che ti piacciono i nerd sfigati?"

Ride ancora.

"Non ho speranza, quindi. Sono fottuto in ogni caso."

La sua risata diventa un sorriso caldo e rassicurante. Muove la mano verso la mia posata sulla coscia e la stringe, al buio, come io avevo promesso che avrei fatto. Le luci che provengono dallo schermo si riflettono sul suo viso. E poi Jordan mi dà molto di più di una speranza.

"Ho paura che siamo in due a essere fottuti."

* * *

Quando usciamo dal cinema ci teniamo ancora per mano. Mia figlia e il suo accompagnatore ci precedono di qualche passo. Loro non si tengono per mano. Ho buttato un occhio verso il loro settore in un paio di occasioni, ma era troppo buio e c'era troppa gente, non sono riuscito a vedere come stavano andando le cose tra di loro. Non so se sperare che Carter faccia una mossa o se pregare che non la faccia mai, sono combattuto tra il mio ruolo di simpatizzante delle linee nemiche e di padre che deve dare fuoco alle stesse linee.

"Mi sembra ancora parecchio nervoso" Jordan mi dice sottovoce. "Dovremmo fare qualcosa, non credi?"

"Chi, noi? E cosa vorresti fare?"

"Non lo so, ha bisogno di una piccola spinta."

"Con mia figlia?"

"Che ne dici se li accompagniamo a cena e poi li lasciamo soli?"

La guardo preoccupato.

"Noi possiamo andare in un altro posto e lasciare loro spazio."

"Vuoi dire che non posso controllarli?"

"No, non puoi."

"Mi stai suggerendo di dare mia figlia in pasto a un adolescente con gli ormoni in posizione di attacco?"

Ride.

"Non volevo essere divertente."

"Cosa vuoi che succeda, saranno a cena in un ristorante con tante altre persone, solo che tra quelle persone non ci saremo noi."

"Non sono convinto."

"E se ti promettessi qualcosa in cambio?"

"Ti sto ascoltando."

"Un bacio della buonanotte."

"Stai scherzando?"

"È già troppo. C'è sempre un accordo in ballo."

Sbuffo. "E una palpatina?"

"Che tipo di palpatina?"

"Prima e seconda base."

"Audace..." Mi prende in giro.

"Mi sembra un accordo ragionevole."

"E cosa ne dici, invece, se ti proponessi una torta da dividere a metà?"

"E se saltassimo il ristorante?" Le propongo io. "Se venissi da te, se mangiassimo la torta come cena e..."

"E...?"

"E se poi mangiassi te al posto del dolce?"

"Mi sembra un accordo sbilanciato."

"A me sembra giustissimo."

"Sono per le pari opportunità, pari diritti e pari doveri."

"Sono sicuro che tu troverai il modo per rendere questo accordo ragionevole e alla pari per entrambi."

* * *

Jordan torna con la torta mentre io la attendo seduto sul suo divano. Si è tolta le scarpe e ha sciolto i capelli, ma il suo vestito è ancora nel posto sbagliato: ovvero addosso a lei.

Mi sembra poco carino dirglielo così, quindi cerco un modo migliore per invitarla a toglierlo il prima possibile.

"Facciamo un gioco."

"Un gioco?" Chiede curiosa.

"Perché non facciamo le cose al contrario."

"Di che cosa stai parlando?"

Mi muovo sul divano e appoggio le mani sul bracciolo dietro la sua schiena, imprigionandola nell'angolo che occupa.

"Facciamo che iniziamo la cena dalla fine."

La sua bocca si piega all'insù.

"Io inizierei dal dolce."

Annuisce lentamente.

"Che per me potrebbe diventare benissimo la portata principale o anche l'unica."

Mi chino sul collo e vi poso le labbra, al sentire la sua pelle calda non posso evitare di morderla. Jordan sospira e si muove sul divano, io scendo lungo la spalla e stringo i seni tra le mani mentre abbandona la testa all'indietro, la bocca socchiusa, il respiro profondo di chi è pronto a lasciarsi andare. Scendo veloce lungo i fianchi, mi allontano da lei quel poco che basta per poterla afferrare per le caviglie e farla stendere sul divano. Sollevo il vestito e tiro giù la sua biancheria. Premo sulle sue cosce e la invito ad aprirle per me. Si solleva posando i gomiti sul divano e mi guarda, le guance in fiamme e gli occhi lucidi di chi non vede l'ora di sentirti e di sentire quanto la desideri. Mi chino sul suo sesso, lo accarezzo lentamente con la lingua, premendo sulle sue cosce per tenerle aperte. Succhio le sue labbra e le bacio, poi torno a leccarla lentamente, lasciando che il suo sapore mi porti dritto verso la rovina.

La aiuto ad appoggiare le gambe sulle mie spalle e poi con le dita accarezzo la sua apertura; due dita si immergono nel suo calore mentre Jordan si lascia cadere sul divano e si aggrappa al bracciolo dietro di sé. La penetro lentamente e in profondità, la lingua ad accarezzare il suo sesso, poi le sue mani si infilano nervose nei miei capelli, a spingermi verso di lei.

Affondo le dita e la divoro, affamato e ansioso; lei si muove contro il mio viso, la mia lingua instancabile non le dà tregua e i suoi lamenti mi incitano a non fermarmi fino a quando non avrò sentito il mio nome disperato sulle sue labbra. Porto una mano sui bottoni dei miei pantaloni, li slaccio veloce e poi la faccio scivolare all'interno: libero la mia erezione e la stringo iniziando a strofinare lentamente, e quando la sento davvero chiamare il mio nome seguito da un lamento prolungato e sensuale, mi sento quasi sul punto di venire nella mia mano.

Mi sollevo lasciando che le sue mani scivolino via dai miei capelli e poi mi muovo sul divano per chinarmi sulla sua bocca, la mia mano ancora stretta intorno al mio cazzo. La bacio, la sua lingua che si muove in cerca del suo sapore che passa dalla mia bocca alla sua; le mani che tornano tra i miei capelli, le mie che si perdono sui suoi seni. Mi stacco da lei e Jordan apre gli occhi, il suo sguardo cade subito sulla mia erezione protesa verso di lei.

Si solleva e poi si mette in ginocchio, mi spinge all'indietro sul divano e mi distendo dall'altro lato. Capisco cosa sta per fare troppo tardi, non ho avuto il tempo per prepararmi né fisicamente né mentalmente all'idea della sua bocca intorno al mio cazzo. Avrei dovuto immaginarlo però quando si è messa a parlare di pari opportunità.

L'effetto è immediato e devastante, lo è perché la sua bocca è devastante, per non parlare della sua lingua e del modo in cui la muove, senza contare l'eccitazione di averla appena mangiata e di avere ancora il suo sapore nella mia bocca.

Lascio che Jordan faccia di me e del mio fedele compagno ciò che vuole, ormai sono suo, sono completamente invaghito, sopraffatto, stregato, fottuto. Riesco solo a pensare al calore, al mio cazzo che scivola e affonda nella sua bocca, ai suoi capelli sparpagliati sul mio addome e al fatto che sento tirare in modo pericoloso i testicoli e che mi sento sul punto di venire subito e senza la possibilità di ritardare la cosa. Muovo i fianchi verso di lei, mosso dalla foga e dal bisogno di liberare l'orgasmo che minaccia di completare il quadro del mio personale devasto.

Mi muovo ancora per pochi secondi, poi mi lascio andare e mi godo questo momento fino all'ultimo secondo, soffocando il mio stesso respiro nella mia gola.

Jordan si solleva lentamente, si sposta i capelli dal viso e mi guarda con gli occhi di una che non ha alcuna intenzione di lasciarti in vita dopo che avrà finito con te. E lo spero davvero, perché io non saprei proprio cosa farne del sottoscritto quando lei capirà che sarebbe stato meglio un nerd come Hulk quando non diventa verde.

"Nessuno sa fare accordi come te, preside Jordan."

Solleva un angolo della bocca soddisfatta.

"E nessuno sa accettare i termini come te, Kerry."

I termini li accetto tutti, non mi spaventano mica due clausole in fondo alla pagina. Quello che mi spaventa è la data di scadenza e ho paura che sia troppo vicina e che io non sia pronto ad affrontarlo.

* * *

Le allungo un altro pezzo di torta che mangia direttamente dalle mie mani e poi mi chino su di lei per rubarle un altro bacio al cioccolato.

"Non pensavo ti piacessero così tanto i dolci" dice divertita.

Il problema è che non mi sono mai piaciuti, Jordan, ma non so se mi crederesti adesso, quindi rimando la confessione a un momento più consono.

"Non mi piacevano neanche gli accordi" le dico invece. "Eppure eccomi qui pronto a firmare tutto quello che mi metti davanti."

"Nessuno ti obbliga ad accettarli, sai?"

La guardo di traverso.

"Cosa?"

"Come posso mai rifiutare quando in ballo c'è questo?" La indico e la sua espressione diventa dubbiosa. "Oh, ti prego! Non fare quella faccia ingenua. Sai benissimo cosa sei."

"Ormai non so più di cosa stai parlando."

"Okay." Mi sollevo e mi metto seduto, lei resta semi sdraiata sul divano. "Me ne pentirò, lo so."

"Di cosa stai parlando?"

"Non funzionava."

"Mmm?"

Indico il bastoncino di zucchero che appena si sente chiamato in causa torna a farci visita.

"Non credo di capire."

"Erano circa nove mesi che non... Be', non si alzava neanche sotto tortura."

"Oh. Ohh..."

"Non infierire, te ne prego."

"Non era mia intenzione farlo, sono solo sorpresa."

"Non credevi che potesse accadere a un tipo come me?"

"Non credevo che un tipo come te avrebbe mai ammesso una cosa del genere."

Non c'è niente da fare, il punto è sempre suo.

"Potrebbe essere stato solo un caso, un momento particolare, non so..."

"Aveva smesso di funzionare del tutto. Sono stato anche dal medico, ho fatto degli accertamenti. Dicevano che forse era dovuto allo stress, ma sai, dopo nove mesi iniziavo a perdere le speranze. Sembrava deceduto. Fino a quella sera, quella del locale."

Sorride appena.

"Sei stata tu a farlo resuscitare."

"Ora stai esagerando, magari eri stressato davvero, era un periodo particolare."

"Ciò non toglie che il mio bastoncino di zucchero è tornato a vivere di vita propria solo quando ha visto te." Mi chino su di lei che ora sorride. "E che..." Respiro e poi mi lancio nel vuoto. "Non vuole altri che te."

"Stiamo parlando ancora del bastoncino?"

"N-no."

Nei suoi occhi la paura e nella mia voce il terrore.

"Sto parlando di me."

Resta in silenzio per alcuni secondi in cui credo che il devasto abbia deciso di concedermi un tempo supplementare.

"C'è ancora un torneo da vincere" dice timorosa.

Non se la sente di rischiare, anche se io ormai ho messo sul banco tutte le mie carte.

Mi sollevo di nuovo e mi metto a sedere.

"E se non dovessi vincerlo quel torneo, Jordan? Cosa accadrebbe?"

È una domanda che mi assilla da un po' di giorni e che credevo che non avrei mai avuto il coraggio di fare, ma io mi sto mettendo in gioco, sto rischiando e le sto dicendo tutto quello che mi passa per la testa senza pensare alle conseguenze.

Il suono del cellulare la salva da una risposta che non mi avrebbe mai dato e che in fondo, io, non ero neanche sicuro di voler sentire.

Lo prendo e leggo il messaggio.

"È Skylar. Mi stanno aspettando."

"Devi andare."

Annuisco e mi alzo controvoglia.

"Domani c'è la prima partita" dice lei. "Devi essere pronto."

"Lo sarò." La guardo. "Lo sono."

I suoi occhi diventano meno brillanti.

"Il problema non sono io, Jordan. Lo sappiamo entrambi."

Abbassa lo sguardo e non mi risponde. Io prendo un profondo respiro e raccolgo le mie cose, poi mi chino per darle un bacio fra i capelli.

"Buonanotte, Jordan."

Non mi guarda mentre lascio la sua casa e non la guardo mentre mi lascia andare. Certi accordi non andrebbero mai firmati e io dovrei saperlo bene, perché è stata proprio una delle mie firme a farmi diventare quello che sono oggi e quello che Jordan non vuole.

59
Jordan

Anya ha fatto uno sforzo e mi ha accompagnata alla prima partita del torneo che si terrà nel campo del club ufficiale di GAA della cittadina, il Four Masters, che ha messo a disposizione la sua struttura per l'evento. La mattinata è stata piuttosto umida e piovosa e il campo è infangato e sicuramente scivoloso, spero che almeno il tempo regga per la durata della partita.

Gli spalti sono quasi tutti pieni, ci sono genitori, curiosi, insegnanti e sostenitori delle squadre, non credevo che un evento come questo potesse richiamare tutto questo interesse.

"Sei nervosa?" Anya mi dà una spallata.

"Un po', sì."

"Paura di perdere?"

Perdere sicuramente. Che cosa ancora non l'ho capito.

"Già."

"Non hai assistito agli allenamenti? Non mi hai detto che il coach se la cava?"

Annuisco e guardo altrove. Anya non sa che ho accettato il suo invito e non sa di certo cosa è accaduto dopo, a casa mia. Non ho avuto il tempo di metterla al corrente e non intendo farlo adesso, con Niall seduto a due gradinate da noi sulla panchina.

"Diamogli un po' di fiducia. Tutti quegli anni passati a giocare saranno serviti a qualcosa, no? E poi, credo che la sua faccia sia sulla vetrina di Intersport per un motivo."

"Credo di sì" commento vaga, sperando che la partita abbia inizio presto in modo da evitare altri discorsi del genere.

"Buongiorno, signore." Tyler solleva il cappello in segno di saluto e si accomoda accanto a me.

"Hayes." Anya lo saluta freddamente. "Nessun gattino da salvare, stamattina?"

Tyler se la ride. "Ho fatto il turno di notte. Oggi sono libero."

"Che fortuna."

"Per voi di sicuro."

Anya fa una smorfia e poi beve un paio di sorsi del suo caffè d'asporto.

"Come andiamo?" Chiede a me.

"Spero che vincano."

"Tranquilla, ce la faranno."

"Tu credi?"

"L'altra squadra non ha questa grande preparazione."

"Quindi le nostre speranze si basano sul fatto che i nostri avversari sono scarsi?"

Ride ancora. "Più o meno."

"Non mi sembra promettente."

"Non hai molta fiducia in Kerry a quanto vedo."

"Non ha avuto che pochi allenamenti per

conoscere la squadra, per prepararla, per…"

"Non parlavo solo del torneo."

Dovevo immaginarlo.

"Non credo che siano affari tuoi, Tyler" gli dico dura.

"Probabilmente no."

Guarda davanti a sé, verso la panchina, dove Skylar ha raggiunto suo padre.

"Per fortuna, però, qualcuno ha deciso di dargliela un po' di fiducia."

Sorrido senza volerlo.

"E credo che a lui abbia fatto davvero bene."

* * *

Quando ha inizio la partita Anya è già sparita in cerca di un altro caffè mentre Tyler ha raggiunto Niall in panchina, prendendo il posto di assistente e Skylar si è venuta a sedere sugli spalti accanto a me.

"Come è andata la tua serata? Le chiedo discreta.

"Bene, credo."

"Credi?"

"Non sono uscita con molti ragazzi, non ho paragoni da fare."

"Non dovresti comunque farli, non credi?"

"Forse. E la tua, invece? Non eri con Kerry quando è venuto a prenderci."

"Mi ha riportata a casa prima" dico vaga." Ero

un po' stanca."

Skylar per fortuna non va avanti.

"Giocherà?" Chiedo cambiando argomento.

"Non credo sia tagliato per queste cose."

"Però è in squadra."

"E non capisco per quale motivo."

"Magari voleva impressionare qualcuno."

Mi guarda. "Non mi servono queste cazzate."

"Ah no?"

Scrolla le spalle e torna con gli occhi sul campo.

"Non mi piacciono gli sportivi."

"E cosa ti piace?"

Ci pensa su qualche istante, poi mi guarda di nuovo.

"Le persone vere. Le persone che restano."

Sorrido alla sua sincerità e al modo in cui sta cercando di mantenere la sua facciata da dura anche se in realtà vorrebbe sciogliersi in lacrime a ogni parola.

"È un bravo ragazzo. Carter, dico. E non solo perché è responsabile e perché è il primo della scuola. Lo è perché è buono. Ha un cuore grande e tiene al prossimo."

"Lo conosci così bene?"

"Conosco tutti i miei studenti e conosco le loro storie."

"Sua madre se ne è andata?" Mi chiede a bruciapelo.

"Sì."

"Ma suo padre è rimasto."

Le sorrido mentre lei annuisce lentamente.

"Perché gli hai detto delle graphic novels?"

"Gli ho solo spiegato che c'era questa ragazza dalla mente brillante e dalla fantasia senza limiti che si era un po' persa per strada e che aveva bisogno di una mano per ritrovarla."

"Gli hai detto davvero così?"

"Sì."

"Anche tu le hai lette, quindi?"

"Sì."

"E ti sono piaciute?"

"Sì. Credo che tu abbia un grande talento."

"Non lo dici solo perché ti piace mio padre?"

Prendo un profondo respiro. "No."

Resta in silenzio per qualche secondo.

"Mi piacerebbe provare."

"A fare cosa?"

"Con questa cosa."

"Parli delle tue storie?"

Mi guarda timorosa e annuisce. "Ma non so come fare, da dove iniziare. Ho solo buttato giù qualcosa e l'ho messa in internet."

"E tu cosa vorresti fare, invece?"

"Vorrei fare questo" dice cauta. "Inventare, scrivere… Rappresentare quello che c'è nella mia testa, quello che vedo e che sento."

"È una cosa bellissima."

"Lo pensi davvero?"

"Assolutamente."

Sorride fiduciosa.

"Ti andrebbe di aiutarmi a capire come fare?"

"Ne sarei felice."

Rivolge di nuovo lo sguardo verso il campo per sfuggire all'imbarazzo del momento e lo rivolgo davanti anche io, proprio nell'attimo in cui Niall sta guardando verso di noi. Solleva appena la mano per salutarmi e io faccio lo stesso, poi mi sorride triste e torna a parlare con la sua squadra, mentre io torno a tormentarmi con i pensieri di lui, di noi, e delle ultime cose che ci siamo detti.

"Non è tanto male" Skylar dice.

"No, non lo è."

"Ha bisogno solo di qualcuno che gli dia un po' di fiducia." Si volta di nuovo verso di me. "Come tu la stai dando a me."

60
Jordan

Tiro su la zip della mia felpa e sollevo il cappuccio sulla testa per proteggermi dalla pioggia, attraverso veloce la strada e corro verso il takeaway cinese che si trova a circa trecento metri da casa mia per una cena solitaria e depressa sul mio divano. Ho provato a chiamare prima per chiedere che me la consegnassero a casa, ma mi hanno detto che erano pieni e che ci avrebbero messo un'ora, non avrebbe avuto senso aspettare.

Dopo questa mattina, la partita finita in pareggio, il discorso di Tyler, la chiacchierata con Skylar e gli occhi tristi di Niall, ho solo voglia di avvolgermi in una coperta e mangiare fino a scoppiare, guardando un film romantico dopo l'altro con Caramel accoccolata sulle mie gambe e magari andando a letto con uno dei libri più dolorosi della mia libreria, in modo da crogiolarmi nella mia malinconia fino a che non l'avrò estirpata fino alla radice. Un weekend di abbrutimento, ecco cosa mi ci vuole prima di iniziare a stare meglio. È quello che ho fatto anche dopo la fine del mio matrimonio, anche se in quel caso si è trattato di molto di più di un weekend ma non intendo fare la stessa fine. Cosa è stato, in fondo? Qualche incontro, qualche notte di sesso, qualche risata, qualche bacio, qualche battito impazzito. Cose che posso dimenticare, che posso archiviare come se non fossero mai avvenute, cose che non possono che alimentare questo nuovo sentimento sbagliato che provo. Non posso caderci di nuovo, non posso permettere che un uomo abbia ancora il mio cuore e che poi lo butti via quando non ne ha più bisogno.

Spingo la porta e mi scrollo di dosso la pioggia, mi avvicino al bancone in attesa del mio turno e poi ordino una cena abbondante per uno. Mi dicono che ci vorranno dieci minuti, così lascio il posto al cliente successivo e mi allontano verso l'entrata della sala ristorante, piena zeppa come ogni sabato sera, per dedicarmi a uno dei miei hobby preferiti: osservare le persone che mangiano. Vedo molti volti noti, coppie consolidate che mangiano e parlano probabilmente delle prossime vacanze da programmare o della nuova TV di cui non possono fare a meno, e poi l'occhio mi cade sull'ultima coppia che avrei mai voluto vedere stasera.

Parlano loro due, parlano tanto. Steven lo fa. Ed è strano, con me parlava poco, ero sempre io a farlo, senza contare che non mi teneva mai la mano quando eravamo seduti uno di fronte all'altra al ristorante, e non mi guardava negli occhi come sta facendo ora con lei.

Dovrei guardare altrove, non è il momento giusto per rivangare il passato, non quando sto già soffrendo per il mio presente, ma non ci riesco, è più forte di me. Nella mia testa devo darmi un motivo, una spiegazione, devo capire dove e come ho sbagliato e devo capire perché non mi è stato dato modo di rimediare.

Lui lascia andare la sua mano e lei si alza, probabilmente per dirigersi verso il bagno, e io la guardo attraversare tutta la sala; una mano sulla pancia, il sorriso di chi ha qualcosa di bello in arrivo e la sensazione che il mio cuore stia per spezzarsi di nuovo e sempre a causa dello stesso uomo.

Senza rendermene conto sto attraversando la sala anche io, ma nella direzione opposta. Poggio le mani sulla sua sedia e solo allora Steven solleva lo sguardo.

"Jordan? Cosa ci fai qui?"

"Perché?" Gli chiedo solo.

"Di cosa stai parlando?"

"Lei è... Lei..." Vorrei tanto non piangere ma il dolore è tornato e fa così tanto rumore che ho paura possano sentirlo tutti i presenti.

"Non volevo che lo scoprissi così."

"Io non capisco."

Lo sguardo di Steven è sereno e oserei dire tenero.

"Sono cambiato. Lei mi ha cambiato."

Questo di dolore sono sicura possano sentirlo fino alla luna.

"Ci sposiamo. Tra due mesi."

Non sento più neanche il mio stesso respiro.

"E io sono... Felice."

Non posso evitarlo. Si spezza di nuovo. E lo

lascio lì, nell'esatto punto in cui è accaduto.
Non saprei cosa farmene.
Non lo voglio.
Non voglio soffrire più così.

* * *

Resto seduta nella mia auto a fissare il cancello di casa sua attraverso il vetro. La pioggia continua a battere così forte che i tergicristalli non riescono a darmi un'immagine nitida davanti ai miei occhi, o forse sono tutte le lacrime che ho versato ad aver offuscato la mia vista oltre a tutto il resto. Do un'occhiata al cellulare posato sul sedile del passeggero, il messaggio appena inviato che non ha ricevuto ancora risposta.
Sono qui fuori.
Il cancello si apre davanti a me e io scendo dell'auto, metto entrambi i piedi sulla ghiaia e sotto la pioggia battente raggiungo la sua porta. Quando questa si spalanca davanti a me non dico nulla, mi limito a far scivolare le mani lungo il suo viso e a premere poi la bocca contro la sua. Niall resta stupito, le sue mani sulle mie braccia a cercare di allontanarmi, ma io non posso permetterglielo, o vorrebbe delle spiegazioni che io non posso dargli. Premo il mio corpo bagnato contro il suo e approfondisco il bacio, infilando la lingua nella sua bocca e schiacciandomi contro di lui e contro il muro esterno accanto all'entrata, e finalmente lo sento cedere al mio bisogno.

Le sue mani sul mio viso a tenermi ferma contro di lui, le mie che corrono frenetiche sotto la sua maglietta, a scivolare lungo il suo torace.

"Aspetta, cazzo." Si stacca da me e mi guarda confuso. "Cosa diavolo…"

Provo a baciarlo di nuovo ma afferra i miei polsi per frenare la mia foga.

"Cosa stai cercando di fare, Jordan?"

"Mi sembrava chiaro."

Mi guarda in attesa che gli dia un motivo ma stasera non avrà altro che la mia disperazione.

"Sono venuta per stare con te."

Niall fissa insistentemente le mie labbra.

"Niente accordi."

Il suo respiro agitato sul mio viso.

"Solo questa notte e noi."

* * *

Getta la mia felpa a terra e cadiamo su alcune balle di fieno che mi si appiccica subito addosso.

"Potevi chiamarmi, sarei venuto da te. Vivo con i miei genitori, cazzo" dice ansioso sul mio collo.

"È stata una cosa improvvisa."

Le sue mani si muovono veloci in cerca dei miei seni. Si china su di essi e li morde attraverso la maglietta.

"Come la prima volta" dice in affanno, poi mi guarda con gli occhi carichi di desiderio.

"Proprio come la prima volta" gli dico in ansia.

È proprio quello che volevo, un'altra notte di follia, senza pensieri, senza aspettative, senza mettere in gioco qualcosa che non siano i nostri corpi.

Si solleva per sfilare la mia maglietta e poi si toglie anche la sua. Torna da me, il suo petto struscia contro il mio, le mani a circondare i seni e la bocca a premere sulla mia. Mi bacia con foga, come se gli avessi trasmesso la mia urgenza, mentre prende i capezzoli tra le dita per tirarli e torturarli smanioso.

"Niall." Le mie mani corrono lungo la sua schiena, ad afferrare poi le sue natiche e a spingerlo verso di me.

"Cazzo" ringhia sulle mia bocca. "Cazzo, cazzo."

Si solleva e afferra la mia tuta dal bordo, la strattona e la getta dietro di lui, poi torna da me, una mano tra le mie cosce, a scostare la biancheria, e poi le dita che si insinuano nel mio sesso.

Respira a fondo, godendosi la sensazione del mio sesso bagnato e pronto per lui. Affonda le dita in profondità, poi le sfila lentamente, godendosi anche la mia espressione di sofferenza e attesa.

"Niall."

"Non avere fretta, certe cose richiedono tempo e dedizione."

Mi sollevo dal fieno costringendolo a fare lo stesso, poi premo sulle sue spalle e lo faccio distendere, salendo a cavalcioni sopra di lui.

Slaccio veloce i bottoni dei suoi jeans e poi libero la sua erezione, le sue mani si piantano subito sui miei fianchi.'

"Cazzo, Jordan, così non vale."

"Credevo che non avessimo regole."

Mi muovo su di lui, il mio sesso a stuzzicare il suo.

"Ci sai fare e non solo con le parole."

Afferra le mie natiche tra le sue mani grandi e poi stringe la presa, aiutandomi a muovermi su di lui.

"Quando sono sopra di te non ho scampo, ma quando sono sotto..." Un sospiro carico di ansia. "Sono proprio fottuto."

"Ed è questo che sono venuta a fare, Kerry."

"Sei venuta per fottermi alla grande?"

"Sono venuta a prendermi quello che voglio."

61
Niall

Eccitato ancora di più dalle sue parole spingo il bacino verso di lei, pregandola di prendere quello che vuole prima che io muoia sotto di lei e che non possa neanche godere di questa sua improvvisa e devastante smania di avermi.

Jordan ascolta la mia preghiera facendo leva sulle mie spalle e mentre io scosto la sua biancheria, lei scende lentamente sul mio cazzo strappandomi a questa sofferente agonia a un secondo dalla fine. Quando sono finalmente dentro di lei, inizia a muovere il suo culo su di me, una delle mie mani ad aiutarla nei movimenti, l'altra che tiene stretta tra le dita la sua biancheria. Chiude gli occhi e abbandona la testa all'indietro, i suoi capelli bagnati lungo la schiena. Strattono la biancheria verso di me, invitandola ad aprire gli occhi e guardarmi, mentre con il pollice inizio a massaggiare il suo clitoride. Muovo i fianchi per andarle incontro; Jordan tiene gli occhi fissi su di me, le labbra socchiuse, il respiro pesante di chi gode di ogni affondo. Appoggia le mani sulle mie gambe dietro di lei, regalandomi la vista del suo corpo eccitante che si muove sicuro e sinuoso su di me. La mano scivola lungo la sua natica, infilandosi sotto la biancheria e iniziando a massaggiare la pelle sensibile intorno alla sua apertura. Jordan soffoca un lamento, mentre mi sente giocare con le dita: i suoi movimenti diventano scoordinati, come se stesse perdendo il controllo sul proprio corpo.

"Prendilo, così…" Faccio scattare i fianchi all'insù e mentre il suo corpo si piega in avanti, io spingo appena in lei con le dita.

"Oh dio…" Le sue mani si piantano sul mio addome.

"Prendi tutto quello che ti do, preside Jordan."

Abbassa la testa in avanti, i capelli ricadono sul mio petto mentre le sue unghie si infilano nella mia pelle. Il mio pollice instancabile preme con foga sul suo clitoride, le sue mutandine strette nel mio pugno, i fianchi che si sollevano veloci per aiutare il mio cazzo ad andare a fondo e le mie dita che s'insinuano lente in lei.

Jordan si muove disperata su di me, il desiderio incontrollato e il bisogno di prendere il mio cazzo e le mie dita.

"Così, oh dio…" Mi muovo anche io scoordinato, ansioso di arrivare a godere dentro di lei. "Vieni con me, preside Jordan. Fammi sentire come ti piace prenderlo."

La sento perdere le forze e il controllo sul suo corpo, i suoi respiri che si perdono nei suoi lamenti nel momento in cui l'orgasmo arriva a piegarla; spingo in lei per venirle incontro e poi lascio che lo stesso orgasmo si prenda anche il mio corpo.

Jordan si accascia su di me e si distende sul mio addome, le gambe ancora tremanti e strette intorno ai miei fianchi. Le scosto i capelli dal viso e cerco la sua bocca, la lingua scivola in lei per andare a sentire i suoi respiri carichi di appagamento. La bacio, lei si lascia baciare da me pigramente e poi mi volto su un fianco, tenendola stretta tra le braccia.

"Sei selvaggia, preside Jordan."

Mi guarda con gli occhi socchiusi.

"E mi piace da morire, come mi piace il fatto che tu sia venuta qui stasera perché volevi stare con me."

Si morde un labbro tesa, ora sembra a disagio, non sono sicuro che sia per quello che abbiamo appena fatto. O forse sì.

"Non era quello?" Le chiedo, scostandomi da lei per poterla guardare.

Jordan si solleva e si sistema i capelli ancora bagnati dietro l'orecchio.

"Devo andare."

"Cosa?" Mi alzo anche io. "Dove?"

"A c-casa."

Resto a guardarla confuso mentre recupera i suoi vestiti.

"Non credo di capire."

Si infila la maglia e recupera i pantaloni.

"Sono venuta solo per questo."

Annuisco lentamente iniziando a capire.

"Con questo intendi il sesso."

"Credevo di essere stata chiara."

Mi avvicino a lei con l'intento di accarezzarle il

viso, ma abbassa lo sguardo voltando la testa di lato.

"Avevi detto che eri venuta per stare con me."

"Solo questa notte. Niente accordi."

"Ma certo" rido sprezzante. "Che razza di idiota sono."

"Non era quello che volevamo entrambi?"

"Prima. Prima che mi sedessi a quel tavolo in quel ristorante. Prima dei messaggi, delle telefonate. Prima del tuo divano. Prima della tua mano che prende la mia. Prima del cioccolato."

La guardo mentre il mio cuore batte impazzito nel petto.

"Prima di noi."

"Questo è l'unico noi che possiamo avere."

Si infila anche i pantaloni e poi si avvia verso la porta del fienile, la seguo veloce e la spingo contro il legno prima che possa aprirla. Il mio corpo schiacciato contro il suo, la mia mano accanto alla sua testa, il mio fiato sul suo collo.

"Cosa è successo, Jordan? Questa non sei tu."

"Non sai niente di me, Kerry."

"Non è vero. Io ti ho vista, io so chi sei."

Si volta e appoggia la schiena contro la porta.

"Cosa? Dimmelo. Ho il diritto di saperlo."

Non mi guarda, tiene gli occhi piantati sui nostri piedi.

"Lui..." Si morde un labbro per evitare di piangere. "Lui e lei..." La prima lacrima scende lenta fino all'angolo della sua bocca. "Non la voleva una famiglia. Non voleva dei figli" dice con voce tremante. "Io volevo costruire qualcosa, volevo dei bambini, volevo una famiglia mia, quello che non avevo mai avuto."

La ascolto con il cuore paralizzato tra le costole.

"Volevo essere felice."

Non so neanche se sto respirando ancora.

"Lei è incinta. Si sposeranno tra due mesi."

Finalmente mi guarda e vorrei che non lo avesse mai fatto.

"Non voleva me."

"E quando lo hai scoperto?"

Non mi risponde e non frena più le lacrime.

"Quando, Jordan?" Alzo la voce e batto il palmo contro il legno facendola sussultare.

"Sta-stasera."

"Per questo sei venuta da me."

"Io volevo solo dimenticare."

"Mi hai usato." Mi stacco dalla porta e faccio un paio di passi indietro barcollando.

"Non volevo, io non…"

"Cosa non volevi?"

"Non volevo che le cose andassero così."

"Sono solo questo, io. Un passatempo."

"Niall…"

"Uno stupido. Uno con cui non puoi farti vedere. Uno di cui ti vergogni."

Mi basta la sua espressione colpevole come

risposta.

"Cosa sono per te, Jordan?"

"Io non posso."

"Non puoi... Cosa?"

"Ho dato via il mio cuore già una volta."

Ascolto la sua sentenza senza muovere un muscolo.

"E ora non mi è rimasto altro da dare."

62
Jordan

Il giorno dopo mando un messaggio a Iris per dirle che non sto bene e che non me la sento di andare a pranzo con lei, che preferisco restare a letto tutto il giorno per riprendermi, ma verso mezzogiorno si presenta alla mia porta con una busta piena di cose da mangiare.

"Questa non è influenza, tesoro."

Le sorrido triste.

"Per fortuna c'è qui la tua Iris a prendersi cura di te."

"Dimmi che almeno c'è del cioccolato in quella busta."

Tira fuori due bottiglie di vino.

"Anche quelle vanno bene."

Non avevo molta voglia di mangiare, ma Iris ha insistito per preparare almeno un paio di sandwiches con insalata, bacon e formaggio, giusto per poter mandare giù il vino senza finire con la testa nel water.

"Cosa ti ha ferito di più, tesoro?" Mi chiede, dopo averle raccontato della scena a cui ho assistito nel ristorante cinese e delle parole di Steven. "Il fatto che lui ora sia felice o che tu non lo sia?"

"Il fatto che per causa sua non potrò esserlo più" le rispondo, ripensando a me, a Niall, a quello che gli ho detto, a come ho ferito i suoi sentimenti.

"Non riesco a capirne il motivo."

"Davvero?" Chiedo quasi arrabbiata.

"Non è lui a decidere del tuo futuro, tesoro."

"Mi ha rovinato la vita."

"Ti ha ferita e ti ha delusa."

"E secondo te, questo non conta?"

"Lui è il tuo passato, Jordan, non puoi lasciargli decidere anche del tuo futuro. Sei tu che gli stai dando ancora troppo spazio nella tua vita."

Finisco il mio bicchiere di vino e poi appoggio la schiena dietro la testiera del letto. Caramel viene subito ad accoccolarsi sulle mie gambe. La accarezzo pigramente mentre mi regala uno dei suoi sguardi carichi di amore.

"Io la volevo."

"Cosa?"

"Una famiglia con lui. Volevo tante cose, Iris. Volevo una casa fuori dalla cittadina, volevo fare giardinaggio nei weekend, preparare i biscotti" dico amara, mentre la sua mano stringe il mio braccio con affetto. "Volevo dei bambini. Volevo il per sempre." La guardo, le lacrime pronte a soffocarmi. "Volevo quello che non ho mai avuto."

"Mi dispiace, tesoro."

"Lui non voleva queste cose e solo ora capisco

il motivo."

"Di che parli?"

"Lui non voleva me."

Iris sospira, i suoi occhi si inteneriscono.

"Erano tutte stronzate. L'unica cosa che non lo rendeva felice ero io. Non ero la donna che voleva" dico rassegnata.

"Non eravate fatti per stare insieme."

"Dovevo capirlo."

"Eri innamorata."

"Ero stupida. E lo sono stata ancora."

"Cosa vuoi dire?"

"Ho creduto che..." Guardo Iris che attende una spiegazione. "Ho creduto di poterlo fare di nuovo."

"Che cosa?"

"Innamorarmi, volere qualcosa per me."

"Stai parlando di Niall Kerry?"

"Ero a tanto così dal cascarci di nuovo."

"Non capisco cosa vuoi dire, tesoro. È successo qualcosa che io non so?"

"È successo che ci ho quasi creduto."

"E poi?"

"E poi niente, Iris. Poi ho aperto gli occhi. E non ho intenzione di chiuderli ancora."

"Perché dici così? Ha fatto qualcosa? Ti ha illusa, ferita?"

Nego con la testa. "Era tutto come da copione."

"Non ti seguo."

"Lui che mi vuole, lui che dice che sta cambiando grazie a me, lui che mi accetta come sono. Ho già visto tutto questo ed è finito con qualcuno che criticava ogni cosa che facevo, qualcuno che andava a letto con un'altra, qualcuno che ora sta per sposare un'altra donna e sta per avere un bambino da lei. Dicono tutti così, dicono di amarti, di volerti nella loro vita, di non poter rinunciare a te. Poi un giorno si rendono conto che non sei quello che volevano."

"Non sono tutti così, Jordan."

"Forse, ma io non ho intenzione di scoprirlo."

* * *

Guardo la pioggia che batte contro il vetro della mia camera con il cellulare tra le mani. Sul comodino due bottiglie di vino vuote e i resti di una giornata passata a mangiare schifezze. Iris è andata via verso le cinque del pomeriggio. Le ho promesso che mi sarei fatta una doccia, che avrei provato a distrarmi magari leggendo un thriller e non un libro romantico, che avrei guardato un horror in TV, che mi sarei rilassata e che mi sarei presa del tempo per riflettere su ciò che sto facendo.

Non ho fatto niente di tutto questo.

Sono stata qui, seduta sul mio letto, con Caramel a farmi compagnia, ancora in pigiama, a fissare la mia finestra e a rigirare il mio cellulare tra le mani, con la voglia di chiamarlo per spiegargli quello che mi sta succedendo, ma la paura che sia solo una storia che si ripete all'infinito non mi permette di premere quel tasto.

Mi manca e non me lo aspettavo. Ed è la cosa che mi spaventa di più.

Volere di nuovo un uomo nella mia vita, aspettare il suo ritorno a casa o aspettarmi di vederlo ai fornelli intento a cucinare quando a casa rientro tardi io. Un uomo che mi chiede come è andata la giornata, che mi posa un bacio tra i capelli quando mi addormento prima di lui, un uomo che mi prende la mano al buio al cinema. Un uomo che desideri fare l'amore con me e che mi dimostri che non esiste altra donna per lui.

Cose che ho avuto in passato e che mi sono state tolte senza preavviso. Cose che mi sono mancate così tanto che ho avuto paura di non riuscire più a respirare. Cose che ho paura di volere dall'uomo che ho appena allontanato per sempre.

Non lo so perché sono corsa da lui. Ero vulnerabile e sconvolta, ero sola e ferita e volevo disperatamente sentire qualcosa che non fosse il mio acuto dolore. Ho scelto il modo peggiore, ho fatto del male a un'altra persona. L'ho usato, proprio come ha detto lui.

Guardo di nuovo il cellulare ma poi lo rimetto sul letto, lasciandomi cadere sul materasso. Forse è meglio che le cose rimangano così, che lui mi odi, che non provi a cercarmi ancora, che non provi a essere mio amico e che non provi a farmi sentire ancora qualcosa.

È meglio così, mi dico ancora, mentre mi rigiro nel letto in cerca dell'angolo perfetto in cui cadere ancora in lacrime. È meglio così, dico ancora una volta, anche se ormai ho capito che le mie lacrime e il mio dolore hanno assunto un'altra forma e un altro nome.

63
Niall

A metà del primo tempo siamo sotto di un gol e siamo demoralizzati e rassegnati. Dopo il pareggio della prima partita, una sconfitta vorrebbe dire segnare il destino della squadra e del torneo.

Non dovrebbe importarmi, giusto? Non dopo che Jordan mi ha usato come uno straccio vecchio e poi mi ha gettato nel cassonetto, ma che posso farci, ho un problema con le sconfitte e non intendo prenderne una ora, qui, sul campo di una squadra di provincia in una cittadina del cazzo in mezzo al cazzo del nulla. E non davanti alla città al completo che non attende altro che un mio fallimento.

"Non ce la fa" Tyler mi dice a bordo campo.

"Chi?"

"Il portiere."

Lo guardo e sbuffo. Si è fatto male durante l'ultimo allenamento, aveva detto che era solo una storta e che era a posto per la partita, ma il suo viso sofferente mi dice tutt'altro.

"Abbiamo solo un'altra sostituzione" dico preoccupato.

"Non possiamo lasciarlo lì."

Mi sfilo il berretto e passo il braccio sulla fronte. Non so perché sto sudando visto che non sto neanche giocando.

"Quindi?" Tyler incalza.

Mi volto verso la panchina e prego di prendere la decisione giusta.

"Carter!"

"Oh cazzo" Tyler dice drammatico.

"Alza il culo, ragazzo. Tocca a te."

"A me?" Chiede nel panico.

"Il portiere è infortunato."

"Ma io..."

"Puoi farcela, non devi neanche correre."

Si alza e con passo malfermo ci raggiunge. Gli poso le mani sulle spalle e lo guardo.

"Io mi fido di te, ragazzo."

"O-okay."

"Devi solo proteggere la porta come se fosse casa tua. Non fare entrare la palla in casa tua, Carter, o siamo fottuti."

"Non mi pare un grande incoraggiamento" Tyler mi fa notare.

"Cosa ne sai tu di queste cose?"

Alza le mani e mi lascia campo libero.

"È la tua occasione" gli dico, indicando con la testa alle nostre spalle dove mia figlia è seduta.

Lui capisce subito a cosa mi riferisco.

"Falle vedere che sai proteggere le cose a cui tieni."

Mi sorride timido e poi annuisce, mentre Tyler chiama l'arbitro per avvertirlo della sostituzione. Io guardo verso le gradinate e verso mia figlia che mi regala un pollice alzato; dietro di lei, a due gradinate di distanza, l'oggetto di ogni mio pensiero e di ogni mio respiro.

Non la vedevo da una settimana, da quella notte. Non è venuta neanche all'allenamento e speravo che non venisse neanche alla partita perché vederla e far finta che non abbia qualcosa che non va con il mio cuore è peggio di non vederla e far finta che non ci sia qualcosa che non va con il suo.

La saluto con la mano e lei mi regala un sorriso tirato, poi torno al mio lavoro, sperando che sia l'unica cosa che so ancora fare nella vita, visto che come padre faccio pena e come uomo faccio schifo, e cerco di concentrarmi sulla partita, sulla mia squadra e sulla remota possibilità di potercela fare, perché ho promesso a Jordan che avremmo vinto e nonostante tutto, non voglio e non posso deluderla. Sono un uomo adulto che ha preso un impegno e che lo porterà a termine e che non deluderà più nessuno nella sua vita.

* * *

All'inizio del secondo tempo la squadra sembra ancora più tesa. Carter sta difendendo la porta come può anche se credo che gli sia andata un po' di culo nelle ultime due azioni.

Urlo ai ragazzi di portarsi in attacco e di provare almeno a pareggiare di modo che possiamo sperare in un ripescaggio, e mi agito a bordo campo come un dannato cercando di farmi ascoltare.

"Ti verrà un infarto."

"Sta' zitto e dammi una mano, sembra che non mi ascoltino."

"Ci tieni davvero tanto alla squadra."

"Tengo alla vittoria, Tyler."

"Mmm."

"Non è il momento per una delle tue teorie, siamo ancora sotto e abbiamo uno che ha paura anche della sua ombra in porta. Direi che siamo un po' nella merda, non ti pare?"

Tyler ride e poi fischia a una delle mie punte, chiedendogli di avvicinarsi.

"Il coach vuole parlarti" gli dice, lasciando la parola a me.

Era così semplice? Perché non lo ha fatto prima?

"Sì, coach."

"Voglio solo una cosa da te, ragazzo."

Annuisce e resta in ascolto.

"Voglio che infili quella cazzo di palla" la indico, "in quella cazzo di porta" indico anche quella.

"O-okay" dice confuso mentre Tyler ride.

"Facile, no?"

"S-sì, coach."

"E allora perché cazzo non lo fai?" Urlo attirando l'attenzione anche dell'arbitro.

Il ragazzo corre spaventato verso il campo tornando dai suoi compagni, mentre a me toccano i commenti di Tyler.

"Wow."

"Vaffanculo."

"Che grande discorso."

"Sono passato direttamente al tono minaccioso."

"E pensi che servirà a qualcosa?"

"Oh cazzo..."

"Che?"

Afferro la maglietta di Tyler e lo strattono.

"Cazzo, cazzo, cazzo..." Mi avvicino alla linea a bordo campo. "Corri, cazzo, corri!"

"Non ci credo."

"Sì! Sì! Cazzo, sì!" Salto addosso a Tyler e continuiamo a esultare per il miracolo appena avvenuto mentre tutta la squadra corre verso di noi per festeggiare il pareggio raggiunto. Quando l'arbitro ci richiama e ci invita a riprendere il gioco, proviamo a darci un contegno, ma l'adrenalina è ancora lì che pompa nelle vene. Mi volto verso le gradinate mentre anche il pubblico si rimette seduto per continuare a seguire la partita e i suoi occhi sono lì, su di me. Sollevo il berretto e lei mi regala un debole sorriso che mi fa sentire per un attimo di nuovo bene. Forse non sarò l'uomo che vuole, quello con cui andare a cena, passeggiare mano nella mano, quello che bacseresti in pubblico o che presenteresti alla tua famiglia.

Forse non sarò l'uomo che vorresti amare, ma di certo non sarò quello che ti deluderà ancora.

*** * * ***

"Hai visto mia figlia?" Chiedo a Tyler mentre raccolgo le mie cose.

"Era sugli spalti fino a un attimo fa, magari è andata già alla macchina." Mi passa la lavagna con gli schemi. "Ci vediamo stasera, allora?"

Oh giusto. Abbiamo vinto. Non ci credo ancora. E preso dalla gioia del momento ho invitato i ragazzi fuori per una pizza. Questo lavoro mi costerà più di quanto guadagno.

"Alle sette. Non fare tardi."

Tyler mi saluta e si affretta a lasciare il campo, io mi dirigo verso il parcheggio e verso la mia auto, ma non appena supero le gradinate un braccio mi afferra e mi tira via.

"Che cosa…"

La mano di Jordan si posa sulla mia bocca. Dire che la sensazione delle sue dita che sfiorano le mie labbra non mi provochi un leggero dolore nel petto sarebbe una cazzata.

Scosta lentamente la mano e poi mi indica la mia auto, dove mia figlia è praticamente schiacciata contro la portiera, preda della bocca di Carter.

"Stai sche…" La mano di Jordan si schiaccia con forza di nuovo sulla mia bocca.

"Non dire un'altra parola."

"Mmm... Hum... Argh."

"Come dici?"

Mi lascia libero di parlare.

"Quella è mia figlia."

"Sì" dice lei tranquilla.

"E quello è uno dei tuoi studenti. Sono entrambi tuoi studenti."

"Sì."

"Non è vietato dal regolamento scolastico o qualcosa del genere?"

"Non siamo a scuola."

"Giusto. Ma lei è pur sempre mia figlia e lui è un ragazzo che sta per esalare l'ultimo respiro."

"Non essere drammatico."

Sbuffo e mi volto di nuovo verso di loro. La sua bocca finalmente la lascia respirare.

"Non noti nulla?" Jordan chiede.

"Lei sta sorridendo" dico con una pietra infilata in gola.

"Esatto."

Prendo un bel respiro e mi volto verso di lei.

"È una bella cosa, Niall."

"Suppongo di sì."

Sarebbe stato bello anche tra di noi, ma tu hai deciso che non valeva la pena rischiare.

No, non glielo dico. Mi bastano i suoi occhi tristi per ingoiare le parole e lasciare che si depositino come un macigno sul mio stomaco. Non voglio ferirla, anche se lei mi ha usato. Non voglio farle del male.

"Ora credo che tu possa raggiungerli."

E non voglio perderla neanche del tutto.

Ci penso su qualche istante e poi glielo chiedo.

"Stasera andiamo tutti a festeggiare la vittoria. Potresti venire con noi."

"Mi piacerebbe, ma non è il caso."

Annuisco deluso. Sapevo che non avrebbe accettato ma una parte di me ci sperava lo stesso.

"Bella partita" dice lei. "Ero sicura che fossi l'uomo giusto per questo lavoro."

Per questo lavoro forse sì, ma non per te.

Non le dico neanche questo.

"Ci vediamo" mi saluta e si allontana veloce, lasciandomi con la sensazione che per quanto mi sforzi, non sarò mai qualcuno su cui vale la pena puntare.

64
Niall

Dopo la terza vittoria consecutiva il mio umore inizia a migliorare e anche i miei pensieri diventano più positivi. Merito dei ragazzi, che hanno deciso di salvare la mia reputazione vincendo tre match di fila e portandosi al primo posto provvisorio del torneo.

Mando tutti negli spogliatoi e scambio qualche parola con un paio di genitori, lasciando così a mia figlia il tempo di sbaciucchiarsi con Carter dietro le gradinate del campo.

Fingo di non saperlo, fingo di non averli mai visti e di non ascoltare le loro telefonate. Fingo di essere un buon padre.

Sto facendo passi da gigante.

"Non è stato facile trovarti."

Una voce familiare mi parla dagli spalti ormai semi vuoti.

"Cosa... Diavolo..."

"Sono venuto a vedere come te la cavi, amico."

"Non sono tuo amico" dico a Phil, il mio ex manager che una volta credevo fosse anche mio amico, prima che mi gettasse sotto un treno come tutte le persone che credevo mie amiche ma che in realtà volevano solo sfruttare la mia immagine.

"Bella partita."

"Sì."

"Non credevo che volessi allenare."

"Oh be', sai, dopo che mi avete dato tutti il ben servito mi sono dovuto arrangiare e anche piuttosto in fretta."

"Ce l'hai con me?"

"No."

Forse all'inizio sì, ma adesso credo che questa sia stata la scelta migliore che potessi fare per Skylar.

"Mancano solo due partite" mi ricorda.

"Vedo che ti sei informato."

"E poi?"

"Che vuoi dire?"

"Cosa farai?"

"Davvero ti interessa? Non mi pare di aver ricevuto telefonate da parte tua in questi mesi, non mi hai neanche chiesto come sta mia figlia."

"Hai ragione. Come sta…"

"Skylar."

"Giusto, Skylar."

"Cosa vuoi, Phil? Cosa sei venuto a fare in Donegal? Non credo che tu sia un tipo da pecore e formaggio."

Ride. "Non di certo. Sono venuto per te."

"Per me."

"Ti vogliono."

"Di cosa stai parlando?"

"Vogliono che torni a casa."

* * *

Ho invitato Phil a casa dei miei per poter parlare con calma. Mia madre gli ha offerto un caffè e la sua famosa torta di mele che lui ha rifiutato, io invece sono alla seconda fetta. Poi ci ha lasciato da soli e ha chiesto a Skylar di aiutarla con qualcosa in giardino, credo solo per allontanarla da qui.

"Una volta non mangiavi tutti quegli zuccheri" mi fa notare, alludendo alla mia seconda fetta.

"Una volta erano affari tuoi" gli rispondo a tono. "Ora sono solo miei."

"Capisco che tu ce l'abbia con me."

"Mi hai lasciato in mezzo a una strada."

"Non mi pare che tu viva sotto un ponte."

"Ho trentotto anni e vivo con mia figlia quindicenne a casa dei miei genitori, Phil."

"Credevo che avessi qualcosa da parte. Hai giocato per vent'anni e poi gli sponsor, i regali, i bonus."

"Ho avuto delle spese impreviste."

"Spese impreviste?"

"Anche questi non sono affari che ti riguardano. Non sei più il mio manager, non sei più niente."

Phil mi ha abbandonato nel momento del bisogno. Quando la madre di Skylar è morta e lei è venuta a vivere con me, avevo chiesto aiuto a lui, mio manager da vent'anni nonché migliore amico.

Gli avevo parlato dei problemi di Skylar, del fatto che avesse bisogno di una presenza più costante, del mio bisogno di stare per un po' lontano dal campo e dalle cazzate. Gli avevo chiesto di aiutarmi a finire la carriera in una squadra più piccola o di farmi avere qualche mese di aspettativa. Phil mi ha consigliato di metterla in una scuola privata, magari anche all'estero, di prendere qualcuno che stesse con lei, di pensare a me e al mio futuro. Non potevo buttare tutto al vento per una ragazzina. Secondo lui avrei potuto giocare per altri due anni e poi aspirare a una carica ai vertici della società, avrei avuto più soldi, più potere, più donne, una casa più grande, tutto quello che un uomo come me avrebbe potuto desiderare. Poi una notte, ho sentito Skylar piangere da sola nella sua stanza, l'ho sentita chiamare il nome di sua madre e pregarla di tornare a prenderla. Il giorno dopo ho chiamato Phil e gli ho detto che avrei lasciato lo sport, con o senza il suo consenso. Una settimana dopo ero in mezzo a una strada, non letteralmente ma la metafora era davvero molto vicina alla realtà.

"Sono qui per offrirti un lavoro."

"Di che stai parlando?"

"La dirigenza ti vuole."

"E per fare cosa?"

"Allenare."

"Mi stai prendendo per il culo."

"La squadra junior. 13-16 anni. È una buona fascia, è da lì che vengono poi i campioni. Potresti tornare a casa."

"Io sono a casa, Phil."

"Andiamo, non dirmi che stai bene qui."

"Mia figlia si è ambientata, si sta facendo degli amici."

"Se ne farà di nuovi."

"Sai cosa mi ci è voluto per trovare un posto in questa scuola?"

"Nessun problema, ci penserà la dirigenza. Una scuola cattolica privata, che ne dici? Così ci farai anche la tua figura."

"Ma di cosa diavolo stai parlando?"

"Ti vogliono. Okay? Vogliono la tua storia, la vostra storia. L'ex campione che si è trovato a fare il padre, la ragazzina problematica, sua madre morta di cancro, il tuo voler tornare alle radici per ricominciare."

"Io non..."

"Ci andranno a nozze."

"Chi?"

"La stampa, gli sponsor."

"Non ci credo."

"Pagheranno migliaia di euro per la tua immagine e per tua figlia, poi..."

"Cosa c'entra Skylar?"

"Le troveremo qualcosa, vedrai. Abbigliamento, scarpe, gioielli..."

"Io credo che tu debba andare via, adesso."

"Cosa?"

Mi alzo in piedi. "Devi andartene da casa mia."

Si alza anche lui. "Sei impazzito, per caso?"

"Io no, ma tu, a quanto pare, sì."

"Stai rifiutando per... Cosa? Fare l'allenatore in una squadretta di quartiere?"

"Sto rinunciando perché tutto quello che mi stai offrendo non ha valore per me."

"Una volta ne aveva eccome."

"Una volta non amavo una ragazzina più di me stesso, Phil."

"E non pensi a lei? A cosa potresti darle?"

"Stiamo bene qui. Con le pecore di mio padre e il formaggio. Stiamo bene in questa casa anche se non è la mia. Stiamo bene insieme con quello che abbiamo."

"Non ci credo."

"Puoi iniziare a crederci mentre te ne torni a casa. Avresti potuto chiamare, ti saresti risparmiato il viaggio." Mi avvicino alla porta e la apro.

"Questa è la tua ultima chiamata, Niall. Non ce ne saranno altre. Se dici no adesso..."

"Buon viaggio, Phil."

Scuote la testa e abbandona la casa dei miei genitori. Sale nella sua auto e qualcuno apre il cancello automatico per farlo uscire. Mi volto per trovare i miei genitori alle mie spalle, le loro espressioni indecifrabili.

"È vero?" Mio padre chiede.

"A cosa ti riferisci?"

"A quello che hai detto, che stai bene qui."
Gli sorrido.
"Resterete?" Mia madre aggiunge.
"Così pare, anche se non so a far cosa dato che quando il torneo sarà finito non saprò neanche come pagare la divisa di mia figlia."
"Dove sono finiti i soldi, Niall?" Mio padre chiede.
"Li ho spesi."
"Come?"
Prendo un profondo respiro e decido di dire loro la verità.
"Lei non ne aveva."
"Chi?"
"Non poteva pagare le medicine, non quelle che le spettavano di diritto, quelle che la facevano stare meglio o almeno, quelle che le permettevano di tenere a bada il dolore per trascorrere qualche ora con Skylar. Poi l'assistenza a casa, l'infermiera di giorno, quella di notte..." La gola mi si chiude quasi fino a soffocarmi. "Aveva un prestito, aveva comprato un'auto. E aveva due carte di credito, le usava per le spese di Skylar."
"Tesoro..."
"Dopo i sei mesi di malattia che le spettavano l'hanno licenziata. E io... Io volevo dare una mano. Non ero capace di starle vicino, non riuscivo a vederla in quel modo. Era così bella mamma, bella come Skylar."
Gli occhi di mia madre si riempiono di lacrime.

"E non volevo che l'ultimo ricordo di lei fosse un letto. Sono stato egoista e stupido."

"No, tesoro."

"Ho fatto l'unica cosa che potevo fare, aiutarla economicamente. Ho pagato i conti, ho estinto i debiti e..."

"E il resto?" Mio padre chiede. "Non puoi aver speso tutto così."

Nego con la testa. "Il resto è in un conto intestato a Skylar, al quale avrà accesso a diciotto anni o prima, nel caso dovessi morire."

"Hai pensato a tutto."

"No, mamma. Non ho pensato a quanto potesse avere bisogno di me quella ragazzina, non ho pensato a quanto mi sarei pentito un giorno di non averla vista crescere, non ho pensato al male che avrei fatto."

"È tutto vero?" La voce di Skylar arriva dalle spalle dei miei genitori. Si spostano di lato per farla passare. "Tutto quello che hai detto..."

"Mi dispiace, non volevo che lo sapessi. Non ne faccio una giusta, cazzo!"

"Hai detto cazzo" mi riprende.

"Lo vedi? E comunque lo hai detto anche tu."

I miei genitori si allontanano in silenzio lasciandoci soli.

"Hai fatto tutte quelle cose per lei, per me?"

Allargo le braccia. "Volevo essere di aiuto e non sapevo come."

"Le volevi bene?" Mi chiede.

Annuisco. "Era meravigliosa."

"Lo era."

"Come te."

Una lacrima scende lungo il suo viso mentre sul mio ne scendono circa trecentocinquanta.

"Resteremo qui, quindi?"

"Resteremo qui. A casa dei nonni. Non posso permettermi ora altro, ma ti prometto che…"

Skylar si muove veloce e si getta su di me, abbracciandomi per la vita.

"È perfetto. Qui è assolutamente perfetto."

"Sul serio?"

Solleva lo sguardo su di me.

"Mi piace stare qui con te, papà."

"Mi hai appena chiamato come penso che tu mi abbia chiamato?"

Ride e si stringe di più a me. "Grazie per avermi portato qui."

"Oh tesoro." La stringo anche io. "Grazie a te per avermi dato fiducia."

"E grazie per tutto quello che hai fatto per la mamma. Lo ha sempre detto che eri speciale."

"Lo ha detto davvero?"

"E ti voleva bene anche lei." Mi guarda di nuovo. "E te ne voglio anche io."

Non so se questo conta come valutazione per un eventuale premio come padre dell'anno, ma di sicuro conta per me.

Non c'è niente al mondo di più bello e

appagante che sentirsi amati, soprattutto quando ad amarti è una ragazzina di quindici anni che odia il mondo intero ma che ha deciso di non odiare te.

65
Jordan

Apro la porta con portafogli alla mano ma capisco subito che non si tratta del solito ragazzo delle consegne.

"Hai ordinato fish and chips?" Solleva la busta verso di me.

"Devi dargli delle buone mance."

"Volevo parlarti."

"Devi prendere un appuntamento con la mia segretaria per questo."

"Mi hanno offerto un posto" mi dice, facendo un passo in casa. Indietreggio d'istinto e lui chiude la porta.

"Che posto?"

"Allenatore dei junior del Dublin."

"Capisco."

"C'è anche un posto per Skylar in una scuola cattolica privata. Roba seria."

"Un'ottima opportunità per lei e per te."

"Già."

Mi allontano verso la cucina dove un bicchiere di vino appena versato mi attende, ho bisogno di mandare giù la notizia con qualcosa. Niall mi segue, posa la busta di carta con il cibo su un ripiano e poi appoggia i fianchi ad esso.

"Sei venuto per salutarmi, quindi."

Nega con la testa. "Sono venuto per chiederti un motivo per non andare."

Il bicchiere mi cade quasi di mano.

"Il torneo è quasi finito e non ho altri lavori da offrirti."

"E se il motivo non fosse il lavoro? Se il motivo fossi tu?"

Ingoio la mia risposta insieme al magone che si sta formando in gola.

"Se tu mi chiedessi di restare. Per te."

"Niall..."

"Le volevo bene" mi ferma. "A sua madre."

"La madre di Skylar."

"Non la amavo, ma le volevo bene. Mi aveva dato una figlia ed era così..." Sorride malinconico. "Quando si è ammalata mi è crollato il mondo addosso. Non è facile vedere una persona così giovane spegnersi giorno dopo giorno, non è facile pensare che una ragazzina non potrà crescere con sua madre e non è facile vedere morire qualcuno. E io non volevo vederla, avevo paura."

"Paura di come sarebbe stato?"

"Paura di non riuscire a ricordare come era prima e non volevo che l'ultimo ricordo di lei fosse quello. Ho sbagliato. Sono stato egoista. L'ho lasciata morire da sola con accanto solo una ragazzina spaventata e vulnerabile. Sono stato un uomo di merda."

"Mi dispiace davvero tanto."

Non so cos'altro dire.

"Quando è morta ho creduto di essermi perso. Non mi riconoscevo più, non amavo più le cose che avevo amato fino al momento prima, non avevo gli stessi interessi, non avevo voglia di alzarmi la mattina, di prendermi cura di mia figlia, non volevo neanche più giocare."

"Eri depresso."

"Vedevo questa ragazzina perdere vita davanti ai miei occhi e non riuscivo a fare altro che assistere impotente alla sua distruzione. E alla mia. Non ho fatto nulla per aiutarla, non sono stato il padre di cui aveva bisogno, non sono stato niente."

"Stavi soffrendo anche tu, non era una situazione facile."

"E poi ho capito, quando sono arrivato qui. Non era la mia ultima spiaggia, non era l'ultima chiamata, era l'unica scelta da fare. E ho realizzato, dopo averti baciata, che mi ero perso solo per poter essere ritrovato, sotto altra forma, in un'altra vita. Da te."

Non riesco neanche a parlare, ho paura che una sola sillaba sfuggita mi farebbe scoppiare in lacrime.

"Non credo di essere mai stato innamorato prima, perché non ho mai provato quello che provo adesso per te e credimi se ti dico che non può essere altro che amore."

"Tu non puoi..."

"Eri bella da ragazza, Jordan. Eri brillante, intelligente, sexy e inarrivabile. E sei ancora più bella, ora, da donna. E sei bossy e controllata e orgogliosa, ma so anche che sei tenera, che sei buona e dolce, che con me ti lasci andare perché sai che con me non puoi essere tutto ciò che vuoi. Perché io ti amo. E quando ami qualcuno lo ami e basta. Non ci sono compromessi o accordi da firmare. Non ci sono clausole scritte in fondo alla pagina in piccolo. Me lo hanno insegnato di recente."

Rido senza controllare le lacrime.

"Mi dispiace che qualcun altro ti abbia spezzato il cuore tanto da non credere più, ma io sono qui, se vuoi, per aiutarti a credere ancora."

"Non è così facile."

"No, non lo è. E qui sta il problema. Ci vuole fiducia. Ho bisogno che tu ti fidi di me."

"Non so se ci riesco."

Sorride malinconico. "Lo sospettavo. È difficile fidarsi del cattivo ragazzo."

"Troppo difficile."

Sospira pesante e poi parla di nuovo.

"Dammi un motivo per restare. Dammi una ragione per ricominciare. Dammi qualcuno da amare. Te. Io voglio amare te, ma solo se tu vuoi amare me."

Lo vorrei davvero, ma sono così terrorizzata dalla possibilità di credere alle sue parole che non riesco a fare nulla di più che respirare in questo momento.

"Questa è la nostra ultima chiamata, Jordan.

Non ce ne saranno altre. Sta a te decidere."

Si avvicina e mi posa un bacio sulla guancia, poi si allontana veloce verso la porta e abbandona il mio appartamento lasciandomi sola con le mie lacrime e le mie paure e con la decisione più importante della mia vita da prendere.

66
Niall

In occasione dell'ultima partita del torneo c'è la cittadina al completo sugli spalti, famiglia compresa. Persino mia sorella è venuta per assistere alla mia disfatta e quando parlo di disfatta non mi riferisco di certo a quella della squadra, ma quella mia personale. Ho appena detto che c'è tutta la città, tutta tranne un solo singolo abitante, il più importante di tutti. Immagino che il mio discorso non abbia fatto effetto, avrei potuto fare di meglio, ma sto cercando di imparare ed essendo un autodidatta, non posso fare questi grandi miracoli.

"Nervoso?" Tyler chiede.

"Che cazzo di domande fai?"

"Vedrai che verrà."

Ah giusto. Non ho menzionato il fatto che la brillante idea di dirle che se lei non mi vuole accetterò l'offerta di tornare a Dublino è stata di Tyler. Le ho detto una cazzata per conquistarla, come ho detto prima sto ancora cercando di imparare, ma credo che non ne uscirò proprio bene da questa cosa.

"Concentriamoci sulla partita che è meglio."

"Okay."

"Chiama a rapporto la squadra."

Tyler fa come richiesto e i ragazzi si stringono

intorno a noi.

Ripassiamo insieme la tattica di gioco e faccio le ultime raccomandazioni alla difesa, poi li lascio tutti andare in campo con la minaccia che se non vinceremo avranno tutti un'insufficienza a random sulla pagella – cosa che non posso assolutamente fare, ma loro cosa ne sanno? – e mi siedo sulla panchina in attesa del fischio finale.

Carter si stacca dagli altri e viene verso di me.

"Problemi?"

"Volevo chiederle una cosa."

"Spara."

"Voglio invitare sua figlia al ballo della scuola."

"Cosa?" Mi alzo in piedi immediatamente.

"Il ballo d'inverno."

"Posso sapere perché cazzo me lo stai chiedendo ora?"

"Perché sono il portiere e dobbiamo vincere."

Lo seguo con attenzione.

"E non potrebbe farmi fuori ora."

Sagace. Ora capisco perché Jordan dice che è il primo della scuola.

"Possiamo parlarne dopo. Se vinciamo."

"Se vinciamo posso portarcela?"

"Se non fai entrare neanche una palla nella tua porta, forse."

"Papà!" Sento Skylar urlare alle mie spalle.

"Tranquilla, tesoro, stiamo contrattando."

"Non mi sembra il modo migliore per

concludere un accordo."

La sua voce alle mie spalle mi fa quasi scappare il cuore dal petto.

Mi volto lentamente verso di lei. La mia preside preferita è scesa sul campo da gioco. Indossa un paio di jeans scuri e attillati, una camicia rosa e una giacca di pelle, i suoi sexy occhiali e il suo sorriso più bello.

Credo di essermi giocato tutto quello che avevo da giocarmi con questa sola occhiata.

"Forse potresti darmi una mano tu."

"In effetti, questo è il mio campo."

Il fischio dell'arbitro ci costringe a interrompere il nostro scambio di battute e a lasciar andare Carter, mentre Tyler si piazza a bordo campo per poter comunicare con la squadra.

"Sei qui per un motivo in particolare o sei qui per assicurati che vinciamo?"

"Sono qui per fare un accordo."

Non posso evitare di sorridere.

"Che tipo di accordo?"

"Uno di quelli che non si possono rescindere."

"Ti sto ascoltando."

"Non dovresti concentrarti sulla partita, adesso?"

"Non posso concentrarmi se tu sei qui, Jordan."

"In questo caso..." Fa per allontanarsi ma io le prendo la mano.

"Non ci provare."

"Non voglio disturbare."

"Qui. Voglio che resti qui. Accanto a me."

Sorride mordendosi un labbro.

"Resta. Ti prometto che penserò alla partita, ma tu resta."

"Okay."

Si siede sulla panchina, in fondo è come se fosse il presidente della squadra, mentre io raggiungo Tyler a bordo campo per incitare i ragazzi e per assicurarmi di dare alla mia preside la vittoria.

"È venuta."

"Ma dai."

Tyler ride.

"Immagina se ora perdessimo."

"Immagina se ora ti mandassi affanculo."

"Non è quello che fai sempre?"

Sospiro e butto un occhio alle mie spalle.

"È qui."

Tyler sorride.

"Vorrà dire qualcosa, no?"

"Vuol dire che probabilmente tiene alla tua faccia di cazzo, come me. Non allo stesso modo, ma ci tiene. Come vedi, non tutti ti odiano, Kerry."

Forse vuol dire che finalmente nella mia vita qualcosa inizia ad andare per il verso giusto.

* * *

Quando lo sponsor e l'organizzatore consegnano la coppa nelle mani dei miei ragazzi tra gli applausi della cittadina e il sorriso della mia preside, devo dire che la mia autostima raggiunge livelli inestimabili, più di quelli che raggiungeva quando giocavo davvero, quando ero un campione. Forse perché negli occhi della mia preside c'è molto di più di semplice ammirazione, e negli occhi di mia figlia c'è molto di più di orgoglio e negli occhi miei, poi, nei miei adesso c'è solo lei.

Mi allontano dalla squadra e dalle persone prendendole la mano e trascinandola sotto le gradinate, lo stesso posto dove mia figlia va a sbaciucchiarsi con il suo neo fidanzato o quello che sono.

"Voglio sapere del tuo accordo."

"Non vuoi prenderti un po' di gloria?"

"Voglio solo sapere se mi ami" le dico subito, inutile che ci giro intorno, no? "Voglio sapere se ci credi."

"A cosa vuoi che creda?"

Le accarezzo il viso e poi faccio scivolare la mano dietro la sua nuca, mi chino sulla sua bocca e poso le labbra sulle sue, una pressione leggera, intima, qualcosa che ti fa sperare in un seguito, in un domani.

In un lieto fine.

"Non vuoi sentire prima che accordo sono venuta a proporti?"

"Voglio sentire tutto quello che hai da dire."

"Sono stata tradita. Umiliata. Messa in un angolo" dice in modo calmo, non me lo sta dicendo per qualche oscuro motivo, mi sta dicendo come è diventata quello che è oggi. "Mi sono sentita dire che non ero abbastanza, che ero noiosa, prevedibile." Ci pensa su, ma poi va avanti. "Che non riuscivo neanche a far eccitare un uomo."

Stringo forte la mascella al solo pensiero.

"Mi sono sentita dire che non ero una donna da desiderare. E mi sono sentita piccola e stupida. Inadatta."

"Ti giuro che..." Mi ferma posando le dita sulle mie labbra.

"Non voglio sentirmi mai più così."

"Mai, Jordan. Ti giuro che non lo farei mai."

"Tu sei stato il primo a farmi sentire una donna che vale la pena."

Le prendo le mani.

"E tu sei stata la prima che mi ha fatto sentire un uomo che vale la pena."

"Il mio accordo è molto semplice." Mi guarda negli occhi. "Niente più accordi."

Scuoto la testa.

"Solo tu e solo io."

"Sul serio?"

Annuisce. "Voglio fidarmi. Voglio crederci. Voglio..." Sospira e poi parla emozionata. "Voglio amarti ma solo se tu vuoi amare me."

Le accarezzo il viso con entrambe le mani.

"Niente promesse e niente bugie, Niall. Solo quello che siamo."

Oh cazzo.

"A tal proposito... Devo dirti subito una cosa, non voglio che partiamo con il piede sbagliato."

Mi guarda preoccupata.

"Avevo già rifiutato. La proposta. È stata un'idea di Tyler quella di dirti che avrei accettato se tu non mi avessi dato una ragione per non farlo. Non avrei dovuto ascoltarlo, ma è un vigile del fuoco, no? Chi non si fida di un vigile del fuoco?"

Ride, per mia fortuna.

Forse mi salvo anche stavolta.

"Non sarei mai partito. Io voglio restare qui, con te, con mia figlia. Io voglio una famiglia."

I suoi occhi si fanno lucidi.

"Dici sul serio?"

"Io voglio tutto e solo insieme a te."

"E io invece voglio solo te."

Sospiro emozionato e sono anche pronto a piangere, ma prima devo sapere una cosa.

"Dimmi dove devo firmare."

"Qui."

Si solleva sulle punte e avvicina le labbra alle mie.

"Devi firmare qui."

Epilogo
Jordan

"Hai bisogno di una mano, tesoro?" Chiedo a Skylar da dietro la porta della sua stanza.

"No, è okay."

"Sono qui fuori se hai bisogno."

"Allora?" Niall chiede a bassa voce, dall'altro lato della porta.

"Diamole qualche altro minuto."

"È chiusa lì dentro da mezz'ora, fra poco Carter sarà qui."

Lo guardo e gli sorrido. "Ci penso, io, tu stai tranquillo."

È così bello ed elegante nel suo smoking che ho paura di non riuscire a essere stoica come serve e a controllare che tutto vada per il verso giusto con lui accanto. Ma avevo bisogno di un accompagnatore per la serata e lui è il mio uomo, quindi…

"Smettila di fissarmi" mi dice con un'espressione fintamente oltraggiata. "Non sono mica un hamburger."

Rido. "Vai a finire di prepararti, saremo giù tra pochi minuti."

Niall mi lascia sola davanti alla porta della stanza di Skylar e si dirige al piano di sotto, costringendo i suoi genitori e sua sorella a seguirlo. Erano tutti qui in attesa che Skylar uscisse, ma ho paura che lei non abbia intenzione di farlo.

"Tesoro, sto entrando, okay?" Le dico dall'altra parte della porta.

La apro lentamente e infilo la testa all'interno. Skylar è seduta sul suo letto.

"Sei sola?" Chiede senza voltarsi.

"Sì, ci sono solo io." Chiudo la porta e mi avvicino lentamente a lei. Skylar non alza lo sguardo, lo tiene fisso sulle sue dita con le unghie mangiucchiate. Mi abbasso sulle ginocchia per poterla guardare in viso.

"Ti rovinerai il vestito così" mi dice, dandomi una rapida occhiata.

"È solo un vestito."

"Mi piace."

Le sorrido.

"È di classe, come te."

"Anche il tuo è di classe."

Scrolla le spalle a disagio.

"Posso vedere come ti sta?"

"Mi sta di merda."

Soprassiedo sulla parola che ha usato e mi risollevo, prendendole le mani e invitandola a fare lo stesso. Lei sbuffa e poi mi accontenta, io faccio qualche passo indietro, lasciando andare le sue mani e la guardo.

"Tuo padre porterà con lui il fucile di tuo nonno."

Abbozza un sorriso ma non si sbilancia.

"Forse dovrei avvisare Carter di tenersi pronto a correre."

Stavolta ride e finalmente mi guarda. Il suo viso è un po' teso, non ha neanche un po' di trucco e i suoi capelli tornati al loro colore presumo originale, un biondo caldo e dorato, sono mossi sulle spalle.

"Cosa c'è che non va?"

"Mi sento stupida. Questo vestito, questa cazzata del ballo. Non capisco perché ci devo andare."

"Sembravi felice di farlo. Cosa ti ha fatto cambiare idea?"

"Non sono fatta per queste cose."

"Che cose?"

"I vestiti, le scarpe con il tacco, farmi carina, ballare in mezzo alla pista."

"Farti carina?" Le sollevo il mento con due dita. "Tu sei bellissima, Skylar, e non hai bisogno di nulla di tutto questo. E sono sicura che Carter la pensi esattamente come me."

"Sono stronzate."

"Sono stronzate verissime."

"Hai detto stronzate, preside Hill?"

"Posso dire anche di peggio, sai?"

La invito a seguirmi e a sedersi poi alla sua scrivania, sistemo lo specchio davanti al suo viso e poi mi metto alle sue spalle.

"Sai cosa vedo, io? Vedo una ragazza stupenda che diventerà una donna meravigliosa. Vedo una ragazza dai mille talenti, divertente, intelligente e forte."

"Lo credi davvero?"

Annuisco. "E sai cosa altro vedo?"

Scuote la testa.

"Vedo Carter andare fuori di testa non appena scenderai da quelle scale e vedo me dover rianimare tuo padre con un massaggio cardiaco."

Ride e mi guarda attraverso lo specchio.

"Ti andrebbe di sistemarmi i capelli?" Chiede titubante.

"Ne sarei onorata."

Prendo la spazzola dalla scrivania e le pettino i capelli, poi li sposto dietro le spalle e la guardo di nuovo.

"Come li vuoi?"

"Come i tuoi. Tirati tutti su."

Tengo a bada l'emozione e mi metto al lavoro.

Li tiro sulla nuca lasciandoli morbidi, e poi li fisso con delle forcine, ottenendo un *bun* un po' spettinato ma elegante. Lascio alcuni ciuffi ribelli cadere lungo il suo viso e poi la guardo.

"Ti piace?"

Annuisce e si volta verso di me, abbracciandomi per la vita.

"Grazie."

"Oh tesoro," la abbraccio anche io. "È solo un'acconciatura."

"No." Solleva lo sguardo su di me. "Grazie per

essere qui."

"Non vorrei essere in nessun altro posto."

Skylar mi lascia andare e si alza, si liscia il vestito e poi mi guarda. "Manca qualcosa."

Attendo curiosa che cerchi qualcosa in una borsa da make up e poi si rivolge di nuovo a me con rossetto alla mano.

"Cosa credi di fare?"

Si avvicina e me lo passa sulle labbra, io la lascio fare, emozionata e un po' nervosa, poi si fa da parte per fare in modo che io mi guardi. Le mie labbra sono rosse, accese e brillanti, piene e sensuali.

"Ora sei davvero il top, preside Hill."

"Grazie, mi ci voleva proprio."

"Dovere."

"Sei pronta?"

"Credo di sì."

"Vado ad annunciare che stai scendendo."

La lascio nella sua stanza e mi dirigo veloce al piano di sotto, dove un Carter nervoso e pallido come un fantasma, attende con Niall, altrettanto nervoso e altrettanto pallido.

"Sta arrivando" annuncio raggiungendoli.

"Per favore, non fare cose stupide, e mi riferisco a tutti e due."

"Noi, cose stupide?" Niall chiede quasi indignato.

"Sai benissimo di cosa parlo."

"Per fortuna ci sei tu a evitare la catastrofe."

Mi abbraccia per la vita e appoggia il mento sulla mia spalla. "Grazie per essere con me, e per aiutarmi ogni giorno a schivarne una."

Sorrido mentre Skylar fa finalmente la sua comparsa in cima alle scale. Niall si raddrizza subito, pronto a dire qualcosa di stupido e imbarazzante, mentre Carter appoggia una mano alla ringhiera della scale, pronto a svenire sul pavimento.

"Non fiatare" dico tra i denti a Niall.

"Non la faremo mica uscire così?" Mi chiede facendomi ridere.

"Che avete da guardare tutti?" Skylar chiede, fermandosi sul penultimo gradino.

Cartere le porge una mano e lei la prende titubante.

"Sei... Sei... Sei..."

"Attento a quello che dici, Carter" Niall lo minaccia, beccandosi una gomitata nelle costole da me.

"Il rosso ti sta benissimo" dice poi, facendola sorridere.

"Si è salvato per un pelo" Niall dice al mio orecchio. "Ma non riuscirà a salvarsi per tutta la sera."

Ho paura che sarà una serata lunga e movimentata e che invece di tenere a bada un mucchio di studenti sovreccitati, sarò costretta a fare da babysitter al mio uomo, per evitare che ammazzi Carter in un angolo della palestra e che poi nasconda il corpo nel cortile della scuola.

* * *

Finite le foto di rito che i genitori di Niall hanno voluto fare a tutti, saliamo finalmente in auto diretti a scuola per il ballo d'inverno. Una tradizione per noi e un evento a cui non posso sottrarmi. Questo sarà il primo anno che porto un nuovo accompagnatore. L'anno scorso ci sono stata da sola, ero fresca di separazione, ma negli anni passati ci sono stata con mio marito. Sono un po' nervosa all'idea di fare il mio ingresso con Niall, anche se la gente del posto si sta abituando a noi insieme, ma è strano per me dichiarare così apertamente che mi vedo con un uomo, soprattutto perché padre di uno dei miei studenti e anche perché Niall è un personaggio qui da noi, e non solo per meriti sportivi.

"Ti tengo d'occhio, ragazzo" Niall minaccia Carter, prima di lasciarli entrare nella sala. "Le mani sempre in vista."

"Hai finito?" Skylar si lamenta.

"Ci penso io" mi intrometto nella discussione. "Voi andate, ci vediamo dentro."

Skylar trascina Carter in palestra mentre io mi fermo all'esterno, le mani sul petto di Niall, i suoi occhi ancora fissi sulla porta.

"Vuoi calmarti, per favore?"

Finalmente mi guarda.

"Devo concentrami su altro, capisci?"

"No, non credo di capire."

"Se mi concentrassi solo su questo," mi indica, "Credo che l'unica cosa che vedremo di questo ballo saranno i sedili della mia auto."

Trattengo una risata e lui finalmente respira.

"Sei così sexy con questo vestito, preside Jordan."

"E tu non sei per niente male in smoking, signor Kerry."

"Non dirlo di nuovo o inizierò ad avere problemi con questi pantaloni."

Stavolta non mi trattengo.

"Sei pronta per fare il tuo ingresso con me?" Chiede a un tratto meno sicuro.

Incastro le dita alle sue e poi stringo la sua mano.

"Pronta a tutto insieme a te."

Niall

Guardo Jordan parlare con alcuni insegnanti, bellissima e fiera nel suo vestito lungo e rosso, con i capelli raccolti, il collo scoperto, quegli occhiali da saccente sexy nerd e la bocca piena e rossa che se non la smetto di fissare mi costringerà ad assentarmi per qualche minuto per mettere fine alla sofferenza che sta avvenendo ora nelle mie mutande.

"E così, eccoci qui."

Mi volto verso il mio amico che per la prima volta vedo al lavoro.

"Sapevi che non avresti retto il confronto con il sottoscritto e hai sfoggiato la tua divisa per sentirti meno inferiore?"

Tyler se la ride.

"La lasci sola così?" Indica Jordan. "Qualcuno potrebbe soffiartela da sotto al naso."

"Non pensarci neanche, tieni le tue doti ben segregate nella tua divisa da seduttore."

"Sono un vigile del fuoco."

"Come ti pare."

"Problemi con la sicurezza, Hayes?"

Jordan compare alle spalle di Tyler.

"Tutto in sicurezza e a norma, preside Hill."

"Grazie per il suo prezioso lavoro."

"È sempre un piacere soddisfare le sue

aspettative."

"Avete finito voi due?"

Tyler ci saluta e si allontana mentre io prendo le mani di Jordan e la porto di fronte a me.

"Non mi piace quel tipo."

"Quel tipo non è il tuo migliore amico?"

"Non esageriamo."

"Mi era sembrato di capire che foste piuttosto intimi."

"L'unica cosa che voglio di intimo, in questo momento e sempre, è il modo in cui..." Mi avvicino al suo orecchio e le sussurro. "Il modo in cui ti sfilerò la biancheria non appena ti vedrò in ginocchio sul tuo divano, preside Jordan."

La sento rabbrividire accanto a me.

"E ora, se permetti..." La tiro verso di me e la stringo.

"Che stai facendo?"

"C'è della musica."

"La sento, sì."

"E siamo a un ballo."

"Esatto."

"Della nostra scuola."

"Direi che possiamo definirla tale."

La stringo contro il mio corpo, una mano sulla schiena e l'altra che trattiene la sua. Inizio a muovermi lentamente e lei con me, non so se la musica sia adatta a un lento ma a me non importa. Sogno un momento come questo con lei da più di vent'anni e non me lo lascerò scappare.

"Non sai quanto ho desiderato questo."

Inclina la testa e mi guarda. "Ballare con me?"

"Portarti al ballo, essere il tuo cavaliere, regalarti un braccialetto come questo" sfioro il braccialetto con i fiori che le ho preso per l'occasione. "E poi..."

"E poi?"

"E poi dimostrarti che non sono il cattivo ragazzo che credi."

Mi sorride dolce.

"E cosa sei?"

"Sono l'uomo che ti ama."

Si morde un labbro e sbatte le sue ciglia sensuali.

"E che ti amerà e che un giorno ti darà tutto quello che hai sempre sognato."

"Magari ce l'ho già quello che ho sempre sognato."

Ora sorrido io.

"Magari sono esattamente dove voglio essere e con l'unico uomo che voglio accanto."

"Ah sì?"

Annuisce.

"E lo vuoi anche nel tuo letto, più tardi, questo stesso uomo?"

"Lo voglio dove lui mi vuole."

Rafforzo la presa sulla sua schiena e sospiro sulle sue labbra con dolore, fisico, tanto e insopportabile dolore fisico che viene dal mio bastoncino di zucchero tenuto in ostaggio dai miei boxer a un tratto troppo attillati.

Poso la fronte sulla sua e chiudo gli occhi, beandomi del suo respiro caldo e profondo che solletica la mia bocca, dal suo profumo dolce e sensuale che s'impossessa dei miei sensi e del modo in cui sento il suo corpo vibrare premuto contro il mio.

"Niall..." La sua voce melodiosa mi fa aprire gli occhi. "Guarda." Mi fa segno alla nostra destra dove mia figlia e Carter stanno ballando, non appiccicati come noi – per grazia divina – ma abbastanza intimi, quel tipo di intimità che posso ancora tollerare.

"Dici che sta bene?"

"Dico che stai facendo un buon lavoro con lei."

"Io dico che sono un disastro."

"E io dico che dovresti credere di più in te stesso."

Mi volto verso di lei e le sorrido. "E io dico che dovremmo proprio uscire di qui."

Solleva un sopracciglio.

"No, non ho intenzione di scoparti sul sedile della mia auto, per fortuna non ho sedici anni e ho una casa. No, neanche questo è vero, una casa non ce l'ho ancora, vivo con i miei e la cosa non mi fa onore, ma tu hai una casa, grazie al cielo, e posso averti lì, più tardi, tutta per me."

"E allora, che intenzioni hai?"

Per fortuna sorvola sul mio inutile monologo.

"Possiamo assentarci per una mezz'ora?"

Mi guarda curiosa.

"Mi devi ancora un appuntamento. E io ho vinto il torneo e ora ho diritto al mio premio."

* * *

Le poso la mia giacca sulle spalle e lei mi ringrazia con gli occhi, mentre camminiamo lungo la baia, in mano i nostri hot dogs.

"Non avevo proprio questo in mente quando ho detto che ti avrei portata fuori a cena. Ho dovuto improvvisare."

"Va benissimo anche così."

Ci sediamo su una panchina e gettiamo i resti della nostra cena nel cestino accanto. Poi le prendo la mano e me la porto alle labbra.

"È abbastanza buio qui per prenderti la mano?"

"Non credevo che avessimo bisogno ancora di nasconderci."

"Ah no?"

"Mi pare che stasera tu mi abbia accompagnata a un ballo, Kerry."

Sorrido soddisfatto. "L'ho fatto, sì. E mi è piaciuto, preside, mi è piaciuto da matti."

"Si vede."

Mi volto verso di lei e le prendo il viso tra le mani.

"Mi piacerebbe fare tutto con te e mi piacerebbe che tu volessi fare tutto con me."

"Stai parlando di giochini sessuali, per caso?"

"No. Cioè, non in questo momento, ma sono compresi nel pacchetto, sì."

Ride e io premo la bocca sulla sua.

"Ti amo, preside Jordan. E non vedo l'ora di poterti portare in una casa mia. E di fartici restare."

"Tipo che vorresti tenermi in ostaggio nel tuo letto?"

"Tipo che vorrei averti nella mia vita in modo continuativo e definitivo."

"Tipo ventiquattro ore al giorno, sette giorni su sette?"

"Esatto. Pensi che si potrebbe fare?"

"Credo di poter valutare la tua proposta."

Sospiro agitato. "Dammi solo un po' di tempo per trovare un modo per sistemare tutto."

"Tutto il tempo che ti serve, Niall. Io sono qui insieme a te."

Sospiro ancora e poi lascio che le parole vengano fuori così come le sento, perché da quando conosco questa donna, da quando la conosco davvero, non faccio che sentirmi un uomo pronto a prendersi un impegno e pronto a fare qualsiasi passo se posso avere lei accanto.

"Ci sarebbe un contratto da firmare, eventualmente."

"Un contratto?" Chiede curiosa. "Credevo li avessimo archiviati."

"Ma questo richiede entrambe le firme."

Scuote la testa lentamente.

"E non è rescindibile, non per me."

Ora diventa seria.

"Una volta che avrai firmato, Jordan, sarà per sempre."

"Non credo di aver capito."

Le sorrido, perché so che invece ha capito benissimo, glielo leggo nei suoi occhi spaventati.

"Non potrei firmare questo tipo di contratto con nessun'altra."

Mi ascolta in ansia.

"E non potrei mai venirne meno."

"Io non..."

"E quando sarai sicura, quando ci crederai davvero a quello che dico, quando ti fiderai di me completamente, Jordan, io sarò pronto a firmare insieme a te. Okay?"

"Dimmi solo dove."

"Mmm?"

"Dove devo firmare."

Non riesco a evitare di sorridere come un idiota.

"Io ci credo, Niall. Nel per sempre. Ci credo solo se include anche te."

"Puoi giurarci che include me, Jordan. Solo me."

"E allora dimmi dove devo firmare" dice in ansia.

Prendo la sua mano e me la porto sul petto mentre la prima lacrima le attraversa il viso.

"Qui, Jordan."

Premo con la mia mano sulla sua contro il mio cuore impazzito.

"Devi firmare qui."

I libri di A. S. Kelly

3 Minuti
Dopo di lui

STORIA DI NOI DUE

Quando ti ho lasciato andare
Quando sono tornato da te

LOVE AT LAST

Last Call
About Last Night
One Last Kiss
The Last One

FROM CONNEMARA WITH LOVE

The Best Man
The First Man
The Good Man
The Only Man
The Wrong Man

VITE INCOMPLETE

L'amore che ci resta
In mille pezzi
Le cose che non sai

THE O'CONNORS

~ O'Connor Brothers ~
Ian
Ryan
Nick
Jamie
Evan
Il Dottore e Il Campione

~ O'Connor Family ~
Half Time
Lezioni di Italiano

FOUR DAYS

Rainy Days
Sweet Days
Bad Days
Lost Days

Printed in Great Britain
by Amazon